NICHOLAS
SPARKS

IM TRAUM
BIN ICH BEI DIR

NICHOLAS
SPARKS

IM TRAUM BIN ICH BEI DIR

ROMAN

Aus dem Amerikanischen
von Astrid Finke

HEYNE

Die Originalausgabe erscheint unter dem Titel
DREAMLAND bei Random House/
Penguin Random House LLC, New York

MIX
Papier aus verantwortungsvollen Quellen
FSC® C014496

Penguin Random House Verlagsgruppe FSC® N001967

Neumarkter Str. 28, 81673 München
Redaktion: Lüra – Klemt & Mues GbR
Umschlaggestaltung: zero-media.net, München,
unter Verwendung von Gary Tognoni/Alamy Stock Foto
und Finepic, München
Satz: Leingärtner, Nabburg
Druck und Bindung: GGP Media GmbH, Pößneck
ISBN 978-3-453-27396-2
www.heyne.de

www.nicholas-sparks.de

Für Abby Koons, Andrea Mai und Emily Sweet

TEIL I

COLBY

1

Darf ich mich vorstellen: Mein Name ist Colby Mills, ich bin fünfundzwanzig Jahre alt und sitze an einem wunderschönen Samstag Mitte Mai auf einem Klappstrandstuhl am St. Pete Beach in Florida. In der Kühlbox neben mir liegen Bier und Wasser auf Eis, und die Temperatur ist nahezu perfekt durch die stetige Brise, die zudem noch stark genug ist, um die Moskitos fernzuhalten. Vom Pool des Don CeSar Hotels hinter mir, einem stattlichen Bau und einer Art rosa Version des Taj Mahal, weht Musik heran. Der Künstler, der gerade auftritt, ist nur okay; hin und wieder vermurkst er einen Akkord, aber ich bezweifle, dass sich jemand daran stört. Seit ich hier sitze, habe ich mehrmals einen Blick auf den Poolbereich geworfen und festgestellt, dass die meisten Gäste schon den gesamten Nachmittag Cocktails schlürfen, was bedeutet, dass ihnen wahrscheinlich so ungefähr alles gefallen würde.

Übrigens bin ich nicht von hier. Bis vor Kurzem hatte ich von diesem Ort noch nie gehört. Wenn die Leute zu Hause mich fragten, wo dieses St. Pete Beach denn liege, erklärte ich, es sei ein Städtchen an der Westküste Floridas, nicht weit von St. Petersburg und Clearwater, was allerdings auch nicht sonderlich weiterhalf. Für die meisten von ihnen steht Florida für Frauen in Bikinis an den Stränden von Miami und für die Freizeitparks in Orlando, und der Rest interessiert sie eigentlich nicht. Offen gestanden war für mich Florida früher einfach nur ein seltsam geformter Zipfel an der Ostküste der USA.

Das Beste an St. Pete Beach selbst ist ein fantastischer weißer Sandstrand, der schönste, den ich je gesehen habe. Direkt am Wasser befindet sich ein Mix aus schicken Hotels und weniger schicken Motels, aber der Großteil der Stadtteile scheint mir typisch Mittelschicht, bevölkert von Rentnern und Arbeitern, neben Familien, die hier günstig Urlaub machen. Es gibt die üblichen Fast-Food-Ketten und Einkaufsmeilen und Fitnessstudios und Krimskrams-Läden, aber trotz dieser sichtbaren Zeichen von Modernität wirkt die Stadt, als sei sie irgendwie in Vergessenheit geraten.

Dennoch muss ich zugeben, dass es mir hier gefällt. Streng genommen bin ich zum Arbeiten hier, aber in Wirklichkeit ist es mehr Urlaub. Drei Wochen lang trete ich viermal pro Woche in Bobby T's Beach Bar auf, immer nur ein paar Stunden, was bedeutet, dass ich viel Zeit habe, um joggen zu gehen und in der Sonne zu sitzen und darüber hinaus einfach überhaupt nichts zu machen. An solch ein Leben könnte man sich gewöhnen. Die Gäste im Bobby T's sind wohlwollend – und ja, trinkfreudig wie im Don CeSar –, und es gibt nichts Besseres, als vor einem dankbaren Publikum zu stehen. Vor allem, da ich im Grunde ein Nobody aus einem anderen Staat bin, der mehr oder weniger zwei Monate vor seinem Schulabschluss seinen letzten richtigen Auftritt hatte. In den letzten sieben Jahren habe ich zwar immer mal wieder bei Partys von Freunden oder Bekannten gespielt, aber das war es dann auch schon. Heutzutage betrachte ich die Musik als Hobby, wenn auch eines mit hohem Stellenwert. Nichts genieße ich mehr, als einen Tag lang Songs zu proben oder zu schreiben, auch wenn mir das richtige Leben kaum Zeit dafür lässt.

In den bisherigen zehn Tagen hier passierte allerdings etwas Seltsames. Die beiden ersten Konzerte waren so gut besucht, wie es offenbar im Bobby T's zu erwarten ist. Es war ungefähr die Hälfte der Plätze besetzt, die Leute tranken Bier oder Cocktails, wollten den Sonnenuntergang genießen, sich dabei unterhalten und im Hintergrund Musik hören. Beim dritten Mal blieb jedoch schon kein Stuhl mehr frei, und ich erkannte Gesichter von den vorherigen Auftritten wieder. Als ich zum vierten Mal auf die Bühne stieg, waren nicht nur alle Sitzplätze belegt, sondern ein paar Leute nahmen in Kauf zu stehen, um mich zu hören. Kaum jemand beachtete den Sonnenuntergang, und es wurden sogar einige meiner eigenen Lieder gewünscht. Dass sich jemand Strandbar-Klassiker wie *Summer of 69* oder *American Pie* oder *Brown-eyed Girl* wünscht, ist normal – aber von mir geschriebene Songs? Gestern Abend dann drängte sich das Publikum bis auf den Strand hinaus, Stühle wurden aus anderen Bars geschnorrt und die Lautsprecher so eingestellt, dass jeder mich hören konnte. Während des Aufbauens ging ich noch davon aus, es läge daran, dass Freitagabend war, aber der Agent, Ray, versicherte mir, das sei alles andere als die Norm. Im Gegenteil, sagte er, so viele Zuschauer habe er im Bobby T's noch nie erlebt.

Darüber hätte ich mich freuen sollen, und das habe ich auch, zumindest ein bisschen. Trotzdem will ich es nicht überbewerten. In einer Strandbar angeheiterte Urlauber während der Happy Hour zu bespaßen, ist eine völlig andere Nummer, als im ganzen Land in ausverkauften Stadien zu spielen. Vor Jahren war es, wenn ich ganz offen bin, mein Traum, »entdeckt« zu werden; das geht vermutlich jedem so, der gern auf der Bühne steht. Dieser Traum verflüchtigte sich leider in der Realität nach und nach. Ich bin deshalb nicht verbittert. Die rationale Seite in mir weiß, dass das, was man will, mit dem, was man bekommt, in der Regel ziemlich wenig zu tun hat. Außerdem muss ich in zehn Tagen wieder nach Hause fahren und mein altes Leben weiterführen.

Das soll nicht negativ klingen. Mein echtes Leben ist nicht schlecht. In meinem Beruf bin ich sogar richtig gut, auch wenn die langen Arbeitstage einen isolieren können. Ich habe noch nie das Land verlassen, habe noch nie ein Flugzeug bestiegen und bekomme nur vage mit, was sonst passiert, hauptsächlich, weil Nachrichtensprecher mich zu Tode langweilen. Was in unserem Land oder auf der Welt so los ist – die Themen von großer politischer Bedeutung bekomme ich kaum mit. Auch wenn der ein oder andere daran Anstoß nehmen wird, gehe ich nicht einmal wählen, und den Nachnamen des Gouverneurs weiß ich nur, weil ich einmal in einer Bar namens Cooper's in Carteret County aufgetreten bin, unweit der Küste North Carolinas, ungefähr eine Stunde von mir zu Hause entfernt.

Was das betrifft …

Ich wohne in Washington, einer Kleinstadt am Ufer des Pamlico River im östlichen North Carolina, die viele entweder *Little Washington* nennen oder *Das originale Washington,* damit es nicht mit unserer Hauptstadt ungefähr fünf Fahrstunden Richtung Nordosten verwechselt wird. Als wäre das überhaupt möglich. Washington und Washington, D.C., sind so unterschiedlich, wie es nur geht; die amerikanische Hauptstadt ist umgeben von Vororten und ein Machtzentrum, während mein Heimatort klein und ländlich ist, mit genau einem Supermarkt namens Piggly Wiggly. Er hat weniger als zehntausend Einwohner, und als Halbwüchsiger fragte ich mich oft, warum überhaupt jemand dort bleiben wollte. Mittlerweile bin ich allerdings zu dem Schluss gekommen, dass es schlimmere Orte gibt. Washington ist friedlich, und die Leute sind nett, von der Sorte, die vorbeifahrenden Autos von der Veranda aus zuwinken. Am Flussufer befinden sich mehrere ganz anständige Restaurants, und für diejenigen, die etwas für Kultur übrighaben, gibt es das Turnage Theater, in dem Einheimische sich von anderen Einheimischen aufgeführte Stücke ansehen können. Es gibt Schulen und einen Walmart und Fast-Food-Lokale, und wettermäßig ist es ideal. Es schneit vielleicht alle zwei oder drei Jahre mal, und im Sommer sind die Temperaturen deutlich gemäßigter als in Staaten wie South Carolina oder Georgia. Segeln auf dem Fluss ist eine beliebte Freizeitbeschäftigung, und ich kann, wenn ich Lust dazu habe, spontan das Surfboard auf den Pick-up laden und schon die erste Welle erwischen, bevor ich meinen großen To-go-Kaffee geleert habe. Bis nach Greenville – einer relativ kleinen, aber richtigen Stadt mit Sportveranstaltungen und Kinos und einer größeren Auswahl an Restaurants – ist es nicht weit, über den Highway ungefähr fünfundzwanzig Minuten in gemächlichem Tempo.

Mit anderen Worten: Mir gefällt es dort. Normalerweise denke ich nicht einmal darüber nach, ob ich etwas Besseres oder Tolleres verpasse. Im Allgemeinen nehme ich die Dinge, wie sie kommen, und versuche, nicht zu viel zu erwarten. Das klingt vielleicht nicht unbedingt spektakulär, aber ich komme damit klar.

Es könnte gut mit meiner Kindheit zu tun haben. Als ich klein war, lebte ich mit meiner Mutter und meiner Schwester in einem kleinen Haus nicht weit vom Fluss entfernt. Meinen Vater kenne ich nicht. Meine Schwester ist sechs Jahre älter, und die Erinnerungen an meine Mutter sind vage, nach der langen Zeit verschwommen. Sie starb, als ich fünf war, weshalb meine Schwester und ich zu meiner Tante und meinem Onkel auf ihren Bauernhof am Stadtrand zogen. Meine Tante ist die viel ältere Schwester meiner Mutter, und auch wenn die beiden nie ein enges Verhältnis hatten, war sie eben unsere einzige lebende Verwandte. In der Vorstellung meiner Tante und meines Onkels taten sie einfach das Erforderliche, weil es außerdem das Richtige war.

Die beiden sind gute Menschen, aber da sie selbst keine Kinder haben, wussten sie vermutlich nicht so recht, worauf sie sich einließen. Den Bauernhof zu bewirtschaften nahm fast ihre gesamte Zeit ein, und meine Schwester Paige und ich waren als Kinder nicht ganz einfach, besonders zu Anfang. Mir passierten ständig Unfälle – damals schoss ich gerade in die Höhe und stolperte bei gefühlt jedem dritten Schritt. Außerdem weinte ich viel, wohl hauptsächlich, weil ich meine Mutter verloren hatte, wobei ich mich daran nicht mehr erinnere. Paige hingegen war frühreif im Hinblick auf pubertäre

Launenhaftigkeit. Sie konnte schreien oder schluchzen oder Wutanfälle bekommen wie kaum eine Zweite und sperrte sich ganze Tage in ihrem Zimmer ein, heulte und verweigerte das Essen. Sie und meine Tante waren von Anfang an wie Feuer und Wasser, ich aber fühlte mich bei ihr immer geborgen. Obwohl meine Tante und mein Onkel sich alle Mühe gaben, müssen wir sie überfordert haben, sodass es nach und nach Paige zufiel, sich um mich zu kümmern. Sie schmierte mir meine Pausenbrote und brachte mich zum Bus, sie kochte mir Dosensuppen oder am Wochenende Käsenudeln aus der Packung und saß bei mir, wenn ich mir Zeichentrickfilme ansah. Und weil wir uns ein Zimmer teilten, war sie diejenige, mit der ich redete, bevor ich einschlief. Manchmal, aber nicht immer, half sie mir bei meinen Aufgaben im Haushalt, zusätzlich zu ihren eigenen. Paige war der Mensch, dem ich mit Abstand am meisten vertraute.

Sie war auch begabt. Sie zeichnete für ihr Leben gern und saß stundenlang an ihren Skizzen, weshalb es mich gar nicht sonderlich überraschte, dass sie letzten Endes Künstlerin wurde. Heutzutage arbeitet sie mit Glas, handgefertigte Nachbildungen von Tiffany-Lampen, die richtig Geld kosten und sehr gefragt sind bei teuren Innenausstattern. Sie hat sich ein ziemlich gut laufendes Onlinegeschäft aufgebaut, und ich bin stolz auf sie, nicht nur, weil sie mir in meiner Kindheit so viel bedeutet hat, sondern auch, weil sie ihr Leben trotz mehrerer Tiefschläge meistert. Es gab Zeiten, das muss ich ehrlich sagen, in denen ich staunte, dass sie überhaupt noch durchhielt.

Nicht, dass hier ein falsches Bild von meiner Tante und meinem Onkel entsteht. Auch wenn Paige sich um mich kümmerte, sorgten sie für das Wichtige. Wir hatten anständige Betten und bekamen jedes Jahr neue Kleidung für die Schule. Es gab immer Milch im Kühlschrank und etwas zu knabbern in der Speisekammer. Keiner der beiden war gewalttätig, sie wurden nur selten laut, und ich glaube, das einzige Mal, dass ich sie ein Glas Wein trinken sah, war an einem Silvesterabend während meiner Teenager-Jahre. Aber ein Bauernhof macht viel Arbeit; in gewisser Weise ist er wie ein forderndes, nie zufriedenzustellendes Kind, und die beiden hatten weder Zeit noch Energie, um Schulveranstaltungen zu besuchen oder uns zu Kindergeburtstagen zu fahren oder auch nur am Wochenende mit uns Ball zu spielen. In der Landwirtschaft gibt es kein Wochenende; Samstage und Sonntage sind wie jeder andere Tag. So ungefähr das Einzige, was wir als Familie gemeinsam machten, war das Abendessen um sechs Uhr, und ich habe das Gefühl, mich an jedes einzelne zu erinnern, vor allem wohl, weil sie alle genau gleich abliefen.

Wir wurden in die Küche gerufen, wo wir halfen, das Essen aufzutragen. Wenn wir saßen, erkundigte sich meine Tante, wie es in der Schule gewesen war, und zwar mehr aus Pflichtgefühl als aus echtem Interesse. Während wir berichteten, bestrich mein Onkel sich zwei Scheiben Brot mit Butter, egal, was es sonst gab, und nickte schweigend zu unseren Antworten, egal, was wir sagten. Danach hörte man nur noch das Klirren von Besteck auf Tellern. Manchmal unterhielten Paige und ich uns, aber meine Tante und mein Onkel konzentrierten sich auf ihre Mahlzeit, als wäre es ein weiterer Arbeitsgang, den sie zu erledigen hatten. Still waren sie normalerweise beide, allerdings trieb mein Onkel die Schweigsamkeit wirklich auf die Spitze. Manchmal vergingen ganze Tage, an denen ich ihn kein Wort sprechen hörte.

Doch er spielte Gitarre und sang. Keine Ahnung, wo er es gelernt hatte, aber er war gar nicht übel und besaß eine raue und dabei klangvolle Stimme, die einen fesselte. Er bevorzugte Songs von Johnny Cash und Kris Kristofferson, und ein- oder zweimal die Woche setzte er sich nach dem Abendessen auf die Veranda und spielte. Als ich Interesse zu zeigen begann – damals muss ich so sieben oder acht gewesen sein –, reichte er mir die Gitarre und half mir mit seinen schwieligen Händen, die Akkorde zu lernen. Ich war alles andere als ein Naturtalent, aber mein Onkel war verblüffend geduldig. Obwohl ich noch so klein war, begriff ich, dass ich meine Leidenschaft gefunden hatte. Paige hatte ihr Zeichnen, ich die Musik.

Ich übte zunehmend auch allein. Dazu begann ich zu singen, hauptsächlich die Lieder, die mein Onkel mochte, weil ich ja keine anderen kannte. Zu Weihnachten schenkten meine Tante und mein Onkel mir eine akustische Gitarre, dann im folgenden Jahr eine E-Gitarre. Ich brachte mir bei, nach dem Gehör die Stücke aus dem Radio nachzuspielen, ohne überhaupt Noten lesen zu können. Mit zwölf vermochte ich einen Song schon nach dem ersten Mal fast perfekt zu kopieren.

Als ich größer wurde, musste ich mehr mithelfen, was bedeutete, dass ich nie so viel Zeit zum Üben hatte, wie ich wollte. Jetzt hatte ich nicht nur morgens die Hühner zu füttern, sondern musste auch Bewässerungsrohre ausbessern oder stundenlang in der Sonne Raupen von den Tabakblättern lesen und zwischen den Fingern zerdrücken, was genauso ekelhaft ist, wie es klingt. Schon als Kind konnte ich alles Motorisierte fahren – Traktoren, Bagger, Mähdrescher, ganz egal – und verbrachte ganze Wochenenden damit. Außerdem lernte ich, alles, was kaputt war, zu reparieren, obwohl mich das bald langweilte. Da meine Aufgaben auf dem Hof und die Musik meine gesamte Zeit einnahmen, sackten meine Schulnoten ab. Mir war es egal. Das einzige Fach, für das ich mich wirklich interessierte, war Musik, besonders, da meine Lehrerin zufällig nebenbei selbst Stücke schrieb. Sie nahm mich unter ihre Fittiche, und mit ihrer Hilfe komponierte ich mit zwölf meinen ersten Song. Ab da war ich Feuer und Flamme und schrieb unentwegt, immer besser und besser.

Zu der Zeit arbeitete Paige bereits bei einem auf Buntglas spezialisierten Künstler in unserer Stadt. Während der Schulzeit hatte sie dort einen Halbtagsjob gehabt, und mittlerweile fertigte sie ihre eigenen Lampen im Tiffany-Stil. Im Gegensatz zu mir hatte sie immer gute Noten gehabt, aber sie wollte nicht aufs College. Stattdessen baute sie sich ihr eigenes Geschäft auf und lernte einen Mann kennen, in den sie sich verliebte. Sie verließ den Bauernhof, zog aus North Carolina fort und heiratete. In jenen Jahren hörte ich kaum von ihr; selbst nachdem sie ein Kind bekommen hatte, sprach ich nur ab und an mit ihr über FaceTime, wo sie müde wirkte und ihr weinendes Kind auf dem Arm hielt. Zum ersten Mal in meinem Leben hatte ich das Gefühl, dass niemand sich um mich kümmerte.

Wenn man das alles zusammennimmt – meine Tante

und mein Onkel stets überarbeitet, mein mangelndes Interesse an der Schule, meine Schwester weit weg und die mir mittlerweile verhassten Pflichten auf dem Hof –, überrascht es wenig, dass ich zu rebellieren begann. In der Highschool lernte ich ein paar Jungs mit den gleichen Neigungen kennen, und wir stachelten uns gegenseitig auf. Anfangs waren es Kleinigkeiten, Steine durch die Fenster verlassener Häuser werfen, Telefonstreiche mitten in der Nacht, hier und da ein geklauter Schokoriegel. Aber nach wenigen Monaten stahl einer dieser Freunde eine Flasche Gin aus dem Schnapsschrank seines Vaters. Wir trafen uns am Fluss und reichten die Flasche herum. Ich trank viel zu viel und musste mich den Rest der Nacht übergeben, doch da ich gerade ehrlich bin, muss ich gestehen, dass ich daraus nicht unbedingt etwas lernte. Statt mich künftig vom Trinken fernzuhalten, verbrachte ich von da an zahllose Wochenenden benebelt. Meine Schulnoten blieben im Keller, und ich drückte mich zunehmend vor meinen Aufgaben auf dem Hof. Ich bin nicht stolz darauf, wie ich mich damals verhielt, aber man kann die Vergangenheit nun mal nicht ändern.

Unmittelbar nach dem Übertritt in die zehnte Klasse nahm mein Leben allerdings eine weitere Wende. Zu dem Zeitpunkt hatte ich kaum noch Kontakt zu meinen Loser-Freunden, und mir kam zu Ohren, dass eine Band in unserer Gegend einen neuen Gitarristen suchte. Ich dachte mir: Warum nicht? Ich war erst fünfzehn, und als ich zum Vorspielen auftauchte, bemerkte ich, dass die Bandmitglieder, alle schon über zwanzig, sich das Lachen verkniffen. Ohne sie zu beachten, steckte ich meine

E-Gitarre ein und spielte Eddie Van Halens Solo aus »Eruption«. Jeder, der sich auskennt, wird bestätigen, dass das nicht so leicht ist. Der langen Rede kurzer Sinn: Am folgenden Wochenende stand ich mit der Band auf der Bühne, nachdem ich ihre Stücke bei unserer einzigen Probe vor dem Auftritt zum ersten Mal gehört hatte. Im Vergleich zu den anderen – mit ihren Piercings und Tattoos und entweder langen oder blond gefärbten kurzen Haaren – sah ich aus wie ein Chorknabe, deshalb wurde ich ganz hinten neben dem Drummer geparkt, selbst bei meinen Solos.

Falls die Musik vorher noch nicht alles andere an den Rand gedrängt hatte, wurde es jetzt schnell so. Ich ging nicht mehr zum Friseur, ließ mir Tattoos stechen, und nach einer Weile durfte ich vorn auf der Bühne stehen. Auf dem Bauernhof half ich praktisch überhaupt nicht mehr. Meine Tante und mein Onkel wussten nicht, wie sie sich verhalten sollten, also beachteten sie mich gar nicht mehr, was die Konflikte auf ein Minimum beschränkte. Ich widmete noch mehr meiner Zeit der Musik, träumte davon, vor ausverkauften Hallen zu spielen.

Rückblickend hätte ich wahrscheinlich wissen müssen, dass daraus nie etwas werden würde, weil die Band nicht besonders gut war. Unsere Songs waren alle in diesem Post-Punk-Kreischstil, und obwohl es Leute gab, die sie wirklich mochten, bin ich mir ziemlich sicher, dass der Großteil unseres Publikums im östlichen North Carolina wenig begeistert war. Dennoch hatten wir bis kurz vor meinem Schulabschluss an zwanzig bis fünfundzwanzig Wochenenden pro Jahr Auftritte, sogar in Kneipen in Charlotte.

Doch es gab Reibungen innerhalb der Band, und die verschlimmerten sich mit der Zeit. Der Sänger wollte unbedingt, dass wir nur die Songs spielten, die er geschrieben hatte. Das klingt vielleicht nicht sehr schlimm, aber das Ego einer Person hat schon mehr Bands zerstört als alles andere. Wir anderen wussten, dass die meisten seiner Stücke mittelmäßig waren. Irgendwann verkündete er, nach Los Angeles zu ziehen, um es allein zu schaffen, da keiner von uns sein Genie zu schätzen wisse. Sobald er abgerauscht war, hörte auch der Drummer auf, der mit siebenundzwanzig der Älteste war und dessen Freundin ihn schon seit geraumer Zeit drängte, häuslicher zu werden. Als er sein Equipment ins Auto lud, nickten wir anderen drei einander zu und packten ein, weil wir wussten, dass es vorbei war. Seit diesem Abend habe ich mit keinem von ihnen jemals wieder gesprochen.

Seltsamerweise war ich weniger deprimiert als einfach ratlos. So gern ich auch auf der Bühne gestanden hatte, es hatte einfach zu viel Stress gegeben und zu wenig positive Entwicklung, zu wenig Aussicht auf Erfolg. Gleichzeitig hatte ich keine Ahnung, was ich mit meinem Leben anfangen sollte, also machte ich erst einmal weiter wie zuvor. Ich schaffte meinen Schulabschluss (wahrscheinlich hatten die Lehrer keine Lust, sich noch ein Jahr mit mir herumzuschlagen) und verbrachte viel Zeit in meinem Zimmer, wo ich Songs schrieb und auf Spotify, Instagram und YouTube einstellte. Niemand schien sie zur Kenntnis zu nehmen. Nach und nach half ich wieder mehr auf dem Hof, obwohl unübersehbar war, dass meine Tante und mein Onkel mich längst aufgegeben hatten. Vor allem aber machte ich eine Bestandsaufnahme meines Lebens. Nachdem ich so lange ausschließlich mit mir selbst beschäftigt gewesen war, sah ich jetzt, dass Tante und Onkel älter wurden und der Hof nicht mehr gut lief. Als ich zu ihnen gezogen war, hatten sie Mais, Baumwolle, Blaubeeren und Tabak angepflanzt und mehrere Tausend Hühner gehalten. All das hatte sich in den vergangenen Jahren geändert. Schlechte Ernten und schlechte Geschäftsentscheidungen und schlechte Preise und schlechte Kredite hatten dazu geführt, dass ein Gutteil ihres Grundbesitzes mit der Zeit entweder verkauft oder an die Nachbarn verpachtet worden war. Ich war erstaunt, wie mir das entgangen sein konnte; wobei ich eigentlich wusste, warum.

Dann, an einem warmen Augustmorgen, hatte mein Onkel einen schweren Herzinfarkt, als er gerade zum Traktor lief. Seine linke Herzkranzarterie war vollständig verstopft; wie uns erklärt wurde, nennt sich dieser Infarkt auch Witwenmacher, weil die Überlebenschancen unglaublich gering sind. Er starb, noch bevor der Krankenwagen eintraf. Meine Tante fand ihn, und ich habe nie jemanden so schreien und heulen hören wie sie an jenem Morgen.

Paige kam zur Beerdigung nach Hause und blieb ein Weilchen, obwohl sie ihr Kind bei ihrem Mann und der Schwiegermutter gelassen hatte. Ich hatte Sorge, dass ihre Rückkehr neuen Unfrieden stiften würde, aber meine Schwester erkannte offenbar, dass meine Tante innerlich gebrochen war. Da ich sie und meinen Onkel nie sonderlich zärtlich miteinander umgehen gesehen hatte, war ich davon ausgegangen, dass sie mehr Geschäftspartner gewesen waren als ineinander verliebt. Doch das stimmte ganz offensichtlich nicht. Ab da wirkte meine Tante wie eingesunken. Sie aß kaum und hatte immer ein Taschentuch bei sich, um den stetigen Tränenstrom zu trocknen. Paige hörte sich stundenlang altbekannte Geschichten an, machte den Haushalt und sorgte dafür, dass die Angestellten auf dem Hof sich an den Zeitplan hielten. Aber sie konnte nicht ewig bleiben, und als sie wieder weg war, versuchte ich unwillkürlich, mich genauso um alles zu kümmern wie sie.

Abgesehen davon, dass ich den Hof führte und aufpasste, dass meine Tante genug aß, sichtete ich die Stapel von Rechnungen und Quittungen auf dem Schreibtisch meines Onkels. Selbst meine rudimentären Mathekenntnisse verrieten mir, dass die Lage chaotisch war. Der Tabak warf zwar immer noch Profit ab, aber die Hühner, der Mais und die Baumwolle waren nach und nach zum Verlustgeschäft geworden. Um die drohende Insolvenz abzuwenden, hatte mein Onkel bereits in die Wege geleitet, noch mehr Land an die Nachbarn zu verpachten. Auch wenn das die unmittelbaren Probleme gelöst hätte, wusste ich, dass der Hof dadurch langfristig noch stärker leiden würde. Meine spontane Reaktion war, meiner Tante vorzuschlagen, den Rest auch noch zu verkaufen, damit sie ein Häuschen erwerben und sich zur Ruhe setzen konnte, doch das lehnte sie rundheraus ab.

Ungefähr um diese Zeit fand ich auch Artikel aus diversen Zeitschriften und Informationsblättern, die mein Onkel ausgeschnitten hatte und in denen es um den Markt für gesündere und ausgefallenere Lebensmittel ging. Dazu Notizen und bereits fertiggestellte Einnahmeberechnungen. Mein Onkel mag schweigsam und alles in allem kein guter Geschäftsmann gewesen sein, aber er hatte eindeutig über Veränderungen nachgedacht. Die besprach ich nun mit meiner Tante, und letzten Endes stimmte sie zu, dass die einzige Option für uns war, die Pläne meines Onkels umzusetzen.

Wir hatten nicht für alles sofort genug Geld, aber im Laufe der vergangenen sieben Jahre schafften wir mit gewaltiger Anstrengung, Risiken, Herausforderungen, finanzieller Unterstützung durch Paige, gelegentlichen Glücksfällen und viel zu vielen schlaflosen Nächten den Wechsel von Fleischhühnern hin zu Bio-Eiern aus Freilandhaltung, die wir an Supermärkte in North und South Carolina liefern und die eine viel höhere Gewinnspanne haben. Zwar bauen wir weiterhin Tabak an, auf den übrigen Flächen aber konzentrieren wir uns auf alte Tomatensorten, wie sie bei Nobelrestaurants und hochpreisigen Lebensmittelgeschäften beliebt sind. Auch dabei hat sich die Gewinnmarge als beträchtlich erwiesen.

Vor vier Jahren schrieb der Hof zum ersten Mal seit Ewigkeiten schwarze Zahlen, und mit der Zeit konnten wir unsere Schulden auf ein vertretbares Maß reduzieren. Wir haben sogar angefangen, ein paar der Pachtverträge mit den Nachbarn aufzulösen, sodass der Hof wieder wächst, und im letzten Jahr machten wir mehr Gewinn als je zuvor.

Wie gesagt, in meinem Beruf bin ich ziemlich gut.

Ich bin Farmer.

2

Ja, ich weiß. Meine berufliche Laufbahn kommt selbst mir unwahrscheinlich vor, erst recht, weil ich viele Jahre lang gegen so ungefähr alles, was mit Landwirtschaft zu tun hatte, einen Widerwillen hegte. Letzten Endes habe ich akzeptiert, dass man seinen Weg im Leben nicht immer selbst wählen darf; manchmal wird er für einen gewählt.

Außerdem bin ich froh, dass ich meiner Tante helfen konnte. Paige ist so stolz auf mich, und das weiß ich, weil wir einander jetzt sehr viel sehen. Ihre Ehe nahm ein schreckliches Ende – so ungefähr das schlimmste vorstellbare –, und vor sechs Jahren zog sie zu uns zurück. Eine Zeit lang wohnten wir wie früher alle zusammen im Haus, aber bald schon merkten Paige und ich, dass wir als Erwachsene kein Zimmer mehr miteinander teilen wollten. Also baute ich für meine Tante ein kleineres, leicht instand zu haltendes Haus auf der anderen Straßenseite, am Rand unseres Grundstücks. Jetzt wohnen meine Schwester und ich zusammen, was für manche vielleicht seltsam klingt, aber ich genieße es, weil sie immer noch meine beste Freundin auf der Welt ist. Sie hat ihre Glaswerkstatt in der Scheune, ich kümmere mich um den Hof, und wir essen mehrmals in der Woche gemeinsam.

Mit anderen Worten, mein Leben ist momentan ziemlich gut, aber die Sache ist die: Wenn ich Leuten erzähle, dass ich Farmer bin, legen die meisten den Kopf schief und mustern mich komisch. Oft wissen sie nicht, was sie darauf entgegnen sollen. Wenn ich dagegen sage, dass meiner Familie ein großer Bauernhof gehört, dann lächeln sie und stellen Fragen. Warum das so ein Unterschied ist, weiß ich nicht genau, aber es ist mir auch hier in Florida schon mehrfach passiert. Manchmal unterhält sich nach einem Konzert jemand mit mir, und wenn derjenige erfährt, dass ich nicht aus der Musikbranche bin, kommt die Sprache früher oder später darauf, was ich beruflich mache. Je nachdem, ob ich das Gespräch beenden möchte oder nicht, habe ich mir angewöhnt, entweder zu sagen, ich bin Farmer, oder, ich besitze einen Bauernhof.

Obwohl es die letzten Jahre so gut lief, kann der Stress auch ermüdend sein. Alltägliche Entscheidungen haben oft langfristige Auswirkungen, und jede ist mit einer anderen verknüpft. Bringe ich den Traktor in die Werkstatt, damit ich mehr Zeit für Kunden habe? Oder repariere ich ihn selbst, um die tausend Dollar zu sparen? Pflanze ich mehr unterschiedliche Tomatensorten an, oder spezialisiere ich mich auf wenige und suche mehr Abnehmer? Mutter Natur ist zudem launisch, gewisse Entscheidungen erscheinen im Moment richtig, und trotzdem kann hinterher etwas Schlimmes passieren. Werden die Heizgeräte gut funktionieren, damit die Hühner an den wenigen Tagen, an denen es schneit, nicht frieren? Wird der Hurrikan an uns vorbeiziehen, oder werden Wind und Regen die Ernte vernichten?

Jeden Tag bin ich dafür verantwortlich, gesundes Gemüse und gesunde Hühner zu züchten, und jeden Tag stehe ich vor irgendeiner Herausforderung. Während manches stetig wächst, verfällt anderes beständig, und ein perfektes Gleichgewicht zu erzielen, fühlt sich manchmal wie eine unmögliche Aufgabe an. Ich könnte vierundzwanzig Stunden am Tag arbeiten und trotzdem nie sagen: Das reicht. Mehr ist nicht zu tun.

Das alles erwähne ich nur, um zu erklären, warum diese drei Wochen in Florida meine erste echte Pause seit sieben Jahren sind. Paige, meine Tante und der Verwalter bestanden darauf, dass ich das Angebot annehme. Bevor ich hierherkam, hatte ich nie auch nur eine einzige Woche frei, und die Wochenenden, an denen ich mich zwang, mal abzuschalten, kann ich an einer Hand abzählen. Auch jetzt drängen sich andauernd Gedanken an den Hof auf; in der ersten Woche habe ich meine Tante bestimmt zehn Mal angerufen, um mich zu erkundigen, wie es läuft. Schließlich verbot sie mir, mich weiterhin zu melden. Sie und der Verwalter kämen schon mit allem zurecht. In den letzten drei Tagen habe ich überhaupt nicht angerufen, selbst wenn der Drang fast überwältigend wurde. Und auch mit Paige habe ich nicht telefoniert. Vor meiner Abreise bekam sie einen ziemlich großen Auftrag, und wenn sie so richtig im Arbeitsmodus ist, hebt sie ohnehin nicht ab. Das alles bedeutet, dass ich nicht nur im Urlaub, sondern zum ersten Mal seit einer gefühlten Ewigkeit allein mit meinen Gedanken bin.

Meiner Freundin Michelle hätte diese entspannte und gesunde, nicht arbeitende Version von mir bestimmt gefallen. Besser gesagt, meiner Ex-Freundin. Michelle beklagte sich immer, dass ich mich mehr auf den Hof konzentriere als auf mein Leben. Wir kannten uns seit der Highschool, wenn auch nur flüchtig, da sie, das hübscheste Mädchen der ganzen Schule, mit einem der Football-Spieler zusammen und zwei Jahre älter als ich war. Aber sie war immer freundlich, wenn wir uns im Flur begegneten.

Zwischendurch verschwand sie einige Jahre aus meinem Leben, bis wir uns bei einer Party trafen, nachdem sie das College abgeschlossen hatte. Sie war Krankenschwester geworden und hatte am Vidant Medical Center gearbeitet, war aber wieder bei ihren Eltern eingezogen, um Geld für eine Eigentumswohnung in Greenville zusammenzusparen.

Jenes erste Gespräch führte zu einem Date, dann einem zweiten, und in den zwei Jahren unserer Beziehung empfand ich mich als Glückspilz. Sie war klug und verantwortungsbewusst und hatte Sinn für Humor, aber ihre Nachtschichten und mein dauerndes Arbeiten sorgten dafür, dass uns wenig Zeit füreinander blieb. Wir hätten es vielleicht trotzdem schaffen können, doch nach einer Weile erkannte ich, dass ich sie nur mochte, nicht liebte. Ich bin ziemlich sicher, dass es ihr genauso ging, und als sie schließlich ihre Wohnung gekauft hatte, wurde es praktisch unmöglich, sich zu sehen. Es gab keine unschöne Trennung, keine Wut, keinen Streit, keine Beschimpfungen; wir schrieben und telefonierten einfach immer weniger, bis der Moment kam, an dem wir schon zwei Wochen nichts voneinander gehört hatten. Obwohl wir unsere Beziehung nicht offiziell beendet hatten, wussten wir beide, dass sie vorbei war.

Ein paar Monate später lernte sie einen anderen kennen, und vor ungefähr einem Jahr las ich auf ihrer Instagram-Seite, dass sie verlobt war. Um es uns beiden leichter zu machen, kappte ich die Verbindung über soziale Medien, löschte ihre Nummer aus meinem Handy und habe seitdem nichts mehr von ihr gehört.

Hier in Florida muss ich öfter als sonst an sie denken,

vielleicht weil ich überall Paare sehe. Sie kommen zu meinen Auftritten, sie halten Händchen am Strand, sie sitzen einander im Restaurant gegenüber und sehen sich in die Augen. Es gibt natürlich auch Familien hier, aber nicht so viele, wie ich erwartet hatte. Ich weiß nicht, wann in Florida Ferien sind, wahrscheinlich sitzen die Kinder einfach noch im Klassenzimmer.

Allerdings fiel mir gestern eine Gruppe junger Frauen auf, ein paar Stunden vor meinem Auftritt. Es war früher Nachmittag, und ich ging nach dem Essen am Wasser spazieren. Weil es heiß und sonnig und leicht schwül war, hatte ich mein T-Shirt ausgezogen und wischte mir damit den Schweiß aus dem Gesicht.

Als ich mich dem Don CeSar näherte, tauchte hinter der Brandung kurz etwas Graues aus dem Wasser auf und verschwand wieder, und danach gleich noch einmal. Ich brauchte ein paar Sekunden, um zu begreifen, dass es eine Schule Delfine war, die träge parallel zum Strand schwamm. Ich blieb stehen, um sie zu beobachten, weil ich noch nie welche in freier Natur gesehen hatte. Da hörte ich das Grüppchen näher kommen und ein paar Meter von mir entfernt stehen bleiben.

Die vier jungen Frauen unterhielten sich laut, und zu meinem Erstaunen stellte ich fest, wie verblüffend attraktiv sie allesamt waren, in ihrer bunten Badebekleidung und mit den ebenmäßigen Zähnen, die beim Lachen blitzten. Sie wirkten bereit für ein Fotoshooting. Ich schätzte sie auf ein paar Jahre jünger als ich, wahrscheinlich College-Studentinnen in den Ferien.

Gerade als ich mich wieder den Delfinen zuwenden wollte, stieß eine von ihnen einen kleinen Schrei aus und zeigte auch in die Richtung. Aus dem Augenwinkel sah ich, dass alle sich dorthin drehten. Obwohl ich nicht absichtlich lauschte, waren sie schwer zu überhören.

»Ist das ein Hai?«, fragte eine.

»Wahrscheinlich ein Delfin«, antwortete eine andere.

»Aber er hat eine Rückenflosse.«

»Die haben Delfine auch.«

Insgeheim grinste ich und dachte, dass ich vielleicht gar nicht so viel verpasst hatte, indem ich nicht zum College gegangen war. Wenig überraschend stellten sie sich zu Selfies auf, versuchten, die Delfine mit auf die Fotos zu bekommen. Nach einer Weile zogen sie die üblichen albernen Gesichter, wie man sie aus den sozialen Medien kennt: den Kussmund, das ekstatische *Wir haben so viel Spaß* und das ernste *Ich wäre gern Supermodel,* das Michelle immer als Toter-Fisch-Miene bezeichnet hatte. Bei der Erinnerung prustete ich halblaut.

Eine der Frauen musste mich gehört haben, denn sie sah plötzlich in meine Richtung. Demonstrativ mied ich den Augenkontakt und sah starr den Delfinen nach. Als sie schließlich Richtung offenes Meer davonschwammen, wollte ich mich auf den Rückweg begeben. Ich machte einen kleinen Bogen um die Frauen, von denen drei immer noch mit ihren Selfies beschäftigt waren, aber diejenige, die sich zu mir umgedreht hatte, fing meinen Blick auf.

»Coole Tattoos«, sagte sie, als ich auf ihrer Höhe war, und ich muss zugeben, dass die Bemerkung mich überrumpelte. Es war nicht unbedingt Flirten, sie wirkte eher amüsiert. Einen Moment lang schwankte ich, ob ich anhalten und mich vorstellen sollte, ließ es aber bleiben.

Man musste kein Astrophysiker sein, um zu kapieren, dass sie in einer ganz anderen Liga spielte als ich, also lächelte ich nur kurz und ging weiter.

Als sie über meine mangelnde Reaktion eine Augenbraue hochzog, hatte ich das Gefühl, dass sie genau wusste, was ich dachte. Sie wandte sich wieder ihren Freundinnen zu, und ich lief weiter, wehrte mich gegen den Drang, mich umzudrehen. Je mehr ich mich bemühte, desto schwerer wurde es; schließlich gestattete ich mir einen Blick über die Schulter.

Offenbar hatte sie genau darauf gewartet. Sie hatte immer noch diese belustigte Miene, und als sie mich wissend anlächelte, drehte ich hastig den Kopf nach vorn und beschleunigte den Schritt. Die Hitze, die mir dabei den Hals hinaufkroch, hatte nichts mit der Sonne zu tun.

3

Dort auf meinem Klappstuhl am Strand waren meine Gedanken unwillkürlich wieder zu der Begegnung mit dieser Frau abgeschweift. Ich hatte nicht im engeren Sinne nach ihr oder ihren Freundinnen gesucht, hätte aber auch nichts dagegen einzuwenden gehabt, sie zu treffen, weshalb ich überhaupt meine Sachen extra bis an den Strand geschleppt hatte. Bis dahin zwar ohne Erfolg, doch ich hatte so oder so einen schönen Tag gehabt. Nach einer Runde Joggen hatte ich ein paar Fisch-Tacos in einem Lokal namens The Toasted Monkey verschlungen. Da sonst nichts Dringendes angelegen hatte, war ich im Anschluss am Strand gelandet. Ich hätte mir natürlich auch etwas Produktiveres einfallen lassen können, als praktisch um Hautkrebs zu betteln. Ray meinte, im Fort De Soto Park könne man gut kajaken, und Paige hatte mir eingeschärft, mir das Dalí anzusehen, ein ausschließlich dem Werk Salvador Dalís gewidmetes Museum. Wahrscheinlich hatte sie das auf Tripadvisor gelesen, und ich nahm es mir auch vor, aber bisher übte es auf mich einen deutlich stärkeren Reiz aus, kaltes Bier zu schlürfen und den Privatier zu spielen.

Als die Sonne sich langsam senkte, klappte ich den Deckel der Kühlbox auf und holte mir mein zweites (und wahrscheinlich letztes) Bier für diesen Tag heraus. Ich hatte vor, es ganz langsam zu trinken, dabei noch den Sonnenuntergang anzuschauen, und dann ins Sandbar Bill's zu gehen, einen coolen Laden am Strand, in dem es die besten Cheeseburger weit und breit gab. Was den Abend betraf, wusste ich noch nicht genau, worauf ich Lust hatte. Natürlich konnte ich ein paar Kneipen in St. Petersburg ausprobieren, aber samstags war es dort wahrscheinlich ziemlich voll, und dazu war ich nicht richtig in Stimmung. Was sonst? Einen Song schreiben? Eine Netflix-Serie sehen, wie Paige und ich es manchmal zusammen taten? Eins der Bücher lesen, die ich dabei, aber noch nicht angefangen hatte? Das wollte ich auf mich zukommen lassen.

Der Strand war immer noch so voll wie bei meiner Ankunft zuvor. Hotelgäste des Don CeSar aalten sich im Schatten von Schirmen auf Liegestühlen, näher am Wasser hatten Dutzende von Touristen bunte Handtücher ausgebreitet. Ein paar kleine Kinder bauten eine

Sandburg, und weiter hinten ging eine Frau mit einem Hund spazieren, dessen Zunge ihm bis auf die Pfoten hing. Immer noch war die Musik vom Pool zu hören, ab und zu zuckte ich bei einer falschen Note zusammen.

Und so kam es, dass ich sie weder auf mich zukommen hörte noch sah. Ich merkte nur, dass plötzlich jemand vor mir stand und einen Schatten auf mein Gesicht warf.

»Hallo«, sagte die Frau vom Tag zuvor, ohne einen Hauch von Befangenheit. »Hast du nicht gestern Abend im Bobby T's gespielt?«

4

Wahrscheinlich sollte ich noch etwas erklären. Obwohl ich ja gehofft hatte, die dunkelhaarige Schönheit am Strand wiederzutreffen, hatte ich für diesen Fall keinen weiteren Plan ausgearbeitet. Ich bin nicht schüchtern bei Frauen, nur außer Übung. Zu Hause gehe ich selten aus. Meine Ausrede lautet üblicherweise, dass ich zu müde bin. Offen gestanden ähnelt aber, wenn man sein gesamtes Leben am selben Ort verbracht hat, so ungefähr jede Feierabendbeschäftigung dem alten Film *Und täglich grüßt das Murmeltier*. Man geht in genau dieselben Lokale und sieht dort genau dieselben Leute und macht genau dieselben Sachen – und wie oft kann man solch ein endloses Déjà-vu ertragen, ohne ins Grübeln zu kommen, was das Ganze eigentlich soll?

Was ich damit sagen will, ist, dass ich im Plaudern mit

schönen Fremden etwas eingerostet war und die Frau deshalb wortlos angaffte.

»Hallo? Jemand zu Hause?«, fragte sie in die Stille. »Oder hast du die Kühlbox schon komplett geleert, was bedeuten würde, ich sollte besser auf der Stelle gehen?«

Das war eindeutig nicht ernst gemeint, aber ich reagierte nicht auf ihren Scherz, während ich sie betrachtete; sie trug ein weißes abgeschnittenes T-Shirt zu ausgeblichenen Jeans-Shorts, unter denen man einen verführerischen lila Bikini erkennen konnte. Sie sah aus, als wäre sie vielleicht zum Teil asiatischer Abstammung, und ihre dicken, welligen Haare waren auf eine lässig unordentliche Art vom Wind zerzaust, als hätte sie den Tag im Freien verbracht, wie ich. Ich hob meine Flasche leicht an.

»Das ist erst mein zweites heute«, brachte ich schließlich heraus. »Aber ob du wieder gehst, liegt an dir. Und ja, könnte sein, dass du mich gestern im Bobby T's gehört hast, je nachdem, wann du da warst.«

»Außerdem warst du gestern hier am Strand der Typ, der meine Freundinnen und mich belauscht hat, oder?«

»Ich hab nicht gelauscht«, widersprach ich. »Ihr wart so laut.«

»Und du hast mich angestarrt.«

»Ich hab die Delfine beobachtet.«

»Hast du etwa nicht über die Schulter zurückgesehen, als du gegangen bist?«

»Nein, ich hab mir nur den Nacken gedehnt.«

Sie lachte. »Was machst du hier hinter dem Hotel? Wolltest du wieder aus Versehen meine Freundinnen und mich belauschen?«

»Ich bin hier, um den Sonnenuntergang zu genießen.«

»Du bist *seit Stunden* hier.«

»Woher weißt du das?«

»Weil ich dich habe vorbeilaufen sehen. Wir waren am Pool.«

»Du hast mich bemerkt?«

»Du bist schwer zu übersehen mit deinem ganzen Krempel. Und du hättest dich überall hinsetzen können. Falls es dir nur um den Sonnenuntergang ging, meine ich.« Ihre braunen Augen blitzten keck.

»Möchtest du ein Bier?«, konterte ich. »Da du ja offenbar hergekommen bist, um dich mit mir zu unterhalten?«

»Nein, danke.«

Ich zögerte. »Du bist doch alt genug zum Trinken, oder? Ich möchte hier nicht der schmierige Fünfundzwanzigjährige sein, der Minderjährigen Alkohol anbietet.«

»Ja, gerade einundzwanzig geworden. Ich hab auch schon einen College-Abschluss und alles.«

»Wo sind denn deine Freundinnen?«

»Noch am Pool.« Sie zuckte die Achseln. »Sie haben sich gerade Margaritas bestellt, als ich gegangen bin.«

»Klingt nach einem angenehmen Nachmittag.«

Sie deutete mit dem Kopf auf meinen Stuhl. »Darf ich mir dein Handtuch leihen?«

»Mein Handtuch?«

»Ja, bitte.«

Ich hätte fragen können, warum, stand aber einfach auf und gab es ihr.

»Danke.« Sie schlug es aus, legte es neben meinem Stuhl auf den Sand und ließ sich darauf nieder. Ich setzte mich wieder hin und beobachtete, wie sie sich auf die Ellbogen stützte, die langen, sonnengebräunten Beine vor sich ausgestreckt. Ein paar Sekunden lang schwiegen wir beide. »Ich heiße übrigens Morgan Lee«, sagte sie schließlich.

»Colby Mills.«

»Ich weiß. Ich hab ja deinen Auftritt gesehen.«

Ach ja. »Wo kommst du her?«

»Aus Chicago«, antwortete sie. »Genauer gesagt Lincoln Park.«

»Das sagt mir nichts. Ich war noch nie in Chicago.«

»Lincoln Park ist ein Viertel direkt am See.«

»Welchem See?«

»Lake Michigan natürlich.« Ungläubig zog sie eine Augenbraue hoch. »Einer der Großen Seen?«

»Lake Michigan der Große?«

Sie lachte über meinen miesen Witz, ein tiefes und kehliges Grollen, was bei einer so zarten Gestalt verblüffte. »Genau. Der ist wunderschön und riesig. Sieht so aus wie hier.«

»Gibt es Strände?«

»Ja. Nicht mit perfektem, weißem Sand oder Palmen, aber im Sommer ist dort gut was los. Manchmal sind sogar richtig hohe Wellen.«

»Warst du da auch auf dem College?«

»Nein. Ich war auf der Indiana University.«

»Und lass mich raten: Dieser Urlaub ist ein Geschenk deiner Eltern zum Examen, bevor du in die echte Welt rausmusst?«

»Beeindruckend«, sagte sie mit einem prüfenden Blick. »Das dürftest du zwischen gestern und heute ausgetüftelt haben, was wiederum bedeutet, dass du an mich gedacht hast, stimmt's?«

Darauf brauchte ich nicht zu antworten. *Ertappt.*

»Aber ja, du hast recht«, fuhr sie fort. »Ich glaube, es tat ihnen leid, dass ich mich mit diesem ganzen Covid-Theater rumschlagen musste, was das Studium eine Zeit lang ziemlich vermiest hat. Und natürlich freuen sie sich extrem, dass ich meinen Abschluss habe, also haben sie für mich und meine Freundinnen die Reise gebucht.«

»Mich wundert, dass ihr nicht nach Miami wolltet. St. Pete Beach ist nicht gerade der Nabel der Welt.«

»Ich liebe es hier.« Sie zuckte die Achseln. »Früher haben wir jedes Jahr hier Urlaub gemacht und immer im Don gewohnt.« Sie musterte mich mit unverhohlener Neugier. »Und du? Wie lange wohnst du schon hier?«

»Gar nicht, ich wohne in North Carolina. Ich bin nur hier, weil ich ein paar Wochen lang im Bobby T's auftrete.«

»Ist das dein Beruf? Reisender Musiker?«

»Nein, das mache ich zum ersten Mal.«

»Wie bist du dann hier gelandet?«

»Ich habe zu Hause bei einer Party gespielt, und durch einen komischen Zufall war der Künstleragent für das Bobby T's gerade bei einem Freund von mir zu Besuch und hat mich gehört. Jedenfalls hat er mich hinterher gefragt, ob ich Lust hätte, hier ein paar Konzerte zu geben. Meine Reisekosten muss ich selbst tragen, aber es war eine Chance, mal nach Florida zu kommen. Ich glaube, er war überrascht, dass ich Ja gesagt habe.«

»Warum denn?«

»Na ja, wahrscheinlich mache ich nach Abzug der

Reisekosten nicht mal ein Plus. Es ist einfach eine schöne Ausrede, um mal rauszukommen.«

»Dem Publikum hat deine Musik offenbar gefallen.«

»Ach, denen würde alles gefallen, glaube ich«, wehrte ich ab.

»Und ich glaube, du stellst dein Licht unter den Scheffel. Viele Frauen haben dich mit Kulleraugen angesehen.«

»Kulleraugen?«

»Du weißt schon, was ich meine. Als die eine nach dem Konzert mit dir geredet hat, dachte ich echt, die befummelt dich an Ort und Stelle.«

»Das möchte ich bezweifeln.« Ehrlich gesagt konnte ich mich kaum erinnern, nach dem Auftritt mit jemandem gesprochen zu haben.

»Und, wo hast du singen gelernt?«, fragte sie. »Hattest du Unterricht, oder hast du in einer Band gespielt oder was?«

»Während der Schulzeit war ich in einer Band.« Ich fasste kurz meine wenig glamouröse Phase mit den Post-Punkern zusammen.

»Hat der Sänger denn je den Durchbruch geschafft?« Sie lachte. »In Los Angeles?«

»Falls ja, habe ich davon nichts mitbekommen.«

»Hast du früher schon mal in so Läden wie dem Bobby T's gespielt?«

»Nein. Stell dir eher schmuddelige Kneipen und Clubs vor, wo die Polizei gerufen wird, wenn die Leute sich prügeln.«

»Hattest du Groupies? So wie jetzt?«

Wieder zog sie mich auf, aber ich musste zugeben, dass es mir gefiel. »Es gab ein paar Mädels, die man wohl als Stammpublikum bezeichnen konnte, aber die haben sich nicht für mich interessiert.«

»Du Armer.«

»Sie waren auch nicht mein Typ.« Ich runzelte die Stirn. »Bei genauerer Betrachtung waren sie vermutlich niemandes Typ.«

Morgan grinste, wobei Grübchen entstanden, die mir bisher noch nicht aufgefallen waren. »Also, wenn du nicht in einer Band spielst und selten auftrittst, was machst du dann beruflich?«

Selbstverständlich sagte ich: »Meiner Familie gehört ein Bauernhof.«

Sie taxierte mich mit prüfendem Blick. »Du siehst gar nicht aus wie ein Farmer.«

»Das liegt daran, dass ich meine Latzhose und meinen Strohhut nicht anhabe.«

Wieder stieß sie dieses tiefe Lachen aus, und ich stellte fest, dass ich das Geräusch sehr mochte. »Was baut ihr so an?« Während ich unsere Produkte beschrieb und an wen wir sie lieferten, zog sie die Beine an und schlang die Arme darum. Ihr makelloser roter Zehennagellack funkelte. »Ich kaufe nur Eier von freilaufenden Hühnern«, sagte sie nickend. »Mir tun die Tiere, die ihr ganzes Leben in einem winzigen Käfig verbringen müssen, so leid! Aber Tabak verursacht Krebs.«

»Zigaretten verursachen Krebs. Ich baue nur eine grüne Pflanze an, deren Blätter ich ernte, trockne und verkaufe.«

Sie klimperte mit ihren langen, dunklen Wimpern und lächelte mich nachsichtig an. »Also gut, du Spezialist. Was genau ist mit alten Tomatensorten gemeint? Ich meine, im Prinzip ist mir das schon klar, aber was unterscheidet sie von den normalen Sorten, abgesehen davon, dass sie andere Farben oder Formen haben?«

»Die meisten Tomaten, die man im Supermarkt bekommt, sind Hybride, was bedeutet, sie sind genmanipuliert – in der Regel, damit sie den Transport besser überstehen. Die Kehrseite ist, dass Hybride weniger Geschmack haben. Die alten Sorten sind keine Hybride, deshalb hat jede ihr ganz eigenes Aroma.«

Natürlich gab es zu dem Thema noch viel mehr zu sagen, zum Beispiel, ob offene Bestäubung angewandt wurde oder nicht, ob Saatgut gekauft oder selbst gewonnen wurde, der Einfluss der Böden auf den Geschmack, das Klima. Aber nur Leute, die selbst Gemüse zogen, interessierten sich wirklich für solche Einzelheiten.

»Das ist ziemlich cool«, sagte sie. »Ich glaube nicht, dass ich schon mal einen Farmer kennengelernt habe.«

»Es gibt das Gerücht, dass wir fast als Menschen durchgehen können.«

»Ha, ha.«

Ich grinste und spürte mir etwas zu Kopf steigen, was eindeutig nicht das Bier war. »Was ist mit dir? Wie lange bleibst du hier?«

»Noch bis morgen in einer Woche. Wir sind gestern angekommen. Kurz bevor du uns am Strand gesehen hast, genauer gesagt.«

»Warum habt ihr nicht lieber ein Ferienhaus gemietet?«

»Ich bezweifle, dass meine Eltern überhaupt auf die Idee gekommen sind. Außerdem habe ich nostalgische Gefühle gegenüber dem Don.« Sie zog eine Grimasse. »Und keine von uns kocht gern.«

»Dann hast du vermutlich in der Schule das Kantinenessen genommen.«

»Stimmt. Und das hier soll ja auch Urlaub sein.«

Ich grinste. »Ich glaube nicht, dass ich dich und deine Freundinnen gestern bei meinem Auftritt gesehen habe.«

»Wir haben nur ungefähr die letzte Viertelstunde mitbekommen. Es war ziemlich voll, wir mussten draußen am Strand stehen.«

»Tja, Freitagabend eben. Alle feiern, dass Wochenende ist.« Weil mein Bier mittlerweile warm war, kippte ich den Rest in den Sand. »Möchtest du ein Wasser?«

»Sehr gern.«

Ich öffnete die Kühlbox. Das Eis war zwar inzwischen geschmolzen, die Flaschen waren aber noch kalt. Ich nahm eine für Morgan heraus und eine für mich.

Sie setzte sich auf und wedelte mit der Flasche zum Wasser hin. »Hey, ich glaube, die Delfine sind wieder da!«, rief sie und beschirmte sich die Augen mit der Hand. »Das muss wohl ihre normale Route sein.«

»Kann sein. Oder es ist eine andere Schule. Das Meer ist ja ziemlich groß.«

»Streng genommen ist hier nicht das Meer, glaube ich, sondern ein Golf.«

»Worin liegt der Unterschied?«

»Ich habe keine Ahnung«, gab sie zu, und dieses Mal war ich es, der lachen musste. Schweigend beobachteten wir die Delfine in den Wellen. Ich war immer noch nicht ganz sicher, warum Morgan mich angesprochen hatte, denn sie war hübsch genug, um sich jeden Mann aussuchen zu können. Beim Trinken betrachtete ich verstohlen ihr Profil mit der ganz leicht nach oben zeigenden Nase und den vollen Lippen.

Mittlerweile war der Himmel leicht verblasst. Nach und nach brachen die Leute auf, schüttelten Handtücher aus und sammelten Plastikspielzeug ein, klappten Stühle zusammen und stopften Gegenstände in Strandtaschen. Am Vortag hatte ich Morgan und ihre Freundinnen zum ersten Mal gesehen, und ich staunte darüber, dass ich jetzt neben ihr saß. Mir passierte so etwas eigentlich nicht, aber sie war vielleicht daran gewöhnt, Fremde auf Anhieb für sich einnehmen zu können. Jedenfalls fehlte es ihr nicht an Selbstvertrauen.

Langsam schwammen die Delfine an uns vorbei, und aus dem Augenwinkel sah ich ein melancholisches Lächeln über Morgans Lippen huschen. Sie seufzte.

»Ich sollte wohl mal wieder zurückgehen, bevor meine Freundinnen sich Sorgen machen.«

Ich nickte. »Ich gehe jetzt auch besser.«

»Was sollte dann das Gerede über den Sonnenuntergang?«

»Den sehe ich mir ein anderes Mal an.«

Grinsend erhob sie sich und wischte sich den Sand von den Beinen. Ich hob das Handtuch auf und warf es mir über die Schulter.

»Spielst du heute auch?«, fragte sie und sah mir dabei in die Augen.

»Nein, erst morgen um fünf wieder.«

»Dann einen schönen freien Abend.« Ihr Blick schweifte zum Hotelpool und anschließend zurück zu mir. Zum ersten Mal hatte ich den Eindruck, dass sie nervös war. »War nett, dich kennenzulernen, Colby.«

»Dich auch.«

Sie war schon einen Schritt gegangen, als sie sich plötzlich umdrehte. »Hast du heute Abend schon was vor?« Sie zögerte kurz. »Ich meine, später am Abend.«

»Eigentlich nicht.«

Sie schlang sich die Arme um den Oberkörper. »Wir wollen ins MacDinton's. Kennst du das? In St. Petersburg? Das ist ein Irish Pub, glaube ich.«

»Davon habe ich noch nie gehört, aber das heißt nichts.«

»Komm doch auch«, drängte sie. »Da du heute frei hast, meine ich.«

»Okay. Vielleicht.« Ich nickte, und mir war jetzt schon klar, dass ich hinfahren würde. Offenbar wusste sie es ebenfalls, denn sie lächelte mich strahlend an und lief dann zum Hotel.

Ich rief ihr nach: »Hey, Morgan?«

Ohne richtig anzuhalten, drehte sie sich um. »Ja?«

»Warum bist du zum Strand gekommen und hast mich angesprochen?«

Mit fröhlicher Miene legte sie den Kopf schief. »Was glaubst du denn?«

»Ich habe keinen blassen Schimmer.«

»Ist das nicht offensichtlich?«, übertönte sie den Wind. »Ich liebe deine Stimme und wollte dich persönlich kennenlernen.«

5

Auf dem Rückweg bestellte ich mir telefonisch einen Cheeseburger bei Sandbar Bill's, holte ihn ab und ging dann zu meinem Pick-up, der auf einem öffentlichen Parkplatz stand. In meiner Ferienwohnung wärmte ich den Burger in der Mikrowelle auf und aß. Hinterher duschte ich, zog mir eine Jeans an und sah auf dem Handy nach, ob ich Nachrichten bekommen hatte.

Da war nichts von meiner Tante, und weil sie mir ja verboten hatte, mich zu melden, schrieb ich Paige und fragte, wie es ihr ging und wie sie mit ihren Lampen vorankam. Ich wartete auf eine Reaktion, aber da sie nicht antwortete, nahm ich an, dass sie wahrscheinlich in der Scheune war und nicht gestört werden wollte.

Der Himmel verfärbte sich bereits. Ich ergriff meine Gitarre, meine Gedanken allerdings wanderten zu Morgan. Sie interessierte mich, wobei ich wusste, dass es nicht nur ihre Schönheit war, die mich so berührte. Ihr Selbstvertrauen, obwohl sie noch so jung war, faszinierte mich. Darüber hinaus strahlte sie eine Herzlichkeit aus und Neugier und eine starke Energie, die ich schon bei unserer kurzen Unterhaltung gespürt hatte. Ich überlegte, ob ich jemandem wie ihr schon einmal begegnet war, aber mir fiel niemand ein.

Bewusst verdrängte ich diese Gedanken und konzentrierte mich auf einen Song, an dem ich in den vergangenen zwei Monaten schon öfter gebastelt hatte. Der Rhythmus war meines Erachtens vielversprechend, der Text aber bereitete mir Schwierigkeiten. Doch als ich erneut an Morgan dachte, probierte ich unwillkürlich neue Formulierungen aus, und während ich die ersten Takte daran anpasste, spürte ich, wie es klick machte, als rastete die erste Scheibe eines Zahlenschlosses ein.

Ich weiß nicht, wie andere das empfinden, aber für mich bleibt das Schreiben von Songs ein mysteriöser Prozess. Manchmal entsteht einer so schnell, dass selbst ich etwas erschrocken bin; dann wieder bekomme ich einen wochen- oder gar monatelang nicht in den Griff. Und noch andere werden nie richtig fertig, dafür verwende ich einzelne Elemente in neuen Liedern. Bei jedem allerdings gibt es einen Keim der Inspiration, jene allererste Idee. Das kann eine Textzeile sein oder ein Melodiefetzen, den ich nicht wieder loswerde, und sobald ich das habe, entwickelt sich der Rest. Es ist ein bisschen, als tastete ich mich durch einen dunklen, vollgestellten Dachboden, in dem mein erstes Ziel ist, den Lichtschalter auf der anderen Seite des Raums zu finden.

Während ich Neues ausprobiere, stoße ich manchmal gegen unsichtbare Hindernisse und muss ein paar Schritte zurückgehen. Oder, wenn ich Glück habe, setze ich den Fuß nach vorn, und es fühlt sich einfach richtig an. *Warum* sich etwas richtig anfühlt, kann ich nicht so recht erklären, vermutlich ist es einfach Instinkt. Von da aus suche ich nach dem nächsten richtigen Schritt und so weiter, bis ich schließlich jenen Lichtschalter erreiche und der Song fertig ist. Das ist vielleicht schwer nachvollziehbar, aber wenn ich es schon selbst nicht ganz verstehe, kann man es möglicherweise nicht richtig in Worte fassen. Was ich allerdings mit Sicherheit sagen kann, ist, dass ich beim Komponieren jegliches Zeitgefühl verliere.

Und genau das passierte jetzt. Ich war in eine dieser kreativen Phasen geraten, in denen ich wusste, dass der Song zum Greifen nah war. Der Text handelte davon, jemanden kennenzulernen, der einen überraschte, und obwohl ich ihn noch bei Weitem nicht als fertig betrachtete, war es eine durchaus solide erste Fassung.

Inzwischen war es halb elf, und ich war überhaupt nicht müde. Da Morgan mich aufgefordert hatte, in diesen Pub zu kommen, zog ich mir eins der beiden Hemden an, die ich eingepackt hatte, tauschte die Flipflops gegen Vans und schnappte mir, Macht der Gewohnheit, auch meine Gitarre.

Die Fahrt nach St. Petersburg dauerte ungefähr zwanzig Minuten, und mithilfe meines Handys fand ich das MacDinton's ganz leicht.

In der Nähe zu parken, war schon eine etwas größere Herausforderung. Erst nachdem ich zweimal den Block umkreist hatte, fand ich eine Lücke nicht allzu weit entfernt. Bereits von ferne merkte man, dass das MacDinton's eine beliebte Location war. Vor der Tür standen Grüppchen von Rauchern, und ich hörte die Musik schon lange, bevor ich an dem Gebäude ankam.

Drinnen drängten sich die Gäste Schulter an Schulter, mit Guinness, irischem Whiskey und langstieligen Cocktail-Gläsern in der Hand. Ich hatte Mühe, mich durch den Raum zu drängen, ohne bekleckert zu werden. Und obwohl alle so dicht zusammenstanden, mussten sie brüllen, um bei der Musik gehört zu werden.

Irgendwann entdeckte ich Morgan und ihre Freundinnen an einem Tisch weiter hinten. Sie waren von mehreren Männern umringt, die meiner Schätzung nach zwischen Ende zwanzig und Anfang dreißig waren. Vermutlich Büroangestellte, mit Designer-Hemden und Jeans und dicken Armbanduhren. Ich sah ihnen an, dass sie im Geiste abzuschätzen versuchten, welche der jungen Frauen mit wem von ihnen nach Hause ginge. Mir schwante schon, dass sie nicht allzu begeistert von meinem plötzlichen Auftauchen sein würden. Und genau, als ich nur noch ein oder zwei Meter entfernt war, bemerkten mich zwei und plusterten sich auf wie die Hähne auf meinem Hof.

Einer von Morgans Freundinnen musste das aufgefallen sein, denn sie folgte den Blicken der Männer. Mit aufgerissenen Augen beugte sie sich zu Morgan vor. Die lauschte aufmerksam und drehte sich dann mit einem breiten Lächeln zu mir um.

Sie sprang auf, boxte sich durch das Gedränge zu mir. Das allein reichte, um der gesamten Gruppe kurz die Sprache zu verschlagen, was mir natürlich ganz egal war, weil ich nur Morgan wahrnahm.

Verschwunden war der Strand-Look von vorher; jetzt waren ihre langen Haare modisch gestylt, und sie trug gerade genug Make-up, um ihre hohen Wangenknochen zu betonen. Ihre Augen waren dezent mit schwarzem Eyeliner umrandet, die langen Wimpern getuscht, der Lippenstift ein sattes, dunkles Rot. Zu ihrem weißen, ärmellosen Oberteil trug sie einen schwarzen Minirock und schwarze Wildlederstiefel, die ihr bis knapp über die Knie reichten. Ihre Freundinnen, bemerkte ich, sahen ähnlich stylisch aus.

»Hallo!« Obwohl sie fast brüllte, konnte ich sie kaum hören. »Ich hab schon gedacht, du kommst nicht. Seit wann bist du hier?«

»Seit gerade eben erst. Und du?«

»Seit ungefähr einer Stunde.« Sie legte die Hand auf meinen Arm, was ein warmes Kribbeln bis in meine Schulter auslöste. »Komm, ich möchte dir meine Freundinnen vorstellen.«

Am Tisch wurde ich mit Stacy, Holly und Maria bekannt gemacht. Ich winkte ihnen zur Begrüßung zu und merkte, dass sie sich nicht einmal bemühten, ihre Neugier zu verbergen, woraufhin ich mich fragte, was ihnen wohl über mich erzählt worden war. Als Morgan mich auf den Platz neben sich zog, rutschten die beiden Männer nur widerwillig beiseite. Einer von ihnen erzählte extra laut, letzte Woche habe es in diesem Pub eine riesige Prügelei gegeben, und er habe zu denjenigen gehört, die geschlichtet hätten.

Grinsend dachte ich, er hätte genauso gut sagen können: *Hatte ich schon erwähnt, dass ich der starke, heroische Typ bin?* Morgans Freundinnen wirkten genauso wenig beeindruckt wie sie selbst. Die drei anderen steckten die Köpfe noch dichter zusammen und ignorierten den Mann, während Morgan mich mit dem Finger dichter zu sich lockte. Ich beugte mich vor.

»Was hast du noch gemacht nach dem Strand?«

»Was gegessen, geduscht, einen Song geschrieben. Dann bin ich hergefahren.«

Ihr Gesicht erhellte sich. »Du hast einen Song geschrieben?«

»Na ja, eher an einem gearbeitet, der mir schon länger

im Kopf rumspukt. Im Prinzip ist er fertig, ich bin mir nur nicht sicher, wie viel noch daran zu machen ist.«

»Ist das normal für dich? So schnell ein Lied zu schreiben?«

»Mal so, mal so.«

»Spielst du ihn morgen?«

»Dafür ist er noch nicht gut genug.«

»Gab es irgendeine besondere Inspiration für den Song?«, fragte sie.

Ich lächelte. »Schwer zu sagen. Überraschungen im Leben, dich zu treffen …«

»Mich?« Sie zog eine Augenbraue hoch.

»Ich weiß nicht immer ganz genau, wo die Songs herkommen.«

Sie musterte mich forschend. »Ich würde ihn gern hören.«

»Klar.« Ich zögerte kurz. »Sag einfach Bescheid, wann.«

»Wie wäre es mit jetzt?«

Ich riss die Augen auf. »Jetzt? Du willst gehen? Was ist mit deinen Freundinnen?«

Sie drehte sich zu den dreien und musterte sie. Stacy, Holly und Maria waren in ihr Gespräch vertieft, ohne sich um die Männer zu kümmern, die immer noch bemüht waren, ihr Interesse zu wecken. Dann winkte Morgan ab. »Die kommen schon klar. Wie bist du hergekommen? Mit dem Taxi?«

»Ich habe einen Pick-up«, sagte ich, erneut erstaunt, wie schnell Morgan die Kontrolle über die Situation zu übernehmen schien.

»Na, dann los.« Sie stand auf, hängte sich ihre Tasche

um und beugte sich zu ihren Freundinnen hinunter. »Wir sehen uns im Hotel, okay? Wir gehen schon mal.«

Erschrocken sahen die drei von Morgan zu mir und zurück. Einer der Männer verschränkte die Arme, sichtlich empört.

»Ihr fahrt schon?«, fragte Maria.

»Bitte nicht«, meinte Holly.

»Kommt schon, bleibt doch noch!«, bat Stacy.

Ihren Blicken nach zu urteilen, machte es ihnen Sorgen, dass Morgan mit einem beinahe Fremden mitging.

Sie aber drängte sich bereits um den Tisch herum und umarmte ihre Freundinnen nacheinander. »Ich schreibe euch nachher. Alles gut.« Sie sah mich über die Schulter an. »Sollen wir?«

Ich folgte ihr durch den vollen Pub zum Ausgang. Sobald wir vor die Tür traten, ließ der Lärm nach, und ein Klingeln setzte in meinen Ohren ein.

»Wo parkst du?«

»Gleich um die Ecke.«

Nach ein paar Schritten warf sie mir einen Seitenblick zu. »Meine Freundinnen halten mich ganz offensichtlich für verrückt.«

»Das ist mir auch aufgefallen.«

»Aber ich hatte sowieso keine Lust mehr auf den Laden. Es war zu laut, und diese Jungs am Tisch sind ein bisschen zu selbstverliebt.«

»Trotzdem, willst du wirklich mit mir zurückfahren?«

»Warum denn nicht?«

»Du kennst mich kaum.«

Sie warf sich eine lange Strähne über die Schulter, ohne langsamer zu werden. »Du bist ein Farmer aus

North Carolina. Du baust Tabak und alte Tomatensorten an, hältst freilaufende Hühner, und in deiner Freizeit schreibst du Lieder. Du bleibst noch eineinhalb Wochen hier in Florida und spielst morgen im Bobby T's, weshalb so ungefähr jeder weiß, wo man dich finden kann, wenn du irgendwelchen Quatsch anstellst. Außerdem hab ich Pfefferspray in der Tasche.«

»Echt?«

»Ich bin in Chicago aufgewachsen, schon vergessen? Meine Eltern haben mir das Versprechen abgenommen, vorsichtig zu sein, wenn ich abends unterwegs bin.«

»Klingt, als wären deine Eltern schlaue Leute.«

»Das sind sie auch.«

Mittlerweile waren wir beim Pick-up angekommen, und ich war heilfroh, dass ich vor meiner Fahrt nach Florida den Staub von den Sitzen geputzt hatte. Auf einem Bauernhof einen Wagen sauber zu halten, ist unmöglich. Als ich den Motor anließ, sah Morgan sich im Auto um.

»Du hast deine Gitarre dabei? Als hättest du gewusst, dass ich fragen würde?«

»Wenn du so willst«, sagte ich. »Wohin jetzt?«

»Fahren wir zum Don zurück. Wir können uns hinter dem Hotel in den Sand setzen, da, wo wir vorhin waren.«

»Klingt gut.«

Als ich auf die Straße bog, merkte ich, dass sie auf ihrem Handy rumtippte. Im Gegensatz zu mir benutzte sie dazu beide Hände. Ich war eher der Ein-Finger-Schreiber. »Sagst du deinen Freundinnen Bescheid, wo wir hinwollen?«

»Klar«, erwiderte sie. »Und ich schicke dein Nummernschild. Das habe ich vor dem Einsteigen fotografiert.«

Als sie fertig war, ließ sie das Handy sinken. »Ach, übrigens, nach unserem Gespräch heute habe ich mal alte Tomatensorten gegoogelt. Mir war gar nicht klar, wie viele unterschiedliche es da gibt! Woher weiß man, welche man anpflanzen soll?«

»Recherche, wie bei allem anderen. Es gibt einen Typen in Raleigh, der mehr oder weniger der führende Experte auf dem Gebiet ist. Bei dem haben wir uns erkundigt, welche Sorten in unserer Gegend am besten wachsen und welche Geschmacksrichtungen zu erwarten sind. Dann haben wir uns von anderen Farmern, die sie schon anpflanzen, das kleine Einmaleins beibringen lassen, und mit möglichen Kunden gesprochen, zum Beispiel Supermärkten, Köchen und Hotels. Letzten Endes haben wir mit drei Sorten angefangen und nach und nach um zwei weitere ergänzt.«

»Mit ›wir‹ meinst du deine Eltern oder deinen Bruder oder wen?«

»Meine Tante.« Nach kurzer Überlegung kam ich zu dem Schluss, Morgan einfach gleich alles zu erzählen. »Sie ist quasi meine Mutter. Meine leibliche Mutter starb, als ich noch klein war, und meinen Vater kenne ich nicht, deshalb sind meine Schwester und ich bei meiner Tante und meinem Onkel aufgewachsen. Der ist aber mittlerweile auch gestorben.«

»O mein Gott!« Das Entsetzen stand Morgan ins Gesicht geschrieben. »Das ist ja furchtbar!«

»Es war wirklich nicht leicht«, gab ich zu. »Na, jedenfalls führen meine Tante und ich den Hof. Also, nicht allein natürlich. Wir haben einen Verwalter und viele Angestellte.«

»Und wo lebt deine Schwester jetzt?«

»Auch auf dem Hof. Genauer gesagt wohnen wir immer noch in dem Haus, in dem wir aufgewachsen sind, aber sie ist jetzt Künstlerin.« Ich erzählte Morgan von den Tiffany-Lampen und zog dann ein Foto von Paige mit einem ihrer Werke aus der Sonnenblende. Als ich es Morgan gab, streiften unsere Finger sich kurz.

»Wow! Was für eine hübsche Lampe!« Sie legte den Kopf schief und betrachtete das Bild eingehender. »Deine Schwester ist auch hübsch.«

»Es gibt immer eine Warteliste für ihre Sachen«, erzählte ich mit einem Hauch von Stolz weiter. »Wie du dir vorstellen kannst, dauert es ziemlich lange, so eine Lampe zu machen.«

»Ist deine Schwester älter oder jünger als du?«

»Sechs Jahre älter. Sie ist einunddreißig.«

»Sie wirkt jünger.«

»Danke. Falls das ein Kompliment war. Aber was ist mit dir? Erzähl mir von dir.«

»Was willst du denn wissen?«

»Alles Mögliche.« Ich zuckte die Achseln. »Wie würdest du deine Kindheit beschreiben? Wie sind deine Eltern? Hast du Geschwister? Wie ist es, in Chicago aufzuwachsen, vor allem in Anbetracht dessen, dass man Pfefferspray dabeihaben muss?«

Sie brach in Gelächter aus. »Lincoln Park ist sehr sicher. Es ist eine eher schickere Gegend. Große Häuser, große Gärten, große Bäume. Absurde Deko an Halloween und Weihnachten. Einmal habe ich im Garten in einem Zelt eine Pyjama-Party gemacht, und mein Vater ist die ganze Nacht auf der Veranda geblieben. Erst als ich älter wurde, haben meine Eltern mir das Pfefferspray gekauft, dabei ging es mehr um das College und die Studentenpartys und so weiter.«

»Warst du auf vielen Partys?«

»Ein paar schon. Und einmal war ich bei einem richtigen Uni-Ball, was Spaß gemacht hat, obwohl ich den Typen, mit dem ich da war, nicht besonders mochte. Aber gut, du wolltest von mir hören. In vielerlei Hinsicht war es eine normale Kindheit, würde ich sagen. Schule und ein paar außerschulische Aktivitäten, wie bei den meisten anderen.« Sie verstummte, und ich glaubte, eine Spur von Zögern zu bemerken.

»Und deine Familie?«

»Mein Vater ist Chirurg. Er ist in den 1970ern aus den Philippinen eingewandert und wollte ursprünglich an die Northwestern University. Letzten Endes hat er an der University of Chicago Medizin studiert, wo er meine Mutter kennenlernte. Sie ist Radiologin, deutsch-irischer Abstammung, aus Minnesota. Ihre Familie hatte dort eine Hütte an einem See, wo wir jeden Sommer Urlaub gemacht haben. Ich habe eine Schwester, Heidi, die drei Jahre jünger ist und mir überhaupt nicht ähnlich sieht, und obwohl wir kaum unterschiedlicher sein könnten, finde ich sie großartig.«

Ich lächelte. »›Normal‹ hört sich das aber nicht unbedingt an.«

»Ach, ich weiß nicht.« Sie zuckte die Achseln. »Die Eltern von vielen meiner Freunde sind Ärzte oder Anwälte, insofern ist das nichts Besonderes, und sie kommen auch aus aller Welt. Ich glaube nicht, dass meine Familie groß aufgefallen ist.«

Wo ich herkomme, wäre sie das mit Sicherheit. »Und du bist auch so eine Überfliegerin wie deine Eltern«, stellte ich fest.

»Wie kommst du darauf?«

»Weil du gerade mal einundzwanzig bist und schon einen College-Abschluss in der Tasche hast.«

Wieder lachte sie. »Das hatte weniger mit meinen Noten zu tun als mit dem Wunsch, Abstand zu meinen Eltern zu kriegen. Glaub mir, meine Schwester ist viel klüger als ich.«

»Warum willst du denn Abstand zu deinen Eltern bekommen? Klingt, als hättest du ein ziemlich angenehmes Leben.«

»Das war auch so, und ich will nicht undankbar klingen, wirklich nicht«, begann sie etwas ausweichend. »Es ist kompliziert. Meine Eltern übertreiben es manchmal ein bisschen mit der Fürsorglichkeit.«

Da sie eine Pause machte, sah ich sie von der Seite an. Sie wirkte unschlüssig, wie viel sie mir erzählen sollte.

»Als ich sieben war, wurde bei mir eine ziemlich schwere Skoliose diagnostiziert. Die Ärzte waren nicht sicher, wie sich das beim Wachsen entwickeln würde, deshalb musste ich nicht nur sechzehn Stunden am Tag ein Korsett tragen, sondern auch immer wieder operiert und behandelt werden. Weil meine Eltern beide Ärzte sind, haben sie natürlich dafür gesorgt, dass ich zu den besten Spezialisten kam, aber wie du dir wahrscheinlich vorstellen kannst, waren sie ängstlich und erlaubten mir vieles nicht, was andere Kinder machten. Und obwohl es mir im Laufe der Zeit besser ging, kommt es mir vor, als würden sie mich immer noch als krankes kleines Mädchen betrachten.«

»Das klingt hart.«

»Versteh mich nicht falsch. Ich weiß, dass sich das ihnen gegenüber ein bisschen ungerecht anhört. Sie machen sich eben Gedanken um mich, nur … ich bin anders als meine Eltern. Oder auch meine Schwester. Manchmal habe ich das Gefühl, in die falsche Familie geboren worden zu sein.«

»Ich glaube, so geht es vielen.«

»Das bedeutet aber nicht, dass es nicht stimmt.«

Ich grinste. »Heißt das, du wirst nicht Ärztin?«

»Unter anderem. Zum Beispiel liebe ich das Tanzen. Mit Ballett habe ich angefangen, weil die Ärzte es empfahlen, und dann war ich angefixt. Ich habe auch Stepptanz, Jazz und Hip-Hop gelernt, aber je tiefer ich eingestiegen bin, desto weniger waren meine Eltern einverstanden, obwohl es mir guttat. Als würde ich ihre Erwartungen nicht ganz erfüllen, verstehst du? Na ja, um deine Frage zu beantworten: Schon als ich in die Highschool kam, konnte ich es kaum erwarten, wegzuziehen und mein eigenes Ding zu machen, also belegte ich Kurse an einem städtischen College und nahm an einem Sommerprogramm der Indiana University teil. Außerdem wählte ich an der Highschool Intensivkurse, sodass ich früher von der Schule abgehen konnte. Und ja, ich gehörte zu den Jüngsten auf dem Campus. Ich hatte damals erst seit einem guten Jahr den Führerschein.«

»Und deine überfürsorglichen Eltern hatten kein Problem damit, dass du so jung ausgezogen bist?«

»Ich habe damit gedroht, sonst gar nicht aufs College zu gehen, und sie wussten, dass ich nicht bluffe.«

»Du lässt dich wohl nicht über den Tisch ziehen.«

»Ich kann ein bisschen dickköpfig sein.« Sie zwinkerte. »Aber was ist mit dir?«

»Was meinst du?«

»Warst du auf einem College?«

»Nein.«

»Warum nicht?«

»Ich bin nie gern zur Schule gegangen, deshalb stand es für mich eigentlich nicht zur Debatte.«

»Hast du es bereut?«

»Wahrscheinlich hätte ich es eh nicht geschafft.«

Sie lächelte. »Ja, ich weiß, dass Schule nicht für jeden was ist. Und immerhin hast du ziemlich früh rausgefunden, was du machen willst, das kann nicht jeder von sich sagen.«

Darüber dachte ich kurz nach. »Für die Landwirtschaft habe ich ein Händchen«, sagte ich dann. »Und jetzt, wo der Übergang fast geschafft ist, arbeite ich auch nicht mehr ganz so viel. Trotzdem habe ich davon als Kind nicht unbedingt geträumt.«

Immer noch spürte ich ihren Blick auf mir. Ihre zarten Gesichtszüge wurden immer wieder von entgegenkommenden Scheinwerfern erhellt.

»Du liebst Musik«, stellte sie fest. »Eigentlich willst du Musiker sein, stimmt's?«

»Klar.«

»Du bist noch jung, Colby. Dir bleibt noch reichlich Zeit.«

Ich schüttelte den Kopf. »Daraus wird nichts werden.«

»Wegen deiner Familie?« Obwohl ich nicht antwortete, musste sie meine Miene gedeutet haben, denn ich hörte sie tief ausatmen. »Okay, das kann ich akzeptieren. Also, Themawechsel. Nachdem ich dir von meiner langweiligen Kindheit erzählt habe – wie war es, in North Carolina aufzuwachsen?«

Ich erzählte ihr die wichtigsten Daten, versuchte, meine halbstarken Heldentaten aus der Schulzeit humorvoll zu schildern, und antwortete detailreich auf ihre Fragen über den Hof, der sie sehr zu faszinieren schien. Als ich fertig war, fragte ich sie, was ihr am College am besten gefallen habe.

»Die Leute«, antwortete sie wie aus der Pistole geschossen. »Da habe ich zum Beispiel Stacy, Maria und Holly kennengelernt.«

»Und was für Fächer hast du belegt?«

»Kannst du das nicht erraten? Was habe ich am Strand als Letztes zu dir gesagt?«

Ich liebe deine Stimme. Aber was hatte das damit zu tun? Ich sah sie fragend an.

»Mein Hauptfach war Gesang.«

6

Als wir am Don CeSar ankamen, wies Morgan mir den Weg zum Hotelparkplatz. Sie zeigte dem Wachmann ihre Chipkarte, und nachdem ich den Wagen abgestellt hatte, ergriff ich meine Gitarre, und wir stiegen aus. Wir nahmen den Eingang im Untergeschoss und liefen durch breite, mit Teppich ausgelegte Flure, die im Zickzack an Edelboutiquen und einer Eisdiele vorbeiführten. Ich fühlte mich nicht passend gekleidet, aber Morgan schien es nicht aufzufallen.

Schließlich traten wir durch die Tür in den perfekt angelegten Pool-Bereich. Rechts befand sich ein Restaurant mit einer Terrasse am Strand; geradeaus und links lagen zwei Schwimmbecken mit Liegestühlen und der sehr beliebten Bar. Obwohl das Restaurant schon geschlossen hatte, saßen noch zwei oder drei Pärchen entspannt an ihren Tischen und genossen die sanfte Meeresbrise.

»Das ist das schickste Hotel, das ich je gesehen habe.« Ich hatte Mühe, mich nicht mit offenem Mund umzusehen.

»Es existiert schon sehr lange. In den Dreißigern kamen Gäste von der gesamten Ostküste, und im Zweiten Weltkrieg wurde es von der Armee umfunktioniert zum Therapiezentrum für Soldaten mit posttraumatischer Belastungsstörung. Wobei das damals natürlich noch nicht so hieß. Danach ging es eine Weile bergab, bis das Gebäude verkauft, renoviert und in alter Pracht wiedereröffnet wurde.«

»Du weißt aber viel darüber.«

Sie stieß mich mit dem Ellbogen an und schmunzelte. »In dem Flur, durch den wir gerade gegangen sind, hängt momentan eine Ausstellung über die Geschichte des Gebäudes.«

Angenehm überrascht von der körperlichen Berührung, lächelte ich leicht. Wir liefen zwischen den beiden Pools hindurch, an der Bar vorbei zu einer Holzterrasse nahe den niedrigen Dünen. Dort holte Morgan ihr Handy aus der Tasche.

»Ich gebe meinen Freundinnen Bescheid, wo ich bin«, erklärte sie, und wenige Sekunden später bimmelte ihr Telefon. »Die wollen gerade los, werden also bald hier sein.«

Plötzlich hielt sie sich an meiner Schulter fest. »Warte mal kurz, damit ich meine Stiefel ausziehen kann«, wies sie mich auf einem Bein stehend an. »Ich will sie nicht ruinieren. Aber erinnere mich daran, sie nachher wieder mitzunehmen, ja?«

»Ich gehe mal davon aus, dass es dir einfallen würde, wenn du barfuß unterwegs wärst.«

»Mag sein«, sagte sie mit einem frechen Grinsen. »Aber so kann ich gleich mal testen, ob du zuverlässig bist. Sollen wir weiter?«

»Nach dir.«

Wir traten auf den Sand und liefen nebeneinanderher, aber nicht so dicht, als dass wir uns berührt hätten. Sterne übersäten den Nachthimmel, und der Mond strahlte. Das Meer erschien mir friedvoll und bedrohlich zugleich. Mir fiel ein Pärchen auf, das vorn am Wasser entlangspazierte. Leise Stimmen klangen von der Bar heran. Morgan schien fast zu gleiten, ihre langen Haare flatterten in der nach Salz duftenden Brise.

Etwas jenseits der Lichter des Hotels standen zwei Liegestühle, die jemand entweder nicht aufgeräumt oder erst vor Kurzem hergetragen hatte. Morgan deutete darauf.

»Wie für uns bestellt.«

Wir setzten uns einander gegenüber, und Morgan

wandte sich dem Wasser zu, ruhig und anmutig im Mondschein.

»Nachts sieht das Meer so anders aus«, meinte sie. »Tagsüber wirkt es einladend, aber im Dunklen denke ich immer nur, dass riesige Haie auf mich lauern.«

»Also kein Mitternachtsbaden?«

»Auf gar keinen Fall.« Sie drehte sich zu mir um. Ich sah ihr Lächeln aufblitzen.

»Darf ich dich was fragen?« Ich beugte mich vor. »Du sagtest, dein Hauptfach war Gesang. Wie funktioniert das?«

»Zunächst mal muss man eine Aufnahmeprüfung bestehen.«

»Was gehört da alles dazu?«

»Na ja, abgesehen von einem Vorsingen und/oder aufgenommenen Stücken muss man auch zumindest Grundkenntnisse im Klavierspielen haben. Dazu das Übliche: Zeugnisse, Nachweise über Instrumental- und Musikunterricht, Auftritte, Preise, solche Sachen.«

»Hat man da richtige Kurse, oder darf man einfach singen?«

»Natürlich hat man Kurse, Musiktheorie, Gehörbildung, Musikgeschichte und so weiter. Aber wie du dir wahrscheinlich vorstellen kannst, ist auch superwichtig, welche Wahlfächer man belegt. Es gibt zudem Chorproben, Klavierstunden, Liederabende und Konzerte. Das College hat zum Beispiel eine der besten Opernausbildungen landesweit.«

»Möchtest du Opernsängerin werden?«

»Das nicht, aber denk an Künstlerinnen wie Mariah Carey oder Beyoncé oder Adele – diese Stimmbeherrschung, die Präzision, der Tonumfang, die Kraft unterscheiden sie von den anderen. Die Opernausbildung kann dafür nützlich sein. Deshalb wollte ich das machen.«

»Aber ich dachte, du liebst tanzen.«

»Man kann doch beides toll finden, oder?«, fragte sie. »Aber wie dem auch sei, das Singen war ganz klar meine erste Liebe. Als Kind habe ich überall gesungen, im Bad, in meinem Zimmer, im Garten, egal wo, wie es viele Mädchen tun. Dann das Korsett tragen zu müssen, noch bevor ich zu tanzen anfing, war nicht leicht für mich, und zwar nicht nur wegen meiner Eltern oder der Operationen. Ich durfte keinen Sport machen oder mit Freunden aus der Nachbarschaft spielen, meine Mutter musste mir den Ranzen zur Schule tragen, und ich brauchte einen Spezialstuhl im Unterricht und … Kinder können ganz schön gemein sein. Also sang ich noch mehr, weil ich mich dadurch … normal und frei fühlte, wenn das irgendwie nachvollziehbar klingt.«

Als sie verstummte, stellte ich mir unwillkürlich ein kleines Mädchen in einem Korsett vor, das wie alle anderen sein wollte, aber nicht konnte.

Morgan ahnte wohl, was ich dachte, denn sie sah mich mit einer fast verzweifelten Miene an. »Entschuldige. Normalerweise erzähle ich das niemandem, den ich noch kaum kenne.«

»Ich fühle mich geehrt.«

»Trotzdem, du sollst nicht denken, dass ich Mitleid heischen will, denn so ist es nicht. Jeder hat seine Probleme, und viele Menschen haben schlimmere als ich.«

Ich nahm an, dass sie sich auf den Verlust meiner Mutter bezog, und nickte. »Also, Gesang …«

»Ach ja. Irgendwann durfte ich Klavier- und Gesangsstunden nehmen, damit ich auch was außerhalb der Schule machen konnte, wie meine Freundinnen. Meine Eltern glaubten vermutlich, es sei nur so eine Phase, aber es war wie beim Tanzen, je mehr ich übte, desto wichtiger wurde es mir. Während der gesamten Schulzeit hatte ich Privatunterricht. Ich sage immer, dass meine Zeit im College sozusagen der Zuckerguss war. Meine Eltern mögen ja nicht so begeistert über mein Hauptfach sein, aber sie durften auch dabei nicht groß mitreden.«

»Warum sollten sie denn nicht begeistert sein?«

»Sie sind Ärzte«, sagte Morgan, als reichte das als Erklärung. Als ich nichts antwortete, sprach sie weiter. »Ihnen wäre lieber, wenn ich etwas bodenständigere berufliche Vorstellungen hätte.«

»Dann ist es dir also ernst mit dem Singen.«

»Dazu bin ich bestimmt.« Sie sah mir fest in die Augen.

»Und was kommt als Nächstes? Jetzt, wo du deinen Abschluss hast, meine ich.«

»In zwei Wochen ziehe ich nach Nashville. Das ist noch ein Grund, warum ich so schnell mit der Ausbildung fertig sein wollte. Ich bin erst einundzwanzig, was heißt, mir bleibt noch ein bisschen Zeit, um meinen Durchbruch in der Musikbranche zu schaffen.«

»Wovon willst du leben? Hast du dort einen Job?«

»Meine Großeltern haben mir zum Examen Geld geschenkt. Und ob du es glaubst oder nicht, meine Eltern haben sich bereit erklärt, mir was zur Miete zuzuschießen, also müsste ich ein Weilchen klarkommen.«

»Nach allem, was du erzählt hast, überrascht mich, dass deine Eltern dir helfen.«

»Mich auch. Aber mein Vater hat Panik, dass ich irgendwo wohne, wo es gefährlich sein könnte, deshalb hat er meine Mutter überredet. Ich weiß nicht, wie lange sie mich unterstützen werden, aber ich bin sehr dankbar dafür. Ich weiß, wie schwer es ist, in der Musikbranche Fuß zu fassen, und ich glaube, ich habe nur eine Chance, wenn ich mich zu hundert Prozent darauf einlasse. Genau das habe ich also vor, und ich gebe nicht auf, bis es klappt. Es ist mein Traum.«

Die Entschlossenheit war ihr deutlich anzuhören, und ich war beeindruckt, obwohl Morgan zugegebenermaßen über mehr Möglichkeiten und Unterstützung verfügte als die meisten anderen Menschen. »Machen deine Freundinnen auch was mit Musik?«

»Nein, aber wir haben eine Tanzgruppe gegründet. So haben wir uns kennengelernt. Wir alle haben Accounts auf TikTok, wo wir Videos von uns gepostet haben. Also fingen wir an, auch zusammen zu tanzen.«

»Sieht sich das jemand an?«

Morgan legte den Kopf schief. »Die anderen sind unglaublich tolle Tänzerinnen, noch besser als ich. Maria zum Beispiel wurde gerade von Mark Morris zum Vortanzen eingeladen. Du weißt ja auch, wie sie alle aussehen. Also …«

»Kann ich mir die Videos anschauen?«

»Dazu kenne ich dich noch nicht gut genug.«

»Aber Fremde dürfen sie sich ansehen?«

»Wenn ich jemanden kenne, ist es anders. Geht es dir nicht so, wenn du singst? Dass du nervös wirst, wenn du jemanden im Publikum kennst – den du gern besser kennenlernen würdest? Bei mir ist das so.«

»Du möchtest mich also besser kennenlernen«, neckte ich.

»Darum geht es nicht.«

Ich hob die Hände. »Schon kapiert. Hast du viele Follower?«

»Das ist relativ. Was heißt viele? Manche Leute haben mehrere hundert Millionen Follower, und dann gibt es viele mit zwischen fünfzig und hundert Millionen. Wir haben ein ganz gutes Netzwerk aufgebaut, aber in dieser Liga spielen wir noch nicht.«

»Wo liegt ihr denn?«

»Einzeln oder als Gruppe?«

»Beides.«

»Bei fast zwei Millionen für mich allein und über acht Millionen für unsere Gruppe.«

Ungläubig blinzelnd dachte ich an die 478 Follower, die ich auf meinen drei Social-Media-Plattformen zusammen hatte. »Ihr habt über acht Millionen Follower auf TikTok?«

»Verrückt, oder?«

»Allerdings.« Ich gab mir keine Mühe, meine Fassungslosigkeit zu verbergen. »Wie habt ihr so was überhaupt angestoßen?«

»Mit viel Arbeit und noch mehr Glück. Stacy ist ein Genie, was die sozialen Medien angeht, und Holly ist eine Videoschnitt-Göttin. Angefangen haben wir damit, dass wir jeweils auf den Accounts der anderen gepostet haben. Dann traten wir immer mal wieder bei Campus-Veranstaltungen auf, woraufhin wir unter den Studenten viele Follower bekamen. Später suchten wir nach Tanzgruppen an anderen Colleges, die das Gleiche wie wir machten, und verknüpften uns auch mit deren Accounts. Und letzten November bei einem Basketball-Spiel …« Sie zögerte. »Du weißt, dass Basketball in Indiana extrem populär ist, oder? Na ja, das Spiel wurde jedenfalls landesweit ausgestrahlt, und Stacy kannte zufällig einen der Kameramänner. Wir trugen T-Shirts mit unserem TikTok-Account darauf, und während eines Time-out blendete der Sender Bilder aus dem Publikum ein. Der Kameramann zoomte uns heran, als wir an der Seitenlinie eine unserer Choreos tanzten. Von da an schwenkte die Kamera in den Pausen immer wieder auf uns, bis der Kommentator am Ende sogar unseren TikTok-Namen nannte! Danach landete ein Clip auf ESPN, ein paar Influencer wurden darauf aufmerksam, und unser Account ging total durch die Decke. Tausende von Leuten, Zehntausende, Hunderttausende, fortan lief es von allein.«

»Verdient ihr Geld damit?«, fragte ich fasziniert.

»Ja, aber erst seit Kurzem. Das ist am Anfang sehr aufwendig, man muss sich entscheiden, welche Marken man nimmt und ob die Firma auch ehrlich ist oder ob man überhaupt dafür werben will. Das meiste davon machen ebenfalls Stacy und Holly. Ich hatte nicht richtig Zeit dafür, aber die anderen drei verdienen inzwischen ganz gut damit, was absolut gerecht ist, weil sie sich ja auch die meiste Arbeit machen. Abgesehen davon können sie es gut gebrauchen. Stacy will ab Herbst Medizin studieren, und Holly muss Darlehen abzahlen. Lustigerweise hat sie einen Job bei ESPN bekommen, kaum zu glauben. Sie möchte Fernsehmoderatorin werden.«

»Und Maria?«

»Tja, das hängt von ihrem Vortanzen bei Mark Morris

ab. Ihre Mutter ist aber Choreografin und hat schon für den Broadway gearbeitet, weshalb Maria für uns alles choreografiert. Ihre Mutter hat auch meine Aufnahmen an mehrere Manager in Nashville geschickt, die sie kennt, also mal sehen, wie das läuft.«

Meiner begrenzten Erfahrung nach führten solche Kontakte selten zu etwas; selbst meine alte Band hatte sich schon mit potenziellen Managern getroffen (wenn auch zweitklassigen), aber das wollte ich Morgan nicht sagen.

»Klingt spannend«, sagte ich. »Eure Beliebtheit auf TikTok und Instagram hilft sicher dabei, ihr Interesse zu wecken.«

»Möglich.« Als ich eine Augenbraue hochzog, fuhr sie fort: »Ganz ehrlich, ich habe gemischte Gefühle gegenüber dem ganzen Social-Media-Spektakel und dem ständigen Kämpfen um Follower.«

»Aber eine Fangemeinde zu haben, hilft doch bestimmt dabei, sich eine Karriere aufzubauen?«

»Kann schon sein«, sagte sie. »Fast alle unsere Fans sind Mädchen, denen gefällt, wie wir aussehen und tanzen. Und ich gebe zu, dass wir extra auf sexy machen mit unseren Klamotten und unseren Moves. Das verkauft sich eben.«

Als sie ein Weilchen schwieg, stellte ich die naheliegende Frage. »Aber?«

Sie seufzte. »Ich möchte für meinen *Gesang* bekannt werden, nicht, weil ich hübsch bin und tanzen kann. Dazu kommt, dass die sozialen Medien für pubertäre Mädchen nicht unbedingt immer gut sind. Weil so viel bearbeitet und geschnitten wird, ist das, was sie sehen, nur selten echt. Aber es ist eben schwer, Fantasie und Realität zu trennen. Es ist ja nicht so, als würden wir ohne zu proben einfach lostanzen, oder als würden wir nicht viel Zeit auf Make-up und Frisuren und Outfits verwenden, bevor wir drehen. Also, was bringt es wirklich, als Influencerin zu gelten? Oder, Gott bewahre, als Vorbild? Wenn alles irgendwie ein Fake ist?«

Ich schwieg, beeindruckt davon, dass sie sich über solche Sachen Gedanken machte. Denn mal ganz ehrlich: Ich tat es nicht. Andererseits hatte ich praktisch keine Follower, also spielte es auch keine große Rolle.

»Na ja, wir werden sehen, wie es läuft.« Mit einem Abwinken beendete sie das Thema. »Jetzt will ich den Song hören, den du geschrieben hast.«

Ich nahm die Gitarre aus dem Koffer, stimmte sie kurz nach und rief mir all die am Nachmittag vorgenommenen Änderungen noch einmal ins Gedächtnis. Als ich mich bereit fühlte, trug ich die ersten Strophen vor, und beim Refrain legte ich noch einmal extra viel Kraft in meinen Gesang.

Morgan starrte mich an, ein verzücktes Lächeln auf den Lippen. Als sie sich im Takt wiegte, wurde mir noch einmal bewusst, wie viel Inspiration sie zu diesem Lied beigetragen hatte. Nicht nur zum Text, auch zur Melodie; der Song besaß jetzt eine fröhliche Energie, einen neuen Schwung, genau wie sie.

Als ich schließlich das Instrument sinken ließ, beugte sie sich vor. »Das war wunderschön«, hauchte sie. »Du bist toll.«

»Ein bisschen muss ich noch daran arbeiten.« Komplimente zu bekommen, war mir schon immer unangenehm gewesen. Dennoch, ich wusste bereits, dass ich dieses Lied früher oder später in mein Repertoire aufnehmen wollte, und wenn nur zu Ehren meiner Erinnerung an sie.

»Was war das noch mal für eins, das du gestern Abend gespielt hast? In dem es darum ging, sich verloren zu fühlen?« Sie summte ein paar Töne des Refrains. »Könntest du das bitte auch singen?«

Ich wusste, welches Lied sie meinte. Der Text war mir nach einem besonders harten Tag auf dem Hof eingefallen, und es schwang viel Ungewissheit und Angst darin mit. Außerdem war es ein Lieblingsstück des Publikums, das ich im Schlaf spielen konnte, also zögerte ich nicht lange. Daran schloss ich einen schon Jahre vorher geschriebenen Song im Stil von Lady A an und spielte auch danach einfach weiter. Morgan tippte den Rhythmus mit dem Fuß mit, und ich überlegte, ob sie mich irgendwann vielleicht bitten würde, etwas zu spielen, zu dem sie singen wollte.

Doch nein. Sie schien zufrieden damit, einfach zuzuhören, und ich versenkte mich unwillkürlich genauso in die Musik wie sie. Jedes Lied brachte eine Erinnerung mit sich, und ich dachte, dass es, mit dem milchigen Schimmer des Mondes auf dem Wasser und einer wunderschönen Frau mir gegenüber, kein schöneres Ende für den Abend geben konnte.

Als ich schließlich die Gitarre weglegte, ertönte leiser Applaus vom Hotel her. Sechs oder sieben Leute klatschten und winkten von der Terrasse aus.

Morgan legte den Kopf schief. »Ich sag doch, du hast eine super Stimme.«

»Ein offenbar nicht so superkritisches Publikum.«

»Hast du die Songs alle selbst geschrieben? Ganz allein?«

»Ja, immer.«

Sie wirkte beeindruckt. »Ich hab auch schon versucht zu komponieren, und einzelne Teile kriege ich auch gut hin, aber um was fertigzustellen, brauche ich normalerweise noch jemand anderen.«

»Wie viele Lieder hast du denn geschrieben? Allein, meine ich.«

»Ungefähr zwölf. Aber damit hab ich erst vor zwei Jahren angefangen. Ich lerne noch.«

»Zwölf ist doch schon ziemlich viel.«

»Und wie viele hast du geschrieben?«

Weil ich ihr nicht die ganze Wahrheit sagen wollte, hielt ich mich bedeckt. »Mehr als zwölf.«

Sie lachte. »Schon klar. Vorhin musste ich an dich als Schüler in deiner Band denken. Es fällt mir schwer, mir dich mit langen Haaren vorzustellen.«

»Meine Tante und mein Onkel waren auch nicht gerade begeistert. Und bei den paar Malen, die mich meine Schwester per FaceTime gesehen hat, fand sie meine Haare ebenfalls furchtbar. Sie hat sogar gedroht, nach Hause zu kommen und sie mir im Schlaf abzuschneiden. Und das Gruselige ist, dass ich Angst hatte, sie würde es wirklich machen.«

»Echt?«

»Wenn sie sich was in den Kopf setzt, ist es manchmal unmöglich, sie umzustimmen.«

In dem Moment rief jemand Morgans Namen. Als ich hochblickte, traten Stacy, Holly und Maria gerade von der Holzterrasse in den Sand und kamen auf uns zu.

»Die glauben vermutlich, dass sie mich retten«, flüsterte Morgan.

»Ist das erforderlich?«

»Nein, aber das wissen sie ja nicht.«

Als sie bei uns ankamen, musterten sie uns forschend, zweifelsohne immer noch etwas ratlos, warum eine so hübsche Frau wie Morgan sich mit einem Mann wie mir abgab.

»Hast *du* gerade gesungen?«, fragte Holly.

Hastig antwortete Morgan für mich. »Darum habe ich ihn gebeten. Er hat einen neuen Song geschrieben, und ich wollte ihn hören. Wie war es noch im MacDinton's?«

Alle drei zuckten gelangweilt die Achseln. »Ganz okay«, sagte Stacy. »Als die Band eine Pause gemacht hat, konnten wir uns sogar unterhalten, was nett war, aber dann haben sie weitergespielt, also beschlossen wir zu fahren. Es ist eh schon spät.«

Wie sie das sagte, hatte es etwas beinahe Elternhaftes, und da Morgan schwieg, räusperte ich mich.

»Ich sollte auch mal los.«

Mit Bedauern, da der Abend zu Ende war, packte ich meine Gitarre ein. Hätten Morgan und ich noch etwas Zeit allein gehabt, hätte ich sie vielleicht zu küssen versucht, aber ihre Freundinnen konnten offenbar meine Gedanken lesen und hatten nicht die Absicht, uns einen letzten ungestörten Moment zu gestatten.

»Das war ein schöner Abend«, sagte Morgan.

»Fand ich auch.«

Sie wandte sich an ihre Freundinnen. »Sollen wir?«

»Vergiss deine Stiefel nicht.«

Offenbar amüsierte sie, dass ich daran gedacht hatte.

Sie winkte mir kurz zu und machte sich mit ihren Freundinnen auf den Rückweg zum Hotel. Ich wartete, bis sie die Terrasse erreichten, wo Morgan sich ihre Stiefel über den Arm legte. Nach einer Weile verklangen ihre Stimmen, weil sie im Gebäude verschwanden.

Erst als sie weg waren, ging ich ihnen nach, bemerkte aber rasch meinen Fehler; die Tür war verschlossen, man brauchte eine Chipkarte, um sie zu öffnen. Also lief ich zurück zum Strand und fand schließlich einen Pfad, der seitlich um das Hotel herum zur Straße führte.

Auf der Fahrt zu meiner Ferienwohnung dachte ich an Morgan. Sie war reich, intelligent, ehrgeizig, beliebt und selbstverständlich hinreißend. Wie ihre Freundinnen fragte ich mich, was sie in jemandem wie mir sehen konnte. Oberflächlich betrachtet hatten wir überhaupt nichts gemein. Wir führten ein völlig unterschiedliches Leben, und trotzdem passten wir offensichtlich gut zusammen. Nicht unbedingt als Liebespaar, aber in ihrer Gesellschaft hatte ich mich wohler gefühlt als selbst in den gemütlichen Momenten mit Michelle.

Später, als ich im Bett lag, überlegte ich, was Paige wohl von ihr halten würde. Ich vermutete, dass sie sich auf Anhieb gut verstünden. Mal abgesehen davon, dass Morgan bestimmt ohnehin mit jedem gut auskam, besaß Paige schon immer eine fast unheimliche Menschenkenntnis. Warum ich mich von Morgan angezogen fühlte, war offensichtlich, aber es blieb für mich rätselhaft, warum sich der Abend mit ihr, trotz unserer extrem unterschiedlichen Herkunft, fast angefühlt hatte, wie nach Hause zu kommen.

TEIL II

BEVERLY

7

Als sie noch klein war, acht oder neun, schätzte sie, fuhren Beverly und ihre Mutter mit dem Bus nach New York City. Der Großteil der Fahrt fand nachts statt, und Beverly schlief mit dem Kopf auf dem Schoß ihrer Mutter. Beim Aufwachen war sie von Gebäuden umgeben, die höher als alles waren, was sie sich jemals hätte vorstellen können. Am Busbahnhof wimmelte es vor Menschen, und das war nur der Anfang einer Reise, die sie trotz der vielen mittlerweile vergangenen Jahre noch lebhaft im Gedächtnis hatte.

Da ihre Mutter den Aufenthalt zu etwas Besonderem machen wollte, hatte sie ein Programm erstellt. Sie sahen sich die »Sternennacht« von Vincent van Gogh im Museum of Modern Art an, welches ein *bedeutendes Gemälde von einem berühmten Künstler* war, und im Anschluss aßen sie ein Stück Pizza. Nachmittags besuchten sie das Naturkundemuseum, wo Beverly die rekonstruierten Skelette diverser Geschöpfe betrachtete, darunter eines Blauwals und eines Tyrannosaurus Rex, dessen Zähne größer als Bananen waren. Sie sah schartige Meteoriten und Diamanten und Rubine, und im Planetarium gab es einen computergenerierten Himmel, an dem Linien die Sternbilder darstellten. Sie waren nur zu zweit – ein Mädels-Ausflug hatte ihre Mutter es genannt und über ein Jahr gespart, um das zu machen, was reiche Leute in der *großen Stadt* so machten.

Auch wenn Beverly es noch nicht wusste, sollte es die einzige Reise bleiben, die sie und ihre Mutter je gemeinsam unternahmen. Es sollte eine Zeit kommen, in der die beiden überhaupt nicht miteinander sprachen, aber bei diesem Ausflug sprach ihre Mutter praktisch ununterbrochen, und Beverly empfand die warme Handfläche ihrer Mutter als tröstlich, als sie das Museum verließen und in den Central Park spazierten, wo das Laub orange, gelb und rot leuchtete. Es war Herbst, die Temperatur eher winterlich als sommerlich, und im kühlen Wind färbte sich Beverlys Nasenspitze rosa. Ihre Mutter hatte Taschentücher dabei, und Beverly benutzte eines nach dem anderen, bis keine mehr da waren. Hinterher aßen sie in einem Lokal, in dem der Kellner gekleidet war, als wollte er gleich heiraten.

Mit den Wörtern auf der Speisekarte konnte Beverly nichts anfangen. Ihre Mutter erklärte ihr, dies sei ein *richtiges Restaurant*, und obwohl das Essen ganz okay war, hätte Beverly lieber ein Stück Pizza gehabt. Zu ihrem Hotel mussten sie danach fast eine Stunde laufen. Neben dem Eingang standen zwei sich rastlos in alle Richtungen umsehende Männer und rauchten. Drinnen am Tresen bezahlte ihre Mutter das Zimmer in bar bei einem Mann mit einem schmutzigen T-Shirt. In ihrem Zimmer standen zwei Betten mit fleckigem Bettzeug, und es roch komisch, nach verstopftem Abfluss, aber ihre Mutter freute sich weiterhin und sagte, es sei wichtig, das *echte New York* zu erleben. Beverly war so müde, dass sie fast sofort einschlief.

Den folgenden Tag verbrachten sie am Times Square, wo *die Touristen hingingen*. Beverly verdrehte ihren Kopf nach den blinkenden Schildern und riesigen Reklametafeln. Sie sahen Menschen beim Tanzen zu, und andere trugen Kostüme wie Mickey Mouse oder die Freiheitsstatue. Theater warben für Musicals, aber das einzige, das Beverly kannte, war »Der König der Löwen«. Die Karten konnten sich *nur reiche Leute leisten*, also vertrieben sie sich den restlichen Tag in Souvenirläden, ohne irgendetwas zu kaufen außer einem Tütchen M&Ms, das Beverly sich mit ihrer Mutter teilte.

Zu Mittag aß jede von ihnen zwei Stücke Pizza, abends gab es Hotdogs von einem Imbisswagen. In einer der Nebenstraßen glaubte Beverly, den Filmstar Johnny Depp zu sehen, und Menschen standen Schlange, um sich neben ihm fotografieren zu lassen. Beverly bettelte darum, ebenfalls ein Bild mit ihm machen zu dürfen, aber ihre Mutter sagte, es sei eine Wachsstatue und nicht echt.

An ihrem letzten Abend besichtigten sie das Empire State Building, und im Aufzug nach oben bekam Beverly Druck auf den Ohren. Auf der Aussichtsplattform wehte ein starker Wind, und die Leute drängten sich dicht zusammen, aber schließlich gelang es Beverly, sich an eine Stelle durchzuquetschen, von der aus sie freien Blick auf die Stadt hatte. Neben ihr stand ein als Pirat verkleideter Mann, und obwohl seine Lippen sich bewegten, konnte sie ihn nicht hören.

Weit unten erkannte Beverly das Schimmern von Scheinwerfern und Rücklichtern auf den Straßen, und praktisch jedes Gebäude war erleuchtet. Obwohl der Himmel klar war, sah sie keine Sterne, und ihre Mutter erklärte ihr, dass die Lichter der Stadt sie übertünchten. Beverly verstand nicht, was das hieß – wie konnten

Sterne übertüncht werden? Doch sie hatte keine Zeit nachzufragen, denn ihre Mutter nahm sie bei der Hand und zog sie in eine andere Ecke der Aussichtsplattform, von wo aus sie in der Ferne die Freiheitsstatue entdeckten. Ihre Mutter erzählte ihr, sie habe schon immer in *der großen Stadt* leben wollen, obwohl sie das bereits zehn Mal gesagt hatte. Als Beverly sie fragte, warum sie nicht dort hingezogen sei, erwiderte ihre Mutter: »Manches soll einfach nicht sein.«

Beverly sah den Piraten nicht mehr und fragte sich, ob er immer noch Sachen vor sich hin flüsterte, die niemand hören konnte. Sie dachte an Fran und Jillian, ihre Schulfreundinnen, und ob sie wohl zusammen an Halloween durch die Nachbarschaft ziehen und um Süßigkeiten bitten würden. Vielleicht, überlegte sie, könnte sie sich ja als Piratin verkleiden, aber sehr wahrscheinlich ginge sie wieder als Cowgirl, wie im Vorjahr. Sie hatte ja schon den Hut, die karierte Bluse und die Spielzeugpistole, und wenn Beverly darum bäte, Piratin sein zu dürfen, bekäme sie mit Sicherheit zu hören, dass sie sich das nicht leisten konnten.

Ihre Mutter redete und redete und redete, aber Beverly hörte gar nicht zu. Manchmal wusste sie einfach, dass das Gesagte nicht wichtig war.

Von einem wieder anderen Punkt aus erblickten sie die Brooklyn Bridge, die so klein wie ein Spielzeug aussah. Mittlerweile waren sie seit fast einer Stunde auf der Aussichtsplattform, und als Beverly sich schließlich zu ihrer Mutter umdrehte, entdeckte sie Tränen auf ihren Wangen. Sie wusste, dass sie besser nicht fragte, warum ihre Mutter weinte, wünschte sich aber unwillkürlich, ihre Mutter hätte in der *großen Stadt* wohnen können.

Auf einmal hörte sie ein Schreien und Brüllen und wurde so heftig angerempelt, dass sie beinahe hinfiel. Sie ergriff die Hand ihrer Mutter, und die beiden wurden von der Menge mitgerissen wie Fische in einer starken Strömung. Stehen zu bleiben hätte bedeutet, niedergetrampelt zu werden, selbst Beverly wusste das, also stolperte sie vorwärts. Sie konnte nichts außer den Menschen um sich herum sehen, Ellbogen piksten, Taschen baumelten. Das Geschrei wurde lauter, mehr Stimmen fielen ein, alle auf der Aussichtsplattform bewegten sich rasch in dieselbe Richtung, alle von derselben Welle getragen, bis Beverly und ihre Mutter endlich nach hinten ausgespuckt wurden und sich wieder fangen konnten.

»Was ist denn los?«

»Weiß ich nicht.«

Jetzt hörte Beverly einzelne Sätze heraus: »Nicht!« und »Kommen Sie zurück!« und »Halt!« und »Was machen Sie denn da?« und »Steigen Sie da runter!« Was das bedeutete, verstand sie nicht, nur, dass etwas Schlimmes passierte. Ihre Mutter wusste das ebenfalls; sie stand auf den Zehenspitzen und versuchte, über die Köpfe hinwegzusehen. Und dann, genauso unvermittelt, wie vorher die Bewegung aufgekommen war, verharrte die Menschenmenge. Ein paar Sekunden lang blieb alles still, und niemand rührte sich, und das war das Unnatürlichste, was Beverly je erlebt hatte, bis die Schreie wieder einsetzten, noch lauter als vorher.

»Was ist passiert?«, rief jemand.

»Er ist gesprungen!«, brüllte ein anderer.

»Wer ist gesprungen?«

»Der Mann, der als Pirat verkleidet ist!«

Beverly überlegte, ob sie sich verhört hatte. Warum sollte der Pirat springen? Die anderen Gebäude waren doch zu weit weg, um sie zu erreichen.

Sie spürte, wie ihre Mutter ihre Hand drückte und sie dann mit sich zog.

»Komm, wir gehen«, sagte ihre Mutter. »Wir müssen hier weg.«

»Ist der Pirat gesprungen?«

»Welcher Pirat?«

»Neben dem ich vorhin stand.«

»Das weiß ich nicht.« Ihre Mutter führte sie durch den Andenkenladen zum Aufzug, wo sich schon eine Schlange gebildet hatte.

»Sie haben noch versucht, ihn festzuhalten, aber es ging nicht«, hörte Beverly einen Mann neben sich sagen, und als sie in den Aufzug stieg, dachte sie an den Piraten und ans Fallen, und sie fragte sich, wie es wohl war, nach unten zu fliegen, tiefer und tiefer, bis es nicht mehr weiterging.

8

Beverly setzte sich im Bett auf und blinzelte in die Dunkelheit. Sie wusste, dass das weniger Traum als Erinnerung gewesen war, nur dass dieses Mal auch sie gefallen war, Hand in Hand mit dem Piraten. Wie immer, wenn der Traum zurückkehrte, wachte sie mit klopfendem Herzen auf, das Bettlaken nass geschwitzt.

Ich falle nicht, sagte sie sich, immer noch schwer atmend, ich falle nicht. Dennoch verging die physische Empfindung nur langsam. Ihr Puls raste, und selbst als der Traum allmählich verblasste, wusste sie, dass sie nicht sie selbst war. Die Welt fühlte sich schief und fremd an. Sie zwang sich, sich auf die Einzelheiten im Zimmer zu konzentrieren, die sich schemenhaft abzeichneten. Da war ein Fenster mit einem dünnen Rollo, durch das das weiche, weiße Morgenlicht sickerte. Da war Beverlys Kleidung auf dem Fußboden. Da waren eine Lampe und ein halb volles Wasserglas auf dem Nachttisch. An der gegenüberliegenden Wand stand eine Kommode, und daneben hing ein großer Spiegel. Nach und nach reimte sie sich ihre Umgebung zusammen.

Es war Morgen. Sie befand sich im Schlafzimmer des Hauses, das sie gerade gemietet hatte, und ihr sechsjähriger Sohn Tommie schlief im Zimmer gegenüber. Sie war erst kürzlich in diese Stadt gezogen. *Genau*, erinnerte sich Beverly. *Mein neues Leben. Ich fange mein neues Leben an*. Und erst da war sie in der Lage, die Decke zurückzuschlagen. Sie stand auf, spürte einen dünnen, seidigen Läufer unter den Füßen, eine angenehme Überraschung. Die Tür war geschlossen, aber sie wusste, dass der kurze Flur draußen zur Treppe führte und es im Erdgeschoss ein Wohnzimmer und eine kleine, mit einem alten Resopaltisch und vier ramponierten Holzstühlen möblierte Küche gab.

Beverly zog sich die Jeans und das T-Shirt an und fragte sich, wie lange sie wohl geschlafen hatte. Sie konnte sich nicht erinnern, wann sie endlich ins Bett gegangen war, lediglich daran, dass es sehr, sehr spät gewesen war. Aber was hatte sie gemacht? Der vergangene Abend war in ihrem Kopf nur noch eine Rauchwolke, an den Rändern unscharf und in der Mitte schwarz. Sie wusste nicht mehr, was sie gegessen hatte oder ob überhaupt, was vermutlich auch keine Rolle spielte. Neu anzufangen war immer stressig, und bei Stress machte ihr Kopf komische Sachen.

Sie schlich aus ihrem Zimmer, warf einen Blick zu Tommie hinein und sah ihn als Häufchen unter der Decke. Leise ging sie die Treppe hinunter in die Küche. Als sie sich am Wasserhahn ein Glas füllte, fiel ihr eine andere Nacht ein, vor Kurzem, als sie sich aus ihrem Zimmer geschlichen hatte und lautlos und ohne ein Licht anzuknipsen durch das Haus gelaufen war. Als sie Tommie weckte, war sie bereits angezogen. Sein kleiner Rucksack wartete gepackt unter seinem Bettchen. Sie half ihm beim Anziehen, und sie tapsten zusammen die Treppe hinunter. Wie Tommie hatte auch sie nur einen Rucksack dabei, um sich leichter und schneller fortbewegen zu können. Sie wusste, dass Nachbarn sich an eine Frau mit einem Kind, die mitten in der Nacht Koffer über den Bürgersteig zog, vielleicht erinnern würden; sie wusste, dass ihr Mann Gary diese Nachbarn aufspüren und sie ihm verraten würden, was er wissen musste, um sie zu finden. In Tommies Rucksack hatte sie seine Lieblings-Iron-Man-Figur und »Ein Lustiges Hundeleben« gepackt, das Buch, aus dem sie ihm immer noch jeden Abend vorlas. Außerdem befanden sich darin zwei T-Shirts, eine Hose zum Wechseln, Socken, Unterwäsche, Zahnbürste und Pasta sowie Wachs für seinen Haarwirbel. Ihr Rucksack war mit ähnlichen Gegenständen gefüllt, ergänzt um etwas Make-up, eine Bürste, eine Sonnenbrille, einen elastischen Verband und eine Perücke.

Am Fenster sah sie sich gar nicht erst nach dem schwarzen SUV mit den getönten Scheiben um, der seit drei Tagen in ihrer Straße parkte. Sie wusste ja, dass er mit Sicherheit da war, selbst wenn er gerade an einer anderen Stelle stand. Also half sie Tommie in die Jacke und schlüpfte durch die Hintertür hinaus. Beverly passte auf, dass sie nicht zuknallte oder quietschte, zog sie so langsam wie möglich zu. Zusammen überquerten sie den feuchten Rasen, und Beverly half Tommie, über den Holzzaun in den Nachbarsgarten zu klettern.

Während all dem blieb Tommie stumm. Er schwankte beim Gehen leicht, als schliefe er noch halb. Durch das Gartentor der Nachbarn schlüpften sie hinaus und hielten sich dicht an den Hecken, bis sie schließlich die Parallelstraße zu ihrer eigenen erreichten. Dort versteckten sie sich hinter einem Auto, und Beverly spähte in beide Richtungen. Sie konnte keinen schwarzen SUV mit getönten Scheiben entdecken.

»Wo gehen wir hin?«, fragte Tommie endlich.

»Ach, auf eine Abenteuerreise«, flüsterte sie.

»Kommt Daddy auch mit?«

»Er muss arbeiten«, sagte sie, was stimmte, wenn es auch seine Frage eigentlich nicht beantwortete.

Es war mitten in der Nacht und still, aber der Halbmond und die Laternen erleuchteten die Straße. Beverly brauchte jedoch Dunkelheit, um unsichtbar zu bleiben, daher bewegten sie sich durch Vorgärten und Einfahrten, immer dicht an den Häusern entlang. In den seltenen Momenten, wenn sie ein Auto hörte, zog sie Tommie in das erstbeste Versteck. Hinter einen Busch oder ein Spalier und sogar einen alten Wohnwagen. Hin und wieder bellte ein Hund, aber das Geräusch kam immer aus einer gewissen Entfernung. Sie marschierten und marschierten, aber Tommie jammerte nicht, quengelte kein bisschen.

Wohnstraßen wichen allmählich Geschäftsstraßen und schließlich, eineinhalb Stunden später, einem Gewerbegebiet mit Lagerhallen und einem Schrottplatz und eingezäunten Parkplätzen. Zwar gab es keine Verstecke mehr, aber die Straßen waren leer. Als sie endlich beim Busbahnhof ankamen, roch es am Eingang nach Zigaretten und Frittiertem und Urin. Sie traten ein. Auf der Toilette steckte Beverly sich die Haare mit Klemmen hoch und stülpte sich die Perücke über, die sie von einer langhaarigen Blondine in eine Dunkelhaarige mit Bubikopf verwandelte. Sie wickelte sich den Verband um die Brüste, damit sie kleiner wirkten, und zog ihn so fest, dass sie kaum noch Luft bekam. Dann setzte sie eine Baseballkappe und, obwohl es noch dunkel war, eine Sonnenbrille auf. Tommie erkannte sie nicht, als sie herauskam. Sie hatte ihn angewiesen, auf einer der Bänke sitzen zu bleiben, und erst als sie die Brille abnahm, zeichnete sich auf seiner Miene Verständnis ab. Sie ging mit ihm zu einer noch weiter abseits stehenden Bank, die man vom Schalter aus nicht sehen konnte, und schärfte ihm ein, sich ganz ruhig zu verhalten.

Es waren nur wenige Leute im Bahnhof, als sie zum Schalter ging und sich hinter einer älteren Frau mit einer dicken braunen Strickjacke anstellte. Als sie an der Reihe war, wurde sie von einem Mann mit Tränensäcken und langen, strähnigen grauen Haaren bedient, die er sich über die Halbglatze gekämmt hatte. Sie bat um zwei Fahrkarten nach Chicago, und beim Bezahlen erwähnte sie wie nebenbei, dass sie und ihre Schwester zu ihrer Mutter führen. Der Mann hinter der Plexiglasscheibe sollte nicht wissen, dass sie mit ihrem Sohn reiste, aber es war ihm ohnehin offenbar gleichgültig. Er schien sie kaum wahrzunehmen, als er ihr die Karten gab. Daraufhin setzte sie sich auf eine Bank schräg gegenüber von Tommie, von wo aus sie ein Auge auf ihn haben konnte, ohne dass es offensichtlich war, dass sie zusammengehörten. Ungefähr einmal pro Minute schielte sie zu ihm, dann zum Eingang, ob draußen ein SUV mit getönten Scheiben auftauchte, was zum Glück nicht geschah. Außerdem musterte sie die anderen Leute im Bahnhof, prüfte argwöhnisch, ob jemand den kleinen, allein auf einer Bank sitzenden Jungen beachtete. Doch niemand schien sich für ihn zu interessieren.

Der Morgen graute, ein helles Frühlingsschimmern. Kurz vor der Abfahrt ließ der entsprechende Bus unter einem der Aluminiumvordächer den Motor an. Mit flauem Magen schickte sie Tommie voraus, damit es aussah, als gehörte er zu einem Mann in einer Bomberjacke, Vater und Sohn. Durch die Fenster beobachtete sie Tommie, der dem Mann zu den vorderen Sitzreihen folgte. Andere stiegen zu, und schließlich lief auch Beverly an dem dünnen, dunkelhaarigen Busfahrer vorbei. Sie setzte sich in die vorletzte Reihe; schräg gegenüber saß eine ältere Frau und strickte. Bis der Bus losfuhr, blieb Tommie etwas weiter vorn, genau wie sie ihm aufgetragen hatte, und erst dann kam er endlich zu ihr. Er lehnte den Kopf an ihre Schulter, während sie weiterhin die Passagiere beobachtete, sich die Gesichter einprägte, an ihren Mienen abzulesen versuchte, ob jemandem etwas Ungewöhnliches aufgefallen war.

Sie redete sich gut zu, dass sie vorsichtig gewesen war. Gary war verreist, verrichtete seine geheime Arbeit für die Regierung, was auch immer das sein mochte. Außerdem war es ein Samstag, und an den vier vorangegangenen Wochenenden war sie extra nicht aus dem Haus gegangen und hatte auch Tommie nicht im Garten spielen lassen, damit ein Bild entstand, das ihr hoffentlich etwas Zeit verschaffte. Sie hatte Zeitschaltuhren besorgt, von heimlich im Laufe eines halben Jahres gespartem Geld, damit abends das Licht an- und wieder ausging. Mit etwas Glück merkte der Fahrer des schwarzen SUV erst am Montagmorgen, wenn der Schulbus kam, dass sie nicht mehr da waren.

Die Reifen rollten über die Straße, und während die Zeit langsam verstrich, dachte Beverly, dass jede Minute in diesem Bus einen weiteren Kilometer Abstand zwischen sie und dem Haus brachte, aus dem sie hatten fliehen müssen.

Tommie schlief den gesamten Weg durch Texas und Arkansas bis nach Missouri. Sie fuhren an Äckern vorbei und hielten in Städten, deren Namen Beverly nicht kannte. Menschen stiegen aus und andere ein, die Bremsen quietschten, und es ging wieder los, auf zur nächsten Haltestelle. Anhalten, weiterfahren, den ganzen Tag lang und bis in die Nacht hinein.

Als der ursprüngliche Fahrer von einem anderen abgelöst wurde, sah Beverly schon niemanden mehr, der mit ihnen eingestiegen war, dennoch versuchte sie, sich jedes Gesicht zu merken. Auf dem Platz der Frau mit dem Strickzeug saß jetzt ein junger Mann mit kurzen Haaren, der eine olivfarbene Reisetasche dabeihatte, ein Soldat wahrscheinlich. Als er ein Handy aus seiner Tasche holte, pochte Beverlys Herz wie wild. Sie zog sich die Kappe tiefer ins Gesicht und starrte aus dem Fenster, fragte sich, ob der junge Mann wohl ein Kollege von Gary war, ob er sie etwa jetzt schon gefunden haben konnte. Wieder staunte sie über die verborgene Macht des Ministeriums für Innere Sicherheit. Sie hatte Gary und Tommie und Nachbarn und Freunde belogen, und so war sie zwar nicht erzogen worden, aber sie hatte keine andere Wahl gehabt.

Nach einer Weile steckte der junge Mann schräg gegenüber das Handy wieder in die Tasche, schloss die Augen und lehnte sich mit dem Kopf an die Scheibe. Er hatte nicht einmal einen flüchtigen Blick in ihre Richtung geworfen, also verlangsamte sich Beverlys Herzschlag allmählich wieder. Obwohl sie völlig erschöpft war, konnte sie nicht einschlafen.

In Missouri hielt der Bus wieder an. Eine weitere Station, ein weiterer namenloser Ort. Beverly schickte Tommie voraus, stieg dann ein Weilchen später aus. Sie brachte ihn in die Damentoilette im Bahnhof, ohne sich um die verärgerte Miene einer korpulenten Frau in einer Blümchenbluse zu kümmern. Mit etwas Wasser und Wachs bändigte sie Tommies Haarwirbel. Obwohl sie nach dem Kauf der Fahrkarten nur wenig Geld übrig hatte, war klar, dass Tommie mit seinen sechs Jahren im Wachstum war und etwas zu essen brauchte. Sie hatte zwei Äpfel und zwei Müsliriegel im Rucksack, was natürlich nicht reichte. In dem Laden auf der anderen Straßenseite kaufte sie Milch und zwei Hotdogs für ihn, für sich selbst trotz knurrenden Magens nichts. Sie nahm sich vor, noch eine Stunde zu warten und dann einen der Äpfel zu essen – wobei ihr klar war, dass sie, selbst wenn sie beide Äpfel und die Müsliriegel hätte essen dürfen, vermutlich noch Hunger hätte. Weil über der Kasse eine Kamera hing, hielt sie den Kopf gesenkt, sodass der Schirm der Kappe ihr Gesicht verbarg.

Sie stiegen wieder in den Bus. Tommie blieb ruhig, blätterte in seinem Buch. Er konnte es mittlerweile lesen, aber sie hatte es ihm so oft vorgelesen, dass er es vermutlich ohnehin auswendig kannte. Instinktiv wusste sie, dass Tommie intelligenter war als andere Kinder, er nahm alles sehr schnell auf und schien Situationen und Vorstellungen besser zu begreifen als andere seines Alters. Wenn Beverly ihn betrachtete, entdeckte sie manchmal Garys Augen in seinen, aber sein Lächeln war ganz anders, und seine Nase ähnelte ihrer. Manchmal sah sie ihn als Baby und als Kleinkind und an seinem ersten Vorschultag, und die Bilder verschmolzen in ihrem Kopf, sodass Tommie immer vertraut und gleichzeitig ständig neu und anders wirkte.

Draußen flogen Felder und Kühe und Scheunen und Werbetafeln für Fast-Food-Lokale vorbei. Beverly aß einen Apfel, kaute bedächtig, versuchte, den Geschmack auszukosten, länger etwas davon zu haben. Der Großteil des Geldes, das sie gespart hatte, war in ihre Jacke eingenäht.

Später stiegen sie erneut aus. Sie befanden sich irgendwo in Illinois, aber noch weit von Chicago entfernt.

Sie schickte Tommie wieder vor, behielt ihn im Auge, als er sich auf eine Bank im Bahnhof setzte. Ein paar Minuten später verließ auch sie den Bus, ging zur Toilette und versteckte sich in einer Kabine. Tommie hatte sie aufgetragen zu warten, also wartete er. Zehn Minuten, fünfzehn, zwanzig, bis sie sicher war, dass alle anderen Passagiere aus ihrem Bus den Bahnhof verlassen hatten. Als niemand sonst mehr in der Toilette war, stellte sie sich vor den gesprungenen, trüben Spiegel. Hastig nahm sie die Perücke ab, ließ die Haare aber hochgesteckt und setzte sich die Kappe wieder auf. Nun sah sie aus wie eine blonde Frau mit kurzer Frisur. Die Sonnenbrille wanderte in den Rucksack, und Beverly trug dick Wimperntusche und Eyeliner auf.

Als sie wieder herauskam, war außer Tommie kein Mensch im Bahnhof. Sie schickte ihn in die Nähe der Toiletten, ehe sie zum Ticketschalter ging. Sie kaufte Fahrkarten für den nächsten Bus, der abfuhr, in welche Richtung, war ihr egal, einfach irgendwohin, Hauptsache, ihre Route war schwierig nachzuverfolgen. Wieder erwähnte sie ihre Schwester, mit der sie unterwegs sei, und wieder setzte sie sich nicht neben Tommie; wieder stiegen sie nicht gleichzeitig ein.

Und dann, nach weiteren eineinhalb Tagen, stiegen sie aus, verließen den Busbahnhof und liefen zum Highway. Kurz vor der Auffahrt streckte sie den Daumen heraus, und sie wurden von einer Frau in einem Kombi mitgenommen, die sie fragte, wohin sie wollten. Beverly antwortete, sie könne sie absetzen, wo sie möge, woraufhin die Frau sie und Tommie musterte, etwas in Beverlys Miene entdeckte und keine Fragen mehr stellte.

Irgendwann hielt der Kombi in einer Kleinstadt. Von dort konnten sie eine Weile später mit einem Mann mittleren Alters mitfahren, der nach Old Spice roch und von Beruf Teppichverkäufer war, und als Beverly ihm erzählte, sie habe eine Autopanne gehabt, hielt Tommie wohlweislich den Mund. Irgendwann kamen sie in einer weiteren Kleinstadt an. Beverly und Tommie setzten sich ihre Rucksäcke auf und betraten eine Raststätte. Beverly bat um eine Tasse heißes Wasser, die sie mit Ketchup zu einer dünnen Suppe verwandelte, und Tommie bekam einen Cheeseburger mit Pommes, ein Stück Blaubeerkuchen und zwei Gläser Milch.

Eine Straße weiter entdeckte Beverly ein günstiges Motel, wobei sie Geld für mehr als zwei Nächte nicht entbehren konnte. Nicht, wenn sie eine Wohnung mieten wollte. Vorerst musste das eben reichen, und nachdem sie Tommie in das altmodische, aber funktionale Zimmer gebracht hatte, ging sie noch einmal in das Lokal und bat die Kellnerin, sich ihr Handy für einen kurzen Anruf leihen zu dürfen. Die Frau, die Beverly ein wenig an ihre Mutter erinnerte, schien die Dringlichkeit aus Beverlys Stimme herauszuhören. Statt allerdings zu telefonieren, tat Beverly nur so und suchte mit abgewandtem Rücken heimlich nach Immobilienanzeigen. Viele gab es nicht am Ort, sie notierte sich Adressen auf einer Serviette, löschte den Browserverlauf und gab das Handy zurück. Danach fragte sie sich auf der Straße zu den Adressen durch.

Die Wohnungen waren schmuddelig und taugten nichts. Genau wie die Doppelhaushälfte. Ein weiteres Haus kam ebenfalls nicht infrage, aber eine Anzeige blieb noch.

Morgens ließ sie Tommie in dem Lokal frühstücken, brachte ihn ins Zimmer zurück und zog wieder los. Abgesehen von den zwei Äpfeln und Müsliriegeln hatte sie seit drei Tagen nichts gegessen. Obwohl sie langsam ging, musste sie alle paar Minuten Pause machen, weshalb sie lange brauchte, um das Haus zu finden. Es lag ganz am Rande der Stadt, umgeben von Äckern, ein stattliches zweistöckiges Gebäude, zwischen dicken Eichen, deren knorrige Äste sich in alle Richtungen reckten wie arthritische Finger. Der spärliche Rasen davor war überwuchert von Löwenzahn, Knöterich und Klebkraut. Ein nicht geteerter Weg führte zu einer Veranda mit zwei uralten Schaukelstühlen. Die Eingangstür war knallrot, absurd im Vergleich zu der schmutzigen, abblätternden weißen Wandfarbe, und an den Seiten wuchsen Azaleen und Taglilien, deren verwelkende Blüten wie Farbkleckse in einem vergessenen Wald aussahen. Das Haus war fünfzig bis hundert Jahre alt und abgelegen genug, um vor neugierigen Blicken geschützt zu sein.

An mehreren Fenstern legte Beverly die Hände seitlich ans Gesicht, um hineinspähen zu können. Die Farben im Erdgeschoss machten sie fast schwindlig. Die Küche orange gestrichen, eine dunkelrote Wand im Wohnzimmer, nicht zusammenpassende Möbel. Breite, abgenutzte Kieferndielen, auf denen dünne Läufer lagen, und Linoleum in der Küche. Fensterbretter, die so oft übermalt waren, dass Beverly befürchtete, die Fenster nicht mehr öffnen zu können. Doch sie lief zurück in die Stadt und bat die Kellnerin in dem Lokal erneut um ihr Telefon. Damit rief sie die Eigentümerin des Hauses an und vereinbarte eine Besichtigung für den Nachmittag.

Die Nummer löschte sie gleich wieder aus dem Verlauf, nur zur Sicherheit. Zu der Besichtigung trug sie dieselbe Verkleidung wie zu Beginn ihrer Flucht.

Als sie durch das Haus spazierte, wusste sie, dass es das richtige für sie war. Im Waschbecken war ein Kalkrand, auf dem Herd Fettreste, im Kühlschrank noch Lebensmittel, die möglicherweise seit Wochen oder Monaten dort lagerten. Im oberen Stockwerk gab es zwei Schlafzimmer, zwei Bäder und einen Wäscheschrank. Immerhin waren keine Wasserflecke an der Decke zu erkennen, und die Toiletten und Duschen funktionierten. Auf der überdachten Terrasse standen eine Waschmaschine und ein Trockner, beide rostig, aber intakt, und ein Wasserboiler, der fast wie neu aussah. In den Regalen ringsherum lag Krimskrams, viele Dosen Latexfarbe, genug, um das gesamte Haus von innen streichen zu können, in allen möglichen Farben, mindestens zehn unterschiedlichen. In einer Ecke stand auf dem Boden ein schmutziger Plastikeimer voller Malerrollen, Pinsel und eine Farbwanne, umgeben von alten Lumpen. Das Haus hatte keinerlei Ähnlichkeit mit dem, das sie mit Gary bewohnt hatte, mit seinem strengen, modernen Äußeren und dem sauberen, schnörkellosen Mobiliar und den ordentlichen Schränken, in denen nie etwas am falschen Platz lag. Ihr Haus war fast futuristisch gewesen, so kalt und gefühlsleer wie der Weltraum, während dieses hier eine vertraute Behaglichkeit ausstrahlte.

Darüber hinaus kannte die Eigentümerin einen Handwerker für jegliche Reparaturen, den Beverly nur anrufen musste, wenn es Probleme gab. Nebenkosten waren inklusive, und das Haus war möbliert, wenn auch nicht gerade neu. Die Couch war durchgesessen, aber bequem, es gab einen relativ modernen Fernseher und einen uralten DVD-Player, diverse Tischchen und Lampen mit Schirmen, die nicht richtig zusammenpassten. In den Schlafzimmern standen Betten und Kommoden, in den Bädern hingen Handtücher. In der kleinen Speisekammer fand Beverly Besen und Schrubber, diverse Putzmittel, die meisten davon halb voll, und andere nützliche Gegenstände wie Glühbirnen und zwei Verlängerungskabel, eine Toilettenbürste und eine Saugglocke, eine Fliegenklatsche und eine Schachtel mit Nägeln, Schrauben und einen kleinen Hammer. Es gab auch eine Rohrzange und zwei Schraubenzieher. Neben dem Werkzeug lagen eine halbe Schachtel AA- und zwei 9-Volt-Batterien. Ein Luftentfeuchter. Lappen und Schleifpapier und eine Trittleiter. Es gab Bettzeug und Kissenbezüge in dem Schrank im oberen Stock, wobei alles wohl erst einmal gewaschen werden musste. In den Schubladen in der Küche lag Besteck, in den Schränken standen Geschirr, Töpfe und Pfannen und sogar einige Plastikdosen. Es war, als wären die ehemaligen Bewohner von einem Tag auf den anderen verschwunden, hätten sich in Luft aufgelöst oder mitten in der Nacht davongestohlen. Weil sie wussten, dass sie nicht bleiben konnten, wussten, dass es Zeit zu fliehen war. Vor dem Gesetz, vor einer Gefahr. Hatten nur mitgenommen, was in ihren Kofferraum passte, und alles andere zurückgelassen.

Genau wie sie und Tommie.

Beverly strich mit einem Finger über den Küchenschrank, hörte eine Fliege vorbeisausen, bemerkte schmutzige Fingerabdrücke auf dem Kühlschrank und

Fettflecke hoch an den Küchenwänden. Hier konnte sie leben, dachte sie, und bei der Vorstellung wurde ihr beinahe schwindlig vor Aufregung. Sie würde dieses Haus richtig heimelig machen, für sich und Tommie, nur sie beide. Durch das Fenster sah sie die Scheune, die, wie man ihr sagte, als Lagerraum verwendet wurde und nicht betreten werden durfte. Das war überhaupt nicht schlimm, denn Beverly hatte praktisch nichts mitgebracht, ganz sicher nichts, was sie in einer Scheune aufbewahren musste.

Ihr Blick schweifte zu Tommie, der auf einem Baumstumpf an der Straße saß. Dieses Mal hatte sie ihn mitgenommen, aber gebeten, draußen zu warten. Er inspizierte gerade seine Finger, und sie fragte sich, was ihm wohl durch den Kopf ging. Manchmal wünschte sie, er spräche mehr, aber er war ein Kind, das seine Gedanken in der Regel für sich behielt, als wäre es sein tiefster Wunsch, still durch die Welt zu gehen, so wenig Aufmerksamkeit wie möglich auf sich zu ziehen. Mit der Zeit änderte er sich vielleicht noch. Als sie ihn so betrachtet hatte, hatte sie wieder einmal gespürt, dass sie ihn mehr liebte als jemals einen anderen Menschen.

Und jetzt war Morgen, und sie befanden sich in ihrem neuen Haus, wenn auch einige Details seltsam blieben. Die Eigentümerin hatte weder viele Fragen gestellt noch irgendwelche Nachweise verlangt, was ein Segen und eine Überraschung zugleich gewesen war. Die Kaution und die erste Miete hatte Beverly bar bezahlt, aber wie lange war das jetzt her? Vier Tage? Fünf? Egal wie lange, sie hatte Tommie schon in der Schule und für den Bus anmelden können, und sie hatte Lebensmittel eingekauft, sodass Milch und Müsli zum Frühstück und Brote für die Pause vorhanden waren. In einem kleinen Laden die Straße hinunter hatte sie nur so viel gekauft, wie sie tragen konnte, und auf Sonderangebote geachtet. Für sich selbst hatte sie Haferflocken und getrocknete Bohnen, zwei Päckchen Reis, Butter, Salz und Pfeffer gekauft, Tommie aber brauchte ausgewogenere Kost, also hatte sie außerdem ein Kilo Äpfel erworben. Dazu noch zu Hamburgerpatties geformtes Hackfleisch und Hühnerkeulen, die kurz vor dem Verfallsdatum und deshalb auf weniger als ein Drittel des normalen Preises heruntergesetzt waren. Das Fleisch hatte sie gleich in Portionen aufgeteilt und eingefroren. Nun servierte sie es Tommie täglich zum Abendessen mit den Bohnen oder dem Reis. Abends nach dem Fernsehen las sie ihm aus »Ein lustiges Hundeleben« vor und achtete darauf, dass er sich die Zähne putzte. Da das Wetter wärmer wurde, hatte sie ihm versprochen, bald mit ihm das Grundstück hinter dem Haus zu erkunden.

Zu viel mehr hatte allerdings ihre Energie bisher nicht ausgereicht. Sie hatte stundenlang auf den Schaukelstühlen auf der Veranda gesessen und viel geschlafen, wenn Tommie in der Schule und das Haus still war. Obwohl ihre Erschöpfung seit ihrer Ankunft beinahe überwältigend war, erinnerte der Anblick der orangefarbenen Küchenwände daran, dass es noch viel zu tun gab, bevor sich das Haus wie ihr eigenes anfühlte.

Nachdem sie das leere Glas ins Spülbecken gestellt hatte, holte sie eine alte Keksdose aus dem Schrank. Darin fand sie die Rolle Geldscheine, die sie nach dem Einzug dort versteckt hatte. Weil die Lebensmittel fast aufgebraucht waren und sie wieder einkaufen gehen musste, holte sie einige Scheine heraus. Später wollte sie noch die Küche von oben bis unten schrubben, angefangen mit dem Herd. Außerdem musste sie die ganzen zurückgelassenen Sachen aus dem Kühlschrank wegwerfen. Und um diese scheußlichen Wände neu zu streichen, musste sie auch diese vorher gründlich abwaschen. Sie hatte schon immer von einer leuchtend gelben Küche geträumt, fröhlich und einladend, was vor allem dann schön aussah, wenn sie auch auf die Schränke eine frische Schicht weiße Farbe auftrug. Hinterher konnte sie Blumen pflücken gehen, sie vielleicht in eins der Einmachgläser stellen, die sie im Schrank gefunden hatte. Als sie die Augen schloss, spürte sie ein angenehmes Kribbeln von Vorfreude darauf, wie es aussähe, wenn sie fertig war.

Bevor sie die Keksdose wegstellte, zählte sie noch das verbleibende Geld. Auch wenn sie die Summe im Kopf hatte, machten das Berühren und Zählen der Scheine sie irgendwie realer. Es würde nicht ewig reichen, aber solange sie sich mit Reis und Bohnen und Haferflocken begnügte, blieb ihr etwas Zeit, sogar noch für die nächste Monatsmiete. Schwer war es dennoch; bei ihrem letzten Einkauf hatte sie heimlich zwei Trauben abgezupft, die sie sich nicht leisten konnte, und der natürliche, süße Geschmack hatte sie vor Wonne beinahe aufseufzen lassen.

Irgendwann allerdings würde das Geld ausgehen, egal, wie sparsam sie war. Sie musste sich einen Job besorgen, was wiederum Papierkram und Dokumente bedeutete. Sozialversicherungsnummer, vielleicht sogar einen Führerschein. Manche Arbeitgeber verlangten möglicherweise auch eine Telefonnummer. Ihre eigenen Papiere konnte sie unmöglich verwenden, denn Gary hatte mit Sicherheit bereits ein Internet-Spähprogramm eingerichtet, weshalb sie auch ihre Ausweise gar nicht erst mitgenommen hatte. Ein Telefon besaß sie ebenfalls nicht. An ihrem ersten Tag im Haus hatte sie ein Handy auf dem Nachttischchen gefunden, aber zum Benutzen war eine PIN oder ein Fingerabdruck erforderlich, weshalb sie nichts damit anfangen konnte. Mal ganz abgesehen davon, dass es ja jemand anderem gehörte, auch wenn derjenige es zurückgelassen hatte. Jedenfalls war Beverly völlig vom Radar verschwunden, was zwar nötig war, allerdings andere Probleme mit sich brachte.

Natürlich konnte sie einfach lügen, eine falsche Nummer auf der Bewerbung angeben, nur war das riskant. Löhne wurden dem Finanzamt gemeldet, und früher oder später erfuhr der Arbeitgeber die Wahrheit. Was wiederum bedeutete, dass auch Gary die Wahrheit erfuhr. In seiner hohen Stellung beim Ministerium für Innere Sicherheit hatte er Zugang zu praktisch jeder Information, nach der ihm der Sinn stand.

Also musste sie sich eine Arbeit suchen, die bar bezahlt wurde. Babysitting oder Putzen oder vielleicht auch Kochen und Vorlesen bei einem älteren Menschen. Möglicherweise gab es eine Pinnwand irgendwo in der Stadt, an der solche Stellen inseriert wurden, und sie nahm sich vor, danach zu suchen.

Heute bringe ich die Energie auf, alles zu erledigen, was zu tun ist.

Oben quietschte Tommies Tür. Sie sah ihn die Stufen

herunterkommen und sich den Schlaf aus den Augen reiben. Er trug eines der beiden T-Shirts, die sie ihm eingepackt hatte. Beverly fragte sich, wie lange es wohl dauerte, bis die anderen Kinder ihn damit ärgerten, dass er immer dieselben Sachen anzog. Sie holte die Milch aus dem Kühlschrank und die Cheerios aus dem Schrank. Es stand auch noch Zucker von den Vormietern dort, aber dem traute sie nicht. Wer wusste schon, was für ekliges Ungeziefer darin brütete?

Sie schüttete Cheerios in eine Schale und stellte sie auf den Tisch. Auf der Ablage stand sein Haarwachs, und sie tupfte sich einen Klecks davon in die Handflächen, glättete ihm die Haare und gab ihm einen Kuss auf die Wange.

»Wie hast du geschlafen, Schätzchen?«

Er zuckte nur die Achseln, aber damit hatte sie gerechnet. Morgens war er immer besonders still, man musste ihm alles aus der Nase ziehen. Sie holte die letzten beiden Brotscheiben aus der Packung, bestrich sie mit Erdnussbutter und Marmelade, wickelte sie in Frischhaltefolie und packte sie mit dem letzten Apfel und ein paar Münzen für Milch in eine Papiertüte. Sie wünschte, sie hätte genug Geld für Müsliriegel oder ein Tütchen Chips oder auch ein paar Scheiben Schinken, aber das war nun einmal nicht drin. Das Pausenbrot steckte sie in Tommies Rucksack und setzte sich dann an den Küchentisch, mit einem Ziehen in der Brust vor lauter Liebe zu ihm.

»Schätzchen? Ich hab dich was gefragt.«

Er schob sich einen Löffel Cheerios in den Mund und schluckte, bevor er antwortete. »Okay.«

»Nur okay?«

Als er nickte, wartete sie einen Moment ab. »Hattest du einen schlechten Traum?« Erst nachdem sie es gefragt hatte, begriff sie, dass sie von sich selbst hätte sprechen können.

Er schüttelte den Kopf.

»Liebling, ich versuche, mit dir zu reden. Ist gestern Nacht was passiert?«

»Es war laut.«

»Wie meinst du das?« Sie bemühte sich, nicht besorgt zu klingen. Gary konnte es nicht gewesen sein; er konnte sie unmöglich jetzt schon gefunden haben.

»Draußen waren Grillen. Ungefähr eine Million. Frösche auch, glaube ich.«

Sie lächelte. »Wir sind auf dem Land, also hast du wahrscheinlich recht.«

Tommie schwieg. Kaute.

»Wie gefällt dir die Schule? Und deine Lehrerin?«

Ihr fiel beim besten Willen der Name nicht mehr ein; andererseits war das Schuljahr fast vorbei, und sie war nur einmal kurz dort gewesen, um Tommie anzumelden, also war dieser Lapsus wohl verzeihlich.

»Tommie?«

»Sie ist ganz nett«, sagte er mit einem Seufzen.

»Hast du schon Freunde gefunden?«

Er schob sich einen Löffel Cheerios in den Mund, ehe er schließlich aufsah. »Können wir einen Hund haben?«

Darum bat er nicht zum ersten Mal, was ihr erneut vor Augen führte, dass sie so gern mehr für ihn tun würde. Gary hatte nie einen Hund erlaubt, und sie konnte sich keinen leisten. Außerdem, wer vermochte schon zu sagen, wann sie wieder fliehen mussten? »Mal sehen«, antwortete sie ausweichend.

Tommie nickte, er wusste genau, was das bedeutete.

Als er fertig gegessen hatte, zupfte Beverly sein T-Shirt zurecht und setzte ihm den Rucksack auf. Weil sie noch barfuß war, holte sie schnell ihre Schuhe aus dem Schlafzimmer, um ihren Sohn zu dem Baumstumpf an der Straße zu begleiten, wo sie sich hinsetzten und auf den Schulbus warteten. Die Luft wurde suppig, ein weiterer heißer Tag stand bevor.

Ein paar Minuten später kam der Bus, und während Beverly Tommie wortlos einsteigen sah, stellte sie fest, dass die Hitze den Horizont bereits verflüssigte.

9

Der nächstgelegene kleine Lebensmittelladen öffnete erst in einer guten Stunde, deshalb lief Beverly, nachdem der Bus in einer Staubwolke verschwunden war, ins Haus zurück, mit dem Vorsatz, sich endlich den Herd vorzunehmen.

Sie ging ins Bad und band sich die Haare mit einem Gummiband, das sie in einer Schublade gefunden hatte, zum Pferdeschwanz, dann suchte sie unter der Küchenspüle und in der Speisekammer nach dem Putzmittel. Sie sprühte den Herd ein und begann zu schrubben. Manche der Flecke schienen an der Oberfläche festgeschweißt, weshalb sie schließlich den Lappen um ein Messer wickelte und mit aller Kraft daran herumschabte. Zu sehen, wie sich die Verkrustungen langsam lösten, erfüllte sie mit einem merkwürdigen Gefühl der Befriedigung.

Nach der Anstrengung mit dem Herd war ihr T-Shirt beinahe durchgeschwitzt. Sie sprühte den Backofen ein, und weil das Mittel erst einwirken musste, ging sie nach oben und zog ihr Oberteil aus. Sie wusch es mit etwas Shampoo und hängte es zum Trocknen über die Duschvorhangstange. Für ein einzelnes Kleidungsstück die Maschine anzuwerfen, war Verschwendung.

Dann machte sie sich ausgehfertig. Sie zog ein sauberes Shirt an, steckte die Haare hoch, setzte die dunkle Perücke auf und wickelte sich wieder die Bandage um den Brustkorb. Sie veränderte ihren Teint durch eine getönte Grundierung und trug dunklen Lippenstift auf. Dazu noch die Sonnenbrille und die Baseballkappe, und sie erkannte sich kaum selbst im Spiegel. Perfekt.

Sie verließ das Haus und marschierte auf der unbefestigten Straße zur Stadt. Der Kies knirschte unter ihren Füßen. Zweimal sah sie über die Schulter zurück, um zu prüfen, ab wann das Haus von der Straße aus nicht mehr zu sehen war. Seit ihrem Einzug hatte sie sich automatisch zum Fenster umgedreht, wann immer sie ein Fahrzeug hörte, und sie wollte wissen, wie weit weg ein Auto parken konnte, ohne bemerkt zu werden.

Für die fünf Kilometer bis zum Laden brauchte sie fast eine Stunde. Der Heimweg würde noch länger dauern, weil sie dann Taschen trug, eine mit einer großen Flasche Milch darin. Sie wusste, dass die Bewegung ihr guttat, genau wie sie wusste, dass sie ohnehin schon zu dünn war. Im Badezimmerspiegel hatte sie ihre Rippen zählen können.

Das Geschäft war ein Familienbetrieb, es gehörte zu keiner Kette. Er hieß Red's und wirkte, als existierte es seit Kennedys Zeiten. Gegenüber lag eine Tankstelle, die genauso in die Jahre gekommen war, und daneben ein kleiner Haushaltswarenladen. Ab da kam erst einmal wieder zwei Kilometer nichts, bis zu dem Motel und dem Lokal. Wenn sie sich weiter in die Stadt zu den größeren Geschäften vorwagte, konnte sie womöglich billiger einkaufen, aber das bedeutete auch einen längeren Rückweg.

Im Gegensatz zu richtigen Supermärkten war die Auswahl hier begrenzt, was nicht störte, weil auch ihre Einkaufsliste begrenzt war. Sie legte Äpfel und Milch und Brot und eine Schachtel Cheerios in den Wagen. Hamburgerfleisch und Hühnchen waren dieses Mal nicht heruntergesetzt. Trotz ihrer Geldsorgen gönnte sie sich Karotten und Blumenkohl, weil Tommie die Nährstoffe brauchte. Den Blumenkohl konnte sie dünsten und mit Milch und Butter wie Kartoffelbrei zubereiten oder einfach rösten. Bei allem, was sie in den Wagen lud, subtrahierte sie im Geiste den Preis von ihrem Budget. Sie wollte nicht an der Kasse bitten müssen, etwas dalassen zu können, was bereits eingetippt war. Sie wollte keine unnötige Aufmerksamkeit erregen.

Da eine Frau vor ihr bezahlte, musste Beverly warten, und sie merkte sofort, dass die Kassiererin von der gesprächigen Sorte war. Sie nahm sich eine Zeitschrift aus einem Ständer und blätterte sie durch. Als sie an der Reihe war, zog die Kassiererin ihren Wagen nach vorn und begann schon zu plaudern, während sie die Waren auf das Band legte. Beverly wandte sich zur Seite, sodass die Frau mehr ihren Rücken als ihre Vorderseite sehen konnte, den Blick weiterhin auf die Zeitschrift gerichtet, damit die Frau sie nicht ansprach. Aus dem Augenwinkel beobachtete sie sie. Auf ihrem Namensschild stand Peg. Schließlich steckte Beverly die Zeitschrift zurück in den Ständer und tastete schon nach dem Geld in ihrer Hosentasche, als ihr wieder einfiel, dass sie etwas fragen wollte.

»Gibt es irgendwo eine Pinnwand mit Stellenangeboten? So was wie Babysitten oder Putzen?«

»Am Ausgang hängt eine, aber ich habe keine Ahnung, was da so angeboten wird«, sagte Peg achselzuckend und packte die Waren in Plastiktüten. »Haben Sie alles gefunden, was Sie brauchen?«

»Ja.« Beverly schlang sich einen Henkel der ersten Plastiktüte um den Arm.

Jetzt blickte Peg auf und musterte sie eingehender. »Entschuldigung, aber kenne ich Sie nicht? Sie kommen mir irgendwie bekannt vor.«

»Glaube ich nicht«, murmelte Beverly. Sie griff nach den anderen Tüten und lief Richtung Ausgang, Pegs Blick auf sich spürend. Sie überlegte, ob Peg bei ihrem letzten Einkauf auch hier gewesen war, und empfand wachsende Angst. Warum sonst sollte sie Peg bekannt vorkommen? Was konnte der Grund sein?

Außer natürlich …

Beinahe ließ sie ihre Tüten fallen; Fragen purzelten ihr durch den Kopf wie Wäsche im Trockner.

Was, wenn Pegs Mann bei der Polizei war?

Was, wenn Pegs Mann einen Fahndungsaufruf für sie gesehen und mit nach Hause gebracht hatte?

Was, wenn Pegs Mann sie gebeten hatte, die Augen offen zu halten?

Was, wenn?

Sie blieb stehen und schloss die Lider, versuchte, nicht ins Schwanken zu geraten, ihren Denkprozess zu verlangsamen.

»Nein«, sagte sie laut und schlug die Augen wieder auf. Das konnte nicht passiert sein. Garantiert hatte Gary mittlerweile eine landesweite Fahndung eingeleitet – *Flüchtige Kindesentführerin!* –, aber würde Pegs Mann den Steckbrief mit nach Hause nehmen? Damit seine Frau Ausschau nach der gesuchten Fremden halten konnte, falls sie in ihr Geschäft spazierte? In einem Städtchen wie diesem? Sie wusste zudem doch gar nicht, ob Pegs Mann Polizist war; wusste nicht einmal, ob Peg überhaupt verheiratet war.

Es war nur eine Fehlschaltung ihres Gehirns. Das Szenario war nahezu ausgeschlossen. Außerdem, redete sie sich gut zu, sah sie völlig anders aus als auf einem Foto, selbst wenn das Unmögliche passiert sein sollte. Peg musste sie bei ihrem letzten Einkauf gesehen haben, mehr nicht. Es konnte sogar gut sein, dass sie das zu jeder Fremden im Laden sagte, um eine Unterhaltung zu beginnen.

Mit einem tiefen Durchatmen kam sie zu dem Schluss, dass Peg sie gar nicht erkannt hatte.

Beverly war einfach nur paranoid.

10

An der Pinnwand am Ausgang wurden keine Stellen angeboten, wie Beverly sie brauchte, was bedeutete, dass sie in die Stadt gehen musste. Vielleicht sollte sie auch noch einmal mit der Kellnerin in dem Lokal sprechen, möglicherweise kannte sie jemanden persönlich, der eine Koch- oder Putzhilfe oder einen Babysitter brauchte. Dazu allerdings hätte sie mit ihren Einkäufen in die falsche Richtung laufen müssen, also verschob sie es.

Um sich davon abzulenken, dass ihre Arme vom Tragen schmerzten, dachte sie auf dem Heimweg darüber nach, welche Kleidung Tommie benötigte. Die Arme schmerzten trotzdem, und Beverly wünschte, sie hätte ein Auto oder wenigstens ein Fahrrad mit einem Korb.

Zu Hause räumte sie die Lebensmittel ein und ging ins Bad. Sie wusch auch ihr jetziges T-Shirt mit Shampoo, weil es durchgeschwitzt war. Die Hitze war bereits grauenhaft, wie ein unsichtbarer Dampf, klebrig und zäh. Das Oberteil von vorhin war noch feucht, aber egal. Tommie war noch in der Schule, und da sie weiterputzen musste, legte sie ihre Verkleidung und den Verband ab. Dann dachte sie: *Warum nicht?*, und zog auch die Jeans aus. So war es viel bequemer. In Unterhose und BH ging sie in die Küche.

Sie hatte damit gerechnet, dass sie von ihrem Marsch zum Laden und zurück erschöpft wäre, aber eigentlich fühlte sie sich richtig gut. Voller Energie. Ich bin entkommen, sagte sie sich. Tommie ist in Sicherheit, wir haben jetzt eine Wohnung, und Peg kann mich unmöglich erkannt haben. Diese Erkenntnis machte sie ganz kribbelig vor Freude, und sie lachte laut auf.

Auf der Arbeitsfläche stand ein altes Radio. Sie schaltete es an und suchte einen Sender, dessen Musik ihr gefiel. Durch das Fenster sah sie Menschen, die auf den Feldern arbeiteten, aber sie waren so weit entfernt, dass Beverly keine Angst hatte, von ihnen halb nackt gesehen zu werden.

Außerdem, dachte sie, ist es mein Haus, und ich habe zu tun.

Als Erstes musste sie die alten Lebensmittel wegschmeißen. Die Putzmittel konnte sie behalten. Wer vergiftete schon Putzmittel? Sie erinnerte sich, unter der Spüle Mülltüten gesehen zu haben, holte ein paar aus der Schachtel, schüttelte sie auf und stellte sie neben den Kühlschrank. Die Verfallsdaten brauchte sie nicht zu überprüfen; es kam einfach alles weg: Käse, Gewürze, Essiggurken, Marmelade, Oliven, Salatdressings und etwas zweifellos Ekelhaftes, das in Folie verpackt war. Selbst eine alte Pizzaschachtel mit zwei Stücken darin, die man als Betonersatz hätte verwenden können.

Anschließend kam die Gefriertruhe dran, aus der sie alles außer den Hühnerkeulen und den Hamburgern aussortierte. Das Ganze dauerte nur zehn Minuten, dann schleifte sie die volle Tüte zu der großen grünen Tonne, die sie hinter dem Haus entdeckt hatte und die von der Straße aus geleert wurde. Sie hätte die Eigentümerin fragen sollen, wann die Müllabfuhr kam.

Als Nächstes räumte sie die Schränke aus und warf auch die nächste Mülltüte in die Tonne. Hinterher öffnete sie eine Tür nach der anderen, betrachtete die Leere dahinter und fühlte sich plötzlich noch besser.

Ich mache endlich und endgültig Fortschritte.

Sie widmete sich wieder dem Backofen. Das Mittel hatte gewirkt, und der Schmutz ging leichter ab, als sie erwartet hatte. Als sie damit fertig war, wirkte der Ofen zwar nicht unbedingt neu – an beiden Seiten befanden sich immer noch nicht zu entfernende Brandflecke –, aber sie nahm an, dass er sauberer war als seit Jahren. Nun weichte sie die Bohnen mit Wasser aus dem Hahn ein.

Der Anblick der Bohnen erinnerte sie daran, dass sie lieber etwas essen sollte, da sie den ganzen Tag noch nichts zu sich genommen hatte, aber sie wollte nicht aus dem Schwung kommen. Also wischte sie die Oberflächen ab, wobei sie sich besonders sorgfältig den Ecken widmete, und scheuerte an den Kalkresten im Becken herum.

Als sie auf die Arbeitsfläche stieg, um auch die Hängeschränke zu putzen, fielen ihr wieder kleinere Fettflecken an Wand und Decke auf. Deshalb holte sie die Trittleiter und begann an der Decke, sprühte mit der einen Hand Reinigungsmittel auf und schrubbte mit der anderen. Wenn ihre Arme ermüdeten, was ziemlich schnell geschah, schüttelte sie sie kurz aus und machte dann weiter.

Danach kamen die Wände an die Reihe. Natürlich mussten weder Decke noch Wände perfekt sauber sein, nur eben ausreichend, damit die Grundierung und die Farbe hielten. Dennoch brauchte sie fast drei Stunden für das Ganze.

Hinterher räumte sie Putzmittel und Leiter fort, legte die Lappen auf die Waschmaschine und ging endlich duschen. Sie schwelgte in dem heißen Wasser und dem Gefühl, etwas geleistet zu haben.

Vor dem Spiegel zog sie sich an, rubbelte sich die Haare mit einem Handtuch trocken und kämmte sich die Nester heraus. Tommie kam bald von der Schule nach Hause.

11

Sie wartete in der drückenden Hitze auf dem Baumstumpf an der Straße und beobachtete dabei die Feldarbeiter in der Ferne. Als sie das dumpfe Brummen des Busses hörte, stand sie auf und sah, dass auch Tommie sich von seinem Platz hinten im Bus erhob. Sie wünschte, er wäre gerade mitten in einer Unterhaltung mit einem anderen Kind gewesen und würde sich an der Tür noch verabschieden. Aber nein, er stieg einfach aus und trottete so gebeugt auf sie zu, als drückte ihn sein Rucksack – und sein Leben – nieder. Sie nahm ihm den Rucksack ab und winkte dem Fahrer, der zurückwinkte.

»Wie war's in der Schule?«, fragte sie, als der Bus weiterfuhr.

Obwohl Tommie wieder einmal nur die Achseln zuckte, musste sie dieses Mal grinsen, weil sie wusste, dass es eine dumme Frage war. Ihre Mutter hatte sie ihr auch immer gestellt, dabei war Schule immer einfach Schule.

Sie strich ihm durch die Haare. »Wie wäre es mit einem Apfel? Ich war einkaufen.«

»Hast du Kekse gekauft?«

»Heute nicht.«

Er nickte. »Dann nehme ich einen Apfel.«

Sie tätschelte seine Schulter, und gemeinsam gingen sie ins Haus.

12

Tommie hatte keine Hausaufgaben auf (zum Glück gab es in der ersten Klasse nie Hausaufgaben), also gingen sie, nachdem Beverly ihm einen Apfel gegeben hatte, ein wenig das Grundstück erforschen. Nicht, dass es viel zu sehen gab außer der auf keinen Fall zu betretenden Scheune, die älter als das Haus aussah und vermutlich beim nächsten Sturm einstürzte. Irgendwann jedoch entdeckten sie im Schatten von Hartriegeln ein mäanderndes Bächlein. Woher sie wusste, wie diese Bäume hießen, hätte Beverly nicht sagen können. Sie nahm an, dass sie es irgendwo gelesen hatte. Als Tommie das Kerngehäuse des Apfels ins Wasser warf, hatte sie einen Einfall, etwas aus Kindertagen.

»Sehen wir doch mal nach, ob es Kaulquappen gibt, ja? Zieh deine Schuhe und Strümpfe aus.«

Sie krempelte ihm noch die Hose hoch und anschließend sich selbst ebenfalls. So staksten sie von dem flachen Ufer ins Wasser, nicht weit hinein.

»Was ist eine Kaulquappe?«, fragte Tommie.

»Ein Froschbaby. Bevor er Beine bekommt.«

Sie gingen ganz langsam, nach vorn gebeugt, bis Beverly schließlich die schwarzen, zappelnden Geschöpfe entdeckte. Da Tommie nicht wusste, wie man sie einfing, legte Beverly die hohlen Hände aneinander, fischte eine Kaulquappe heraus und zeigte sie ihm. Zum ersten Mal, seit sie in diesem Haus wohnten, entdeckte sie Freude und Staunen in seiner Miene.

»Das ist eine Kaulquappe? Und die wird mal zum Frosch?«

»Genau, bald schon. Sie wachsen ziemlich schnell.«

»Aber das waren nicht diese Kaulquappen, die ich gestern Nacht gehört habe, oder?«

»Nein, das waren ausgewachsene Frösche. Aber wir sollten den Kleinen hier besser zurück ins Wasser setzen, einverstanden?«

Sie ließ die Kaulquappe wieder frei, während Tommie auf die Jagd nach einer anderen ging. Er tauchte die hohlen Hände ins Wasser, aber sie entwischte. Beim dritten Versuch hatte er endlich Erfolg. Wieder wurde Beverly bei seinem Gesichtsausdruck warm ums Herz, und eine Welle der Zuversicht durchströmte sie, dass er sich mit der Zeit bestimmt hier einlebte.

»Darf ich welche mit in die Schule nehmen und der Klasse zeigen? Am Spieltag?«

»Spieltag?«

»Die Lehrerin hat gesagt, statt Unterricht sind alle Kinder den ganzen Tag draußen. Und alle bringen was zum Vorzeigen mit.«

Dunkel erinnerte Beverly sich an solche Tage in der Grundschule: Es hatte Wettläufe und Spiele und Preise gegeben, oder die Feuerwehr kam mit einem Löschfahrzeug, und Eltern brachten Kekse und Kuchen und anderes Knabberzeug mit. Sie erinnerte sich, dass ihre Mutter einmal bei einer solchen Veranstaltung aufgetaucht, aus irgendwelchen Gründen aber gebeten worden war zu gehen. Beverly wusste noch, dass sie wütend davongestapft war und alle angebrüllt hatte.

»Wann ist denn Spieltag?«

»Weiß ich nicht genau. Aber diese Woche jedenfalls.«

»Das wird dir gefallen. Ich habe Spieltage früher geliebt, weil ich da den ganzen Tag mit meinen Freundinnen zusammen sein durfte. Was die Kaulquappen betrifft, können wir sie vielleicht in ein Glas tun, wobei ich nicht weiß, wie lange sie darin überleben, vor allem, wenn sie stundenlang in der Sonne stehen. Wir wollen ja nicht, dass sie krank werden.«

Eine ganze Weile blieb er stumm. Er ließ die Kaulquappe frei und kratzte sich mit einem schmutzigen Finger an der Wange. »Ich vermisse mein altes Zimmer.«

Der ehemalige Bewohner seines jetzigen Zimmers war offensichtlich kein Kind gewesen. Im Schrank und in der Kommode befanden sich Erwachsenenkleider, das Bett war riesig groß. An den Wänden hingen Bilder, keine Poster.

»Das weiß ich«, sagte sie. »Umziehen ist nicht leicht.«

»Warum durfte ich nicht mehr von meinen Spielsachen mitnehmen?«

Weil ich sie nicht tragen konnte. Weil die Leute am Busbahnhof sich daran erinnern würden. Weil Weglaufen bedeutet, dass man nur leichtes Gepäck mitnehmen kann.

»Es ging eben einfach nicht.«

»Wann darf ich Brady und Derek besuchen?«

Das waren seine besten Freunde, ebenfalls zurückgelassen. Beverly musste lächeln; zufälligerweise hatte sie Kinder mit genau denselben Namen in ihrer Klasse gehabt.

»Mal sehen«, sagte sie. »Aber wahrscheinlich dauert das noch ein kleines Weilchen.«

Er bückte sich wieder, auf der Suche nach weiteren Kaulquappen. Barfuß, mit der hochgekrempelten Hose, kam er ihr vor wie aus einer früheren Generation. Sie hoffte inständig, er würde nicht nach seinem Vater fragen, aber offenbar wusste er, dass das nicht klug wäre. Immerhin hatte er noch blaue Flecken vom letzten Mal, als Gary ihn gepackt hatte.

»Es ist anders hier«, sagte er schließlich. »Nachts kann ich durch mein Fenster den Mond sehen.«

Weil das ein für seine Verhältnisse ausführlicher Gesprächsbeitrag war, musste sie erneut lächeln.

»Früher habe ich dir ›Gute Nacht, lieber Mond‹ vorgelesen. Als du noch kleiner warst.«

Tommie furchte die kleine Stirn. »Ist das die Geschichte, wo die Kuh über den Mond springt?«

»Genau.«

Er nickte und widmete sich wieder seiner Jagd. Fing eine Kaulquappe, ließ sie frei. Fing eine andere, ließ sie ebenfalls frei. Das Herz berstend vor Liebe, beobachtete Beverly ihn, froh, dass sie alles riskiert hatte, um ihn zu beschützen.

Denn Tommies Vater war schon an normalen Tagen ein sehr wütender, gefährlicher Mann.

Jetzt aber, da seine Frau und sein Kind weg waren, war er vermutlich noch schlimmer.

13

Der restliche Nachmittag verlief ruhig. Tommie sah sich Zeichentrickfilme an, Beverly begutachtete die Farbdosen und -eimer in einem Regal auf der Veranda und fand dabei nicht nur einen Eimer Grundierung, sondern einen mindestens halb vollen namens »Sommergänseblümchen«, was zwar nicht genau der Gelbton war, den sie ausgesucht hätte, aber immerhin tausendmal besser als dieses grässliche Orange. Es gab auch ein Beige, das sie möglicherweise für das Wohnzimmer verwenden konnte, wenn es auch etwas langweilig war, und ein fast voller Eimer Weiß für die Küchenschränke. Eigentlich verblüffend, dass so viel Farbe herumstand, aber im positiven Sinne, als hätte das Haus schon lange auf sie und Tommie gewartet.

Sie inspizierte die Malerrollen und Pinsel noch einmal genauer, und obwohl sie offensichtlich älter waren, wirkten sie doch sauber und brauchbar. Wenn sie nicht extra noch einmal in die Stadt laufen und Geld ausgeben wollte, das sie nicht besaß, musste sie sich ohnehin damit begnügen.

Sie brachte alles, was sie glaubte zu benötigen, in die Küche. Dann begann sie zu kochen. Heute gab es Hühnchen, gekochte Karotten und Bohnen. Tommie bekam mehr Karotten als sie, aber da er sie nicht aufaß, nahm sie sich die restlichen eine nach der anderen von seinem Teller. Als Tommie nach dem Essen wieder fernsehen wollte, schlug sie stattdessen ein Spiel vor. In dem Schrank im Wohnzimmer hatte sie ein Domino-Set entdeckt, und auch wenn es lange her war, seit sie gespielt hatte, kannte sie die einfachen Regeln noch. Tommie begriff sie schnell, er gewann sogar zweimal. Schließlich gähnte er, und sie schickte ihn zum Zähneputzen nach oben. Er war alt genug, um das allein zu machen (in letzter Zeit bestand er darauf), also ließ sie ihn. Da er keinen Schlafanzug dabeihatte, schlief er in seiner Unterhose und dem T-Shirt, das er in der Schule getragen hatte. Wieder ging ihr durch den Kopf, dass seine Klassenkameraden ihn womöglich aufziehen würden, und nahm sich vor, ihm ein paar Sachen zu besorgen, hoffentlich fand sie etwas Heruntergesetztes.

Geld. Sie brauchte Geld. Letzten Endes ging es im Leben immer um Geld, und sie spürte ihre übliche Beklommenheit aufwallen, verdrängte sie aber. Sie setzte sich zu Tommie aufs Bett, las ihm aus »Ein lustiges Hundeleben« vor und deckte ihn schließlich zu.

Danach ließ sie sich auf einem der Schaukelstühle auf der Veranda nieder. Ein Rest der Hitze des Tages hing noch in der Luft, sodass es ein angenehmer Abend war; man hörte Frösche und Grillen. Ländliche Geräusche. Geräusche, an die sie sich aus ihrer eigenen Kindheit erinnerte. Geräusche, die sie in ihrem Vorort nie gehört hatte.

Während sie sanft vor- und zurückschaukelte, dachte sie an die Jahre, die sie mit Gary verbracht hatte. Seine nette und charmante Art, in die sie sich damals verliebt hatte, hatte sich schon innerhalb des ersten Monats ihrer Ehe verändert. Sie erinnerte sich, dass er sich einmal von hinten an sie angeschlichen und sie auf den Hals geküsst hatte, als sie sich gerade ein Glas Wein einschenkte.

Weißwein, keinen roten. Als sie sich umdrehte, stieß sie mit Gary zusammen. Etwas Wein spritzte auf sein Hemd, ein ganz neues, und obwohl sie sich sofort entschuldigte, war sie ganz entspannt, weil sie natürlich vorhatte, es auszuwaschen und am nächsten Morgen zur Reinigung zu bringen. Sie wollte mit ihm flirten – *das Hemd muss ich dir wohl ausziehen, schöner Mann* –, aber noch ehe sie es aussprechen konnte, schlug er ihr ins Gesicht, ein ohrenbetäubender Knall und heftiges Brennen.

Und danach?

Rückblickend hätte sie ihn gleich damals verlassen müssen. Hätte wissen müssen, dass Gary ein Chamäleon war, ein Mann, der sein wahres Gesicht zu verbergen gelernt hatte. Sie war nicht naiv, sie hatte gewisse Reportagen gesehen, hatte Artikel über gewalttätige Männer gelesen. Aber ihr Wunsch, ihm zu vertrauen, hatte sich über ihren gesunden Menschenverstand hinweggesetzt. *So ist er nicht,* redete sie sich ein. Gary entschuldigte sich weinend, und sie glaubte ihm, als er beteuerte, dass es ihm leidtue. Sie glaubte ihm, als er sagte, dass er sie liebe, dass er nur überreagiert habe. Sie glaubte ihm, als er behauptete, es würde nie wieder vorkommen.

Doch natürlich erhob er irgendwann erneut die Hand gegen sie, und mit der Zeit wurden aus den Ohrfeigen Schläge. Immer in den Bauch oder auf den Rücken, wo man die blauen Flecken nicht sehen konnte, auch wenn sie zu Boden sackte, kaum Luft bekam, ihr schwarz vor Augen wurde. In jenen Momenten wurde sein Gesicht knallrot, und die Ader an seiner Schläfe trat hervor, wenn er sie anbrüllte. Er warf Teller und Tassen an die Küchenwand, sodass es um sie herum Scherben regnete. Das war immer das Ende des Kreislaufs. Der unkontrollierten Aggression. Des Geschreis. Des Zufügens von Schmerzen. Aber anstatt ganz aufzuhören, begann der Kreislauf wieder von vorn. Mit Entschuldigungen und Versprechungen und Geschenken wie Blumen oder Ohrringen oder Unterwäsche, und obwohl die Alarmglocken weiterhin in ihrem Kopf schrillten, wurden sie nach und nach übertönt von dem aufkeimenden Wunsch zu glauben, dass er sich *dieses* Mal geändert hatte. Für Tage oder sogar Wochen verwandelte Gary sich wieder in den Mann, den sie geheiratet hatte. Sie gingen mit Freunden aus und bekamen gesagt, wie perfekt ihre Ehe sei; ihre alleinstehenden Freundinnen beteuerten, was für ein Glück sie habe, mit einem Mann wie Gary vor den Altar getreten zu sein.

Manchmal glaubte sie ihnen sogar. Und während die Zeit verstrich, ermahnte sie sich stets aufs Neue, ihn durch nichts wütend zu machen. Sie wollte die perfekte Ehefrau sein und das perfekte Heim bieten, ganz so, wie er es mochte. Also zog sie die Bettdecke straff und glatt, schüttelte die Kissen genau richtig auf. Sie faltete und stapelte seine Kleidung nach Farben sortiert in den Schubladen. Sie achtete darauf, dass seine Schuhe geputzt und die Schränke säuberlich eingeräumt waren. Sie legte die Fernbedienung genau auf die Zimmerecke ausgerichtet auf den Couchtisch. Sie wusste, was ihm gefiel – dafür sorgte er schon –, und wendete ihre gesamte Zeit dafür auf zu tun, was er für wichtig hielt. Und wenn sie gerade glaubte, dass nun alles gut sein würde, passierte etwas. Das Hühnchen war vielleicht zu trocken geworden, oder sein Handtuch lag noch im

Trockner, oder eine der Topfpflanzen auf dem Fensterbrett hatte zu welken begonnen, und seine Miene straffte sich. Seine Wangen wurden rot, die Pupillen kleiner, und er trank abends zunehmend mehr, drei oder vier Gläser Wein statt nur einem. Die folgenden Tage waren dann, wie durch ein Minenfeld zu laufen, ein falscher Schritt löste die unausweichliche Explosion aus, gefolgt von Schmerz.

Aber die Geschichte war alt, nicht wahr? Es war die von Tausenden anderen Frauen, wenn nicht gar Millionen. Mittlerweile hatte Beverly verstanden, dass mit Gary etwas nicht stimmte, dass man ihn nicht ändern konnte. Und Gary schien eine kranke Antenne dafür zu haben, wie weit genau er gehen konnte. Als sie schwanger war, fasste er sie nicht an, denn er wusste, dass sie ihn verlassen hätte, wenn auch nur die Möglichkeit bestand, er könnte das Baby in Gefahr bringen. Und auch in den ersten Monaten nach Tommies Geburt, als sie nie genügend Schlaf bekam, ließ er sie in Ruhe. Es war die einzige Phase ihrer Ehe, in der sie ihre Aufgaben schleifen ließ. Sie kochte für ihn und wusch seine Wäsche und putzte seine Schuhe und küsste ihn genau so, wie er es wollte, aber manchmal war das Wohnzimmer unaufgeräumt, wenn er von der Arbeit kam, und manchmal hatte Tommie Sabber oder Breiflecken auf der Kleidung. Doch erst als Tommie fünf oder sechs Monate alt war, schlug Gary sie wieder. An jenem Abend hatte Gary ihr ein Negligé geschenkt, in einer Schachtel mit einer hübschen roten Schleife. Sie wusste, dass Gary sie gern in Negligés sah, genau wie er ganz spezielle Vorstellungen von Sex hatte. Sie sollte immer bestimmte Sachen flüstern, sie sollte frisiert und geschminkt sein, sie sollte ihn anbetteln, sie zu nehmen, sie sollte schmutzige Sachen sagen. An jenem Tag allerdings, als er mit dem Geschenk nach Hause kam, war sie vollkommen erschöpft. Tommie hatte den Großteil der vorangegangenen Nacht geweint und war auch den Tag über nicht dauerhaft zu trösten gewesen. Zu dem Zeitpunkt war Beverly nicht mehr ganz so auf der Hut; sie hatte sich eingeredet, dass die Aggression und das Gebrüll und der Schmerz hinter ihnen lagen. Also erklärte sie Gary, sie sei zu müde, versprach, das Negligé am kommenden Abend zu tragen, ihn zu einem besonderen Anlass zu machen. Was nicht das war, was Gary wollte. Er wollte sie an diesem Abend, nicht am folgenden, und unvermittelt musste sie Tränen wegblinzeln, und ihre Wange fühlte sich wieder einmal an, als stünde sie in Flammen.

Und hinterher abermals die Entschuldigungen. Wieder die Geschenke. Wieder das Wissen, dass sie eigentlich gehen müsste. Aber wohin? Nach Hause, mit eingeklemmtem Schwanz, um sich anzuhören, dass es ein Fehler gewesen war, so jung zu heiraten? Dass sie sich in den falschen Mann verliebt hatte? Selbst wenn sie diese Kritik ertragen hätte, Gary hätte sie dort gefunden. Dort hätte er als Erstes gesucht. Zur Polizei konnte sie auch nicht gehen, denn Gary war ja bei der Polizei, bei der mächtigsten Polizei der ganzen Welt, wer würde ihr schon glauben? Außerdem musste sie auch an Tommie denken. Lange Zeit war Gary in seinen Sohn ganz vernarrt gewesen. Er sprach mit ihm und spielte mit ihm und hielt seine Händchen, als er seine ersten Schritte durchs Haus machte. Beverly wusste, wie schwer es für

Kinder war, nur mit einem Elternteil aufzuwachsen, und hatte sich geschworen, dass sie Tommie das niemals antun würde. Dass Gary keine Windeln wechseln wollte, schien nicht so wichtig, und er verbrachte bereitwillig so viel Zeit mit seinem Sohn, dass Beverly sich manchmal geradezu vernachlässigt fühlte.

Inzwischen wusste sie, dass Gary mit Tommie das Gleiche gemacht hatte wie mit ihr. Er verstellte sich. Er tat, als wäre er ein perfekter, liebevoller Vater. Aber Tommie wurde älter und ließ manchmal ein scharfkantiges Spielzeug herumliegen, auf das Gary dann trat, oder manchmal blieben kleine Pfützen auf dem Badezimmerboden zurück, wenn er gebadet hatte. Die Aggression in Gary konnte eine Weile schlummern, aber nicht für immer schlafen, und je älter Tommie wurde, desto mehr Unvollkommenheiten entdeckte Gary in seinem Sohn. Er verwandelte sich wieder in den Mann, der er wirklich war. Beverly kannte die strenge Stimme und das gelegentliche Brüllen nur zu gut; womit sie nicht gerechnet hatte, waren die blauen Flecken, die sie nun auf Tommies Oberschenkeln und Armen fand. Als hätte Gary versehentlich zu fest zugedrückt oder ihn sogar gekniffen.

Anfangs hatte sie nicht glauben wollen, dass Gary so etwas tat. Wenn Beverly einen Fehler machte, unterstellte Gary ihr immer, es sei Absicht gewesen. Aber Tommie war noch ein kleines Kind, und Gary musste doch wohl verstehen, dass kleine Kinder Fehler machten, oder? Dass Tommie nichts von dem, was seinen Vater wütend machte, mit Absicht tat?

Beverly ging in die Bücherei, aber die Informationen,

die sie fand, waren nicht sehr hilfreich. Ach, sie hatte alles gelesen. Bücher, Artikel, Tipps der Polizei, Theorien von Psychologen und Psychiatern, und die Realität war komplex. Manchmal wurde ein gewalttätiger Ehemann auch seinen Kindern gegenüber gewalttätig, manchmal nicht.

Aber die seltsamen blauen Flecken.

Dazu kam, dass Tommie von einem lachenden, fröhlichen, unbefangenen Kleinkind zu dem stillen, in sich gekehrten Jungen geworden war, den sie jetzt kannte. Er verriet nie etwas, aber Beverly sah die Angst in seiner Miene, wenn Gary nach der Arbeit das Auto in die Auffahrt lenkte. Sie sah die gezwungene Begeisterung, wenn Gary seinen Sohn aufforderte, im Garten mit ihm Ball zu spielen. Sie erinnerte sich auch noch an das Mal, als Tommie gestürzt war, während er Fahrrad fahren lernte. Die Stützräder hätten das eigentlich verhindern sollen, dennoch hatte Tommie sich Knie und Ellbogen aufgeschürft und auf Beverlys Schoß geweint, während Gary zeterte, wie ungelenk sein Sohn sei.

Im Laufe der Zeit zeigte Gary immer weniger Interesse an Tommie, er begann, ihn mehr wie ein Besitztum zu behandeln denn wie ein zu liebendes Kind. Er schimpfte mit Beverly, weil sie Tommie angeblich verhätschelte, sagte, er werde noch zu einem Mamakind. An Tommies erstem Kindergartentag hatte Gary keinerlei Regung für irgendetwas außer seinen zu lange gebratenen Rühreiern gezeigt.

Und die seltsamen blauen Flecken.

Gary mochte ja Tommies Vater sein, aber Beverly war seine Mutter. Sie hatte ihn ausgetragen und geboren. Sie hatte ihn gestillt, und sie war diejenige gewesen, die ihn Nacht für Nacht auf dem Arm trug, bis er endlich mehr als ein paar Stunden am Stück schlief. Sie hatte seine Windeln gewechselt und ihm sein Essen gekocht, hatte dafür gesorgt, dass er geimpft wurde, und ihn zum Arzt gebracht, als sein Fieber so hoch war, dass sie befürchtete, er könnte eine Meningitis bekommen. Sie hatte ihm beim Anziehen geholfen und ihn gebadet und jede einzelne Aktion mit ihm geliebt, hatte Tommies Unschuld und stetige Entwicklung bewundert.

Und währenddessen setzte Gary seinen endlosen Kreislauf der Gewalt ihr gegenüber fort, immer dann, wenn Tommie bereits schlief.

Letzten Endes, sagte sie sich, hatte sie keine andere Wahl gehabt. Die Polizei zu benachrichtigen kam nicht infrage, nach Hause zu gehen kam nicht infrage. Alles, was mit ihrem früheren Leben zu tun hatte, kam nicht infrage. Sie *musste* einfach verschwinden, und Tommie nicht mitzunehmen, war unvorstellbar. Wenn sie nicht da war, an wem sollte Gary seine Wut auslassen?

Sie wusste es. Tief drinnen wusste sie ganz genau, was mit Tommie geschehen würde, also hatte sie ihn von Anfang an in ihre Fluchtpläne miteinbezogen, auch wenn das bedeutete, dass er seine Freunde und sein Spielzeug und so vieles mehr zurücklassen musste, damit sie ein völlig neues Leben anfangen konnten.

14

Obwohl es schon spät war, fühlte Beverly sich nicht müde. Sie brodelte vor angespannter Energie – wahrscheinlich, weil sie an Gary gedacht hatte –, also stand sie aus dem Schaukelstuhl auf und ging in die Küche. Trotz der Erinnerungen lichtete sich ihre Stimmung, als ihr Blick auf den Farbeimer fiel. Die Küche würde sicherlich sehr freundlich aussehen, wenn sie mit dem Streichen fertig war. Sie stellte das Radio an, leise, damit Tommie nicht aufwachte, und die Musik tat ihre Wirkung, übertönte die düsteren Gedanken von zuvor.

Sie erinnerte sich an Tommies Lächeln beim Kaulquappenfangen und gestattete sich zu glauben, dass alles gut wurde. Ja, es gab noch Probleme, aber die hatte jeder, und man musste lernen, sich nicht über Kleinigkeiten aufzuregen, richtig? Fürs Erste hatte sie eine Unterkunft und Verpflegung und Sicherheit und Anonymität, Tommie ging in die Schule, und sie fand schon einen Weg, Geld zu beschaffen. Sie war clever und geschickt, und irgendjemand brauchte immer eine Hilfe, die putzte oder kochte oder babysittete oder vorlas, weil das eigene Augenlicht mit dem Alter nachgelassen hatte. Und Tommie gewöhnte sich gewiss an die neue Situation. Auch wenn er noch nicht von neuen Freunden gesprochen hatte, lernte er bestimmt bald einen Jungen oder ein Mädchen aus seiner Klasse näher kennen, und dann spielten sie in den Pausen miteinander, denn so waren Kinder nun mal. Kleine Kinder interessierte es nicht, was jemand darstellte oder was jemand machte oder ob man jeden Tag dieselben Sachen trug. Kinder wollten einfach nur spielen.

Und diese Peg?

Beverly musste laut darüber lachen, wie albern sie sich vorhin im Laden benommen hatte. Nicht, dass sie deshalb leichtsinnig wurde, o nein. Mittlerweile hatte Gary mit Sicherheit über staatliche Kanäle einen Suchaufruf verbreitet oder einen Steckbrief, aber er konnte ja schlecht mit jedem Polizisten oder Sheriff im ganzen Land persönlich sprechen. Bisher war sie nur ein Name und ein unbekanntes Foto auf einem Poster an der Wand eines Postamts oder in einer E-Mail-Inbox, neben Bildern von Terroristen oder Neonazis oder Bankräubern. In einer Welt, in der das Verbrechen wucherte und Menschen jeden Tag schreckliche Dinge taten, war es schlichtweg nicht möglich, über einzelne Namen und Gesichter und Beschreibungen aus dem ganzen Land auf dem Laufenden zu bleiben. Es war schon schwierig genug, über die schlimmen Vorfälle jeweils vor Ort den Überblick zu behalten.

Was hatte sie sich nur gedacht?

»Ich sorge nur dafür, dass wir in Sicherheit sind«, flüsterte sie.

Erneut wünschte sie, mehr Kleidung für sich und Tommie mitgenommen zu haben. In ihrem Schrank … Nein, verbesserte sie sich im Geiste. Das war nicht mehr ihr Schrank. In ihrem *ehemaligen* Schrank bewahrte sie ein Paar wunderschöne Pumps mit roten Sohlen von Christian Louboutin auf, wie sie Prominente bei Preisverleihungen oder Filmpremieren trugen. Die hatte sie einmal von Gary zum Geburtstag bekommen, eines der wenigen Geschenke, denen keine Gewalt vorausgegangen war. Noch nie zuvor hatte sie so etwas besessen. Wahrscheinlich hätte sie die Schuhe in ihren Rucksack quetschen können, und vielleicht hätte sie das sollen. Es wäre sicher nett gewesen, sie einfach ab und zu anzuziehen, nur um sie zu betrachten. Wie Dorothy im »Zauberer von Oz« mit ihren roten Schuhen – wobei, eigentlich nicht. Denn das Letzte, was sie wollte, war, zu ihrem alten Leben zurückzukehren. Das hier war ihr neues Heim, und sie stand in ihrer neuen Küche.

»Und morgen werden die Wände gelb sein«, murmelte sie.

Vorher mussten sie allerdings noch einmal abgerieben werden, also machte sie sich mit dem Lappen an die Arbeit. Putzte und scheuerte, während die Musik ihr Lust machte zu tanzen. Jetzt schon konnte sie sich gut vorstellen, wie hübsch die Küche aussähe, wenn die Morgensonne durch die Fenster schien.

Als sie fertig war, war es richtig spät. Und da Beverly sichergehen wollte, dass sie Tommie hörte, wenn er aufwachte, legte sie sich auf das Sofa im Wohnzimmer. Irgendwie döste sie ein, als hätte ihr Gehirn beschlossen, sich endlich abzuschalten, aber sie wachte auf, ehe sie Tommie die Treppe hinunterkommen hörte.

Fort war die Erleichterung des Vorabends. Sie fühlte sich nicht wie nach dem Traum von dem Piraten oder auch nur wie nach ihrem Schreck, als diese Peg meinte, sie komme ihr bekannt vor. Eher war es ein unterschwelliges Angstgefühl, wie ein unangenehmes Brummen, das darauf hindeutete, dass sie bei ihrer Flucht etwas Wichtiges vergessen hatte.

Bestimmt hatte Gary gemerkt, dass sie ihren Ausweis

und ihr Handy zu Hause gelassen hatte, woraus er auf ihre Absicht schließen konnte unterzutauchen. Da sie ohne Ausweis nicht fliegen konnte, suchte Gary mit Sicherheit zuerst an Zug- und Busbahnhöfen. Das hatte sie ja schon gewusst und deswegen die ganzen Vorsichtsmaßnahmen getroffen. Außerdem waren an dem Morgen ungefähr ein Dutzend Busse in ganz unterschiedliche Richtungen gestartet, einmal abgesehen davon, dass Gary nicht genau wusste, wann sie aufgebrochen war, was es noch schwieriger machte, sie aufzuspüren. Was war wohl sein nächster Schritt?

Er befragte die Fahrkartenverkäufer, nur was sollte er da erfahren? Niemand konnte sich an eine Mutter mit ihrem Sohn erinnern; niemand an eine Frau mit langen blonden Haaren. Im Anschluss erkundigte er sich vermutlich bei den Busfahrern, aber weil an dem Wochenende so viele Fahrten stattgefunden hatten, würde das dauern. Früher oder später mochte er natürlich den richtigen finden, aber was brachte ihm das? Wieder keine Mutter mit Sohn. Des Weiteren fände er heraus, dass der erste Fahrer abgelöst worden war und dass keine Mutter mit Sohn irgendwo angekommen war. Selbst wenn der zweite Fahrer im Rückspiegel sie und Tommie nebeneinander hatte sitzen sehen – was unwahrscheinlich war, weil Tommie so klein war –, erinnerte er sich dann genau, wo und wann sie ausgestiegen waren? Wer merkte sich denn so etwas, und dann noch über einen längeren Zeitraum hinweg, bei so vielen Haltestellen, bei so vielen Passagieren, die überall ein- und ausstiegen? Das wäre ja fast, wie sich wahllos ein Gesicht zu merken, das einem auf dem Bürgersteig entgegenkam.

Ja, sie war in Sicherheit, weil sie nämlich vorsichtig gewesen war. Sie war in Sicherheit, weil sie an alles gedacht hatte, weil sie genau wusste, wie Gary bei seiner Suche vorgehen würde. Und doch empfand sie immer noch diese innere Unruhe, spürte sie wie Bläschen im Wasser in sich aufsteigen, und als die Erkenntnis sie schließlich traf, fühlte es sich an, als hätte Gary ihr in den Bauch geboxt.

Kameras, dachte sie.

O mein Gott.

Was, wenn in den Busbahnhöfen Kameras hingen?

TEIL III

COLBY

15

Morgens ging ich unter einem wolkenlosen Florida-Himmel eine Runde joggen. Es war extrem schwül, und als ich am Strand ankam, musste ich mir das T-Shirt ausziehen und zum Stirnband umfunktionieren, damit mir der Schweiß nicht in die Augen strömte.

Ich lief über den festen Sand dicht am Wasser, vorbei am Bobby T's und diversen Motels und Hotels einschließlich des Don CeSar, kehrte schließlich um und machte mich auf den Rückweg.

In der Ferienwohnung wrang ich mein Shirt, meine Shorts und die Socken aus und sprang unter die Dusche, um mich abzukühlen. Hinterher wanderten die Sachen in die Waschmaschine, und erst zwei Tassen Kaffee später fühlte ich mich bereit für den Tag.

Die nächsten Stunden feilte ich wieder an dem Song, den ich Morgan vorgespielt hatte, weil ich immer noch das Gefühl hatte, dass er zwar beinahe, aber eben nicht ganz fertig war, dass darin etwas ganz Besonderes lag, wenn ich es nur herauskitzeln konnte. Dabei allerdings schweiften meine Gedanken nicht zum ersten Mal zu der Frage ab, ob ich Morgan wohl jemals wiedersehen würde.

Nach dem Mittagessen ging ich am Strand spazieren und probierte im Anschluss noch einmal mehrere Varianten des Songs aus, bis ich mich auf den Weg zum Bobby T's machen musste. Da es Sonntag war, rechnete ich nicht mit sonderlich viel Publikum, aber als ich ankam, war bereits jeder Tisch besetzt. Ich sah mich um, stellte fest, dass Morgan und ihre Freundinnen nicht da waren, und bemühte mich, den Stich der Enttäuschung zu ignorieren.

Ich spielte das erste Set, eine Mischung aus Evergreens und eigenen Liedern, dann ein zweites und ein drittes, bevor ich schließlich Wünsche entgegennahm. Nach ungefähr der Hälfte der Zeit hatte sich das Publikum noch vergrößert, vielleicht nicht ganz auf Freitagabendniveau, aber immerhin mussten einige Zuhörerinnen und Zuhörer stehen, weil kein Sitzplatz mehr frei war, und es trudelten noch weitere Leute vom Strand ein.

Ungefähr eine Viertelstunde vor Ende tauchten Morgan und ihre Freundinnen auf. Wie es ihnen gelang, noch einen Tisch zu ergattern, war mir ein Rätsel. Ich fing Morgans Blick auf, und sie winkte kurz. Vor dem letzten Song räusperte ich mich.

»Das nächste Stück ist für alle, die hier sind, um sich am Strand oder am Pool zu amüsieren!«, rief ich und lächelte dabei Morgan an, bevor ich die ersten Takte von *Margaritaville* anstimmte. Die Menge johlte und fiel mit ein. Bald sah ich auch Morgan und ihre Freundinnen mitsingen – ein krönender Abschluss des Konzerts.

16

Als ich endlich die Gitarre beiseitelegte, war die Sonne längst untergegangen, nur noch ein schmaler heller Streifen war am Horizont verblieben. Während ich zusammenpackte, traten einige Zuhörer mit den üblichen Komplimenten und Fragen an die Bühne, aber ich ließ mich auf kein längeres Gespräch ein, sondern steuerte schnurstracks auf Morgan zu.

Ich sah die Freude in ihrer Miene. Sie trug weiße Shorts und eine gelbe Bluse mit weitem Ausschnitt, der ihre sonnengeküsste Haut zur Geltung brachte.

»Wie süß«, sagte sie. »Ich gehe mal davon aus, dass der Song meinen Freundinnen und mir gewidmet war? Weil ich dir erzählt habe, was wir am Pool getrunken haben?«

»Es schien mir passend.« Die schummrige Beleuchtung an der Theke warf einen stimmungsvollen Schatten auf ihre feinen Gesichtszüge. »Wie war dein Tag? Was habt ihr unternommen?«

»Nicht viel. Wir haben lange geschlafen, ungefähr eineinhalb Stunden geprobt und am Pool gelegen. Aber ich glaube, ich hab zu viel Sonne abgekriegt. Meine Haut fühlt sich heiß an.«

»Was habt ihr denn geprobt?«

»Unsere neuen Choreografien. Es sind drei Songs, was für uns viel ist. Die Schritte haben wir uns jetzt zwar alle eingeprägt, aber man muss sehr viel üben, wenn man total synchron tanzen will.«

»Und wann filmt ihr euch?«

»Kommenden Samstag am Strand. Gleich hinter dem Don.«

»Du musst mir unbedingt Bescheid geben, damit ich dabei sein kann.«

»Mal sehen«, trällerte sie. »Was machst du jetzt? Hast du noch was vor?«

»Ich wollte was essen.«

»Möchtest du mitkommen? Wir fahren ins Shrimpys Blues.«

»Haben deinen Freundinnen denn nichts dagegen?«

»Es war ja ihre Idee.« Sie grinste. »Warum, glaubst du, haben wir auf dich gewartet?«

17

Während sie sich ein Taxi riefen, lud ich meine Ausrüstung in den Pick-up. Ich ging davon aus, ihnen allein zu folgen, aber Morgan kam zu mir und rief ihren Freundinnen über die Schulter zu: »Wir treffen uns dort!«

»Also, falls du nichts dagegen hast natürlich nur«, sagte sie an mich gewandt.

»Überhaupt nicht.«

Ich half ihr in den Wagen und stieg dann auf der Fahrerseite ein. Mittlerweile war das Taxi eingetroffen, und ihre Freundinnen quetschten sich auf die Rückbank eines mittelgroßen silbernen Autos. Ich fuhr ihm nach.

»Ich hätte noch eine Frage zu eurem Bauernhof«, sagte Morgan, kaum dass wir aufgebrochen waren.

»Echt jetzt?«

»Das interessiert mich eben.«

»Und was willst du wissen?«

»Wenn eure Hühner nicht in Käfigen sind, wieso laufen sie nicht weg? Und wie findet man die Eier? Liegen die nicht überall verstreut? Wie an Ostern?«

»Das Gelände ist eingezäunt, und Hühner sind soziale Wesen, die bleiben ohnehin gern zusammen. Außerdem mögen sie Schatten, wo auch ihr Futter und Wasser stehen. Was die Eier betrifft, sind sie darauf abgerichtet, Legenester zu benutzen. Die Eier landen in einer Schublade, wo wir sie einsammeln können.«

»Ihr richtet eure Hühner ab?«

»Das muss man tun. Wenn wir neue Tiere bekommen, bleibe ich bei ihnen, und sobald ein Huhn Anstalten macht, ein Ei zu legen, hebe ich es auf und setze es in ein Legenest. In der Regel ziehen sie vor, ihre Eier an einem dunklen, ruhigen Ort zu legen, wenn sie also auf dem Nest hocken, denken sie, ›ach, das ist ja schön‹, und gewöhnen sich daran.«

»Das ist so cool.«

»Keine Ahnung. Es gehört einfach dazu.«

»Was machst du denn sonst noch so? Fährst du zum Beispiel auch Traktor?«

»Klar. Und ich repariere unsere Geräte auch. Außerdem muss ich ein bisschen Schreiner, Klempner und sogar Elektriker sein.«

Ihre Miene erhellte sich. »Wow, nicht schlecht. Du bist also ein richtiger Allrounder. Muss schön sein zu wissen, dass du bei einer Zombie-Apokalypse zu den Überlebenden gehören würdest.«

Ich lachte. »So habe ich das ehrlich gesagt noch nie gesehen.«

»Im Vergleich dazu wirkt mein Leben langweilig.«

»Na, ich weiß nicht …«

»Wie ist deine Schwester eigentlich so? Ich meine, dass sie Künstlerin ist und ihr zusammenwohnt, weiß ich ja schon, aber wie würdest du sie beschreiben? In drei Worten?«

Ich lehnte den Kopf an die Stütze, unsicher, wie viel ich preisgeben wollte. Letzten Endes blieb ich beim Grundlegenden. »Klug. Talentiert. Großzügig.« Dass man sie auch als Kämpfernatur bezeichnen könnte, behielt ich für mich. Stattdessen erzählte ich, dass Paige sich in meiner Kindheit um mich gekümmert habe, was ein Grund für unser enges Verhältnis sei.

»Und deine Tante?«

»Zäh. Fleißig. Ehrlich. Nach dem Tod meines Onkels war es nicht einfach für sie, aber sobald wir anfingen, den Hof umzubauen, fand sie wieder zu ihrem alten Ich zurück. Jetzt ist die Arbeit mehr oder weniger ihr ganzes Leben, und sie findet es toll. In letzter Zeit versucht sie mich zu überreden, Weiderinder anzuschaffen, obwohl wir noch nie Rinder gehalten haben und ich keine Ahnung davon habe.«

»Das könnte eine gute Idee sein. Heutzutage interessieren sich die Leute ja sehr für das Tierwohl, wenn sie Fleisch kaufen.«

»Schon, aber da hängt ziemlich viel dran. Zum Beispiel braucht man ausreichend Weideflächen, man muss sich um Transport und Weiterverarbeitung kümmern, die richtigen Zuchtlinien auswählen, Abnehmer finden und noch eine Million andere Sachen. Könnte mehr Stress sein, als es wert ist.«

Der silberne Wagen vor mir verlangsamte und bog dann auf den Parkplatz des Restaurants ein. Als er anhielt, fuhr ich um ihn herum und fand eine Lücke.

Wir bekamen einen Tisch ganz hinten im Lokal. Sobald wir saßen, beziehungsweise nach ein paar schwärmerischen Komplimenten zu meinem Auftritt, begann das Kreuzverhör. Wie Morgan konnten auch ihre Freundinnen nicht glauben, dass ich Farmer war, und sie waren ebenso neugierig, was ich Tag für Tag machte. Außerdem löcherten sie mich über meine Kindheit, meine Familie und meine Jahre in der Band.

Beim Essen gelang es mir wiederum, ein paar Informationen über sie in Erfahrung zu bringen. Stacy kam aus Indianapolis, hatte einen Freund namens Steve und wollte Kinderärztin werden. Holly stammte aus einer Kleinstadt in Kentucky und hatte früher so ungefähr jede erdenkliche Sportart betrieben. Und Maria war in Pittsburgh aufgewachsen, hatte ebenfalls einen Freund und träumte davon, bei »Let's Dance« mitzumachen. »Realistischer ist allerdings, dass ich in irgendeinem Tanzstudio unterkomme und vielleicht später mal ein eigenes eröffne. Es sei denn, meine Mutter lässt mich mit ihr zusammen choreografieren.«

»Und? Was meint sie dazu?«

»Sie meint, ich muss noch viel lernen.« Maria verdrehte die Augen. »In der Hinsicht ist sie ziemlich streng.«

Im Gegensatz zu Morgan hatte Maria überhaupt keine Bedenken, mir ihre TikTok-Seite zu zeigen. Sie rief ein Video von der Gruppe auf und gab mir ihr Handy. Im Anschluss startete sie ein zweites und dann noch eines.

»Ich glaube, er hat's kapiert«, unterbrach Morgan sie schließlich und griff nach dem Telefon.

»Nur noch ein paar«, wehrte sich Maria. Ich verstand, warum sie beliebt waren; die Nummern waren auf K-Pop-Niveau choreografiert und auf eine witzige, nicht übertriebene Art sexy. Ich wusste nicht genau, was ich erwartet hatte, aber ich war ziemlich beeindruckt.

Danach war ich wieder an der Reihe. Die Freundinnen stellten mir zahllose Fragen über die Hühner und die Tomaten, runzelten wie Morgan die Stirn über den Tabak. Während ich ausgequetscht wurde, hielt Morgan sich zurück, nur hin und wieder trafen sich unsere Blicke, und sie schien stumm um Entschuldigung zu bitten.

Ich durfte nicht für alle bezahlen, sondern wir legten zusammen und gaben auch ein großzügiges Trinkgeld. Mir schoss der Gedanke durch den Kopf, dass jede Einzelne von ihnen auf ihre eigene Art so beeindruckend wie Morgan war. Ausnahmslos waren sie selbstbewusst, ehrgeizig und diszipliniert.

Als wir das Restaurant verließen, blieben Morgan und ich ein paar Schritte zurück. Während ich sie im gedämpften Licht betrachtete, ahnte ich, dass ich, wenn ich sie auch nur noch ein Mal wiedersähe, verloren wäre.

»Ich mag deine Freundinnen«, bemerkte ich. »Danke, dass ihr mich mitgenommen habt.«

»Danke, dass du so geduldig warst.« Sie drückte mir kurz den Arm.

»Was hast du für morgen geplant?«

»Nichts Konkretes. Vormittags proben wir bestimmt, und irgendwann wollen wir zum Pool, aber Holly meinte vorhin, sie möchte vielleicht shoppen gehen oder sich das Dalí ansehen.« Dann, als fiele ihr plötzlich ein, mit wem sie sprach, erläuterte sie: »Das ist ein Museum in St. Petersburg, das ausschließlich dem Werk von Salvador Dalí gewidmet ist. Er war ein surrealistischer Maler.«

»Meine Schwester hat das mal erwähnt«, sagte ich.

Sie musste aus meinem Ton etwas herausgehört haben. »Aber es interessiert dich nicht?«

»Ich hab zu wenig Ahnung von Kunst, um interessiert oder desinteressiert zu sein.«

Sie stieß ihr tiefes, grollendes Lachen aus. »Wenigstens gibst du es offen zu. Und du, was hast du morgen vor?«

»Hab ich mir noch nicht überlegt. Wahrscheinlich gehe ich laufen, aber danach – keine Ahnung.«

»Schreibst du wieder ein Lied?«

»Falls mir eine Idee kommt.«

»Ich wünschte, bei mir wäre das so. Dass ich einfach so Ideen für Songs habe. Ich muss mich immer richtig anstrengen.«

»Ich würde mir supergern was anhören, was du geschrieben hast. Besonders jetzt, wo ich dich habe tanzen sehen.«

»Ja, also … Maria ist wirklich stolz auf unsere Choreos.«

»Zu Recht. Ihr seid alle super. Hätte ich euch schon vorher gekannt, wäre ich auch Follower, wie die anderen Millionen von Leuten.«

In dem Moment blitzten Scheinwerfer auf – das Taxi der Freundinnen.

»Wenn du möchtest, bringe ich dich ins Hotel zurück.«

»Danke, aber ich fahre mit den andern.« Dann, nach einer kurzen Pause: »Ich bin froh, dass du sie kennengelernt hast.«

»Ich auch.«

Sie blieb immer noch stehen, offenbar konnte sie sich nicht so recht trennen. »Ich sollte mal los.«

»Ja.«

»Könnte sein, dass wir zu deinem nächsten Auftritt kommen.«

»Das würde mich freuen.«

»Und wenn du noch mal einen Song schreibst, will ich ihn als Erste hören.«

»Das lässt sich einrichten.« Der nächste Satz kam ganz spontan. »Bist du schon mal Kajak gefahren?«

»Wie bitte?«

»Mein Freund Ray hat mir erzählt, dass man hier in der Nähe Kajaks mieten und durch die Mangroven paddeln kann. Das soll ziemlich cool sein.«

»Und?«

»Ich wollte dich fragen, ob du mitmöchtest. Morgen, meine ich, da du ja noch nichts Konkretes geplant hast.«

Es war nicht die eleganteste Art, um ein Date zu bitten, aber in dem Moment bekam ich mehr nicht zustande.

Sie stützte die Hände in die Hüften. »Um wie viel Uhr denn?«

»So gegen neun? Dann wärst du rechtzeitig fürs Museum oder den Pool oder was auch immer zurück.«

»Ginge auch zehn? Wegen unserer Probe?«

»Klar doch. Sollen wir uns in der Lobby treffen?«

Wieder griff sie nach meinem Arm und sah mir in die Augen. »Ich freue mich jetzt schon drauf.«

18

Hätte mir jemand vorher erzählt, dass ich in meiner Zeit in St. Pete Beach jemanden kennenlernen würde, hätte ich gelacht. Aber als ich Morgan jetzt nachsah, war ich froh, auch wenn ich mich gleichzeitig fragte, worauf ich mich da einließ.

Sie hatte etwas … Charismatisches an sich. Das Wort schoss mir durch den Kopf, als ich losfuhr, und je länger ich darüber nachdachte, desto passender kam es mir vor. Und obwohl vieles von dem, was ich über sie erfahren hatte, die Unterschiede zwischen uns noch deutlicher machte, hatte offenbar nur ich Bedenken deswegen. Dass wir beide Musik liebten, schien für Morgan als gemeinsamer Nenner zu reichen. Jedenfalls vorerst. Zumindest in Bezug auf ein erstes Date.

Aber wo führte es hin? Das war die Frage, die mir Rätsel aufgab. War es ein ernsthafter erster Schritt oder nur ein Flirt? Viele Männer wären bestimmt mit Letzterem zufrieden gewesen und bei jeder anderen Frau ich möglicherweise auch. Die Anziehung zu Morgan fühlte sich jedoch tiefer an.

Ich mochte sie, dachte ich und schüttelte dann unvermittelt den Kopf, weil ich wusste, dass das nicht ganz stimmte.

Ich mochte sie sehr.

19

Ich glaube nicht, dass es Nervosität war, aber egal warum, ich wachte im Morgengrauen auf und konnte nicht mehr einschlafen. Also ging ich eine Runde laufen und räumte die Wohnung auf. Nachdem ich geduscht hatte, fuhr ich kurz zum Supermarkt, um meine Kühlbox aufzufüllen.

Da ich davon ausging, dass man beim Kajaken nass wurde, zog ich eine Badehose an und darüber Shorts und ein T-Shirt. Ich schlüpfte in die Flipflops, und da es mittlerweile halb zehn war, fuhr ich los.

Die Lobby des Don CeSar war so luxuriös wie der Rest des rosa Palasts, und es herrschte geschäftiges Treiben. Ich bekam eine Textnachricht von Ray, dass ich am nächsten Tag schon um vier auftreten sollte statt erst um fünf, was eine zusätzliche Stunde bedeutete. Das war kein Problem für mich, und ich antwortete, dass ich pünktlich da sein würde.

Schließlich tauchte Morgan auf. Sie war leger gekleidet, in einem weißen Neckholder-Oberteil und ausgebleichten Jeans-Shorts über türkisfarbenem Bikini. Über ihrer Schulter hing eine Gucci-Strandtasche, in den Haaren steckte eine teure Sonnenbrille.

»Hallo«, begrüßte sie mich. »Sorry, dass ich zu spät bin, aber ich konnte mich nicht entscheiden, was ich anziehen sollte.«

»Das passt schon so«, versicherte ich ihr. »Hast du alles?«

Als sie nickte, machte ich eine Geste Richtung Tür, und eine Minute später rollten wir die Auffahrt hinunter.

»Wie war eure Probe?«

»Wie üblich. Immer wenn ich glaube, wir haben es drauf, fällt Maria wieder etwas auf, an dem wir noch feilen müssen.«

»Wo probt ihr denn? Ich habe euch nie am Strand gesehen, wenn ich morgens jogge.«

»In einem der Konferenzräume im Hotel. Wahrscheinlich dürfen wir das eigentlich nicht, aber bisher hat sich niemand beschwert.«

»Soll das etwa heißen, du machst was Verbotenes?«

»Manchmal. Das macht doch jeder, oder?«

»Von dir hätte ich das nicht vermutet.«

»Es gibt noch so einiges, was du von mir nicht weißt.«

»Würdest du mich aufklären?«

»Nur, wenn du die richtigen Fragen stellst.«

»Also gut.« Ich tat, als erwöge ich mehrere Möglichkeiten. »Erzähl mir von deinem Ex-Freund.«

»Ich habe nie gesagt, dass ich einen Freund hatte.«

»Dann habe ich eben gut geraten.«

»Was willst du wissen?«

»Egal. Wie war er so? Wie lange wart ihr zusammen?«

Sie seufzte. »Er ist zwei Jahre älter als ich, und wir haben uns während meines ersten Jahrs im College kennengelernt. Aber ich war ziemlich beschäftigt mit Musik und Tanz und meinen Kursen und wollte mich auch mit meinen Freundinnen treffen. Es fiel ihm schwer, das zu verstehen. Er ärgerte sich, wenn ich nicht so viel Zeit für ihn hatte, wie er sich vorstellte, oder er wollte, dass ich die Klavierstunde schwänze oder was auch immer, und allmählich nervte mich das. Also habe ich nach ein paar Monaten Schluss gemacht. Und du? Erzähl mir von deiner Ex-Freundin. Oder vielleicht auch … Freundin?« Sie sah mich von der Seite an.

»Eindeutig Ex«, versicherte ich und schilderte ihr dann kurz meine Beziehung zu Michelle, unsere schwer zu vereinbarende Freizeit und ihren Umzug. Während Morgan zuhörte, putzte sie sich nachdenklich die Sonnenbrille mit ihrem Oberteil, und ihre Miene war ernst.

»Tut es dir leid, dass es nicht geklappt hat?«

»Anfangs schon. Jetzt nicht mehr.«

»Ich habe nie bereut, Schluss gemacht zu haben«, sagte sie.

»Schön zu wissen, dass du jemanden abservieren kannst, ohne dir groß Gedanken zu machen.«

»Er hatte es verdient.«

»Dann ist er selbst schuld.«

Sie lächelte. »Übrigens haben meine Freundinnen keine Einwände gegen dich. Sie finden dich nett, auch wenn sie nicht hundertprozentig sicher sind, ob es eine gute Idee ist, dass ich mit dir Kajakfahren gehe.«

»Sie hätten ja mitkommen können.«

»Nein, sie haben nicht etwa Angst, du könntest was anstellen«, erwiderte sie. »Aber ich bin eben die Jüngste von uns, und sie haben das Gefühl, auf mich aufpassen zu müssen.«

»Wie deine Eltern?«

»Genau. Ihrer Meinung nach bin ich sehr behütet aufgewachsen, was mich angeblich etwas naiv macht.«

»Stimmt das?«

»Wahrscheinlich schon«, gab sie lachend zu. »Aber ich glaube, dass die meisten in unserem Alter noch naiv sind, vor allem, wenn man in einer guten Umgebung groß geworden ist und eine nette Familie hat. Was wissen wir schon über die echte Welt?«

Ich warf ihr einen Seitenblick zu. »Falls es dich interessiert, mir kommst du nicht naiv vor. Immerhin hast du Pfefferspray dabei.«

»Ich glaube, sie meinen das eher in Bezug auf meine Emotionen.«

Da ich nicht wusste, was ich darauf entgegnen sollte, lenkte ich das Gespräch auf unverfänglichere Themen. Wir unterhielten uns über Filme und Songs, die wir mochten, und nachdem ich erzählt hatte, dass mein

Onkel mir das Gitarrespielen beigebracht hatte, verriet sie, dass sie schon praktisch jedes Lied aus einem halben Dutzend Disney-Filmen hatte mitsingen können, bevor sie überhaupt in die Schule kam. Sie schilderte ihren Tanzunterricht und ihre Auftritte und schwärmte von ihrem Gesangslehrer in Chicago. Selbst vom College aus war sie alle zwei Wochen zu ihm gefahren, obwohl ihre Kurse sehr zeitaufwendig waren. Als sie schließlich von den Managern sprach, mit denen sie sich in Nashville treffen wollte, und den Sängern, die sie vertraten, sowie von den Launen der Musikbranche im Allgemeinen, dachte ich erneut, dass Morgan mehr als nur äußerlich hübsch war. Sie verfügte über eine gewisse Weltgewandtheit und über einen zielorientierten Ehrgeiz, und mir wurde klar, dass meine eigenen Bemühungen um eine Musikerkarriere da nicht mithalten konnten. Während sie wohlüberlegt Schritt für Schritt ihre Fähigkeiten verfeinert und eine Grundlage für späteren Erfolg gelegt hatte, war ich einfach nur auf Spaß aus gewesen.

Seltsamerweise war ich darauf nicht neidisch, und auch nicht darauf, dass sie Vorteile und Möglichkeiten gehabt hatte, die mir nicht zur Verfügung gestanden hatten. Sondern ich freute mich für sie. Außerdem hörte ich ihr einfach gern zu und stellte fest, dass ich, je mehr ich von ihr wusste, desto mehr erfahren wollte.

Als wir den Fort De Soto Park erreichten, folgte ich den Schildern und parkte auf einer Kiesfläche bei einem Holzschuppen, in dem Miet-Kajaks angeboten wurden. Wir stiegen aus, bezahlten und bekamen jeder ein Paddel und eine Rettungsweste.

»Wenn ihr Badesachen dabeihabt, lasst eure Klamotten

vielleicht lieber gleich im Wagen«, riet der Verleiher, während er das Geld in die Kasse legte. »Es sei denn, es stört euch nicht, nachher in nassen Sachen zurückzufahren.«

Ich gab mir große Mühe, Morgan nicht anzugaffen, als sie sich bis auf den Bikini auszog. Dann legte ich ihre und meine Kleidung auf den Fahrersitz und holte meine Sonnenbrille und eine Baseballkappe aus dem Handschuhfach. Morgan verstaute ihr Handy in einer wasserdichten Hülle; an so etwas hatte ich überhaupt nicht gedacht.

»Brauchst du Sonnenmilch?«, fragte sie. Noch etwas, das ich vergessen hatte. »Ich hab welche dabei.«

»Das wäre nett.«

Sie quetschte mir etwas Lotion in die Hand, und ich rieb sie mir auf Arme und Gesicht.

»Soll ich dir den Rücken eincremen?«, fragte sie.

Dazu sagte ich natürlich nicht Nein, die Vorstellung, ihre Hände auf mir zu spüren, gefiel mir. Also nickte ich und fühlte kurz darauf, wie die Sonnenmilch auf meiner Haut verteilt wurde, was ich als intimer empfand, als es gemeint war. »Soll ich dir auch den Rücken eincremen?«, fragte ich dann.

»Nein, danke, das hat Maria vorhin schon gemacht.«

Im Anschluss zogen wir uns die Rettungswesten an und trugen unsere Paddel zu den Kajaks, die bereits am Ufer lagen. Wir bekamen eine kurze Einführung, wie man die Paddel hielt, wie man lange, gleichmäßige Züge machte und wie man die Richtung wechselte. Schließlich wurde uns der Weg zu einem Kanal beschrieben, der durch die Mangroven führte.

»Können wir kentern?«, fragte Morgan besorgt, als sie aufs Wasser sah.

»Diese Kajaks sind ziemlich breit, also keine Angst«, sagte der Mann vom Verleih. »Springt rein, ich schiebe euch an.«

Wir bestiegen unsere leicht schwankenden Kajaks. Auf die Anweisung des Angestellten hin beugte ich die Knie leicht und sah dann Morgan auf mich zugleiten, nachdem sie angeschoben worden war. Wir wendeten und paddelten los.

»Es wackelt fast gar nicht«, verkündete sie leicht überrascht.

»Das liegt daran, dass du nur ungefähr fünfundzwanzig Kilo wiegst.«

»Ich wiege deutlich mehr.«

»Wie viel mehr denn?«

»Die Frage werde ich garantiert nicht beantworten.«

Ich kicherte.

Zufrieden sahen wir uns um. In der Ferne waren bauschige Wolken zu erkennen, aber über uns war der Himmel knallblau und das Wasser dadurch wie ein strahlender Spiegel. Im Laub der Bäume entdeckten wir Seeschwalben und Fischadler, auf halb im Wasser liegenden Baumstämmen sonnten sich Schildkröten.

Morgan paddelte neben mir her, mühelos elegant.

»Also, macht man so was in North Carolina bei einem Date? Naturerlebnis?«

»Ich bin auch noch nie Kajak gefahren.«

»Das beantwortet meine Frage nicht.«

»Ich wohne in einer Kleinstadt. Viel mehr, als die Natur zu genießen, kann man dort nicht unternehmen. Der Fluss, ein Ausflug zum Strand, Wanderwege durch die Wälder. Klubs oder Kneipen gibt es nicht sonderlich viele.«

Vor uns sprang ein Fisch aus dem Wasser, und Morgan zeigte mit dem Paddel darauf.

»Was war das für einer?«

»Ich vermute mal, ein Tarpun. Die sollen toll zu angeln sein.«

»Angelst du?«

»Ich hab's ein paarmal gemacht, aber es ist nicht so mein Ding. Ob du es glaubst oder nicht, Paige macht es mehr Spaß als mir, aber frag mich nicht, wo sie es gelernt hat.«

»Wie ist es, mit deiner Schwester zusammenzuwohnen? Ich kenne, glaube ich, keine Geschwister, die als Erwachsene zusammenleben.«

Erneut fragte ich mich, wie viel ich ihr erzählen sollte, und kam zu dem Schluss, dass es nicht der richtige Moment war. »Ja, andere Leute finden das vielleicht komisch. Ich auch manchmal. Andererseits habe ich noch nie allein gewohnt, insofern bin ich einfach daran gewöhnt. Und ich denke nicht viel darüber nach.«

»Meine Schwester und ich haben auch ein ziemlich enges Verhältnis, aber ich weiß nicht, ob ich in ein paar Jahren mit ihr zusammenziehen wollte.«

»Du sagtest schon mal, dass sie ganz anders ist als du, aber wie meinst du das?«

»Sie interessiert sich null für Musik oder Gesang oder Tanz oder Klavier. Dafür war sie schon als kleines Kind sehr sportlich. Sie war ein Naturtalent, ob Fußball, Baseball, Leichtathletik oder Volleyball, was sich letztendlich als ihre Leidenschaft erwiesen hat. Sie wurde von einem Dutzend der besten Colleges landesweit umworben und startet im Herbst in Stanford. Schadet natürlich auch nicht, dass sie ungefähr eins achtzig ist und nur Einsen schreibt.«

»Sie ist echt groß!«

»Ja, das hat sie von der mütterlichen Seite der Verwandtschaft. Ich war immer der Zwerg in unserer Familie.«

»Muss schwierig für dich gewesen sein.« Ich zog eine gespielt erschütterte Miene. »Wenn ich meine Gitarre dabeihätte, würde ich ein trauriges Lied für dich spielen.«

»Ach, sei still!« Sie spritzte mich mit ihrem Paddel nass, sodass ich in Deckung gehen musste.

Wir paddelten gemächlich weiter, genossen die Ruhe. Eingedenk der Wegbeschreibung hielt ich nach einer Weile Ausschau nach der Einfahrt in den Kanal durch die Mangroven. Als ich ihn entdeckte, steuerte ich darauf zu. Zu Anfang war er zweieinhalb bis drei Meter breit, aber er wurde rasch schmaler, sodass es schwierig für uns wurde nebeneinanderzubleiben.

»Willst du vor oder hinter mir fahren?«

Morgan zögerte. »Normalerweise würde ich dich bitten vorauszufahren, falls da ein Bär oder eine riesige Würgeschlange oder so was lauert. Aber ich habe Angst zu kentern, deshalb wäre es mir lieber, wenn du hinter mir bist. Damit du nicht ohne mich weiterfährst.«

»Das würde ich niemals machen«, protestierte ich. »Wahrscheinlich bist du wirklich nicht schwer genug, um das Kajak zum Kentern zu bringen, selbst wenn du wolltest. Und Bären gibt es hier, glaube ich, keine.«

»Dann bleiben also noch die Würgeschlangen.«

»Das sollte auch kein Thema sein. Aber nur zur Information: Normalerweise ist es der Zweite oder Dritte in der Reihe, der von Schlangen angegriffen wird. Der Erste ist nämlich schon vorbei, bis sie merkt, was los ist, und zuschlägt.«

»Dann fahre ich auf jeden Fall voraus.«

Grinsend folgte ich ihr in kurzem Abstand. Innerhalb einer Minute war der Kanal noch enger geworden, und die Baumkronen über uns bildeten eine Art Tunnel. Das Wasser war spiegelglatt, die Luft im Schatten kühl. Morgan, stellte ich fest, paddelte mit den geschmeidigen Bewegungen einer Tänzerin. Durch das Geäst rechts und links huschten Krebse. Einen von ihnen beobachtete ich gerade, als ich Morgan rufen hörte.

»Bist du noch da?«

»Ja, direkt hinter dir.«

»Wollte mich nur vergewissern.«

Ich weiß nicht, wie lang der Kanal war, aber unter dem Dach der Baumkronen blieben wir zehn oder fünfzehn Minuten. Hin und wieder zeigte Morgan auf etwas – meistens einen oder mehrere Krebse – oder wollte hören, ob ich noch da war, obwohl ich, selbst wenn ich gewollt hätte, gar nicht hätte wenden können. Hauptsächlich aber paddelten wir stumm durch diese fremde Welt, die unheimlich und friedlich zugleich wirkte.

Nach einer Weile verbreiterte sich der Kanal wieder, mehr Sonnenlicht drang durch die Äste, und mit ein paar wenigen Zügen gelangten wir zu einer breiten Mündung.

»Das war großartig«, sagte Morgan mit aufgerissenen Augen. »Ein paar Minuten lang fühlte ich mich wie in einer anderen Zeit.«

»Ich mich auch.«

»Wo sind wir?«

»Ich habe absolut keine Ahnung.«

»Weißt du, wie wir zurückkommen?«

»Vermutlich auf demselben Weg wie hierher.«

Die Sonne stand jetzt hoch am Himmel, und da es hier keinen Schatten mehr gab, brannte sie auf uns nieder. Morgan legte sich das Paddel in den Schoß und ließ ihren Blick schweifen, während ich mich bemühte, nicht ihre bloße, von einem zarten Schweißfilm bedeckte Haut anzustarren.

Die Strömung war schwach, reichte aber aus, um unsere Kajaks weiter auseinanderzutreiben. Als ich das Paddel eintauchte, um die Lücke wieder zu schließen, fiel mir im Wasser ein Schatten auf, vielleicht zwei Meter hinter Morgan. Aus meiner Perspektive sah er wie ein Baumstamm oder Fels aus, nur schien er sich zu bewegen.

Ein paar schnelle Züge, und ich war an Morgan vorbei. Als ich mich vorbeugte und ins Wasser spähte, begriff ich, was ich da vor mir sah.

»Was ist denn?«, fragte Morgan und drehte ihr Kajak herum.

»Da ist eine Seekuh«, erwiderte ich leise.

Sie schwamm ungefähr einen Meter unter der Oberfläche, und die breiten Flossen schlugen fast wie in Zeitlupe auf und ab. Morgan kam näher, Besorgnis und Begeisterung in der Miene.

»Sind die gefährlich?«

»Nein, aber es kann sein, dass man nicht so nah an sie ran darf. Da bin ich mir nicht ganz sicher.«

Ich zog ihr Kajak an meins heran. Morgan starrte ins Wasser.

»Die ist ja riesig«, raunte sie.

Ich wusste nicht, wie groß Seekühe normalerweise waren, aber diese schien nur wenig kürzer als ein Kajak. Sie ließen sich manchmal auch in North Carolina blicken, aber ich hatte noch nie das Glück gehabt, eine zu sichten. Jetzt zückte Morgan ihr Handy und begann zu fotografieren. Stirnrunzelnd betrachtete sie die Bilder.

»Man sieht sie nicht gut. Sie ist nur ein großer grauer Klumpen.«

»Soll ich ins Wasser springen und sie ein bisschen dichter an die Oberfläche stupsen?«

»Meinst du das ernst?«

»Natürlich nicht!«

Sie verdrehte die Augen, dann wurde sie plötzlich aufgeregt. »Da! Sie taucht auf! Kannst du mich ein bisschen anschieben?«

Ich drückte ihr Kajak mit meinem Paddel sanft nach vorn. Obwohl ich etwas weiter entfernt war, konnte ich erkennen, dass die Seekuh offenbar tatsächlich aufstieg. Die formlose Masse bekam Konturen, es zeichnete sich zunächst der Kopf, dann die breite, runde Schwanzflosse ab, als sie sich erst in die eine, dann in die andere Richtung drehte. Morgan knipste ein Foto nach dem anderen.

»Sie schwimmt immer weiter weg!«, jammerte sie.

Wieder stieß ich sie mit meinem Paddel an. Nachdem sie noch ein paar Fotos gemacht hatte, senkte sie das Handy.

»Glaubst du, wir stören sie?«

»Ach, die sind sicher an die Kajaks hier gewöhnt.« Aus dem Augenwinkel entdeckte ich wieder einen Schatten.

»Ich glaube, da ist noch eine.«

Sie war etwas kleiner als die erste, und Morgan kniff die Augen zusammen.

»Glaubst du, sie sind verwandt? Eine Mutter und ihr Junges?«, fragte sie.

»Keinen blassen Schimmer.«

»Ob wohl noch mehr kommen? Sind die normalerweise in Schulen unterwegs oder wie das heißt?«

»Warum fragst du *mich*? Ich bin ein Farmer aus North Carolina, ich weiß gar nichts von Seekühen.«

In ihren Augen flackerte Heiterkeit auf. »Würdest du mal kurz die Sonnenbrille absetzen? Und deine Kappe hochheben?«

»Warum denn?«

»Ich möchte ein Foto von dir im Kajak machen. Du siehst so sportlich aus.«

Ich befolgte ihren Wunsch, und sie knipste ihrem Daumen nach zu urteilen ungefähr zehnmal. Sofort scrollte sie durch die Fotos. »Okay, super. Es sind ein paar gute dabei.«

Wir blieben bei den Seekühen, bis sie sich langsam wieder mehr in die Tiefe absetzten. Das nahmen wir als Stichwort umzukehren, und ich paddelte in Richtung Mündung des Kanals.

»Willst du vorausfahren oder soll ich?«

»Du dieses Mal. Aber wie gesagt, fahr mir nicht weg.«

»Für was für einen Mann hältst du mich?«

»Darüber bin ich mir noch nicht ganz sicher, aber ich verspreche, dir Bescheid zu geben, sobald ich es weiß.«

Grinsend paddelte ich voraus in die Mangroven, langsam und mir immer wieder über die Schulter sehend, ob ich auch nicht zu schnell fuhr. Währenddessen stellte Morgan weiterhin nicht zu beantwortende Fragen über Seekühe. Glaubte ich, die beiden würden sich paaren? Wann war Paarungszeit? Hielten sie sich mehr in solchen Gewässern wie diesen auf oder im offenen Meer? Meine Antwort lautete, ich würde das alles googeln und ihr später mitteilen. Woraufhin sie sagte: »Halt mal kurz an.«

Ich wendete mein Kajak. Da hatte sie schon ihr Handy in der Hand und tippte darauf herum. »Seekühe können bis zu fünfhundert Kilo wiegen«, las sie vor. »Und sie pflanzen sich ganzjährig fort, aber die meisten Jungen werden im Frühling und Sommer geboren. Normalerweise bewohnen sie sumpfige, küstennahe Regionen wie diese hier, Richtung Norden bis nach Virginia. Sie zeigen Verhaltensweisen ähnlich wie Delfine, sind also intelligent. Den Bildern im Internet nach zu urteilen, sehen sie aus wie eine Kreuzung aus pummeligem Delfin und Wal.«

»Wie nett von dir, dem Unwissenden auszuhelfen.«

»Immer gern zu Diensten«, sagte sie. »Fahr weiter.«

Ungefähr nach der halben Strecke kamen uns zwei Kajakfahrer entgegen. Alle mussten die Köpfe unter die tiefen Zweige ducken, wir wichen nach rechts aus, die beiden nach links, aber dennoch blieb nur etwa eine Armlänge Platz zwischen uns.

Schließlich erreichten wir wieder den breiteren Abschnitt des Kanals. Das Gespräch plätscherte dahin, wir erzählten uns einige unsere Lieblingsstreiche aus Kindertagen. Als wir uns nach einer Weile wieder unserem Ausgangspunkt näherten, entdeckte uns der Angestellte des Kajakverleihs, winkte uns zu sich und zog die Boote auf die feuchte, harte Erde hoch. Morgan sprang aus dem Kajak und lief leichtfüßig zum Pick-up zurück.

Sie holte ihre Tasche aus dem Führerhäuschen.

»Dreh dich um, und nicht schummeln. Meine Hose ist nass, ich will mir die Shorts anziehen.«

Ich gehorchte, und als ich mich auf ihr Signal hin wieder umwandte, hatte sie sich auch schon ihr Top angezogen.

»Jetzt bin ich dran.« Auch ich stieg in meine trockenen

Shorts und warf die nassen auf die Ladefläche. Morgan legte ihre Bikinihose neben sich auf den Sitz.

Ich fragte mich zum nächsten Picknickplatz durch, der nur wenige Minuten entfernt lag. Während ich fuhr, scrollte Morgan durch ihre Fotos.

»Ich weiß nicht, ob mir die Bilder von den Seekühen besser gefallen oder die von dir.«

»Hm.« Ich legte den Kopf schief. »Ist das ein Kompliment oder eine Beleidigung?«

»Weder noch. Von dir kann ich ja jederzeit neue Fotos machen, aber ich bezweifle, dass ich noch mehr Seekühe sehe, solange ich hier bin.«

»Hast du Hunger?«

»Nur ein bisschen. Ich habe gefrühstückt, bin also noch nicht am Verhungern.«

»Was gab es denn?«

»Vor der Probe einen grünen Tee, hinterher einen grünen Smoothie.«

Ich nickte, obwohl ich keine Ahnung hatte, was ein grüner Smoothie war.

Als ich die Picknicktische entdeckte, bremste ich ab und fuhr auf den Parkplatz. Ich stieg aus, holte die Kühlbox von der Ladefläche des Pick-ups und lief zu einem Tisch im Schatten eines Baumes. Morgan folgte mir. Ich stellte die Box auf dem Tisch ab, öffnete sie und holte Trauben, Nüsse, Käse, Cracker und noch zwei knackige Äpfel heraus.

»Ich war nicht sicher, was du magst, deshalb hab ich einfach alles Mögliche eingepackt.«

Sie nahm sich einen Apfel. »Der hier ist super. Hast du auch was zu trinken?«

»Eistee und Wasser.«

»Ist zufällig ein Tee ohne Zucker und Koffein dabei?«

»Zufällig ja.« Ich reichte ihr die Flasche, und sie inspizierte das Etikett.

»Granatapfel und Hibiskus«, las sie. »Prima.«

Ich setzte mich, öffnete eine Flasche Wasser und griff nach den Nüssen und dem Käse. Nach kurzer Überlegung nahm ich mir auch ein paar Trauben und den zweiten Apfel.

»Im Gegenteil zu dir habe ich noch nicht gefrühstückt. Ich hab echt Hunger.«

»Dann mal los. Ich wünschte nur, du hättest auch Kekse dabei. Ich liebe selbst gebackene Kekse! Oder auch ein paar Oreos.«

»Du isst Kekse?«

»Natürlich. Jeder isst doch Kekse, oder?«

»Du siehst nicht so aus.«

Sie verdrehte die Augen. »Okay, ja, normalerweise versuche ich, mich gesund zu ernähren, aber ich habe auch einen irren Stoffwechsel, wenn ich also mal ein oder zwei Kekse will, gönne ich sie mir. Wenn du mich fragst, wird viel zu viel Druck auf Frauen ausgeübt, dass sie nur ja schlank bleiben statt stark und gesund. Ich kannte früher einige Mädchen mit Essstörungen.«

Zum wiederholten Mal erstaunte mich nicht nur ihr Selbstbewusstsein, sondern auch ihre Nachdenklichkeit. Morgan nippte an ihrem Tee und aß den Apfel, während wir uns weiterunterhielten.

Doch nach einer Weile verstummten wir. Abgesehen von Vogelgezwitscher war nichts zu hören, und mir gefiel, dass Morgan nicht das Bedürfnis hatte, die Stille zu durchbrechen.

Schließlich sah sie mich aufmerksam an. »Ich hätte noch eine Frage, aber du musst nicht antworten.«

»Bitte, nur zu.«

»Wie ist deine Mutter gestorben? Ich vermute, es war Krebs oder ein Unfall, weil sie noch jung war?«

Ich reagierte nicht sofort. Dass die Frage käme, hatte ich schon erwartet, weil es fast immer so war. Normalerweise antwortete ich ausweichend oder vage, aber ich stellte fest, dass ich es Morgan erzählen wollte.

»Meine Mutter war schon immer ein trauriger Mensch, selbst als Halbwüchsige«, begann ich. »Zumindest laut meiner Tante. Sie glaubt, es waren Depressionen, aber nach allem, was ich mir seitdem zusammenreimen konnte, bin ich ziemlich sicher, dass meine Mutter eine bipolare Störung hatte. Was allerdings letztendlich keinen großen Unterschied macht. Aus welchem Grund auch immer, als es ihr einmal ganz besonders schlecht ging, hat sie sich in der Badewanne die Pulsadern aufgeschnitten. Paige hat sie gefunden.«

Morgan schlug sich die Hand vor den Mund. »O mein Gott. Das ist ja schrecklich! Es tut mir so leid.«

Ich nickte, und kurz schossen mir Erinnerungen durch den Kopf, manche klar, andere eher verschwommen. »Wir waren gerade aus der Schule gekommen und riefen nach ihr, aber sie antwortete nicht. Paige muss in ihr Schlafzimmer gegangen sein – daran erinnere ich mich nicht mehr richtig. Was ich noch weiß, ist, dass Paige mich an der Hand nahm und zu den Nachbarn schleifte. Danach kam die Polizei und ein Krankenwagen, und alle Nachbarn standen draußen. Daran, dass meine Tante und mein Onkel uns abholten, habe ich auch keine Erinnerung, aber so muss es natürlich gewesen sein.«

»Du Armer«, flüsterte Morgan, immer noch bleich. »Arme Paige. Ich kann mir nicht vorstellen, wie es ist, seine Mutter so zu finden. Oder so etwas sehen zu müssen.«

Sie schwieg einen Moment, dann nahm sie meine Hand. »Colby, entschuldige, dass ich danach gefragt habe. Es war so ein schöner Tag, und ich hab ihn verdorben.«

Die Wärme ihrer Hand war tröstlich. »Das hast du nicht. Wie gesagt, es ist lange her, und ich weiß nicht mehr so viel davon. Und davon abgesehen werde ich nie vergessen, dass wir heute Seekühe gesehen haben.«

»Dann verzeihst du mir?«

»Es gibt nichts zu verzeihen«, sagte ich.

Sie musterte mich, als versuchte sie zu prüfen, ob sie mir glauben durfte. Nach einigen Sekunden ließ sie meine Hand los und nahm sich ein paar Trauben. »Die Seekühe waren wirklich ziemlich toll«, sagte sie in dem offensichtlichen Versuch, das Thema zu wechseln. »Es war fast wie in einer Tierdoku.«

Ich lächelte. »Was möchtest du jetzt machen? Sollen wir zurückfahren, damit du mit deinen Freundinnen ins Dalí oder shoppen gehen kannst?«

»Weißt du, was ich wirklich gern machen würde?« Sie beugte sich vor und stützte die Arme auf den Picknicktisch.

»Nein, keine Ahnung.«

»Ich würde dir gern zusehen, wie du einen Song schreibst.«

»Echt jetzt? Du glaubst, ich kann das an- und abstellen wie einen Wasserhahn?«

»Na ja, du bist doch derjenige, der meinte, dass ihm einfach was einfällt.«

»Und was, wenn mir seit dem letzten nichts mehr eingefallen ist?«

»Dann denk doch daran, was es für ein Gefühl war, die Seekuh zu entdecken.«

Skeptisch kniff ich die Augen zusammen. »Das reicht nicht.«

»Oder an unser Picknick.«

»Ob das genug ist, weiß ich auch nicht.«

Daraufhin stand sie auf, stellte sich neben mich und beugte sich nach unten, und ehe ich begriff, was passierte, drückte sie ihre Lippen sanft auf meine. Es war kein intensiver oder gar besonders leidenschaftlicher Kuss, aber er war zärtlich, und ich schmeckte etwas Apfel auf ihren Lippen, die so unglaublich weich waren. Mit einem zarten Lächeln richtete sie sich wieder auf, sie wusste, dass ich völlig überrumpelt war.

»Wie wäre es dann mit einem Lied über einen herrlichen Morgen und einen ersten Kuss?«

Ich räusperte mich, mir war leicht schwindlig. »Ja«, sagte ich. »Das könnte klappen.«

20

Auf der Rückfahrt schrieb Morgan ihren Freundinnen eine Nachricht.

»Hältst du die andern auf dem Laufenden?«, fragte ich.

»Ich habe ihnen von den Seekühen erzählt. Fotos geschickt.«

»Sind sie neidisch?«

»Die sind gerade shoppen, also wohl eher nicht. Danach gehen sie an den Pool.«

»Doch kein Dalí?«

»Offenbar nicht. Und sie schreiben, dass sie morgen in den Busch-Gardens-Freizeitpark in Tampa wollen.«

»Das klingt ja nett.«

»Möchtest du mitkommen? Wir fahren gleich nach der Probe los, so gegen zehn. Und werden dann den ganzen Tag dort verbringen.«

»Geht leider nicht, ich hab um vier einen Auftritt.«

»Oh.« Sie klang enttäuscht.

Obwohl wir entspannt vor uns hin plauderten, musste ich immer wieder an den Kuss denken und was er wohl bedeutete oder ob überhaupt etwas. Hatte sie wirklich nur einen Song zu inspirieren versucht? Hatte sie ein schlechtes Gewissen, weil sie mich auf meine Mutter angesprochen hatte? Oder hatte sie mich einfach küssen wollen, weil sie sich von mir angezogen fühlte?

Natürlich fand ich keine Antwort darauf, und Morgan ließ sich nichts anmerken. Direkt nach dem Kuss hatte sie sich eine Traube in den Mund gesteckt und sich wieder mir gegenüber gesetzt, als wäre nichts geschehen. Dann hatte sie mich nach meinem Sternzeichen gefragt. Als ich antwortete, ich sei Löwe, teilte sie mir mit, sie sei Stier, und ließ eine beiläufige Bemerkung fallen, dass diese beiden Sternzeichen sich normalerweise nicht so gut vertrugen. Allerdings lachte sie dabei, was mich noch mehr verwirrte.

Vor der Wohnung parkte ich auf meinem üblichen

Platz, schnappte mir die Kühlbox und stieg die Holztreppe in den ersten Stock hinauf. Morgan folgte mir, ihre Tasche über der Schulter, die Flipflops im Gleichschritt mit meinen klatschend.

»Ich weiß nicht, warum, aber ich dachte, du hättest was am Strand gemietet.«

»Wir haben nicht alle wohlhabende Eltern, die unsere Unterkunft bezahlen.«

»Kann schon sein, aber du sagtest auch, es sei dein erster Urlaub seit Jahren. Wäre es vielleicht wert gewesen, dir was mit Sonnenuntergangsblick zu leisten.«

»Brauche ich nicht. Ich singe ja am Strand, deshalb sehe ich andauernd tolle Sonnenuntergänge. Die Wohnung ist eigentlich nur zum Schlafen, Umziehen und Waschen da.«

»Und zum Komponieren.«

»Falls ich in Stimmung bin.«

Als ich die Tür öffnete, war ich insgeheim froh, morgens aufgeräumt und die Klimaanlage angeschaltet gelassen zu haben. Es war bereits ziemlich warm und wurde immer heißer, das Frühsommerwetter machte sich bemerkbar.

Ich stellte die Box neben der Tür ab, plötzlich ziemlich nervös. »Kann ich dir was zu trinken anbieten? Wasser oder Bier? Es ist, glaube ich, auch noch ein Eistee da, wenn du möchtest.«

»Dann nehme ich den«, sagte sie.

Ich holte ihn aus der Kühlbox und nahm mir selbst eine Flasche Wasser.

Während Morgan den Schraubverschluss abdrehte, sah sie sich im Wohnzimmer um.

»Nett hier. Hübsch eingerichtet.«

Es war der typische Ferienwohnungsstil, praktische, günstige Möbel, pastellfarbene Kissen und Bilder von Fischen und Booten und Stränden in Flohmarktqualität.

»Danke.« Beim Buchen hatte ich mir die Fotos kaum angesehen, weil ich mich nur für den Preis interessierte.

Morgan zeigte auf die Gitarre und mein Equipment in der Ecke neben der Couch. »Da findet es also statt, ja?«

»Normalerweise sitze ich auf dem Sofa, aber eigentlich kann ich überall schreiben, Hauptsache, ich kann dabei Gitarre spielen.«

Sie stellte ihren Tee auf dem Couchtisch ab und setzte sich vorsichtig aufs Sofa. Lehnte sich zurück, beugte sich vor, rutschte auf dem Polster herum.

»Was machst du denn da?«, fragte ich.

»Ich versuche aufzuschnappen, was auch immer es ist, das dir das Songschreiben so leicht macht.«

Ich schüttelte den Kopf. »Du bist witzig.«

»Ich bin so einiges. Außerdem muss ich dir was gestehen. Ich hab was von mir dabei. Ein Lied, an dem ich gerade arbeite, meine ich. Der Text ist größtenteils fertig und die Melodie zum Teil auch, aber ich wollte dich fragen, ob du es dir vielleicht mal anhören würdest. Ich wüsste gern, was du davon hältst.«

»Zeig es mir gern!« Ich fühlte mich etwas geehrt und setzte mich mit der Gitarre neben sie. Morgan wiederum legte ihr Handy auf den Tisch und wühlte in ihrer Tasche. Schließlich holte sie einen Spiralblock heraus. Als sie meinen Blick bemerkte, zuckte sie die Achseln.

»Ich benutze gern Stift und Papier«, sagte sie. »Du brauchst nicht zu lachen.«

»Ich lache nicht.« Ich beugte mich über den Tisch und wedelte mit meinem eigenen Block. »Ich mache es genauso.«

Sie grinste. »Dir das zu zeigen, macht mich echt nervös.«

»Warum denn?«

»Weiß ich nicht. Vielleicht, weil du so viel Talent hast?«

Darauf wusste ich anfangs nichts zu erwidern. Schließlich sagte ich: »Du brauchst nicht nervös zu sein. Ich finde dich sowieso schon großartig.«

Ich war nicht sicher, woher dieser Satz gekommen war; er schien sich ohne bewussten Gedanken gebildet zu haben. Als sie den Blick senkte, wünschte ich kurz, es nicht gesagt zu haben, bis mir klar wurde, dass sie möglicherweise errötet war. Da ich nicht aufdringlich sein wollte, atmete ich tief ein.

»An was für einen Song hattest du gedacht?«

Ihre Schultern sackten leicht herab, bevor sie antwortete. »Momentan stehe ich hauptsächlich auf Country-Pop. So im Stil der frühen Taylor Swift. Aber mehr Pop als Country, falls das nicht albern klingt.«

»Und was hast du bisher?«

»Die Hauptmelodie und einen Teil des Refraintexts. Aber mit allem anderen habe ich noch Probleme.«

»Jeder Song muss irgendwo anfangen. Hast du dir die Melodie aufgeschrieben?«

»Ich hab sie auf dem Klavier gespielt und mit dem Handy aufgenommen.« Sie schlug den Block auf und gab ihn mir. »Da, das ist der bisherige Text.« Sie zeigte auf die Seite und suchte dann die Aufnahme auf ihrem Telefon heraus. »Das ist jetzt nur für den Refrain, okay?«

»Alles klar.«

Morgan drückte auf Play, und nach ein paar Sekunden erklangen Klavierakkorde in einer Molltonart. Ich setzte mich auf und beugte mich vor. Ich hatte erwartet, dass ich sie singen hören würde, aber sie hatte nur die Klavierbegleitung aufgenommen. Den Finger auf die Seite mit dem Songtext gelegt, sang sie jetzt flüsternd mit, als wäre es ihr peinlich, gehört zu werden.

Viel war noch nicht vorhanden, vielleicht zehn oder fünfzehn Sekunden, aber selbst dieses kurze Stück erinnerte mich tatsächlich an Taylor Swift in ihrer Anfangszeit. Es ging darin um eine Frau, die nach einer Trennung feststellte, dass es ihr besser denn je ging und sie trotz – oder gerade wegen – des Alleinseins aufblühte. Keine neue Idee, aber eine, die sicherlich beim Publikum gut ankam, besonders bei einem weiblichen, da es um die universelle Weisheit ging, dass man sich selbst akzeptieren musste. Dieses Thema blieb immer aktuell, besonders, wenn es mit einer eingängigen Melodie kombiniert wurde, bei der jeder sofort mitsingen wollte.

»Was hältst du davon?«, fragte sie.

»Es ist ein super Anfang. Gefällt mir sehr.«

»Das sagst du nur so.«

»Nein, warum sollte ich? Woran möchtest du jetzt arbeiten, Text oder Musik?«

»Genau da hänge ich fest. Ich hab schon vieles ausprobiert, aber nichts funktioniert. Weil ich unsicher mit dem Text bin, bin ich unsicher mit der Melodie und umgekehrt.«

»Das ist im Frühstadium oft so.«

»Was machst du in so einem Fall?«

»Ich bastle einfach rum, ohne Schere im Kopf, ohne Kritik. Meiner Ansicht nach ist es wichtig, jede Idee auszuprobieren, die mir so kommt, egal, wie seltsam sie wirkt«, sagte ich. »Also machen wir das einfach mal, okay?«

Ich hörte mir die Aufnahme noch einmal an, dann ein drittes und viertes Mal und klimperte nebenbei auf der Gitarre mit. Schließlich spielte ich die Melodie allein nach und ließ mich einfach treiben.

Morgan saß still daneben, während in meinem Kopf mögliche Variationen entstanden. Ich testete ein paar Anschlussakkorde an den Refrain, aber sie klangen nicht richtig – zu beliebig. Auch der nächste Versuch war unbeholfen. Auf der Suche nach den entscheidenden Takten tüftelte ich weiter und experimentierte herum – und vergaß ganz, dass Morgan da war. Schließlich fand ich die passende Akkordabfolge und peppte den Rhythmus noch mit einer Synkope auf. Ich hielt inne, spielte das Ganze noch einmal durch und war mir plötzlich sicher, dass der Song sehr kommerziell werden konnte, vielleicht sogar ein echter Hit. Mit etwas mehr Überzeugung wiederholte ich die Passage und fing dabei Morgans Blick auf. Ehe ich sie fragen konnte, was sie davon hielt, klatschte sie in die Hände und hopste auf und ab.

»Wow!«, rief sie. »Das ist toll!«

»Gefällt es dir?« Ich grinste.

»Wahnsinnig gut, aber das Beste daran war, dich bei dem Prozess zu beobachten. Wie du rumprobiert hast, bis du gefunden hast, was funktioniert.«

»Ich hab ja gerade erst angefangen.«

»Du spielst seit knapp zwanzig Minuten.«

Wie üblich war die Zeit für mich stehen geblieben,

weil ich mich in der Musik verlor. »Aber gefällt es dir wirklich?«

»Ich liebe es! Und mir sind dabei sogar ein paar neue Ideen für den Text eingefallen.«

»Nämlich?«

Sie erklärte mir, welche Geschichte sie erzählen, welches Gefühl sie einfangen wollte. Dazu improvisierte sie ein paar griffige Formulierungen, die für meine Ohren trotzig und dabei gleichzeitig optimistisch klangen, definitiv eine gute Hookline, und ich fragte mich unwillkürlich, warum ich nicht in diese Richtung gedacht hatte.

Wir spielten auch noch mit Tempo und Rhythmus herum, und ich merkte, dass Morgan viel mehr Talent besaß, als sie sich selbst eingestand. Ihr Instinkt für kommerzielle Musik war sehr ausgeprägt, und als sie die erste Strophe zur Melodie sang, verselbstständigte sich der Prozess, und der Song entwickelte eine eigene Dynamik.

Eine Stunde verging, dann eine weitere. Morgan wurde immer aufgeregter. »Ja!«, rief sie. »Genau so!« Oder sie summte ein oder zwei Takte und fragte: »Kannst du mal was in die Richtung probieren?« Oder: »Wie klingt diese Zeile?« Und immer wieder ließ sie mich das ganze Stück von Anfang an singen. Sie saß dicht neben mir, ihr warmes Bein an meinem, während sie Textschnipsel auf ihren Block schrieb, Wörter oder Sätze strich, die nicht funktionierten.

Nach und nach arbeiteten wir uns bis zum Ende vor und schlossen mit demselben Moll-Akkord, mit dem das Lied anfing. Als wir fertig waren, hatte sich der Himmel von Blau zu einem mit rosa durchwachsenem Weiß verfärbt. Mit unverhohlener Freude wandte Morgan sich mir zu.

»Ich kann es nicht fassen.«

»Das lief gut«, sagte ich.

»Ich möchte es noch mal von vorn hören. Am besten nehme ich es auf, damit ich es nicht vergesse.«

»Das vergisst du nicht.«

»Du vielleicht nicht, aber bei mir will ich kein Risiko eingehen.« Sie rief den Rekorder auf ihrem Handy auf. »Also gut, leg los.«

»Wie wäre es, wenn *du* diesmal singst? Immerhin ist es dein Song.«

»Unser Song«, widersprach sie. »Ohne dich hätte ich das nie geschafft.«

Ich schüttelte den Kopf. »Nein, da liegst du falsch. Ich habe vielleicht deine Ideen klarer herausgearbeitet, aber es war dein Thema, deine Geschichte und größtenteils deine Melodie. Das Lied trägst du schon länger mit dir rum. Ich habe nur geholfen, es herauszuholen.«

Ihre Miene blieb skeptisch.

»Lies den Text.« Ich tippte auf das Blatt. »Zeig mir eine Zeile, die komplett von mir ist.«

Sie wusste, dass es keine gab; ich mochte zwar das ein oder andere Wort eingefügt haben, aber das war mehr polieren als neu schaffen, und die Hookline und die einprägsamen Formulierungen stammten von ihr.

»Okay, aber die Musik ist wirklich von dir.«

»Du hattest sie im Prinzip schon, du brauchtest nur einen Stups, um die Blockade zu lösen. Bei jedem Satz und jedem Tonartwechsel hast du den Impuls gegeben.« Ich ließ nicht locker. »Morgan, ich habe noch nie einen

Country-Pop-Song geschrieben. Das ist einfach nicht mein Genre. Glaub mir, das ist dein Lied, nicht unseres. Wir beide wissen, dass ich niemals fähig gewesen wäre, es so zu schreiben, und wenn nur, weil ich ein Mann bin.«

»Das kann ich akzeptieren.« Sie lachte zustimmend und wurde dann wieder still. »Ich kann immer noch nicht fassen, wie schnell es ging. An dem Song arbeite ich jetzt schon seit Wochen immer wieder. Ich hatte fast aufgegeben.«

»Das passiert mir auch.« Ich nickte. »Ich habe mich damit abgefunden, dass Lieder eben erst kommen, wenn sie reif sind. Ich freue mich einfach, dass ich mithelfen konnte.«

Lächelnd legte sie mir eine Hand aufs Knie. »Danke.« Ihre Stimme klang belegt vor – was? Dankbarkeit? Staunen? »Das war die beste Lernerfahrung, die ich je hatte.«

»Gern geschehen. Und jetzt will ich dich singen hören.«

»Es war ein langer Tag«, wandte sie ein. »Meine Stimme klingt sicher müde.«

»Keine Ausreden mehr.«

Während sie weiter zögerte, blieb ihre Hand auf meinem Knie liegen, und die Wärme breitete sich in mir aus.

»Na gut.« Sie räusperte sich, nahm die Hand weg und griff nach ihrem Block. »Ich brauche einen Moment, um mich zu sammeln.«

Sie verschränkte die Hände, als müsste sie sich wappnen. Als sie schließlich den Block hob und nickte, drückte ich auf den Aufnahmeknopf und legte das Handy zwischen uns auf den Couchtisch.

Beim Klang der ersten Akkorde schien Morgan zum Leben zu erwachen. Ihre Arme und Beine lockerten sich plötzlich, ihr Gesicht strahlte wie von innen erleuchtet. Noch bevor sie die erste Strophe gesungen hatte, war ich wie elektrisiert.

Adele, Taylor oder Mariah konnten diesem zarten Wesen neben mir nicht das Wasser reichen. Ihr Stimmumfang und ihre Virtuosität waren unglaublich, ihr Sound enorm. Ich konnte kaum glauben, dass eine so zierliche Gestalt den tiefen, seelenvollen Klang einer Diva in ihrer Blütezeit hervorbrachte. Ich war sprachlos und musste mich zwingen, mich auf die Begleitung zu konzentrieren und mich nicht zu verspielen. Morgans Gesang dagegen wirkte mühelos, als sänge sie das Lied schon seit Jahren. Sie nahm spontan kleine Änderungen vor, verfeinerte den Text und rundete den Refrain mit Vibrato und Trillern ab. Sie erfüllte den gesamten Raum – doch als sie mir in die Augen sah, hatte ich das Gefühl, sie sang nur für mich.

Viele fragen sich, was einen Star ausmacht, und jede erfolgreiche Musikerin hat ihre eigene Geschichte. In dem Moment jedoch wusste ich ohne jeden Zweifel, dass ich mich in der Gegenwart eines Weltklassetalents befand.

»Du bist unglaublich«, sagte ich, als sie schließlich verstummte.

»Das ist lieb von dir«, antwortete sie bescheiden. »Das Gleiche habe ich von dir gesagt, weißt du noch?«

»Der Unterschied ist nur, dass ich ehrlich bin. Deine Stimme … so was habe ich noch nie gehört.«

Sie legte ihren Block auf den Tisch, beugte sich vor, zog mein Gesicht zu sich heran und küsste mich sanft auf die Lippen. »Danke. Für alles.«

»Aus dir wird ein Star«, murmelte ich und glaubte es aufrichtig.

Sie lächelte. »Hast du Hunger?«

Der unvermittelte Themawechsel holte mich auf die Erde zurück. »Ja.«

»Du weißt nicht zufällig, wo man einen guten Cheeseburger kriegt, oder?«

Während sie aufstand und um den Tisch herumging, erschien mir noch einmal der Tag, den wir miteinander verbracht hatten, vor meinem inneren Auge. Der Kajak-Ausflug, die Sonne auf ihrem Haar, ihre Lippen auf meinen am Picknicktisch, ihr Anblick, als sie mit geschlossenen Augen sang.

Als ich mich auch erhob, fühlten sich meine Knie seltsam weich an. *Ich bin dabei, mich zu verlieben*, begriff ich schlagartig.

Oder vielleicht hatte ich das bereits getan.

Ich räusperte mich, beinahe ungläubig. »Da kenne ich genau das Richtige.«

21

Wir verließen die Wohnung und schlenderten Richtung Strand. Am verkehrsreichen Gulf Boulevard warteten wir, bis wir die Straße überqueren konnten.

Der Himmel wechselte ständig die Farbe, und es waren noch Hunderte von Menschen unterwegs, wateten im flachen Wasser oder packten ihre Habseligkeiten zusammen. Während ich neben Morgan herlief, beobachtete ich, wie die Sonnenstrahlen rotgoldene Strähnchen in ihrem dunklen, schimmernden Haar hervorbrachten. Ich konnte mich des Gefühls nicht erwehren, dass sich in der kurzen Zeit, die wir uns kannten, in meiner Welt etwas verschoben hatte. Bisher hatte ich mir eingebildet zu wissen, wie mein Leben verlaufen sollte; meine Zeit mit Morgan hatte das alles verändert. Warum oder wann es passiert war, hätte ich nicht benennen können, aber ich fühlte mich eindeutig anders.

»Du denkst über was nach«, stellte Morgan fest.

»Das soll schon mal vorkommen.«

Sie stupste mich an der Schulter an, wie neulich abends im Hotel.

»Erzähl schon.«

»Ich denke über den Song nach«, behauptete ich.

»Ich auch.« Sie drehte sich zu mir um. »Hättest du Lust, es noch mit anderen Liedern zu probieren? Ich hab schon mit verschiedenen Musikern zusammengearbeitet, aber so wie heute war es noch nie.«

Ich betrachtete sie von der Seite, in der Brise flatterte ihr Top um ihre schlanke Gestalt. »Klar, gern. Aber mit dir zusammen hätte ich auf alles Lust.«

Mit dieser Antwort hatte sie offenbar nicht gerechnet. Sie starrte aufs Meer und ging wortlos ein paar Schritte, und ich hatte keine Ahnung, was sie dachte.

»Also«, sagte sie fröhlich, wie um ihr Unbehagen zu verschleiern. »Wo ist jetzt dieser Burger-Laden?«

Ich zeigte auf ein gerade eben zu erkennendes, strohgedecktes Haus hinter den Dünen. »Da vorn.«

»Glaubst du, wir kriegen einen Tisch?« Sie runzelte die Stirn. »Jetzt zum Sonnenuntergang, meine ich?«

»Dir ist bewusst, dass du mir gern Fragen stellst, die ich überhaupt nicht beantworten kann, oder?«

Laut lachend warf sie den Kopf in den Nacken, sodass ich ihren gebräunten Hals sehen konnte. Das rief mir das Gefühl in Erinnerung, ihre Lippen auf meinen zu spüren.

»Okay, dann mal was, was du bestimmt weißt. Kennst du irgendwelche lustigen Bauernhof-Geschichten?«

»Wie zum Beispiel?«

»Zum Beispiel ... Es gab mal ein Huhn, dessen Besitzer ihm den Kopf abgehackt hat, weil er es essen wollte, aber das Huhn lebte danach noch über ein Jahr. Angeblich war das zentrale Nervensystem nicht beeinträchtigt oder so. Jedenfalls hat der Bauer es von da an mit einer Pipette gefüttert, weil es ja keinen Kopf mehr hatte.«

»Das ist nicht wahr«, sagte ich.

»Doch! Als ich in New York war, hab ich das Video gesehen. Im ›Ripley's Believe it or Not‹ am Times Square.«

»Und du hast es offenbar geglaubt.«

»Man kann das googeln. Der Bauer ist sogar mit dem Huhn, das übrigens Mike hieß, durch die Lande gezogen und aufgetreten.«

Ich schüttelte den Kopf. »Nein, Kopflose-Hühner-Geschichten weiß ich keine. Ich könnte dir von Tabakraupen erzählen, aber das ist nicht lustig.«

»Eklig.«

»O ja«, sagte ich. »Erzähl du mir doch lieber noch mehr. Zum Beispiel ... ich weiß ja schon, dass ihr immer hier Urlaub gemacht habt und an dem See in Minnesota, aber seid ihr auch mal woanders hingefahren?«

»Warum ist das wichtig?«

»Ist es nicht. Aber da das hier mein allererster Urlaub

ist, wollte ich durch deine Augen erleben, was ich so verpasst habe.«

»Nicht viel«, versicherte sie.

»Bitte, tu mir den Gefallen.«

Sie schleuderte etwas Sand mit dem Fuß hoch. »Als ich ein Kind war, sind wir viel gereist«, begann sie. »Alle zwei Jahre waren wir auf den Philippinen bei meinen Großeltern väterlicherseits. Früher habe ich das gehasst. Ich spreche weder Chinesisch noch Tagalog – die Verwandten meines Vaters sind ethnische Chinesen, leben aber schon seit Generationen auf den Philippinen –, und im Sommer ist es da so heiß! Aber je älter ich wurde, desto besser gefielen mir diese Besuche. Meine Cousins und Cousinen zu sehen, das Essen zu genießen, das meine Oma kochte. Weil wir so selten da waren, verwöhnten sie meine Schwester und mich immer.« Morgan machte eine kurze Pause, ein wehmütiges Lächeln auf den Lippen. »Meine Eltern fahren wahnsinnig gern weg, also waren wir manchmal auf Hawaii oder in Costa Rica, aber die größte Reise war in den Ferien nach meiner neunten Klasse. Da waren wir alle zusammen in Europa. London, Paris, Amsterdam und Rom.«

»Das klingt aufregend.«

»Damals fand ich es nicht so aufregend, wie man meinen könnte. Hauptsächlich haben wir Museen und Kirchen besichtigt. Im Nachhinein ist mir natürlich bewusst, wie toll es ist, Werke von da Vinci oder Michelangelo zu sehen, aber damals war ich einfach nur zu Tode gelangweilt. Ich weiß noch, dass ich die Mona Lisa anstarrte und dachte: Das ist alles? Was soll daran denn so toll sein? Aber meine Eltern glaubten, dass solche kulturellen Dinge wichtig für die Prägung junger Köpfe sind.«

Ich musste lächeln. Mittlerweile waren wir bei Sandbar Bill's eingetroffen. Die Tische waren zwar alle besetzt, aber wir hatten das Glück, zwei Plätze an der Theke zu ergattern, wo ein Pärchen gerade aufstand. Von dort aus hatte man außerdem noch einen Blick auf den Sonnenuntergang.

»Sieh dir das an«, sagte ich. »Muss wohl unser Tag sein.«

Sie grinste. »Kein Zweifel.«

22

Wir bestellten uns Eistee und waren damit die Einzigen, die weder Bier noch Cocktails tranken. Als der Barkeeper uns die Karte vorlegte, wählten wir beide einen Cheeseburger, ohne sie auch nur zu lesen.

Während wir warteten, zeigte sie mir das Video von Mike, dem kopflosen Huhn, auf YouTube, und auf mein Drängen hin erzählte sie noch etwas mehr von ihrer Kindheit. Sie war ausschließlich in Privatschulen gewesen, wenig überraschend, da ihren Eltern Bildung extrem wichtig war. Sie beschrieb die üblichen Cliquen und Unsicherheiten und Mitschülerinnen und Mitschüler, mit denen sie sowohl positive als auch negative Erfahrungen gemacht hatte. Und auch wenn unsere Erfahrungen kaum unterschiedlicher hätten sein können, wurde deutlich, dass – wie bei mir – die Musik immer allem zugrunde lag. Musik stellte für uns beide einen Weg dar, unsere Identität selbst zu gestalten und unseren Traumata zu entfliehen, dachte ich, und als ich das zu Morgan sagte, runzelte sie leicht die Stirn.

»Meinst du, dass Paige deshalb auch Künstlerin geworden ist?«

»Kann sein.« Ich kratzte mich am Kinn. »Sie hat immer wahnsinnig toll Tiere oder Landschaften gezeichnet, aber eines Tages auch mal meine Tante und meinen Onkel, und die beiden sahen so lebensecht aus, es hätte ein Foto sein können. Ich weiß noch, dass ich sie fragte, ob sie unsere Mutter zeichnen könnte, weil ich mich nicht mehr richtig an sie erinnerte, aber Paige meinte, sie auch nicht.« Nach kurzer Überlegung ergänzte ich noch: »Vielleicht ist das besser so.«

Ich spürte Morgans Blick auf mir, als sie einen Schluck Eistee trank. Sie beugte sich etwas näher. »Ich wünschte, du könntest morgen mit uns nach Busch Gardens kommen. Das wird bestimmt lustig.«

»Kann ich mir gut vorstellen. Aber die Pflicht ruft.« Ich sah Morgan von der Seite an. »Vielleicht können wir uns ja hinterher treffen? Nach meinem Auftritt? Ich könnte für uns kochen, oder wir gehen essen.«

Ihre Grübchen blitzten auf. »Sehr gern.«

»Gut.« Ich wusste jetzt schon, dass ich die Stunden bis dahin zählen würde. »Und ich kann auf jeden Fall zu eurer Tanz-Performance am Samstag kommen. Falls du mir die Uhrzeit mitteilst, damit ich nicht den ganzen Tag dort kampieren muss.«

»Das wird so gegen zwölf oder kurz nach zwölf sein«, sagte sie.

»Ich weiß ja, dass ihr Milliarden von Followern habt, aber wie viele Videos habt ihr eigentlich schon gepostet?«

»Wahrscheinlich ein paar Hundert.«

»So viele Choreografien habt ihr schon gemacht?«

»Um Gottes willen, nein.« Sie schüttelte den Kopf. »Wie viele das sind, weiß ich nicht. Im Prinzip choreografieren wir Schritte für ein oder zwei Songs, und die brechen wir dann in jeweils zehn bis fünfzehn Segmente auf.«

»Und wie wollt ihr das weiterführen? Wenn ihr alle verschiedene Richtungen einschlagt?«

»Darüber haben wir in letzter Zeit viel geredet, vor allem diese Woche. Die anderen wissen schon seit einer Weile, dass ich am Samstag zum letzten Mal mit der Gruppe auftrete. Und bis vor Kurzem hatten Holly und Stacy ebenfalls vor, was Neues zu machen. Aber jetzt, wo man damit Geld verdienen kann, suchen sie nach einem Weg, es noch ein bisschen aufrechtzuerhalten, zumindest über den Sommer. Vielleicht proben sie über Face-Time und treffen sich dann an den Wochenenden richtig. Sie überlegen noch.«

»Aber du hörst auf jeden Fall auf?«

Sie schwieg einen Moment lang, und ich hatte das Gefühl, sie wählte ihre Worte sorgsam. »Meine Meinung zu Influencern kennst du ja schon, aber darüber hinaus möchte ich auch keinen Fehler machen, was meine musikalische Karriere betrifft. Die Leute sollen nicht glauben, der einzige Grund für meinen Erfolg wäre, dass ich Follower in den sozialen Medien hatte. Dafür habe ich zu viel investiert. Ich meine, ich hatte immerhin Operngesang-Unterricht! Vielleicht sagt mir ein Manager, falls ich denn einen finde, was ich machen soll. Bis dahin poste ich einfach noch, was ich zugesagt habe, und das hält mich den nächsten Monat oder so über Wasser, und danach sehen wir mal.«

»Wird es dir fehlen?«

»Ja und nein«, räumte sie ein. »Ich liebe meine Freundinnen, und am Anfang hat das Tanzen superviel Spaß gemacht. Und klar war es auch aufregend zu erleben, wie unsere Accounts durchstarten. Aber in letzter Zeit habe ich das Gefühl, dass alles immer noch besser, tatsächlich perfekt sein muss, deshalb ist es viel stressiger. Gleichzeitig habe ich natürlich sehr viel gelernt. Ich hab einen Punkt erreicht, an dem ich vielleicht sogar meine eigenen Musikvideos choreografieren könnte.«

»Ehrlich?«

»Schon möglich. Sonst rufe ich eben Maria an.«

Ich grinste. Der Barkeeper stellte unsere Cheeseburger vor uns ab, und wir machten uns über das Essen her, während der Sonnenuntergang den Himmel erleuchtete.

»Jetzt haben wir so viel über mich geredet, aber was hast du denn vor, wenn du wieder zu Hause bist?«, fragte Morgan zwischen zwei Bissen. Im Gegensatz zu mir ließ sie das Brötchen liegen und benutzte Messer und Gabel; allerdings aß sie genüsslich ihre Pommes.

»Dasselbe wie immer. Den Hof bewirtschaften.«

»Was machst du morgens als Allerserstes?«

»Ich lasse die Eier einsammeln, und dann schiebe ich die Planwagen weiter.«

»Was ist ein Planwagen?«

Ich überlegte kurz, wie ich das am besten jemandem, der noch nie einen gesehen hatte, erklärte. »Dass Hühner gern Schatten mögen, hab ich ja schon erzählt. Dafür sind die Planwagen da. Sie sehen aus wie ein großes Zelt mit offenen Seiten. Auf einer Seite sind Legenester eingebaut. Hühner fressen gern Käfer, und sie machen auch viel Dreck, deshalb müssen sie jeden Tag woanders stehen, damit sie es sauber und frisch haben. Außerdem düngt das den Boden.«

»Ziehst du die Wagen mit dem Traktor weiter?«

»Natürlich.«

»Ich möchte dich mal einen Traktor fahren sehen.«

»Du bist herzlich eingeladen zu kommen.«

»Und was machst du danach?«

»Das hängt von der Jahreszeit ab. Ich sehe entweder im Gewächshaus nach dem Rechten oder bei den Tomaten oder überwache die Ernte oder kümmere mich um neue Hühner oder pflüge die Felder. Darüber hinaus bin ich für die Geschäftsführung und das Personal zuständig und für den Kundenkontakt. Versteht sich zudem von selbst, dass immer irgendwas kaputtgeht und repariert werden muss. Jeden Morgen beim Aufwachen habe ich das Gefühl, tausend Sachen erledigen zu müssen. Du wärst erstaunt, wie viel Aufwand es ist, ein Ei oder eine Tomate vom Bauernhof ins Geschäft zu bringen.«

»Wie schaffst du das alles?«

»Meine Tante macht viel, genau wie der Verwalter. Außerdem habe ich gelernt, Prioritäten zu setzen.«

»Ich glaube, so ein Leben wäre nichts für mich.« Sie schüttelte den Kopf. »Ich meine, ich bin auch verantwortungsvoll, aber nicht so.«

»Du brauchst ja auch nicht so ein Leben zu führen. Du wirst berühmt.«

»Dein Wort in Gottes Ohr.«

»Verlass dich drauf«, sagte ich, denn so sicher war ich mir noch nie einer Sache gewesen.

23

Nach dem Essen spazierten wir am Strand entlang zum Don CeSar. Das Restaurant war halb voll, und auch am Pool lagen noch einige Gäste. Ein Pärchen begegnete uns, so ins Gespräch vertieft, dass es uns offenbar nicht einmal bemerkte.

Wenige Schritte von der Terrasse entfernt blieb Morgan im Sand stehen und drehte sich zu mir um. Als ich sie betrachtete, dachte ich erneut, dass ich noch nie einen so schönen Menschen gesehen hatte.

»Tja, das war's dann wohl«, sagte ich.

Sie schaute kurz zum Hotel. »Danke für heute«, sagte sie dann. »Für alles.«

»War mir ein Vergnügen. Es war mein bisher bester Tag hier.«

»Meiner auch«, sagte sie mit einer Zärtlichkeit, die das, was als Nächstes geschah, unausweichlich erscheinen ließ.

Ich trat auf sie zu und zog sie sanft an mich. Ihre Augen weiteten sich kaum merklich, und einen Moment lang überlegte ich, ob ich mich zurückziehen sollte. Obwohl sie mich schon zweimal geküsst hatte, wussten wir wohl beide, dass dieses Mal anders wäre, dass in diesem Kuss Emotionen lägen, die keiner von uns vorausgesehen hatte.

Aber ich konnte nicht mehr zurück. Ich schloss die Augen, als unsere Lippen sich trafen, zart zunächst, dann mit wachsender Leidenschaft. Ich spürte, wie Morgan sich an mich presste, und als unsere Zungen sich begegneten, wurde ich von Hitze durchströmt. Beide Arme um sie geschlungen, hörte ich sie tief in der Kehle schnurren, während ihre Hand in meine Haare wanderte.

Während des Kusses versuchte ich zu begreifen, wann und wie es passiert war. Vielleicht bei der Kajakfahrt, oder auch, als ich Morgan hatte singen hören, oder gar beim Essen – aber plötzlich wusste ich, dass ich mich tatsächlich in diese Frau verliebt hatte, eine Frau, die ich erst vor wenigen Tagen zum ersten Mal gesehen hatte, die ich aber bereits seit einer Ewigkeit zu kennen glaubte.

Als wir uns voneinander lösten, drohten meine Gefühle überzufließen, aber ich zwang mich, stumm zu bleiben. Wir schauten einander nur an, bis ich den Atem ausstieß, den ich unbewusst angehalten hatte.

»Dann also bis morgen Abend, Morgan«, sagte ich mit heiserer Stimme.

»Gute Nacht, Colby.« Sie musterte mich, als wollte sie sich meinen Anblick einprägen, und Minuten später, als ich über den Strand lief, rief ich mir den Kuss noch einmal ins Gedächtnis, in der Gewissheit, dass sich mein Leben für immer verändert hatte.

TEIL IV
BEVERLY

24

Beverly konnte nicht aufhören, an die Kameras in den Busbahnhöfen zu denken.

Wie hatte sie nur so dumm sein können? Gab es nicht eine Million Filme und Serien, in denen mithilfe solcher Kameras Spione und Verbrecher gefangen wurden? Ja, sie wusste, dass die elektronische Überwachung nicht ganz so ausgefeilt war wie in Hollywood-Produktionen, aber selbst durch die Lokalnachrichten im Fernsehen wurde deutlich, dass Kameras heutzutage überall eingesetzt wurden. Sie hingen an Straßenkreuzungen, Ampeln, den Kassen kleiner Geschäfte. Beverly war sich ihrer sogar bewusst gewesen, als sie mit Tommie in dem Lebensmittelladen etwas zu essen gekauft hatte, also warum hatte sie das bei ihrer Flucht nicht bedacht?

Mit wackeligen Beinen und schwirrendem Kopf schleppte sie sich zum Tisch, und dort saß sie noch, als Tommie in die Küche getapst kam. Er ließ sich auf seinen Stuhl fallen und wischte sich den Schlaf aus den Augen.

Um ihre angegriffenen Nerven zu beruhigen, zwang sich Beverly aufzustehen. Sie schüttete Cheerios in ein Schälchen, goss Milch dazu und stellte es vor ihm auf den Tisch.

In der Hoffnung, er bemerkte nicht, dass sie sich nur mit Mühe zusammenriss, lächelte sie ihn kurz an und bereitete dann sein Pausenbrot zu. Erdnussbutter mit

Marmelade, dazu einen Apfel und etwas Kleingeld für eine Milch in der Cafeteria. Die ganze Zeit über konnte sie sich nur mit Mühe davon abhalten, zum Fenster zu schielen, solche Angst hatte sie, dass Gary davorstand.

»Ich hab gestern Nacht jemanden gehört«, sagte Tommie nach einer Weile.

Vor Schreck machte sie beinahe einen Satz. Sie vermochte sich nicht daran zu erinnern, wann er zum letzten Mal morgens als Erster gesprochen hatte. Als schließlich der Inhalt seines Satzes zu ihr durchdrang, durchfuhr es sie erneut.

»Das war wahrscheinlich ich«, sagte sie. »Ich hab noch spät die Küche geputzt.«

»Nein, jemand draußen.«

Wasser tropfte aus dem Hahn, ein stetiges, rhythmisches Pling, Pling, Pling, das das morgendliche Vogelgezwitscher untermalte. Ein alter Pick-up stotterte über die unbefestigte Straße, und Beverly sah einen Arm aus dem Fenster winken, ehe er außer Sicht verschwand. Dunst lag über den Feldern, als wäre eine Wolke aus dem Himmel gefallen.

»Da war niemand draußen«, sagte sie. »Das hätte ich gehört.«

»Es war auf dem Dach.«

Ein Jahr zuvor hatten Tommies Albträume angefangen. Beverly hatte geglaubt, es hätte mit den Fernsehserien zu tun, die er sich ansah, oder vielleicht mit dem Buch »Wo die Wilden Kerle wohnen«. Nach seinen Träumen wachte er schreiend auf und berichtete, von einem Monster gejagt worden zu sein. Manchmal war das Ungeheuer wie ein Dinosaurier, manchmal ein wildes Tier oder eine Gestalt mit Kapuze. Und immer, immer beteuerte Tommie, es habe seinen Namen gerufen.

»Bist du sicher, dass du nicht geträumt hast?«

»Ich war wach. Ich hab auch die Musik von unten gehört.«

Wäre es Gary gewesen, versuchte sie sich zu beruhigen, dann stünde er längst in der Küche. Wären es Garys Kollegen gewesen, hätten sie Tommie und sie längst in einen schwarzen SUV mit verdunkelten Scheiben verfrachtet. Um ihre Ängste unter Kontrolle zu halten, suchte sie das Haarwachs und strich Tommies Wirbel glatt, auch wenn ihre Hände dabei leicht zitterten.

»Wenn du in der Schule bist, gehe ich mal nachsehen, aber wahrscheinlich waren es Eichhörnchen.«

»Es hat meinen Namen gerufen.«

Beverly schloss die Augen und atmete innerlich erleichtert auf. Eindeutig ein Traum, Gott sei Dank. Doch die Erleichterung hielt nicht lange an, weggespült von ihren Sorgen wie eine Sandburg bei Flut.

»Ich hab zum Radio mitgesungen. Das hast du vermutlich gehört.« Ihre Stimme klang eigenartig blechern und fern in ihren Ohren.

Tommie sah kurz zu ihr auf, auf einmal wirkte er älter, als er war. »Kann sein«, erwiderte er endlich, und Beverly beschloss, das Thema zu wechseln.

»Wenn du möchtest, kannst du nach der Schule einen Freund mitbringen.«

»Ich habe hier keine Freunde.«

»Aber bald. Bestimmt sind viele nette Kinder in deiner Klasse. Vielleicht lernst du an eurem Spieltag welche näher kennen.«

Er zuckte die Achseln und schwieg wieder, während er seine Cheerios löffelte und den letzten Rest Milch aus der Schale austrank. Wieder nahm Beverly sich vor, etwas zu essen, sobald er im Schulbus saß, weil sie am gestrigen Tag kaum etwas zu sich genommen hatte. Sie hätte ein Buch für Menschen schreiben können, die abnehmen wollten – die »Zu pleite zum Essen«-Diät würde sie es nennen.

Als sie Tommie sein Pausenbrot in den Rucksack gepackt hatte, ging sie mit ihm nach draußen zu dem Baumstumpf. Sie setzten sich, warteten.

»Wenn du nachher noch mal Kaulquappen fangen willst, suche ich schon mal ein Einmachglas«, schlug sie vor. »Selbst wenn du sie nicht mit in die Schule nehmen kannst, darfst du sie eine Weile im Haus behalten, wenn du magst.«

Tommie starrte auf den Boden. »Ich will nicht sterben, Mum«, sagte er.

Beverly blinzelte. »Was hast du gesagt?«

Er sah sie an, die Stirn gefurcht. »Ich hab gesagt, ich will nicht, dass sie sterben, Mum.«

»Oh …« Gedanken an Überwachungskameras und Albträume und zu wenig Schlaf und nicht ausreichend Nahrung überwältigten sie, und in der wachsenden Hitze des Morgens fiel es ihr schwer, sich zu konzentrieren. Sie musste sich mehr Mühe geben; sie musste dafür sorgen, dass Tommie sich sicher fühlte.

Der gelbe Bus kam quietschend und ächzend zum Stehen, kreischend öffnete sich die Tür. Tommie stand auf und stieg ein, ohne sich zu Beverly umzudrehen, ohne sich auch nur zu verabschieden.

25

Kameras.

Das Wort schoss ihr durch den Kopf wie eine Flipperkugel. Sie brauchte Ablenkung, irgendetwas, um ihre Nerven zu beruhigen, aber zum Streichen waren ihre Hände noch zu zittrig. Also ging sie in Tommies Zimmer hinauf. Obwohl sie sicher war, dass es sich um einen Albtraum gehandelt hatte, hatte sie ihrem Sohn versprochen nachzusehen, und gute Mütter hielten ihr Wort.

Sein Fenster war in einer Gaube, wodurch unmöglich zu erkennen war, ob jemand überhaupt auf das Dach hochsteigen konnte. Sie inspizierte die Zimmerdecke und legte sich auf Tommies Bett. Versuchte, sich vorzustellen, woher eventuelle Geräusche hätten stammen können, aber es half nichts.

Sie ging wieder nach draußen und trat vom Haus zurück, um eine vernünftige Perspektive zu haben. Tommies Zimmer lag an der Seite, und ein einziger Blick bestätigte, dass die Dachschräge wohl zu steil war, als dass jemand dort oben hätte herumlaufen können. Eine der Eichen jedoch reckte einen Zweig über das Dach, der dadurch regelrecht zu einer Eichhörnchenautobahn werden konnte. Bei Wind schabte der Ast vielleicht sogar selbst über die Schindeln, und sie versuchte sich zu erinnern, ob es in der vergangenen Nacht windig gewesen war.

Sicher war nur, dass sich niemand auf dem Dach aufgehalten hatte; niemand hatte Tommies Namen geraunt. Auch wenn Beverly das bereits gewusst hatte, war sie froh, sich vergewissert zu haben. Genau wie sie sich mittlerweile sicher war, dass es in den Busbahnhöfen Überwachungskameras gab. Wahrscheinlich war das seit dem 11. September sogar vorgeschrieben, und Gary hatte die Macht, Zugang zu jeder einzelnen Aufzeichnung zu verlangen.

Obwohl sich ihr Kopf sogar vernebelter anfühlte als die letzten Tage, zwang sie sich nachzudenken. Sie ging hinein, setzte sich an den Tisch und rieb sich die Schläfen, presste die Fingerkuppen dagegen.

Zweifelsohne würde Gary die Herausgabe der Aufzeichnungen vom örtlichen Busbahnhof verlangen, für Freitagabend, Samstag, Sonntag und möglicherweise sogar Montagmorgen. Er würde mit dem Gesicht dicht vor dem Bildschirm sitzen, hin und wieder vorspulen, aufmerksam zusehen, suchen. Selbst wenn er sie nicht auf Anhieb erkannte, bemerkte er seinen Sohn mit Sicherheit. Es konnte sein, dass er Stunden oder Tage brauchte, aber garantiert fand Gary am Ende heraus, welchen Bus sie bei ihrer Flucht genommen hatten.

Und dann? Wenn es in den Bussen keine Kameras gab, wovon sie ausging, konnte er nicht wissen, wo sie ausgestiegen waren. Also sprach er vermutlich mit den Fahrern, aber erinnerte sich der zweite noch, an welcher Haltestelle Beverly den Bus verlassen hatte? Eher unwahrscheinlich, weshalb Garys nächster Schritt wohl war, die Überwachungskameras anderer Bahnhöfe auf der Route zu überprüfen. Und wieder musste er früher oder später Tommy entdecken. Diesen Vorgang wiederholte er einfach immer wieder, wie ein Wolf seiner Beute nachspürte, kam näher und näher, kreiste sie ein. Vielleicht fand er sogar Aufzeichnungen von ihr im Lebensmittelladen.

Aber dann?

Verlief sich die Spur, weil sie und Tommie bei der Frau mit dem Kombi mitgefahren waren. Der Frau, die keine Fragen gestellt hatte.

Konnte Gary diese Frau finden? Und den Teppichverkäufer, der nach Old Spice roch?

Sehr fraglich.

Aber hatte es unterwegs noch andere Kameras gegeben? Zum Beispiel zur Verkehrsüberwachung? Kameras, die Nummernschilder aufzeichneten?

Denkbar.

Selbst wenn sie vom Schlimmsten, dem unvorstellbar Schlimmsten ausging, dass nämlich Gary sie bis in dieses Städtchen verfolgte, was dann? Vielleicht suchte er im Motel, ging in das Lokal, sprach sogar mit der Kellnerin, aber spätestens das war eine Sackgasse. Die Kellnerin wusste nicht, dass Beverly nach einer Wohnung gesucht hatte, und abgesehen von ihrer Vermieterin wusste überhaupt niemand, dass sie hier waren. Genauso gut konnten sie von jemandem mitgenommen worden sein, irgendwohin.

Gary mochte ja hartnäckig und intelligent sein und durch seine Machtposition Druck ausüben können, der selbst den tapfersten Normalbürger einschüchterte, aber er war nicht Gott.

»Ich bin in Sicherheit«, sagte sie mit ihrem überzeugendsten Tonfall. »Er kann mich unmöglich finden.«

26

Dennoch, ihre Ängste schwanden nur langsam, selbst als sie alles abermals durchdachte, nur zur Sicherheit. Sie war nervös, daran war nicht zu rütteln, sie fühlte sich, als tanzte sie auf einem extrem hohen Seil ohne Sicherheitsnetz, worunter ihre geistige Klarheit litt. Sie wusste, dass sie sich mit manchen Überlegungen viel zu lange aufhielt und anderes dabei vergaß; sie musste unbedingt wieder normal denken, wenn nicht für sich selbst, dann für Tommie. Er brauchte sie, und sie wagten einen Neuanfang, und die orangefarbenen Wände in der Küche bedrängten sie, verursachten ihr Kopfweh.

»Ich muss streichen«, flüsterte sie. »Dann geht es mir besser.«

Sie stand vom Tisch auf und nahm sich einen Pinsel, eine Malerrolle und die Farbwanne. Wie am Tag zuvor zog sie Jeans und Shirt aus, um sie nicht mit Farbspritzern zu bekleckern. Mit einem Messer öffnete sie den Grundierungseimer. In Baumärkten gab es Maschinen, die die Masse umrührten, aber da ihr so etwas nicht zur Verfügung stand, suchte sie einen Holzlöffel und rührte damit. Die Grundierung war am Boden dickflüssig, aber Beverly ließ nicht locker, denn sie wollte das Orange in der Küche ein für alle Mal loswerden.

Wer um Himmels willen suchte überhaupt so eine grauenhafte Farbe aus? Wie konnte man sämtliche Musterstreifen im Geschäft begutachten, all die hübschen dezenten oder pastelligen oder frühlingshaften Töne, und dann beschließen: Meine Küchenwände sollen aussehen wie ein Halloween-Kürbis?

Die Grundierung schien jetzt so gut durchgerührt, wie es eben ging, also goss Beverly etwas davon in die Wanne und schob die Rolle darin hin und her. Sie trug den Anstrich auf die Wände auf, verpasste dem Kürbis Streifen und malte so dicht an die Schränke, wie es nur ging. Dann machte sie mit dem Pinsel weiter und stellte zu ihrer Freude fest, wie leicht es war, damit in die Zwischenräume zu gelangen, ohne die Schränke auch nur im Geringsten zu verschmieren.

»Ich sollte hauptberuflich hässliche Küchen streichen.« Sie kicherte vor sich hin.

Während die erste Schicht trocknete, spülte sie Rolle und Pinsel aus und legte sie zum Trocknen nah an den Wasserboiler auf der Veranda. Dann kippte sie die restliche Grundierung in den Eimer zurück, wusch auch die Wanne aus, trocknete sie mit einem Papierküchentuch und goss die glänzend weiße Farbe hinein. Sie holte eine weitere Rolle und einen sauberen Pinsel für die Feinarbeit und wandte sich nun den Schränken zu. Sie war ganz versunken in ihre Beschäftigung. Als sie fertig war, stellte sie sich in die Mitte des Raums.

Die Schränke sahen toll aus, fast wie neu. Aber die hässliche orange Farbe schimmerte durch die Grundierung, sodass die Wände grau und schmutzig wirkten. Beverly spürte einen Kopfschmerz aufkommen.

Ich wollte doch Tommie Klamotten besorgen, erinnerte sie sich.

Nicht nur, damit die anderen Kinder ihn nicht ärgerten, sondern auch, weil die Lehrerin nichts bemerken sollte. Denn das hätte dazu führen können, dass sie um ein Gespräch bat, und das Letzte, was Beverly oder Tommie gerade gebrauchen konnten, war aufzufallen.

Sie sah auf die Uhr und rechnete, wie lange sie brauchte, um in die Stadt zu laufen, ein Geschäft zu finden und zurückzukommen. Wenn sie bald aufbrach, blieb ihr genug Zeit, also wusch sie schnell die Malerutensilien aus. Dann ging sie nach oben, setzte die Perücke und die Kappe auf und wickelte sich den Verband um die Brüste. Sie holte etwas Geld aus dem Versteck und stapfte los, Staub auf der unbefestigten Straße aufwirbelnd.

Sie lief. Und lief. Und lief. Als sie an dem Lebensmittelladen vorbeikam und sich dem Motel und dem Lokal näherte, überlegte sie, ob diese wohl mit Kameras ausgestattet waren. Und falls ja: Wie lange bewahrten sie wohl in der Regel ihre Aufzeichnungen auf? Zwei Tage? Eine Woche? Einen Monat? Aber doch nicht für immer, oder?

In jedem Fall musste sie sich so unauffällig wie möglich verhalten. In diesem Sinne überquerte sie die Straße und zog sich die Kappe noch tiefer ins Gesicht, als sie an dem Lokal vorbeilief, wechselte dann auf Höhe des Motels erneut die Straßenseite. Als extra Vorsichtsmaßnahme blieb sie stehen und tat, als bände sie sich die Schuhe neu. Verstohlen schielte sie zu dem Lokal, dann zu dem Motel, um zu prüfen, ob jemand herausgekommen war, der sie beobachtete. Aber es war nichts Ungewöhnliches zu bemerken. Beverly nahm sich vor, auf dem Rückweg genauso wachsam zu sein.

Nach einer Weile erreichte sie den Rand des Geschäftsviertels. Immer mehr Läden tauchten zu beiden

Straßenseiten auf, und sie wünschte, sie hätte ein Handy, um die Adresse eines Secondhand-Geschäfts suchen zu können. Sie erkundigte sich bei zwei Fremden nach dem Weg, beides Frauen. Die erste hatte gerade ihr Auto betankt, die zweite war aus einem Restaurant gekommen. Selbst vor der Tür konnte Beverly das Aroma von Frittiertem riechen, und sie bereute, nicht gefrühstückt zu haben. Die Frau vor dem Restaurant erklärte ihr, der Secondhand-Laden befinde sich zwei Blocks weiter in einem kleinen Einkaufszentrum.

Beverly fand es und entdeckte das Geschäft am anderen Ende. Es hieß »Zweite Chance«, und Beverly trat ein. Sie hielt den Kopf gesenkt, als sie an der Verkäuferin vorbeilief, einer Frau Mitte sechzig mit stumpfen grauen Haaren, die Beverly an ihre Küchenwände erinnerten.

Die meisten Kleidungsstücke in der Kinderabteilung waren für Babys und Kleinkinder, aber es gab auch etwas in der Größe, die sie brauchte. Die Sachen waren, wenn auch gebraucht, sauber, ohne Risse oder Flecken und, genau wie sie gehofft hatte, sehr günstig. Letzten Endes wählte sie vier T-Shirts, zwei kurze Hosen, eine Jeans und ein Paar Turnschuhe aus. Leider hatte sie ihren Rucksack nicht dabei, das hätte das Tragen vereinfacht; so musste sie sich mit einer Plastiktüte begnügen.

Sie machte sich auf den langen Heimweg. Die Sonne war hell, der Tag klebrig heiß. Da Beverly schwindlig vor Hunger war, musste sie häufig stehen bleiben. Sie wünschte, sie hätte ein Auto, aber sie wusste, dass Gary an ihrem früheren einen Peilsender angebracht hatte. Er war ihr aufgefallen, bevor sie geflohen war, ein blinkendes rotes Lämpchen unter der hinteren Stoßstange, das sie höhnisch aufforderte, es doch zu entfernen und zu sehen, was ihr das einbrachte.

Unter der Perücke und der Kappe wurde ihr Kopf heiß und juckte, und sie spürte ihr Make-up zerrinnen. Zu Hause zog sie sich aus, duschte kurz, um sich abzukühlen, und zog sich wieder an. Sie ging nach draußen und setzte sich auf den Baumstumpf, gerade noch rechtzeitig. Weniger als eine Minute später erschien der Bus, und Beverly empfand einen leichten Stolz, es geschafft zu haben. Wie am Tag zuvor winkte sie sich mit dem Fahrer zu und dachte dabei, dass vielleicht, ganz vielleicht, alles doch noch gut wurde.

27

»Ich hab dir heute ein paar Klamotten gekauft«, sagte sie. »Damit du nicht immer dasselbe anziehen musst.«

Sie saßen am Tisch, Tommie mit dem Sandwich, das sie ihm belegt hatte. Auch ein Glas Milch hatte sie ihm eingegossen, staunend, wie viel so ein kleiner Mensch essen und trinken konnte.

»Und wie du wahrscheinlich bemerkt hast, habe ich angefangen, die Küche zu streichen.«

Tommie sah sich um, als wäre ihm das noch gar nicht aufgefallen. »Warum hast du sie grau gemacht?«

»Das ist nur die Grundierung. Hinterher streiche ich sie gelb.«

»Aha.« Er wirkte nicht sonderlich interessiert, aber

vermutlich war den meisten Kindern in Tommies Alter die Wandfarbe egal.

»Möchtest du nach dem Essen wieder Kaulquappen fangen?«

Er nickte kauend.

»Ich hab mir auch das Dach angesehen. Es ist zu steil, da kann keiner rumlaufen, aber es hängt ein Ast darüber, über den vielleicht Eichhörnchen gehüpft sind. Oder aber er streicht über die Schindeln. Wahrscheinlich war es das, was du gehört hast. Oder du hast geträumt.«

»Ich war wach, Mum.«

Sie lächelte, weil er das nach jedem Albtraum sagte. »Möchtest du noch mehr Milch?«

Als er den Kopf schüttelte, sah sie die Ähnlichkeit zu Gary, dem die Haare immer genauso in die Augen fielen, und sie überlegte, wann Tommie wohl nach ihm fragen würde.

»Wann kommt Dad?«

Sie kannte ihn so gut, dass es manchmal schien, als könnte sie hellsehen.

»Er arbeitet noch«, sagte sie. »Weißt du noch, dass ich dir das gesagt habe? Als wir losgefahren sind?«

Auch wenn Tommie nickte, beantwortete das seine Frage natürlich nicht ganz. Er steckte sich den letzten Bissen in den Mund. Beverly spülte seinen Teller ab und im Anschluss auch das leere Milchglas. In einem der Schränke – die nicht mehr feucht, aber noch klebrig waren, weshalb sie beim Öffnen aufpasste – fand sie im obersten Fach ein altes Einmachglas mit Deckel. Sie hielt es ihm hin.

»Hast du Lust, ein paar Kaulquappen zu fangen?«

28

Sie spazierten zum Bach, dieses Mal aber ging Beverly nicht mit Tommie ins Wasser, sondern setzte sich, nachdem sie ihm die Hose hochgekrempelt und die Schuhe und Socken abgenommen hatte, in das flache Gras am Ufer. Mit dem Einmachglas in der Hand watete er langsam in die schwache Strömung.

»Schöpf zuerst ein bisschen Bachwasser in das Glas.«

Tommie tauchte es ein und füllte es bis zum Rand.

»Das ist zu viel, so haben die Kaulquappen keinen Platz mehr.«

Er goss ein wenig wieder aus und ging auf die Jagd. Die erste entwischte ihm, aber dann fing er zwei.

»Wie viele kann ich reintun?«

Sie überlegte. »Weiß ich auch nicht genau, aber sie sind so klein, also vielleicht so sieben oder acht? Wenn du so viele fangen kannst.«

»Ja, kann ich«, erwiderte er, und sein Selbstvertrauen löste ein warmes Gefühl in ihrer Brust aus. Tommie war ihre Mission, ihre Welt, und das seit dem Tag seiner Geburt. Sie versuchte sich vorzustellen, wie er aussähe, wenn er älter wurde. Attraktiv, da war sie sicher, aber mehr konnte sie nicht sagen.

»Wie war es in der Schule? Habt ihr heute was Schönes gemacht?«

»Wir hatten heute Kunst. Ich durfte malen.«

»Was hast du gemalt?«

»Wir sollten unser Haus malen.«

Sie fragte sich, welches er wohl genommen hatte. Ihr

altes oder ihr neues, in dem sie allein wohnten und endlich in Sicherheit waren.

»Ist das Bild in deinem Rucksack?«

Geistesabwesend nickte er, den Kopf nach vorn gebeugt. Er fing eine weitere Kaulquappe.

»Das möchte ich mir nachher ansehen, ja? Zeigst du es mir?«

Wieder nickte er, ganz versunken in sein kleines Abenteuer, und Beverly dachte daran, wie oft sie früher mit ihm gemalt hatte. In den Monaten, bevor sie den Entschluss fasste zu gehen, konnten sie beide sich stundenlang mit Malbüchern beschäftigen. Beverly hatte nie zu den Eltern gehört, die glaubten, ihr Kind wäre ach-so-begabt, aber Tommie hatte wirklich mit der Zeit sehr sauber ausgemalt, was sie beeindruckend fand. Außerdem hatte sie ihm das Alphabet beigebracht, sodass er schon, als er in den Kindergarten kam, ohne Hilfe seinen Namen und ein paar andere Wörter schreiben konnte.

Sie hätte ein paar Malbücher und Buntstifte aus der Stadt mitbringen sollen. Es würde ihm helfen, sich an ihr neues Leben zu gewöhnen. Sein Traum in der vergangenen Nacht verriet, dass er auf seine kindhafte Art genauso gestresst war wie sie. Es tat ihr sehr leid, dass er seinen Vater vermisste, dass er wahrscheinlich nicht begriff, warum sie hatten fliehen müssen. Die Frage war, wie viele Wochen oder Monate es dauerte, bis er verstand, dass sie von jetzt an nur noch zu zweit waren.

Sie blieben noch eine halbe Stunde am Bach. In der Zeit fing Tommie acht Kaulquappen. Alle schwammen in dem Glas, wie Aliens mit ihren sich windenden Körpern. Beverly schraubte den Deckel auf, während Tommie sich seine Socken und Schuhe anzog. Das Schleifenbinden hatte sie ihm im Vorjahr beigebracht.

Auf dem Weg zum Haus trug Tommie das Einmachglas, die Augen fest auf die Kaulquappen gerichtet. Sie kamen gerade bei der baufälligen Scheune um die Ecke, als Beverly einen flüchtigen Blick zum Haus warf und einen schmutzigen, alten Pick-up davor geparkt sah.

Sie blinzelte, um sich zu vergewissern, dass sie sich das nicht nur einbildete, und ihr Herz fing heftig zu pochen an. Sie ergriff Tommies Hand und ging rückwärts, die Scheune als Sichtschutz benutzend.

»Was ist denn los?«, fragte Tommie. »Warum gehen wir nicht weiter?«

»Ich glaube, ich hab mein Armband verloren«, improvisierte sie, obwohl sie überhaupt kein Armband auf ihrer Flucht mitgenommen hatte. »Es muss noch am Bach liegen, gehen wir mal nachsehen, okay?«

Mit weichen Knien zog sie Tommie zum Ufer zurück. Vor ihrem geistigen Auge sah sie den Wagen in der Einfahrt stehen. Wer war gekommen, und warum? Sie versuchte, ihre rasenden Gedanken zu ordnen, weil ihr bewusst war, dass Tommie sie beobachtete.

Die Polizei war es nicht, nicht in einem solchen Pick-up.

Es war auch kein schwarzer SUV mit getönten Scheiben.

Und sie hatte keine Männer auf dem Gelände ausschwärmen sehen. Garys Leute trügen Anzüge und Sonnenbrillen und hätten kurz geschorene Haare. Also, wer konnte es sonst sein? Sie grübelte und grübelte, aber in ihrem Kopf ging alles durcheinander, bis sie tief durchatmete, was zu helfen schien. »Denk nach«, murmelte sie. »Denk nach.«

»Mum?«

Sie hörte Tommie, reagierte aber nicht. Sondern versuchte sich zu erinnern, ob die Eigentümerin des Hauses einen solchen Pick-up fuhr. Leider hatte sie darauf nicht geachtet. Aber warum sollte sie herkommen? Um sich zu erkundigen, ob Beverly und Tommie sich gut einlebten? Weil es noch Papierkram zu erledigen gab? Oder vielleicht hatte sie einen Handwerker geschickt, um etwas zu reparieren; hatte die Frau ihr nicht erzählt, sie kenne jemanden für solche Dinge? Oder hatte sie sich das nur eingebildet?

War also er das? Der Handwerker? Konnte es überhaupt sein, dass er gekommen war, obwohl Beverly die Eigentümerin nicht verständigt hatte, dass etwas repariert werden musste? Oder war es ein anderer harmloser Mensch, ein Vertreter zum Beispiel oder jemand, der sich verfahren hatte und sich nach dem Weg erkundigen wollte?

Fragen über Fragen, die ihr durch den Kopf schwirrten, ohne dass es Antworten gab.

Am Bach ließ sie Tommies Hand los. Ihre Handflächen waren schwitzig. Sie fühlte sich, als würde sie gleich ohnmächtig.

»Ob ich es wohl hier verloren habe, wo ich vorhin saß?«, sagte sie zu Tommie. »Könntest du mal nachsehen? Ich suche da drüben.«

Sie ging tief in die Hocke und stellte fest, dass sie von hier aus die hintere Stoßstange des schmutzigen, alten Pick-ups erkennen konnte, sogar durch das dichte Laub der Bäume hindurch. Aber sie musste sich verstellen, musste so tun, als suchte sie nach ihrem Armband, damit

Tommie keine Angst bekam. Sie musste sich an ihre Rolle halten, wie eine Schauspielerin auf der Bühne, selbst als das Wort Pick-up in ihrem Kopf aufzuleuchten begann wie eine Alarmlampe, begleitet von den naheliegenden Fragen. *Der Pick-up, der Pick-up, dieser alte, schmutzige Pick-up. Wem gehört der? Warum ist er hier?*

Wenn es tatsächlich einer von Garys Helfershelfern war, klopfte er sicherlich nicht nur freundlich an die Tür. Er würde ins Haus eindringen und es durchsuchen; er würde einen kleinen Rucksack am Küchenstuhl hängen sehen. Er würde den gespülten Teller und das gespülte Glas entdecken, doch was verriet ihm das, außer, dass irgendjemand da gewesen war? Er müsste schon nach oben gehen, in ihre Zimmer, doch da sie kaum etwas mitgenommen hatten und in den Schränken die Kleidung anderer Leute hing, konnte er von nichts konkret auf Beverly oder Tommie schließen.

Außer …

Bei dem Gedanken an »Ein lustiges Hundeleben« erstarrte sie vor Schreck; Tommies Lieblingsbuch und dazu noch die Iron-Man-Actionfigur.

Beides lag auf dem Nachttisch. Wenn der Mann auch nur einen flüchtigen Blick in das Zimmer warf – und ja, es war mit Sicherheit ein Mann, glaubte Beverly –, fand er diese Dinge zweifellos. Die Frage war, ob Gary bemerkt hatte, dass sie sie mitgenommen hatten.

Beverly rätselte, ob der Mann jetzt im Haus war. Ob es sogar mehrere waren, die Schubladen aufzogen und den Kühlschrank inspizierten und nach Kinderbüchern und Actionfiguren suchten. Ob derjenige schwarze Lederhandschuhe trug und ob er unter der Jacke eine Pistole verborgen hatte und ob ein gleichermaßen gefährlicher Mann Schmiere stand. Sie rätselte, ob er auf sie wartete oder sie suchen kam, und während sie den Blick über die Weiden hinter dem Bach schweifen ließ, wusste sie, dass sie sich nirgends verstecken konnte.

»Vielleicht ist es mir auf dem Weg runtergefallen«, sagte sie jetzt zu Tommie. »Such du doch bitte hier weiter, ja? Ich bin gleich wieder da.«

Sie klang in ihren eigenen Ohren etwas zittrig, zwang sich aber, zurückzugehen bis zu der alten Scheune. Vorsichtig spähte sie um die Ecke zum Haus hinüber.

Der Pick-up stand noch da, und einen Moment später sah sie jemanden von der Veranda herunterkommen und zu dem Wagen laufen. Es war eindeutig ein Mann, das erkannte sie an seinen Bewegungen, und er trug Jeans und ein langärmeliges Hemd und Arbeitsstiefel, dazu eine Baseballkappe. Er war außerdem allein. Sie war sich sicher, dass er stehen bleiben und sich zu ihr umdrehen würde, doch er öffnete nur die Autotür und stieg ein. Bald darauf wurde der Motor angelassen, und dann setzte der Pick-up aus der Einfahrt zurück. Als er die Straße erreichte, bog er nicht Richtung Stadt ab, sondern in die entgegengesetzte Richtung, wohin auch immer.

Beverly wartete, wartete noch etwas länger. Außer den Vögeln war nichts zu hören. Nach einer ganzen Weile schlich sie zum Haus. Sie wollte sich vergewissern, dass sich niemand mehr darin aufhielt, dass es keine Falle war. Auf der Veranda sah sie staubige Schuhabdrücke vor der Tür und weitere zurück zu den Stufen.

Innen konnte sie keine Abdrücke erkennen, auch nicht auf dem Linoleumboden in der Küche oder auf der

Treppe. Oben lagen »Ein lustiges Hundeleben« und die Actionfigur auf dem Nachttischchen an Tommies Bett. Im Badezimmer hingen ihre Shirts am Duschvorhang, und ihre Perücke war neben dem Waschbecken, genau, wo Beverly sie hingelegt hatte. Anscheinend war nichts angefasst worden.

Dennoch, auf dem Rückweg zum Bach war sie nach wie vor zittrig. Tommie suchte weiterhin in der Wiese, bis er merkte, dass sie da war.

»Hast du es gefunden?«, fragte er.

»Nein. Es ist wohl einfach weg.«

Er hob das Glas auf. »Wie lange darf ich sie behalten?«

Der Klang seiner Stimme war tröstlich.

»Nach dem Essen bringen wir sie zurück, einverstanden?«

29

Als sie wieder im Haus waren, öffnete sie Tommies Rucksack und betrachtete das Bild, das er gemalt hatte, in der Hoffnung, es würde sie von dem Auto und dem Mann ablenken, der aus heiterem Himmel aufgetaucht war. Als sie ihr altes Haus erkannte, mit seinem Flachdach und den großen Fenstern, wurde sie traurig, lächelte aber trotzdem.

»Das ist toll. Du bist ein richtiger Künstler.«

»Darf ich mir Zeichentrickfilme ansehen?«

»Ein bisschen. Während ich koche, okay? Soll ich deine Kaulquappen neben dich stellen?«

»Hm«, murmelte er.

Beverly schaltete den Fernseher an; zum Glück fand sie einen schönen Zeichentrickfilm.

»Setz dich nicht zu dicht vor den Bildschirm. Das ist schlecht für die Augen.«

Er nickte, innerhalb von Sekunden in die Sendung vertieft.

Beverly stellte das Einmachglas auf den Couchtisch und ging in die Küche. Da fiel ihr ein, dass sie vergessen hatte, das Hühnchen aufzutauen … oder gab es heute Hamburger? Weil sie ununterbrochen an den Mann mit dem Pick-up dachte, konnte sie sich überhaupt nicht konzentrieren.

»Wollten wir heute Hühnchen oder Hamburger machen?«, rief sie.

»Hamburger«, antwortete Tommie.

Ach ja, genau, dachte sie. Hühnchen hatte es am Abend vorher gegeben, mit Bohnen und Karotten, und sie hatte das Gemüse aufgegessen, das Tommie nicht geschafft hatte.

Sie holte zwei Portionen Fleisch aus der Truhe, zögerte, legte eine zurück. Da ihr Magen so fest zusammengezogen war wie eine Faust, konnte sie unmöglich eine volle Mahlzeit bewältigen. Außerdem hatte sie gar keinen Hunger, stellte sie fest.

Sie fand eine Plastiktüte, schob das Hamburgerfleisch hinein und legte es zum Auftauen in warmes Wasser. Dann schnitt sie die Karotten in Scheiben und putzte ein paar Blumenkohlröschen. Alles kam auf ein Backblech. Sie schaltete den Ofen ein, um ihn ein paar Minuten vorzuheizen, und merkte dabei, dass ihre Hände zitterten.

Immer wieder musste sie aus dem Fenster auf die unbefestigte Straße sehen. Waren sie hier sicher? Und wenn nicht, wohin konnten sie gehen? Beverly hatte nicht genug Geld für eine weitere Flucht, für Busfahrkarten und Miete und Lebensmittel, und während sie das Backblech in den Ofen schob, fragte sie sich, wie viel Zeit ihr noch blieb, falls der Mann mit dem Pick-up wirklich von Gary geschickt worden war.

Minuten? Stunden?

Oder ging ihre Fantasie wieder mit ihr durch, wie bei dieser Peg?

Sie trat an die Haustür, öffnete sie und betrachtete erneut die staubigen Fußabdrücke auf der Matte und den Stufen. Das war etwas anderes als Tommie und sein Traum von jemandem auf dem Dach, etwas völlig anderes. Und auch etwas anderes als diese Peg, die wahrscheinlich zu jeder Fremden, die sich bei ihr im Laden blicken ließ, sagte: »Kenne ich Sie nicht?«

Das hier war real, ganz ohne Zweifel.

Aus dem Wohnzimmer hörte sie den Fernseher, und hin und wieder lachte Tommie. Beverly briet das Fleisch in einer Pfanne, sich ihres verkrampften Magens sehr bewusst. Als das Gemüse weich war, genau wie Tommie es gern mochte, legte sie den Großteil auf seinen Teller und rief ihn an den Tisch. Sie aßen weitgehend schweigend, und Beverly stocherte nur lustlos in ihrem Blumenkohl. Sie war angespannt, wartete auf Blaulicht und Sirenen und ein plötzliches wütendes Hämmern an der Tür.

Nichts passierte.

Als sie später das Geschirr ins Spülbecken stellte, ging ihr durch den Kopf, dass Gary, falls er den Mann geschickt hatte, sicherlich nicht riskieren würde, dass sie noch einmal floh, dass er Tommie verlor. Im vergangenen Jahr hatte er sie einmal gewarnt: Sollte sie je versuchen, ihn zu verlassen und ihm Tommie wegzunehmen, werde er sie bis ans Ende der Welt verfolgen, und wenn er sie gefunden hätte, sähe sie Tommie nie wieder.

Doch alles blieb ruhig.

»Wie wär's, wenn wir die Kaulquappen freilassen?«, fragte sie Tommie, und zusammen liefen sie wieder zum Bach. Während ihr Sohn das Glas öffnete und die Tiere in das Wasser schüttete, war sie sicher, dass ihr Haus gerade umstellt wurde.

Doch abgesehen von Fröschen und Grillen war nichts zu hören. Als sie zurück im Haus waren, war Beverly zu müde von ihrem Tag, um noch mit Tommie zu spielen, deshalb erlaubte sie ihm, noch etwas fernzusehen, bis er endlich zu gähnen begann. Sie schickte ihn nach oben, wo er sich waschen und die Zähne putzen sollte, und legte ihm das T-Shirt, die Hose und die Turnschuhe hin, die sie gekauft hatte.

Sie war nicht sicher, wie viele Stunden vergangen waren, seit der Mann mit dem Pick-up da gewesen war. Falls Gary nicht selbst so schnell kommen konnte, beauftragte er doch sicherlich die örtliche Polizei oder den Sheriff, also wo blieben sie?

Sie las Tommie aus »Ein lustiges Hundeleben« vor, küsste ihn auf die Wange und sagte ihm, dass sie ihn lieb habe. Dann setzte sie sich im Wohnzimmer auf die Couch und wartete. Sie hielt Ausschau nach Scheinwerferkegeln, die über die Wände strichen, horchte nach sich nähernden Automotoren.

Die Zeit verstrich. Stunde um Stunde, bis es weit nach Mitternacht war. Die Welt draußen blieb dunkel und still. Aber an Schlaf war nicht zu denken.

Als Beverly schließlich in die Küche ging, um ein Glas Wasser zu trinken, empfingen sie die deprimierenden Wände. Selbst wenn, Gott bewahre, dies ihre letzten Stunden in diesem Haus waren, wollte sie sie auf keinen Fall in grauen, düsteren Wänden verbringen.

Also öffnete sie den Farbeimer, rührte die Farbe um, bis sie ein Sonnengelb hatte, und goss etwas davon in die Wanne. Mit Rolle und Pinsel, die sie beim Wasserboiler hatte trocknen lassen, übermalte sie das bedrückende Grau, ohne sich zu hetzen. Und noch bevor sie fertig war, wusste sie, dass sie einen zweiten Anstrich machen wollte, mit dem sie direkt im Anschluss an den ersten begann. Und wenn sie schon dabei war, dachte sie, konnte sie auch die Schränke noch einmal überstreichen. Damit war sie immer noch beschäftigt, als die Sonne aufging und Tommie zum Frühstück die Treppe herunterkam.

30

Dafür, dass sie nicht geschlafen hatte, fühlte Beverly sich überraschend gut, was hauptsächlich daran lag, dass die ganze Nacht kein einziges Auto am Haus vorbeigefahren war und dass sie die Küche fertig gestrichen hatte. Und Tommie hatte keinen Albtraum gehabt; auf ihre Frage, wie er geschlafen habe, zuckte er die Achseln, sagte »ganz gut« und löffelte seine Cheerios.

Sie brachte ihn zum Bus und winkte ihm, als er sich hingesetzt hatte. Zu ihrer Freude hob auch er die Hand, woraus sie schloss, dass er sich allmählich an sein neues Leben gewöhnte.

Die Küchenwände hatten nun ein helles und fröhliches Gelb, und die Schränke wirkten wie im Möbelhaus. Es war erstaunlich, wie sehr eine einzige Farbe die gesamte Atmosphäre verändern konnte. Plötzlich erinnerte Beverly sich an ihre Idee, Blumen pflücken zu gehen. Sie lief nach draußen, sammelte sämtliche blühenden Pflanzen, die sie finden konnte, und stellte sie in dem Einmachglas auf den Tisch. Dann trat sie zurück, ließ die Küche als Ganzes auf sich wirken und war zufrieden. Sie war wunderschön, genau die Art von Küche, die sie sich immer gewünscht hatte.

Aber da war noch die dunkelrote Wand im Wohnzimmer. Obwohl Beverly wusste, dass sie wirklich unbedingt Schlaf brauchte, dass nur noch das Adrenalin infolge des Schrecks am Vortag sie auf den Beinen hielt und sie irgendwann zusammenbrechen würde, wollte sie gegen das unerträgliche Dunkelrot angehen.

Bevor sie begann, schaltete sie das Radio an. Danach stöpselte sie sämtliche Kabel am Fernseher aus. Der Schrank war schwer, und sie musste alles rausräumen und auf den Boden stellen, einschließlich des Fernsehers und des DVD-Spielers. Und selbst leer konnte sie das blöde Teil kaum bewegen. Als sie es endlich ein kleines Stück von der Wand weggezogen hatte, schmerzten ihre Arme und ihr Rücken.

Sie ging in die Küche, wusch Rolle und Pinsel aus, schüttelte auf der Veranda die Wasserreste raus und holte sich wieder eine trockene Ausstattung. Es war nicht mehr viel Grundierung übrig, aber es musste irgendwie reichen. Sie trug alles ins Wohnzimmer und goss dort den gesamten Rest der Flüssigkeit in die Wanne. Dann rollte sie sie mit großen, schwungvollen Zügen auf die hässliche dunkelrote Wand, und mit jedem Strich wirkte der Raum schöner und schöner.

Hin und wieder meldete sich der Radiomoderator zwischen den Liedern, erzählte Witze oder kündigte Konzerte an oder berichtete die neuesten Nachrichten, immer von woanders, von Orten, an denen sie noch nie gewesen war. Dieses Städtchen hier gehörte, soweit Beverly das beurteilen konnte, zu jenen, in denen nie etwas Aufregendes passierte, und das brachte sie wieder auf ihre Sorgen im Hinblick auf Tommies Albtraum und Peg und Kameras an Busbahnhöfen und den Mann mit dem Pick-up. Sie schalt sich dafür, dass sie ihrer Paranoia freien Lauf gelassen hatte, und fragte sich, ob sie sich den Rest des Lebens über die Schulter schauen würde. Wahrscheinlich ja.

»Wir sind in Sicherheit, weil ich mir Sorgen mache«, flüsterte sie. »Und ich mache mir Sorgen, damit wir in Sicherheit bleiben.«

Nach der halben Wand ging ihr die Grundierung aus, und Beverly fragte sich, ob es wohl noch mehr davon gab. Sie schaute sich um. Das Wohnzimmer sah aus, als wäre ein Tornado hindurchgefegt. Tommie würde vermutlich glauben, sie wäre wahnsinnig geworden. Falls sie aber nicht alles wieder aufräumen und am nächsten Tag noch einmal von vorn anfangen wollte, musste es eben ein Weilchen so bleiben. Sie konnte ja schlecht nur die Hälfte der Wand grundieren.

Auf dem Weg zur Veranda nahm sie die gelbe Farbe mit, um sie dort abzustellen. Allerdings stieß sie dabei versehentlich eine kleinere Farbdose vom Regal. Sie fiel auf den Betonboden und klang dabei seltsam leer. Der Deckel war nicht ganz verschlossen, und neugierig, warum jemand eine leere Farbdose aufbewahrte, öffnete sie die Dose. Sie spähte hinein und fand darin einen Beutel mit Marihuana, eine Pfeife und ein Feuerzeug.

Sie war nicht verklemmt, sie hatte früher selbst mal gekifft, aber es hatte ihr nicht gutgetan, es war einfach nicht ihr Ding. Die Menge in dem Beutel war nicht sehr groß, nicht wie diese Ziegel, die sie in Filmen gesehen hatte, aber ihrer Einschätzung nach war es zu viel für einen Gelegenheitsraucher. Als sie den Kopf hob, fielen ihr die anderen Farbdosen im Regal ins Auge, und sie fragte sich unwillkürlich, ob diese ebenfalls Marihuana enthielten. In der Ecke stand ein Tritthocker, also stellte sie sich darauf und überprüfte die Dosen eine nach der anderen. Beim Schütteln spürte sie die Flüssigkeit darin herumschwappen.

Erleichtert atmete sie auf; das Letzte, was sie brauchte, war, in einem Haus voller Drogen aufgefunden zu werden. Wenn Entführung ihr noch nicht lebenslänglich einbrachte, dann Drogenbesitz ganz bestimmt. Sie nahm den Beutel mit in die Küche. Die Leute, die früher hier gewohnt hatten – sicherlich dieselben, die die Küche in diesem furchtbaren Orange gestrichen hatten –, mussten das Marihuana entweder vergessen oder absichtlich hiergelassen haben, um nicht damit erwischt zu werden. Was auch erklärt hätte, warum sie das Haus vollständig möbliert und eingerichtet hinterließen – wie Beverly schon einmal vermutet hatte, waren sie offenbar Hals über Kopf geflüchtet. Und es erklärte zudem, warum die Eigentümerin vor dem Einzug nicht allzu viele Fragen gestellt und gern Bargeld genommen hatte. Sie war an Mieter gewöhnt, von deren Problemen sie lieber gar nichts wissen wollte.

Aber Tommie sollte nicht in einem Haushalt leben, in dem es Drogen gab, also nahm sie einen Kaffeebecher, zerbröselte den Inhalt der Tüte, goss Wasser hinein und schüttete das Ganze in den Abfluss. Die Pfeife und das Feuerzeug schleuderte sie einfach so weit vom Haus entfernt wie möglich ins hohe Gras. Selbst wenn Tommie die Pfeife irgendwann fände, hätte er keine Ahnung, worum es sich handelte. Dennoch war es besser, den Rest des Hauses abzusuchen, nur um sicherzugehen, dass er nichts fand, was nicht für ihn gedacht war.

Als sie zurück in die Küche kam, um ihre Suche zu beginnen, bemerkte sie die Papiertüte auf der Arbeitsfläche. Sie erschrak.

Tommies Pausenbrot.

Sie musste vergessen haben, es ihm in den Rucksack zu stecken. Die Wanduhr zeigte bereits kurz vor halb elf. Beverly wusste nicht, wann die Kinder normalerweise Pause hatten, aber viel Zeit blieb bestimmt nicht mehr, also raste sie die Treppe hinauf. Hastig setzte sie die Perücke und die Kappe auf und schnappte sich die Sonnenbrille, hielt sich aber nicht mit Make-up oder dem Verband auf, da sie das Pausenbrot ja nur schnell bei der Sekretärin abgeben wollte. Sie wäre nur eine Minute im Gebäude.

Aber wie sollte sie dorthin kommen?

Die Schule lag kilometerweit entfernt, zu weit zum Laufen, was bedeutete, sie musste darauf hoffen, von einem guten Samariter mitgenommen zu werden. Wie der älteren Frau mit dem Kombi oder dem Teppichverkäufer, der nach Old Spice gerochen hatte. Auf der Straße vor dem Haus war nie viel Verkehr, vielleicht hatte sie ja trotzdem Glück.

Mit der Papiertüte in der Hand wandte sie sich Richtung Stadt.

Sie war sechs oder sieben Minuten unterwegs, in regelmäßigen Abständen einen Blick über die Schulter werfend, als sie endlich ein Auto hinter sich entdeckte. Wenn sie einfach nur den Daumen reckte, hielt der Fahrer womöglich nicht an, daher winkte sie mit den Armen, der universelle Ruf nach Hilfe an einer Straße. Wie erwartet verlangsamte sich der Wagen und blieb kurz vor ihr stehen. Die Frau am Steuer des kompakten silbernen SUV war vermutlich etwas älter als dreißig, die blonden Haare hatte sie zu einem lockeren Pferdeschwanz gebunden. Beverly stellte sich an die Fahrertür und wartete, bis das Fenster sich öffnete.

»Danke, dass Sie anhalten«, sagte sie. »Ich weiß, das klingt vielleicht verrückt, aber ich habe vergessen, meinem Sohn das Pausenbrot einzupacken, und mein Auto springt nicht an«, sprudelte sie heraus und hielt dabei die Tüte hoch. »Ich muss dringend zur Schule und hatte gehofft, Sie könnten mich mitnehmen. Es ist ein Notfall.«

Die Frau zögerte etwas verwirrt, und irgendwie kam sie Beverly bekannt vor. Es war offensichtlich, dass die Frau noch nie einen Tramper mitgenommen hatte, und

Beverly sah ihr an, wie sie im Geiste die Eventualitäten durchging.

»Aha, ähm, ja, kann ich machen«, erwiderte die Frau schließlich. »Ich muss sowieso ungefähr in die Richtung. Sie meinen die John Small Elementary, oder?«

»Genau.« Beverly nickte erleichtert. »Vielen, vielen Dank. Ich kann Ihnen gar nicht sagen, wie froh ich bin.«

Ehe die Autofahrerin es sich anders überlegen konnte, stieg Beverly ein. Die Art, wie die Frau sie musterte, verunsicherte sie, am liebsten hätte sie sich vergewissert, dass ihre Perücke und Kappe noch richtig saßen.

»Darf ich fragen, wie Sie heißen?«

»Beverly.«

»Ich bin Leslie Watkins. Ich glaube, ich hab Sie schon mal in der Schule gesehen. Meine Tochter Amelia geht auch da hin. Vierte Klasse. In welcher Klasse ist Ihr Sohn?«

»In der ersten.«

»Bei Mrs Morris oder Mrs Campbell?« Leslie Watkins lächelte Beverly zaghaft an. »Ich arbeite zweimal die Woche ehrenamtlich an der Schule. Deshalb kenne ich da praktisch jeden.«

Was auch erklärte, warum die Frau sie erkannt hatte, begriff Beverly. »Da bin ich mir nicht sicher«, sagte sie. »Ich sollte es wissen, aber wir sind erst vor Kurzem hergezogen, und bei dem ganzen Chaos …«

»Das kann ich gut nachvollziehen. Ein Umzug ist immer stressig. Woher kommen Sie?«

»Pennsylvania«, log Beverly. »Pittsburgh.«

»Und was führt Sie in diese Gegend?«

Als dürfte ich diese Frage beantworten, dachte Beverly.

»Ich wollte einfach noch mal neu anfangen«, erwiderte sie nach einer kurzen Pause. Sie wünschte, die Frau wäre wie die ältere Dame mit dem Kombi oder die Hauseigentümerin, die sich solche Fragen verkniffen hatten. Da hörte sie hinter sich eine leise Stimme.

»Mum …«

Die Augen der Fahrerin huschten zum Rückspiegel. »Wir sind fast da, Camille. Alles gut bei dir, Schätzchen?«

Beverly schaute verstohlen über ihre Schulter, verblüfft, dass sie das Mädchen in dem Kindersitz bisher gar nicht bemerkt hatte. Wie konnte sie so etwas übersehen?

»Wie alt ist sie?«

»Fast zwei«, gab die Frau zurück, den Blick immer noch auf den Rückspiegel gerichtet. »Und heute ist sie meine kleine Assistentin. Stimmt's, Schätzchen?«

»Tentin«, wiederholte Camille mit ihrem hohen Stimmchen.

Beverly winkte ihr kurz zu und dachte an Tommie in diesem Alter, in dem er jeden Tag etwas Neues gelernt hatte. Er war so ein angenehmes Kleinkind gewesen; die angeblich übliche Trotzphase hatte sie bei ihm kaum bemerkt.

»Sie ist sehr niedlich«, sagte Beverly.

»Danke. Finde ich auch. Mum hat so ein Glück, stimmt's, Camille?«

»Lück«, piepste Camille.

Beverly drehte sich wieder nach vorn um, vor dem geistigen Auge immer noch Bilder von Tommie, als er ganz klein war, und schon bald bogen sie von der unbefestigten Straße auf eine Asphaltfahrbahn, die zu beiden Seiten von Bauernhöfen gesäumt war. Sie hielt die Papiertüte auf dem Schoß und konnte immer noch nicht fassen, dass sie vergessen hatte, sie in Tommies Rucksack zu packen. Hoffentlich schafften sie es noch rechtzeitig.

»Wissen Sie, wann die Kinder Pause haben?«

»Die unteren Klassen um Viertel nach elf. Keine Angst, Sie sind rechtzeitig da. Wie gefällt Ihnen unser Städtchen denn bisher?«

»Es ist ruhig.«

»Das stimmt. Daran musste ich mich auch erst gewöhnen. Wir sind vor fünf Jahren hergezogen, um näher bei meinen Schwiegereltern zu wohnen. Sie lieben es, sich mit ihren Enkeln zu beschäftigen ...«

In den nächsten Minuten plauderte Leslie vor sich hin, stellte nur hin und wieder eine Frage. Sie sprach wie eine Reiseleiterin, erzählte, welches ihre Lieblingsrestaurants waren, welche Geschäfte am Fluss einen Besuch wert waren und dass es ein Freizeitzentrum gab, in dem Beverly Tommie zum Baseball oder Kinderfußball oder jeder erdenklichen anderen Beschäftigung anmelden konnte, für die ihr Sohn sich interessieren mochte. Beverly hörte nur mit halbem Ohr zu, denn sie wusste, dass ihr dazu das Geld fehlte.

Kurz darauf bogen sie auf das Schulgelände, und Beverly hatte ein Déjà-vu-Gefühl, als sie auf das Gebäude zufuhren. Auf der einen Seite lag eine Wiese, auf der anderen das Klettergerüst und die Schaukeln. Sie fragte sich, ob Tommie schon dort gespielt hatte; Beverly selbst hatte als kleines Mädchen für ihr Leben gern geschaukelt. Sie wusste noch, dass sie ihre Freundinnen angebettelt hatte, sie fester und fester anzuschieben, bis sie so hoch war, dass es sich fast wie Fallen anfühlte.

Wie in dem Traum mit dem Piraten, den ich vor ein paar Nächten hatte.

Beverly zuckte heftig, und bei der Bewegung schreckte Leslie zusammen, Besorgnis im Blick. Um Fragen auszuweichen, bedankte Beverly sich hastig noch einmal. Sie drehte sich um, verabschiedete sich von Camille, öffnete die Tür und sprang hinaus. Als Leslie losfuhr, winkte sie ihr noch einmal nach.

Beim Betreten des Gebäudes wich das Gefühl von Vertrautheit einer leichten Desorientierung. Wo sie geglaubt hatte, eine Sekretärin an einem Schreibtisch vorzufinden, war nur ein leerer Raum; wo sie die Tür zum Rektorat vermutet hatte, war ein langer Flur, und alles wirkte beengter als in ihrer Erinnerung. Erst als sie einmal kurz den Kopf geschüttelt hatte, wurde ihr bewusst, dass sie Tommies alte Schule vor ihrem geistigen Auge sah.

»Wo er früher war«, flüsterte sie. Schritte näherten sich, und sie drehte sich um.

»Hallo«, sagte eine Frau. »Haben Sie mit mir gesprochen?«

»Nein, Entschuldigung. Nur mit mir selbst.«

»Was kann ich für Sie tun?«

»Mein Sohn geht in die erste Klasse«, begann Beverly, erklärte die Situation und hielt schließlich die Papiertüte hoch.

»Natürlich, ich kann ihm das gern bringen«, sagte die Frau lächelnd. »Bei welcher Lehrerin ist er?«

Sie hatte gewusst, dass man sie das fragen würde, warum konnte sie sich bloß nicht erinnern? Sie musste Tommie unbedingt noch einmal danach fragen. »Tut mir leid, aber das weiß ich nicht genau. Er ist neu hier.«

»Gar kein Problem.« Die Frau winkte ab. »Die Klassenzimmer liegen direkt nebeneinander. Wie heißt Ihr Junge noch mal?«

Beverly nannte ihr den Namen und gab ihr die Tüte.

Die Frau schien sie kurz zu mustern und dann zu einem Schluss zu kommen. »Keine Sorge, ich kümmere mich darum.«

»Vielen Dank.«

Nachdem sie der Frau noch nachgesehen hatte, verließ Beverly die Schule erleichtert. Sie fand zur Straße zurück und marschierte in einem gleichmäßigen Tempo los, die Sonne im Rücken spürend. Autos fuhren in beiden Richtungen an ihr vorbei, manche wurden langsamer, aber keines hielt an. Das störte Beverly nicht, sie dachte über die Frau in der Schule nach. Es war klar, dass ihr Tommies Name nichts gesagt hatte, doch obwohl er noch nicht lange da war, wäre es schöner gewesen, wenn Tommie auf eine Schule ginge, in der die Angestellten jedes Kind kannten. Besonders die Neuen, weil sie ja vielleicht etwas mehr Aufmerksamkeit brauchten. Und Tommie war so still, er wurde leicht in den Hintergrund gedrängt. Kein Wunder, dass es ihm schwerfiel, Freunde zu finden.

Vielleicht, überlegte Beverly, sollte sie sein Zimmer renovieren, damit er sich dort wohler und heimischer fühlte. Die ganzen fremden Kleider und Bilder und Erwachsenensachen herausräumen, damit es ein richtiges Kinderzimmer wurde. Nicht unbedingt heute, vielleicht am Wochenende. Sie konnten ein gemeinsames, fröhliches Projekt daraus machen. Toll wären ein paar Poster für die Wände, aber Beverly stellte fest, dass sie gar nicht genau wusste, was Tommie mochte. Interessierte er sich für Skateboarder oder Surfer, Fußball oder Baseball? Natürlich konnte sie ihn einfach fragen; trotzdem fehlte ihr dafür das Geld.

Die Vorstellung, sein Zimmer zu renovieren, erinnerte sie an das Zimmer, das sie vor seiner Geburt für ihn eingerichtet hatte. Sie hatte gewusst, dass es ein Junge wurde (auf die Frage beim Ultraschall, ob sie das Geschlecht wissen wollte, hatte sie geantwortet: Unbedingt!), und am folgenden Wochenende hatte sie die perfekte Tapetenbordüre für die himmelblauen Wände gefunden, die sie bereits im Sinn hatte. Auf der Borte waren Szenen eines Jungen auf dem Land abgebildet: beim Fischen, neben einem struppigen, aber glücklichen Hund spazierend, unter einem Baum dösend. Gary hatte Witze darüber gemacht, aber eingewilligt, sie zu kaufen. Tagelang hatte Beverly gestrichen, Tapete geklebt und die restlichen Möbel zusammengebaut. Sie hatten ein Kinderbettchen, einen Wickeltisch, eine Kommode und einen Schaukelstuhl zum Stillen, und als Gary ihr Geld für Babykleidung gab, streifte sie damit durch die Geschäfte und hätte am liebsten alles gekauft. Die Sachen waren so süß, die niedlichsten Kleider, die sie je gesehen hatte.

Das waren schöne Zeiten gewesen, mit die schönsten. Gary trank nicht und schlug sie nicht, und sie durfte Auto fahren, statt überallhin laufen zu müssen.

Nie und nimmer hätte sie damit gerechnet, wie sich ihr Leben danach entwickelte. Sie dachte an alles, was seit dem Moment passiert war, als sie Tommie weckte und ihm sagte, sie machten eine Abenteuerreise.

Ganz in Gedanken versunken, nahm sie den Fußmarsch kaum wahr. Erst als sie die Kiesstraße erreichte, bemerkte sie, wie müde sie war. Sie fühlte sich wie bei einem Marathonlauf, bei dem die Ziellinie immer wieder in die Ferne rückte. Dennoch setzte sie weiterhin einen Fuß vor den anderen. Zu beiden Seiten der Straße lagen Felder, um diese Jahreszeit grün und üppig. Etwas weiter hinten war eine Weide, auf der mehrere Schuppen, seltsam aussehende Gebäude und ein riesiges Gewächshaus standen. Neben einem der Schuppen entdeckte sie einen Traktor und zwei Pick-ups, winzig von ihrem Standpunkt aus, und wie immer befanden sich etliche Menschen auf den Feldern, die machten, was auch immer Landarbeiter so machten. Das Gewächshaus erinnerte sie an das Marihuana, das sie im Haus gefunden hatte.

Konnte man Marihuana nicht auch in einem Gewächshaus anbauen?

Das schon, aber sofort musste sie lachen, weil eine Verbindung dieser beiden Dinge absurd war. Gut möglich, dass das Gewächshaus überhaupt nicht benutzt wurde. Dennoch, es brachte sie erneut darüber ins Grübeln, ob sich noch mehr Drogen im Haus befanden. Sie nahm sich vor, sich zu vergewissern, und zwar so bald wie möglich.

Mittlerweile konnte sie ihr Haus schon erkennen. Sie kam erneut an einer Gruppe Feldarbeiter vorbei, näher an der Straße als die anderen, nur ungefähr fünfzig Meter entfernt. Sie standen vornübergebeugt und untersuchten grüne Pflanzen, die Gesichter im Schatten ihrer Hüte. Aus dem Augenwinkel bemerkte Beverly allerdings, dass einer sich langsam aufrichtete und in ihre

Richtung sah; drei weitere taten es ihm gleich. Wie Erdmännchen, oder als folgten sie einer Choreografie. Hastig zog sie sich ihre Kappe tiefer ins Gesicht und beschleunigte den Schritt, aber sie spürte ihre Blicke auf sich ruhen, fast, als hätten sie auf ihre Rückkehr gewartet.

31

Als sie schließlich die Veranda erreichte, pochte ihr Herz wie wild. Um ihre Nerven zu beruhigen, redete sie sich wieder gut zu, dass alles in Ordnung war, natürlich gab es Arbeiter auf Feldern, und ein Mensch, der allein die Straße entlanglief, fiel eben auf. Außerdem war ihr ja niemand zum Haus gefolgt; als sie über ihre Schulter gesehen hatte, widmeten alle sich schon wieder ihrer Arbeit. Wenn sie nicht lernte, ihre Gedanken nicht mehr wie Murmeln durch die Gegend schießen zu lassen, konnte sie weder für sich selbst noch für Tommie verantwortungsvoll handeln.

Sie zog Kappe und Perücke ab und ging nach oben ins Badezimmer. Eine Dusche half sicherlich, einen klaren Kopf zu bekommen, aber als sie sich gerade die schweißgetränkten Kleider ausziehen wollte, fiel ihr schon wieder das Marihuana ein. Sie zupfte das T-Shirt zurecht und öffnete das Spiegelschränkchen. Ihrem Eindruck nach befand sich darin eine kleine Apotheke. Es gab alle möglichen verschreibungspflichtigen Medikamente, die meisten davon mit Namen, die sie nicht kannte, bis auf eines: Ambien, ein Schlafmittel. Sie erinnerte sich vage, Werbung dafür gesehen zu haben. Da sie annahm, dass alle für Tommie gefährlich sein konnten, warf sie die Döschen in einen kleinen Korb bei der Tür. Als Nächstes durchsuchte sie den Schrank unter dem Waschbecken, brachte dann den Korb in die Küche.

»Wo würde ich denn Drogen verstecken?«, murmelte sie vor sich hin und stellte fest, dass sie keine Ahnung hatte, was bedeutete, sie musste praktisch überall suchen. An sich glaubte sie nicht, dass Tommie ein Kind war, das zufällig gefundene Pillen oder Pülverchen schluckte, aber wie konnte man da sicher sein? Kinder machten eben manchmal dumme Sachen. Außerdem, wer wusste schon, was sonst noch für Gefahren lauerten? Defekte Kabel oder Bleifarbe oder Rattengift oder Schnappmesser? Oder was, wenn es andere schreckliche Dinge gab, zum Beispiel Schmuddelhefte oder Fotos mit Motiven, die Kinder niemals sehen sollten? Schlimmer noch, was, wenn es Waffen gab? Interessierten sich nicht alle kleinen Jungs für Waffen?

Wieder dachte sie, dass sie eigentlich sofort beim Einzug alles hätte überprüfen müssen. Na ja, lieber spät als nie. Sie begann mit den Küchenschubladen, inspizierte eine nach der anderen, wühlte sich durch Kochgerätschaften und halb abgebrannte Kerzen und Stifte und Post-its und allen möglichen Kram, der sich so ansammelte. Weil ihr immer noch etwas benebelt zumute war (sie hätte wirklich duschen sollen), ließ sie die bereits durchsuchten Schubladen offen stehen, damit sie wusste, was sie schon erledigt hatte.

Im Anschluss sah sie in einem Schrank nach, in dem

sich Töpfe und Pfannen stapelten, danach in einem voller Schüsseln und Backzubehör und Tupperware. Auch hier ließ sie die Türen geöffnet, um sicherzustellen, dass sie keinen ausließ.

Sie holte alles unter der Spüle hervor, hauptsächlich diverse Putzmittel, einschließlich derer, die sie schon verwendet hatte. Manche waren giftig, weshalb sie besser woanders aufbewahrt werden sollten, vielleicht in den hohen Fächern in der Speisekammer, wo Tommie nicht drankam. Vorerst allerdings ließ sie alles einfach auf dem Boden stehen.

In der Speisekammer räumte sie die Regale aus, mit der Absicht, später neu zu sortieren. Zum Glück fand sie dort keine weiteren Drogen oder andere Schrecklichkeiten.

Da der Schrank im Wohnzimmer bereits leer war, gab es dort nicht mehr viel zu durchsuchen, das dauerte also nur wenige Minuten. Der nächste Schritt war der Flurschrank, in dem sich neben Jacken ein kleiner Staubsauger befand, ein Rucksack und weiterer Krimskrams. Im obersten Fach lagen Mützen und Handschuhe und mehrere Regenschirme, und während Beverly alles einzeln herausholte und überprüfte, dachte sie, es wäre vermutlich eine gute Idee, den Großteil in Kisten zu packen und anderswo aufzubewahren – es gab keinen Grund, alles wieder einzuräumen. Doch sie war gerade so schön in Schwung und wollte nicht unterbrechen, also nahm sie sich als Nächstes die Terrasse vor.

Sie sah auf den ersten Blick, dass alle Regale komplett neu sortiert werden mussten. In einem der unteren Fächer stand eine Dose Verdünner, daneben eine rostige

Axt und eine genauso rostige Säge. Auf demselben Brett lag eine Bohrmaschine. Sie wunderte sich regelrecht, dass Tommie die Sachen noch nicht entdeckt hatte. Wie in der Speisekammer und im Flur holte sie alle Gegenstände heraus und legte sie um sich herum auf den Boden. Zum zweiten Mal überprüfte sie die Farbdosen und nahm sich dann eine halb offene Tüte vor, auf der unübersehbar Schädel und gekreuzte Knochen prangten. Auf dem Etikett stand, der Inhalt sei für Nagetiere gedacht, aber obwohl sie sich so gut wie sicher war, dass es Mäuse im Haus gab, würde sie auf gar keinen Fall Gift verteilen, also wanderte das Zeug in den Müll.

Mithilfe des Tritthockers stellte sie den Verdünner, die Axt, die Säge und die Bohrmaschine auf das oberste Regal, alles andere konnte warten. Sie wollte mit dem ganzen Haus fertig sein, bevor Tommie nach Hause kam, also ging sie mit ihrer Plastiktüte ins obere Stockwerk.

Im Flur suchte sie den Wäscheschrank ab. Es war sicher klug, den gesamten Inhalt einmal durchzuwaschen, also warf sie ihn auf den Boden. Im Schlafzimmer inspizierte sie den Schrank, die Kommode und das Nachttischchen, den Müllbeutel in Bereitschaft. Nun kam Tommies Bad an die Reihe und schließlich sein Zimmer.

Und dort, unter seinem Bett, fand sie die Waffen.

32

Es waren zwei, keine Pistolen, eine länger als die andere und beide mit Läufen, die so schwarz und furchteinflößend wie der Tod selbst waren. Daneben standen zwei offene Schachteln mit Munition.

Beverly stieß ein unterdrücktes Schluchzen aus und hoffte inständig, dass ihre Augen sie trogen, doch da lagen ganz eindeutig Schusswaffen. Selbsthass loderte in ihr auf, und sie brach in Tränen aus, rollte sich auf dem Boden zu einer Kugel zusammen. Sie hatte sich ihrem Sohn gegenüber grob fahrlässig verhalten. Was für eine Mutter war sie nur? Wieso war sie nicht einmal auf die Idee gekommen, Tommies Zimmer sofort zu überprüfen?

Vor ihrem geistigen Auge sah sie immer wieder Tommie unter das Bett spähen, mit vor Begeisterung leuchtenden Augen den Arm nach den Waffen ausstrecken. Er würde sie hervorziehen und sich damit auf den Boden setzen, das kalte, glatte Metall des Laufs betasten. Er würde den Abzug erkennen und genau wissen, wozu er da war. Möglicherweise strich er sogar mit dem Finger darüber, einfach um zu sehen, wie er sich anfühlte, und dann …

»Das ist aber nicht passiert«, krächzte sie laut, um sich selbst zu beruhigen. Dennoch entwickelte sich die Szene in ihrem Geiste weiter wie ein Albtraum. Da brach sie endgültig zusammen, ergab sich den Bildern und weinte, bis sie völlig erschöpft war. Wie lange sie schluchzte, wusste sie nicht, aber als sie sich wieder einigermaßen gefangen hatte, begriff sie, dass sie sofort etwas unternehmen musste, ehe Tommie nach Hause kam.

Entschlossen fasste sie das eine Gewehr am Schaft, unterdrückte dabei ihre Angst, es könnte losgehen. Sie zog es vorsichtig heraus, schob es über den Holzboden, immer mit dem Lauf in die andere Richtung. Ehe der Mut sie verließ, holte sie auch das andere hervor. Sie fühlte sich, als versuchte sie, eine Bombe zu entschärfen. Dieses war eine Schrotflinte. Natürlich wusste sie nicht, ob eine der Waffen geladen war, nicht einmal, wie man das überprüfte. Als sie neben ihr lagen, griff sie auch nach den Munitionsschachteln.

Danach war sie unsicher, was zu tun war. Sie musste die Waffen verstecken oder, besser noch, entsorgen. Aber das war leichter gesagt als getan. Man warf ja nicht einfach eine Waffe ins Gebüsch. Sie irgendwo im Haus aufzubewahren, konnte sie sich allerdings auch nicht vorstellen.

Ich muss sie vergraben, dachte sie.

Hatte sie irgendwo eine Schaufel gesehen? Nein, aber vermutlich gab es in der Scheune eine, wobei dieser Gedanke ihr plötzlich Angst machte. Nicht nur hatte die Eigentümerin ihr eingeschärft, dass sie die Scheune nicht betreten durfte – wenn sich Waffen und Drogen im Haus befanden, wer wusste schon, was es da sonst noch gab? Wo war sie hier hingeraten?

Das Einzige, was sie wusste, war, dass die Waffen weg sein mussten, bevor Tommie aus der Schule kam. Sie stand auf und taumelte die Treppe hinunter. Draußen lief sie Richtung Scheune. Die Sonne brannte vom Himmel, verdichtete die Luft so sehr, dass sie jedes Geräusch zu schlucken schien. Beverly hörte keine Grillen, keine Vögel; selbst das Laub der Bäume war still.

Die Scheune lag dunkel vor ihr, als forderte sie sie heraus, weiterzugehen, herauszufinden, warum man ihr den Zutritt verboten hatte.

Beverly fragte sich, ob sie überhaupt hineinkäme. Möglicherweise war das Tor mit einem Vorhängeschloss versperrt, oder es gab ein Überwachungssystem mit …

Kameras.

Das Wort jagte ihr einen neuen Schreck ein, und sie blieb abrupt stehen. Szenen aus den vergangenen Tagen schossen ihr durch den Kopf.

Eine Eigentümerin, die sich die Miete in bar zahlen ließ, ohne allzu viele Fragen zu stellen, Drogen und Waffen in einem Haus, dessen vorherige Bewohner überstürzt ausgezogen waren, ein Mann mit einem Pick-up, Arbeiter in den Feldern um das Haus herum, die sich mehr als nur flüchtig für sie interessierten …

Nein, sie wollte gar nicht wissen, was die Eigentümerin so im Schilde führte, sie und Tommie mussten hier schleunigst weg. Irgendetwas stimmte ganz und gar nicht, das hätte sie schon viel früher bemerken müssen. Sie hätte wissen müssen, dass es nicht ein Glücksfall, sondern seltsam und verdächtig war, ein vollständig eingerichtetes Haus vorzufinden.

Obwohl sie eigentlich nicht genug Geld hatte, erneut aufzubrechen, würde sie es schon schaffen, und wenn sie sich an den Straßenrand setzen und betteln musste. Hier waren sie nicht mehr sicher.

Sie machte kehrt und ging zum Haus zurück, erleichtert über ihren Entschluss. Dennoch wollte sie die

Waffen keine Minute länger im Haus behalten. Sie musste sie vergraben. Also ging sie in die Küche. In der offenen Schublade beim Herd hatte sie zuvor einen großen Metalllöffel gesehen, wie man ihn zum Umrühren eines Eintopfs verwendete, und den holte sie sich jetzt. Das Graben konnte damit ein Weilchen dauern, aber wenn sie irgendwo weiche Erde fand, klappte es schon.

Vor dem Haus begann sie, nach einer Stelle zu suchen, an der der Boden nicht allzu hart oder trocken war. In der Nähe der großen Bäume zu graben, brachte nichts, denn die Wurzeln saugten vermutlich das gesamte Wasser auf. In dem Moment fiel ihr der Bach ein. Dort sollte die Erde doch weicher sein, oder?

Hastig lief sie in diese Richtung, für den Fall aber, dass Tommie noch mal Kaulquappen fangen wollte, ging sie etwas weiter als zu ihrer gewohnten Stelle. Sie kniete sich hin und befühlte den Boden, dankbar, dass er leicht nachgab. Sie arbeitete langsam, aber stetig, grub mit dem Löffel, bis das Loch lang und breit genug war, um beide Gewehre und die Munition aufzunehmen. Wie tief es sein musste, wusste sie nicht so genau, denn sie kannte den Bach nicht gut genug. Wurde er nach dem Regen breiter? Verwandelte sich bei einem Hurrikan das ganze Gelände in einen Teich?

Eigentlich war das wohl egal. Bis so etwas passierte, waren sie und Tommie längst fort.

Doch im Moment lief ihr die Zeit davon. Tommie kam bald nach Hause. Sie rannte zum Haus zurück und erstarrte auf einmal mitten im Schritt. Einen Moment lang konnte sie nicht einmal atmen.

Der Pick-up vom Vortag stand wieder in ihrer Einfahrt.

TEIL V
COLBY

33

In jener Nacht brauchte ich Stunden zum Einschlafen. Ich redete mir ein, ich könne mich nicht verliebt haben, denn wahre Liebe erfordere Zeit und eine Vielzahl gemeinsamer Erfahrungen. Und doch schienen meine Gefühle für Morgan mit jeder Minute stärker zu werden.

Wie war das möglich?

Paige konnte mir wahrscheinlich helfen, es zu verstehen, dachte ich. Obwohl es spät war, rief ich sie auf dem Handy an, aber sie hob nicht ab. Sie hätte mir womöglich erklärt, dass es sich um eine wilde Schwärmerei handele, nicht aber Liebe. Vielleicht wäre das auch nicht ganz falsch gewesen, doch wenn ich an meine Beziehung zu Michelle zurückdachte, wurde mir klar, dass ich bei ihr nie diese überwältigenden Emotionen empfunden hatte wie bei Morgan, nicht einmal ganz zu Anfang. Bei Michelle hatte es nie einen Moment gegeben, in dem ich von dem überfordert war, was zwischen uns vorging. Und nie hatte ich die Welt um uns herum vergessen, wenn wir uns küssten.

Da ich davon ausging, dass meine Gefühle echt waren, rätselte ich natürlich auch, wohin diese Beziehung führen mochte, ob überhaupt etwas daraus werden konnte. Meine logische Seite erinnerte mich daran, dass unsere Wege sich in wenigen Tagen trennten, und was dann? Ich wusste es nicht; ich wusste nur, dass ich unbedingt so viel Zeit wie möglich mit Morgan verbringen wollte.

Nachdem ich in den frühen Morgenstunden endlich eingedöst war, schlief ich zum ersten Mal, seit ich in Florida war, aus. Als ich aufwachte, wirkte der Himmel beinahe bedrohlich. Die Hitze und die Schwüle waren drückend und ließen auf ein kommendes Gewitter schließen, und tatsächlich, die Wetter-App bestätigte das, genau um die Zeit meines Auftritts. Ich schrieb Ray, ob ich trotzdem kommen solle, und er bejahte. Er werde das Wetter im Blick behalten und, falls nötig, das Konzert kurzfristig absagen.

Ich absolvierte mein normales Morgenprogramm, obwohl alles andere überhaupt nicht normal erschien. Meine Gedanken wurden beherrscht von Morgan: Als ich am Don CeSar vorbeijoggte, hielt ich automatisch nach ihr Ausschau, als ich an einem Gerüst in der Nähe des Strands einige Klimmzüge machte, rief ich mir ihre seidige Haut ins Gedächtnis. Nach dem Duschen fuhr ich in den Supermarkt und malte mir dabei aus, wie Morgan in dem Konferenzraum probte oder in der Achterbahn in Busch Gardens verzückt kreischte. Während ich Hähnchenfleisch in meinen Einkaufswagen legte, fragte ich mich, was sie ihren Freundinnen über unseren gemeinsamen Tag erzählt hatte. Ob überhaupt etwas. Hauptsächlich jedoch grübelte ich darüber nach, ob sie dasselbe für mich empfand wie ich für sie.

Dass eine gegenseitige Anziehung bestand, war offensichtlich, aber gingen ihre Gefühle so tief wie meine? Oder war ich nur ein Zeitvertreib, ein kleines Abenteuer, mit dem sie ihren Urlaub aufpeppte, bevor ihr richtiges

Leben begann? In vielerlei Hinsicht war Morgan mir immer noch ein Rätsel, und je mehr ich über sie nachdachte, desto schwerer fassbar wurde sie für mich. Vorsichtshalber kaufte ich zwei Kerzen, Streichhölzer, eine Flasche Wein und mit Schokolade überzogene Erdbeeren, obwohl ich nicht wusste, ob sie lieber ausgehen wollte.

Als ich in die Wohnung kam, packte ich die Einkäufe aus und räumte kurz auf. Da ich sonst nichts zu tun hatte und an nichts anderes als an Morgan denken konnte, nahm ich meine Gitarre zur Hand.

Ich zupfte die Melodie des Songs, den ich neulich abends am Strand für sie gespielt hatte, immer noch nicht hundertprozentig zufrieden damit. Der Text brauchte mehr Vielschichtigkeit, eine Dimension, die ich bisher nicht ganz erzielt hatte.

Nachdem ich das ein oder andere durchgestrichen hatte, konzentrierte ich mich darauf, wie ich mich bei Morgan fühlte – nicht nur die Emotionen, die sie hervorrief, sondern auch, wie anders ich mich selbst durch ihre Augen sah.

Bisher hatte es nur wenige Lieder gegeben, die sich fast von allein zu schreiben schienen, aber genau das passierte jetzt. Neue Textzeilen bekamen mühelos einen Klang, verankert durch Einzelheiten unseres gemeinsam verbrachten Tages. Gleichzeitig verstärkte ich noch den treibenden Rhythmus des Refrains, stellte mir bereits eine mehrspurige Aufnahme vor, die ihm den Sound eines Gospelchors verleihen würde.

Ein Blick auf die Uhr verriet mir, dass ich spät dran war. Es blieb keine Zeit, den neuen Text aufzuschreiben, aber das war auch nicht nötig. In aller Eile zog ich mir ein frisches T-Shirt an, packte meine Ausrüstung ein und rannte die Treppe hinunter. Am Himmel ballten sich Wolken zusammen, als sammelten sie Energie vor dem Ausbruch. Erst fünf Minuten vor dem Auftritt kam ich im Bobby T's an. Es waren nicht einmal halb so viele Leute da wie beim letzten Mal, wobei trotzdem jeder Platz besetzt war. Obwohl ich nicht erwartet hatte, Morgan unter den Zuschauern zu entdecken, empfand ich einen Stich der Enttäuschung, dass sie nicht gekommen war.

Ich begann zu spielen und füllte die zusätzliche Stunde hauptsächlich mit Publikumswünschen. Unterdessen wurden die Wolken noch dunkler. Ungefähr nach der Hälfte der Zeit frischte der Wind auf. Zum ersten Mal, seit ich im Bobby T's auftrat, standen einige Leute vor dem Ende auf und gingen. Ich konnte es ihnen nicht verdenken, ich rechnete schon jeden Moment damit, dass Ray das Konzert wegen des drohenden Gewitters abbrach.

Gelegentlich drangen Sonnenstrahlen durch die dichten Wolken und schufen Farbspiele und einen herrlichen Sonnenuntergang. Der Strand hatte sich mittlerweile geleert, und als immer mehr Leute aus dem Publikum gingen, fragte ich mich allmählich, ob Morgan überhaupt noch kam.

Doch gerade als das letzte Sonnenlicht versickerte, erschien sie endlich. Sie betrat die Terrasse vom Strand her, in einem schmeichelnden gelben Sommerkleid, über der Schulter die Gucci-Tasche. Durch das von hinten auf sie treffende Licht wirkte sie wie eine Erscheinung. Sie winkte kurz, und ohne zu überlegen spielte ich den Song, an dem ich gearbeitet hatte, den ich, das erkannte ich schlagartig, niemals fertiggestellt hätte, wenn ich ihr nicht begegnet wäre.

Selbst aus der Entfernung konnte ich die Freude auf ihrem Gesicht erkennen, als die ersten Töne erklangen. Obwohl ich normalerweise für das gesamte Publikum sang, richtete ich fast meine ganze Aufmerksamkeit nur auf sie, besonders bei den neuen Textstellen. Nach dem Lied blieb alles einen Moment lang still, doch plötzlich brach ein längerer Applaus aus als üblich, unterbrochen nur von einem heftigen Blitz, der den Himmel über dem Meer spaltete. Sekunden später grollte Donner den Strand hinunter wie ein Steppenläufer.

Der Beifall verstummte, und die meisten noch verbliebenen Zuschauer standen auf. Ray kam bereits auf mich zu und gestikulierte, dass ich aufhören sollte. Sofort stellte ich die Gitarre beiseite, Ray trat ans Mikrofon und verkündete, das Konzert sei beendet. Inzwischen war ich schon auf dem Weg zu Morgan.

»Du hast es noch geschafft«, sagte ich, unfähig, meine Freude zu verbergen. Die Menge strömte an uns vorbei, ein Teil Richtung Strand, ein Teil Richtung Parkplatz, immer nach dem Himmel schielend. »Ich dachte schon, es klappt nicht.«

»Du hast den Song gespielt«, sagte sie leise. Sie legte mir eine Hand auf den Arm, ihre Augen glitzerten. »Aber ein bisschen anders.«

Ich wollte ihr erklären, warum, begriff dann aber, dass sie es bereits wusste. Wieder blitzte es über dem Wasser, deutlich schneller von einem Donner gefolgt als noch ein paar Minuten vorher. Der Wind war spürbar abgekühlt, aber ich konnte nur an die Wärme von Morgans Hand auf meiner Haut denken.

Da ich nicht wusste, was ich sagen sollte, fragte ich: »Wie war es im Busch Gardens?«

Sie deutete auf den Himmel, ein amüsiertes Grinsen auf dem Gesicht. »Möchtest du wirklich jetzt darüber reden? Sollten wir nicht lieber losfahren, wie alle anderen?«

Widerstrebend zog ich den Arm fort. »Dann packe ich mal die Sachen ins Auto, okay?«

Morgan folgte mir zwischen den leeren Tischen hindurch. Ray und andere Angestellte hatten bereits den Großteil der Anlage abgebaut, und als ich meinen Gitarrenkasten holte, spürte ich den ersten Regentropfen. Obwohl ich mich beeilte, verwandelte sich dieser Tropfen, noch während wir auf dem Weg zum Parkplatz waren, in einen Sprühregen und bald darauf einen Guss. Ich öffnete Morgan die Tür, während der Wolkenbruch niederging, der sich schon den ganzen Tag angekündigt hatte.

Bis ich die Fahrertür erreichte und einstieg, war ich durchnässt. Selbst mit den Scheibenwischern auf höchster Stufe kam man sich vor wie in der Waschanlage. Fast blind steuerte ich den Wagen vom Parkplatz. Auf dem Gulf Boulevard standen bereits mehrere Fahrzeuge mit eingeschalteter Warnblinkanlage am Straßenrand, andere krochen vorwärts. Blitze zuckten über den Himmel.

»Ich glaube, wenn wir auswärts essen wollen, brauche ich vorher trockene Sachen.«

»Bei dem Wetter gehen wir nicht mehr raus«, sagte sie. »Lass uns zu dir fahren, okay?«

Da ich ohnehin klatschnass und aus North Carolina

Hurrikane gewöhnt war, kurbelte ich das Fenster runter und steckte den Kopf hinaus, um die Abzweigung nicht zu verpassen. Regen prasselte auf mein Gesicht und wehte in den Wagen. Nach einer Weile bog ich vom Gulf Boulevard in eine ruhigere Seitenstraße.

Mein Gesicht brannte von den heftigen Böen; wieder blitzte es, dieses Mal genau über uns, und es donnerte wie ein Gewehrschuss. Schlagartig gingen auf einer Straßenseite die Lichter aus, so weit das Auge reichte. Wahrscheinlich war auch meine Wohnung betroffen.

Die Straße war bereits überflutet, als wir schließlich ankamen. Ich war völlig durchweicht, eine Pfütze hatte sich auf meinem Schoß gebildet. Eingehüllt in Dunkelheit, wirkte der Gebäudekomplex seltsam verlassen.

Da Morgan wusste, dass es sinnlos war, auf das Ende des Regens zu warten, sprang sie aus dem Wagen und rannte zur Treppe. Ich folgte ihr, den Schlüssel in der Hand.

Nur die Blitze erhellten das Innere der Ferienwohnung. Trotz des Gewitters war die Luft drinnen stickig. Morgan blieb im Wohnzimmer stehen, und ich ging um sie herum, kleine Pfützen hinterlassend. Ich holte die Kerzen aus dem Küchenschrank, dankbar, dass ich so vorausschauend gewesen war, sie zu kaufen.

Die brennenden Kerzen warfen Schatten im Wohnzimmer, und ich stellte beide auf den Couchtisch und öffnete dann die Schiebetür ein kleines Stück, um etwas Luft hereinzulassen. Der Wind wehte heftig über den kleinen Balkon, der Regen fiel beinahe waagerecht.

In dem trüben gelben Licht bemerkte ich einen Mascara-Fleck auf Morgans Wange, und ihr nasses Kleid klebte an ihrer Haut, betonte ihre Rundungen. Durch die Feuchtigkeit kringelten sich ihre langen Haare zu natürlichen, wilden Locken. Ich versuchte, sie nicht anzustarren, wieder einmal fassungslos, wie sie mich in so kurzer Zeit derart in ihren Bann hatte schlagen können. Ich hatte kaum noch an den Bauernhof oder meine Tante oder Paige gedacht, und selbst die Musik, die ich liebte, schien ganz und gar auf sie konzentriert. Plötzlich war ich mir sicher, nie wieder eine andere Frau so zu lieben.

Morgan war stehen geblieben. Das Kerzenlicht spiegelte sich in ihren Augen, die mich ruhig und wissend anschauten, als verstünde sie genau, was ich fühlte und dachte.

Ich beugte mich vor und küsste sie, wollte glauben, dass sie das intensive Knistern spürte, das mich durchströmte. Als ich sie an mich zog, legte sie mir die Hand auf die Brust.

»Colby«, flüsterte sie.

Da bremste ich mich und schlang nur ganz sanft die Arme um sie. So hielt ich sie lange, genoss das Gefühl ihres Körpers an meinem eigenen, bis sie sich schließlich entspannte. Als sie mir die Arme um den Hals legte, schloss ich die Augen und wünschte mir, der Moment würde niemals enden.

Nach einer Weile löste sie sich aus der Umarmung und trat einen kleinen Schritt zurück.

»Ich zieh mir mal was Trockenes an«, murmelte sie. »Ich hab mir zur Sicherheit was mitgebracht.«

Ich schluckte, kaum in der Lage zu sprechen. »Ist gut.«

Mit einer der Kerzen in der Hand zog sie sich ins Bad zurück. Als ich das Schloss klicken hörte, wurde mir bewusst, dass ich keine Ahnung hatte, was als Nächstes passieren würde.

34

Aus dem Wäscheschrank holte ich mir ein Handtuch, ging mit der anderen Kerze ins Schlafzimmer und zog mir die nassen Sachen aus. Ich versuchte, nicht daran zu denken, dass nur wenige Meter entfernt von mir Morgan ebenfalls nicht mehr bekleidet war. Ich trocknete mich ab, stieg in eine Jeans und streifte mein anderes Hemd über. Die Ärmel krempelte ich bis zu den Ellbogen auf und ordnete meine Haare, so gut es ging, vor dem Spiegel über der Kommode. Dann kehrte ich mit der Kerze in die Küche zurück.

Da es keinen Strom gab, war der Herd natürlich nicht benutzbar, aber die mit Schokolade überzogenen Erdbeeren und der Wein standen im Kühlschrank, außerdem der Käse, der vom Picknick übrig geblieben war. Ich schnitt ihn in Scheiben, legte ihn auf einen Teller und garnierte ihn mit Crackern und den Erdbeeren. Es dauerte eine Weile, bis ich den Korkenzieher gefunden hatte. Nachdem ich noch zwei Weingläser aus dem Schrank geholt hatte, trug ich alles zum Couchtisch. Nervös goss ich mir ein Glas ein und trank einen Schluck. Ich fragte mich, ob Morgan wohl auch welchen wollte.

Vor dem Fenster wirkte der Regen wie Diamantsplitter

unter den nicht enden wollenden Blitzen. Palmwedel tanzten im Wind wie Marionetten. Ich setzte mich auf die Couch und ließ geistesabwesend den Wein in meinem Glas kreiseln. Ich hatte den Klang von Morgans Stimme im Ohr, als sie meinen Namen flüsterte. Was ihr wohl durch den Kopf ging? Sie wusste jetzt, was ich für sie empfand, aber hatte sie es schon gewusst, als sie vorhin ins Bobby T's kam? Hatte sie es gestern Abend gewusst? Ach, es spielte keine Rolle, denn obwohl ich Angst hatte, sie könnte meine Gefühle nicht erwidern, war auch klar, dass ich nichts daran ändern konnte.

Ich grübelte darüber nach, ob ich mich auch hätte verlieben können, wenn ich nicht hierhergekommen wäre, in dieses Städtchen in Florida. Nicht nur in Morgan, in irgendjemanden. Michelle hatte ich nicht geliebt, und tief drinnen wusste ich, dass unsere schwer miteinander zu vereinbarende Freizeit nur zum Teil der Grund gewesen war. Noch mehr hatte es an dem Bauernhof und der alles an den Rand drängenden Arbeit gelegen. Weil es immer etwas zu tun gab, hatte ich irgendwie die Fähigkeit verloren, mich zu entspannen und das Leben zu genießen oder mir Zeit für einen besonderen Menschen zu nehmen. Als ich jetzt wieder an dem Wein nippte, begriff ich, dass ich etwas ändern musste, wenn ich nicht wie mein Onkel enden wollte. Ich musste mir hin und wieder eine Pause zugestehen, um Songs schreiben zu können oder spazieren zu gehen oder einfach einmal gar nichts zu machen. Ich musste mich mit alten Freunden treffen und mich für neue Möglichkeiten und Menschen öffnen – und meine kleine Auszeit hier unterstrich noch die Bedeutung dessen.

Denn es gab schließlich nicht nur Arbeit im Leben, und ich erkannte, dass ich nicht mehr der Mensch sein wollte, zu dem ich geworden war. Ich wollte mich mit den Dingen befassen, die mir wichtig waren, und mir weniger Sorgen um das machen, was ich nicht kontrollieren konnte. Und zwar nicht irgendwann in ferner Zukunft, sondern sobald ich nach Hause kam. Egal, was aus Morgan und mir wurde, ich wusste, dass ich mich neu erfinden musste. Das hatte ich schon einmal geschafft, sagte ich mir, also sprach nichts dagegen, dass es wieder klappen konnte.

Ich stand auf und ging zur Balkontür. Zu Hause hätte ich mir bei einem solchen Gewitter Gedanken um das Gemüse oder die Hühner oder das Gewächshausdach gemacht, aber hier und jetzt empfand ich das Spektakel als anregend, beinahe exotisch.

Das Schicksal, so schien es, hatte beschlossen, diesen Abend anders als alle anderen hier zu gestalten. Bei dem Gedanken musste ich schmunzeln – vermutlich interpretierte ich zu viel Romantik in das Ganze hinein. Das würde Paige mir wahrscheinlich sagen; dennoch wollte ich, während ich das Unwetter draußen betrachtete, gern daran glauben.

Ich wünschte, ich hätte mit Paige darüber reden können, und wenn nur, um sie zu fragen, ob das, was mit mir passierte, normal war. Konnte Liebe einen Menschen dazu bringen, alles infrage zu stellen? Konnte Liebe in einem Menschen den Wunsch wecken, jemand anderes zu werden? Wenn ich an Paige und ihre Erfahrungen dachte, war ich nicht sicher. Sie hatte einmal geliebt, sprach aber nur selten davon und bemerkte dann lediglich, dass

Liebe und Schmerz zwei Seiten derselben Medaille seien. Ich konnte nachvollziehen, warum sie das sagte, und doch ertappte ich sie manchmal beim Lesen von Liebesromanen, weshalb ich daran zweifelte, dass sie so ernüchtert war, wie sie sich gab. Wahrscheinlich würde sie sogar verstehen, was ich gerade erlebte.

Ich erinnerte mich, dass sie, als sie ihren späteren Mann kennengelernt hatte, nur noch selten abends zu Hause war, und wenn, dann wirkte sie aufgedreht und unbeschwert. Damals war ich so mit mir selbst beschäftigt gewesen, dass ich kaum darüber nachdachte; ich freute mich nur, dass sie sich offenbar sogar mit meiner Tante vertrug. Erst als sie eines Tages beim Abendessen verkündete, sie ziehe weg, merkte ich, wie ernst es mit ihrem Freund geworden war. Bald danach erfuhr ich durch ein Telefonat, dass sie geheiratet hatte.

Das Ganze ging mir viel zu rasch, ich hatte den Mann nur ein Mal ein paar Minuten lang gesehen, als er Paige zu einem Date abholte. Gerade war sie doch noch die Paige gewesen, mit der ich seit meiner Geburt zusammen war.

Jetzt allerdings ahnte ich, was sie damals empfunden hatte; ich begriff langsam, dass Liebe ihrem eigenen Zeitplan folgte und selbst radikale Veränderungen unausweichlich scheinen ließ.

Ich wünschte mir, meine Gitarre aus dem Auto mitgenommen zu haben. Zu spielen, egal was, hätte mir geholfen, meine Gedanken zu sortieren; in Anbetracht des Gewitters allerdings beschloss ich, lieber nicht noch mal zum Wagen zu laufen. Stattdessen holte ich mein Handy und öffnete eine Playlist meiner Songs, die ich für die besten hielt. Ich legte das Telefon auf den Couchtisch, trank einen Schluck Wein und stellte mich dann wieder vor die Balkontür, rief mir die Erlebnisse ins Gedächtnis, die mich zu den einzelnen Liedern inspiriert hatten, und fragte mich, was passiert wäre, wenn mein Onkel nicht gestorben wäre. Womöglich wäre ich von zu Hause weggezogen, aber hätte ich versucht, als Musiker Karriere zu machen, so wie Morgan? Damals schien es mir unerreichbar, und das war es vielleicht auch gewesen; dennoch empfand ich plötzlich ein Gefühl von Enttäuschung, es nie probiert zu haben. Morgans Ehrgeiz hatte etwas lange in mir Schlummerndes geweckt, auch wenn ich anerkannte, dass sie viel talentierter war als ich.

Ich hörte ein Geräusch hinter mir und drehte mich um. Morgan war zurück, die Kerzenflamme mit der Hand beschirmend. Sie trug jetzt ein anderes Sommerkleid mit tiefem Ausschnitt, und ich konnte sie einfach nur anstarren. Wie meine waren auch ihre Haare noch leicht feucht, die dicken Wellen schimmerten im Kerzenlicht. Der Mascara-Fleck auf ihrer Wange war verschwunden; ich konnte erkennen, dass sie etwas Make-up aufgetragen hatte, das ihre dunklen Augen betonte und ihren Lippen einen tiefen Glanz verlieh. Ihre Arme und Beine leuchteten wie Satin. Mir stockte der Atem.

Ein paar Schritte vor mir blieb sie stehen, als kostete sie meinen Blick aus.

»Du bist … wunderschön«, sagte ich mit heiserer Stimme.

Als sie ausatmete, öffneten sich ihre Lippen, und plötzlich sah ich in ihrer Miene ganz unverhüllt, dass ihre Gefühle meine spiegelten. Ihr Gesicht verriet mir alles, was ich wissen musste – wie ich hatte sie sich in einen Fremden verliebt und dadurch ihr Leben auf den Kopf gestellt.

Wortlos brachte sie die Kerze zum Couchtisch. Sie betrachtete das Essen und lauschte dann einen Moment lang konzentriert der Musik.

»Bist du das?«, fragte sie.

»Ja.«

»Ich glaube, das Stück kenne ich noch nicht.«

Ich schluckte. »Es gehört nicht zu denen, die ich normalerweise auf der Bühne spiele.« Meine Stimme klang in meinen Ohren seltsam fern.

Morgan setzte sich, und als ich mich ebenfalls auf der Couch niederließ, schob sich ihr Kleid etwas hoch und enthüllte ihren glatten Oberschenkel, ein Anblick, den ich als äußerst erotisch empfand. Ich deutete auf den Wein. »Möchtest du ein Glas?«

»Nein, danke.«

»Hast du vielleicht Hunger?«

»Ich hab was gegessen, als wir zurückgekommen sind. Aber vielleicht nehme ich mir gleich eine Erdbeere. Die sehen köstlich aus.«

»Die hab ich nur gekauft, nicht selbst gezüchtet.«

»Ich bin trotzdem beeindruckt.«

Ich wusste, dass ich dummes Zeug redete, war zu mehr aber nicht in der Lage. Da meine Kehle wieder trocken wurde, trank ich einen weiteren Schluck Wein. Auf einmal hatte ich das Gefühl, dass Morgan genauso nervös war wie ich – irgendwie tröstlich.

»Die Veränderungen an deinem Song, den du vorhin gespielt hast, sind superschön«, sagte sie.

Du auch, hätte ich am liebsten gesagt, ließ es aber.

»Dazu hast du mich inspiriert.« Es hatte beiläufig klingen sollen, was mir aber nicht gelang.

»Ich wollte schon fragen …«, flüsterte sie und senkte den Kopf ein wenig, sodass ihr die Haare ins Gesicht fielen. »Ich hab den ganzen Tag an dich gedacht. Dich vermisst.«

Als ich ihre Hand nahm, verschränkte sie ihre Finger mit meinen. »Ich bin froh, dass du jetzt hier bist.«

In ihrer Hand spürte ich eine erwartungsvolle Anspannung und überlegte wieder, ob ich sie küssen sollte. Ihre Augen waren halb geschlossen, der Mund leicht geöffnet, aber in dem Moment, als ich mich vorbeugte, klingelte ein Telefon, leise, aber nachdrücklich. Als Morgan begriff, dass es nicht meines war, ließ sie meine Hand los, stand auf und ging in den Flur. Kurz darauf steckte sie den Kopf durch die Tür und hielt das klingelnde Handy hoch. Sie wirkte untypisch aufgeregt.

»Meine Mutter«, erklärte sie verlegen. »Sie hat schon ein paarmal angerufen.«

»Dann solltest du vermutlich drangehen.«

Widerstrebend drückte sie auf die entsprechende Fläche und hielt sich das Handy ans Ohr.

»Hallo, Mum«, sagte sie. »Was gibt's? … Ja, entschuldige, ich hab noch nicht angerufen, aber es ist ganz toll … Nicht viel. Was hast du gesagt? Wie geht es ihm?«

An mich gewandt, sagte sie lautlos etwas in der Art von *Unser Hund ist krank.*

»Was hat denn der Tierarzt gesagt? … Aha, okay, gut zu wissen. Wie geht es Heidi damit? … Hm … Hm.«

Eine Zeit lang sprach sie nicht, dann sagte sie: »Na ja,

also morgens proben wir, danach liegen wir meistens am Strand oder am Pool. Wir haben uns ein bisschen Livemusik angehört und uns St. Pete angesehen … ja, denen gefällt es super. Holly und Stacy sind zum ersten Mal in Florida, es macht Spaß, ihnen alles zu zeigen …«

Da ich sie nicht ablenken wollte, blieb ich stumm auf der Couch sitzen.

»Hm … Nein, da waren wir noch nicht. Vielleicht morgen oder übermorgen. Aber wir waren in Busch Gardens. Du weißt schon, in Tampa. Ja, das war witzig. Es standen überall nicht viele Leute an, so konnten wir fast mit allem fahren … Nein, heute Abend nicht. Wir bestellen uns was aufs Zimmer und sehen uns einen Film an. Es war ein extrem langer Tag.« Sie zog eine schuldbewusste Grimasse in meine Richtung.

Ich verkniff mir ein Grinsen.

»Ja, die sind hier. Wir haben gleich nach dem Ankommen ein paar Fotos am Strand gemacht. Ach, und ich habe zwei Seekühe gesehen, in einem der Naturparks, den Namen hab ich vergessen. Wir haben uns Kajaks gemietet und sind durch die Mangroven gefahren, und plötzlich waren sie da … Nein, die waren gar nicht dabei. Ich war da mit jemandem, den ich hier kennengelernt habe.«

Ohne es zu wollen, spitzte ich die Ohren.

»Ja, Mum. Er ist ein netter … Er ist ein Farmer aus North Carolina … Nein, kein Witz … Colby … fünfundzwanzig … wir haben ihn im Bobby T's spielen hören. Er ist sozusagen im Urlaub hier.«

Sie wandte mir den Rücken zu und senkte die Stimme. »Nein, er war nicht auf dem College, aber was spielt das für eine Rolle? … Mum … Mum … wir sind nur Kajak gefahren! Mach doch kein Drama draus. Offenbar hast du vergessen, dass ich erwachsen bin …«

Ein Hauch von Frustration schlich sich in ihre Stimme. Auf meiner Playlist endete ein Song, und der nächste begann. Ich beobachtete Morgan, die sich mit der Hand durch die Haare fuhr.

»Dazu hatte ich noch keine Zeit. Ich rufe den Hausmeister an, sobald ich zu Hause bin, okay? Es ist bestimmt kein großes Problem, Strom und Wasser anschließen zu lassen. Das kriege ich schon hin … Dazu hatte ich auch noch keine Zeit … Wie oft hab ich dir schon erklärt, dass ich keinen Musikunterricht geben will? … Ja … Hm … Ich weiß … Sorry, ich bin wirklich müde, lass uns bitte Schluss machen. Die anderen winken mir schon, die wollen den Film starten. Grüß doch bitte Dad und Heidi von mir … Ja, ich dich auch.«

Sie legte auf und starrte das Telefon an. Ich erhob mich, ging zu ihr und legte ihr eine Hand auf den Rücken, streichelte die zarte Haut unter dem Stoff.

»Alles okay?«

»Ja. Aber manchmal ist es bei ihr kein Gespräch, sondern ein Verhör, weißt du?«

»Sie wollte bestimmt nur wissen, ob du dich auch gut amüsierst.«

»Und sich vergewissern, dass ich keinen Quatsch mache«, seufzte sie. »Aber ich weiß nicht, warum sie sich überhaupt einen Kopf darüber macht. Es ist, als könnte sie einfach nicht akzeptieren, dass ich jetzt erwachsen und alt genug bin, um meine eigenen Entscheidungen zu treffen.«

»Eltern machen sich eben immer Sorgen.« Ich zuckte die Achseln. »Sie können nicht anders.«

Ein flüchtiges, aber unsicheres Lächeln huschte über ihre Lippen. »Mit Dad zu reden ist manchmal so viel leichter! Ich meine, es macht ihn zwar nervös, dass ich nach Nashville ziehe, und wahrscheinlich wäre auch ihm lieber, wenn ich Musiklehrerin werde, aber wenigstens versteht er, warum ich es machen will. Und er war schon immer mein größter Fan. Meine Mutter dagegen muss mich ständig daran erinnern, wie hart die Musikbranche ist und dass Tausende von Leuten denselben Traum haben, ohne es je zu schaffen.«

Als sie verstummte, strich ich ihr mit einem Finger die Haare aus den Augen. »Sie wollen dich nur vor Enttäuschungen beschützen.«

»Das weiß ich ja. Sorry, ich hätte wahrscheinlich nicht abheben sollen. Deshalb bin ich ja auch die ersten beiden Male nicht drangegangen. Immer wieder fängt sie von einer freien Stelle an einer Privatschule in Chicago an, egal, wie oft ich sage, dass ich kein Interesse habe. Manchmal ist das echt anstrengend.«

Sie lehnte sich an mich, und ich schlang beide Arme um sie.

»Klar, das verstehe ich.«

Wieder begann ein neues Lied. Morgan erwiderte meine Umarmung, und ich drückte sie an mich, staunte, wie natürlich ihr Körper an meinen zu passen schien. Unbewusst verlagerte ich mein Gewicht von einem Fuß auf den anderen, sodass wir uns im Takt zu wiegen begannen.

»An das Lied erinnere ich mich«, murmelte sie. »Das

hast du gespielt, als ich dich zum ersten Mal gehört habe. Ich war total fasziniert.«

Draußen heulte immer noch der Wind, und der Regen peitschte. Die Kerzen verliehen dem Raum ein goldenes Schimmern. Ich roch Morgans Parfüm, süß und verführerisch.

Sie presste sich an mich, sah mir in die Augen, und ich zeichnete ihre Wange mit einem Finger nach. Unsere Gesichter näherten sich einander, unser Atem ging etwas stockend, aber in fast perfektem Gleichklang.

Und dann küsste ich sie, gierig und nervös. Als unsere Zungen aufeinandertrafen, durchfuhr mich ein Schauer, der jeden Nerv zum Knistern brachte. Mit einer Hand strich sie mir den Rücken hinunter, die Berührung so sachte, dass sie fast nicht stattzufinden schien. Schließlich fanden ihre Finger den Saum meines Hemds, und nach einem kurzen Zupfen spürte ich ihre Fingernägel auf meiner Haut. Langsam streichelte sie über meine Muskeln an Bauch und Brust, als erforschte sie meinen Körper, ohne dass ihre Zunge das Spiel mit meiner unterbrach. Morgans Atem wurde flacher, ihre Augen waren halb geschlossen. Die Sinnlichkeit, die sie verströmte, machte mich atemlos.

Langsam knöpfte sie mir das Hemd auf. Dann zog sie es mir von den Schultern und hielt einen Moment lang meine Arme fest, wie um mich zu necken, bevor sie das Hemd endlich fallen ließ. Während es zu Boden glitt, küsste sie meine Brust, dann weiter hinauf bis zum Hals.

Ihr heißer Atem auf meiner Haut brachte mich zum Erbeben. Ich tastete nach einem Träger ihres Kleides, und sie biss mir sanft in den Hals, bevor sie den Mund wieder zu meinem emporreckte. Langsam streifte ich ihr den einen Träger über die Schulter, dann den anderen. Ich schob einen Finger unter den Saum ihres Kleides, hob ihn sanft hoch und strich ihr dann über die Innenseite des Oberschenkels. Ich hörte sie leise aufkeuchen und spürte ihre Hand auf meinem Hinterkopf. Jetzt küsste Morgan mich noch leidenschaftlicher, und ich wusste schlagartig, dass genau das hier meine Bestimmung war. Ich schob das Oberteil des Kleides hinunter, und es glitt an ihrem Körper nach unten. Als es auf dem Boden auftraf, legte ich ihr die Hände um die schmale Taille.

Ich hatte noch nie etwas so gewollt wie sie. Ohne ein weiteres Wort hob ich eine Kerze auf und führte Morgan ins Schlafzimmer.

35

Hinterher lagen wir lange schweigend nebeneinander, ihr Körper warm an meinem, bis sie sich schließlich auf die Seite drehte und wir in Löffelchenstellung einschliefen.

Als ich im grauen Zwielicht des Morgens aufwachte, küsste ich sie zärtlich. Ich konnte die Worte nicht länger für mich behalten.

»Ich liebe dich, Morgan«, murmelte ich ihr ins Ohr.

Sie lächelte nur, bevor sie die Augen aufschlug und mich ansah.

»Ach, Colby.« Sie berührte meinen Mund. »Ich liebe dich auch.«

TEIL VI

BEVERLY

36

Der Mann mit dem Pick-up war zurück.

Hastig versteckte sie sich wieder hinter der Scheune und bemühte sich, ihre Atmung zu verlangsamen. Was wäre passiert, wenn er zehn Minuten früher gekommen wäre, als sie noch im Haus war? Hätte er sie durch die Fenster gesehen? Hätte er die Tür geöffnet? Und was, wenn sie wirklich die Scheune betreten hätte und dort entdeckt worden wäre, wo sie gar nicht sein durfte?

Durch den Adrenalinschub drehte sich ihr der Magen um. Sie lehnte sich an die Holzwand und schloss die Augen, bedankte sich mit einem Stoßgebet, dass sie nicht so dumm gewesen war, dass sie gerade noch rechtzeitig beschlossen hatte, die Scheune zu meiden.

Ich muss mich beruhigen, damit ich nachdenken kann, ermahnte sie sich und schloss die Augen. Hoffentlich hatte er sie nicht entdeckt, hoffentlich glaubte er, sie wäre nicht zu Hause, und fuhr wieder, wie beim letzten Mal. Hoffentlich ging er, ehe der Schulbus kam …

O mein Gott.

Tommie.

Als sie erneut um die Ecke spähte, stand der Mann auf der Veranda und sah sich nach beiden Seiten um. Kurz darauf stieg er die Stufen hinunter und lief Richtung Scheune. Beverly presste sich flach an die Wand und rührte sich nicht. Sie kämpfte gegen den Drang an nachzusehen, ob er auf sie zukam.

Schließlich hörte sie das Tor quietschen. Vor ihrem geistigen Auge sah sie, wie er den Blick durch den Raum schweifen ließ und sich vergewisserte, dass nur ja nichts verräumt worden war. Sie hätte gern gewusst, ob er das am Vortag ebenfalls gemacht hatte, als sie und Tommie am Bach waren. Oder ob er in Kontakt mit den Landarbeitern stand und ihren Tagesablauf überwachte.

Tommie.

Bitte lass den Bus heute Verspätung haben. Mit geballten Fäusten wartete sie, bis das Tor erneut quietschte und kurz darauf zuknallte. Sie hoffte inständig, er werde nicht um die Scheune herumlaufen, grübelte, was sie in dem Fall tun würde. Sie erwog, zum Bach zu rennen, aber gerade als sie sich dazu durchgerungen hatte, hörte sie die Tür des Pick-ups zuschlagen, gefolgt von dem anspringenden Motor. Der Kies knirschte, als der Wagen zurücksetzte, dann erreichte er die Straße und verschwand.

Beverly wartete eine gefühlte Ewigkeit. Irgendwann atmete sie wieder einigermaßen ruhig, nahm ihren Mut zusammen und sah um die Ecke der Scheune. Der Pick-up war fort, und soweit sie sehen konnte, lauerte niemand auf sie. Es war keinerlei Bewegung zu erkennen, dennoch verharrte sie noch ein paar Minuten, nur zur Sicherheit, bis sie endlich schnell zum Haus lief. Sie stürmte durch die Tür, ließ sie offen stehen, rannte die Treppe hinauf.

In Tommies Zimmer lagen die Waffen noch genau da, wo Beverly sie hingeschoben hatte. Beide Gewehre plus die Munition einfach in den Händen zu tragen, ging nicht, also nahm sie den Bezug von Tommies Kissen ab, schob die Munitionsschachteln hinein und hob dann vorsichtig die beiden Gewehre am Schaft hoch, die Läufe auf die Tür gerichtet.

Jetzt durfte sie nicht hektisch werden, selbst wenn der Bus schon kam. Ganz langsam verließ sie das Zimmer, stieg bedächtig die Treppe hinunter, dankbar, dass sie die Haustür nicht geschlossen hatte. Darauf achtend, dass sie nicht stolperte, lief sie zu dem Loch, das sie am Bach gegraben hatte.

Nacheinander legte sie die beiden Waffen hinein und dazu die Munition aus dem Kissenbezug. Dann schob sie mit den Händen die Erde darüber, klopfte sie glatt und trampelte darauf herum, allerdings ohne großen Effekt. Für jeden, der des Wegs käme, wäre deutlich sichtbar, dass dort etwas vergraben war. Aber sie stellte fest, dass es ihr egal war.

Bis jemand die Stelle fand, war sie längst weg.

37

Hinterher schrubbte Beverly sich die Hände über dem Waschbecken sauber, bis die Haut sich wund anfühlte, doch die Erde hinterließ bräunliche Flecken, wie Holzbeize. Mit Blick auf das Chaos um sich herum kam sie zu dem Schluss, alles aufräumen zu müssen, bevor sie flohen. Nicht, weil sie sich Gedanken um die Eigentümerin machte, sondern weil der Mann mit dem Pick-up zurückkommen könnte, und ein ordentliches Haus vermittelte möglicherweise den Eindruck, dass sie noch dort wohnten, was ihnen wiederum etwas Zeit verschaffte.

Aber was zuerst? Sie musste die Hühnerkeulen und das Hamburgerfleisch auftauen und braten, den Reis kochen, die Bohnen einweichen und ebenfalls kochen, wobei das Essen unterwegs ohne Kühlbox wohl kaum länger als einen Tag frisch blieb. Danach gab es auf absehbare Zeit nur noch Sandwiches und Äpfel und Karottenstückchen. Kleidung musste sie ebenfalls einpacken, bevor sie sich nachts aus dem Staub machten. Der Vorteil daran war, dass sie nicht gesehen wurden, der Nachteil allerdings, dass vielleicht niemand sie im Auto mitnehmen konnte. Als ihr klar wurde, was sie alles zu tun hatte, brach sie innerlich zusammen, und die Angst wich einer weiteren Tränenflut.

Wie war es möglich, dass so etwas passierte? Sich aus einer gefährlichen Situation zu befreien, nur um in einer anderen, genauso gefährlichen zu landen? So viel Pech konnte man doch gar nicht haben.

Sie verstand es nicht und merkte, dass ihr die Kraft fehlte, um es überhaupt zu versuchen. Also wischte sie sich die Tränen ab, atmete tief durch und verließ das Haus, ging die Verandatreppe hinunter und zur Straße. Sie setzte sich auf den Baumstumpf, der Adrenalinschub ließ zügig nach. Wie lange war es her, dass sie mehr als nur wenige Stunden am Stück geschlafen hatte? Zu lange, so viel war sicher, und jetzt musste sie dafür büßen. Mit jedem Atemzug, den sie ausstieß, entwich mehr von der gerade noch fieberhaften Energie. Übrig blieb nur eine fast überwältigende Erschöpfung.

Ihre Gliedmaßen waren wie eingeschlafen, und obwohl

sie sich auf das Marihuana und die Waffen und die Geheimnisse der Scheune und den Mann mit dem Pick-up zu konzentrieren versuchte, fühlte sie sich seltsam losgelöst von alldem, als beobachtete sie sich selbst aus der Ferne. Irgendwo in ihrem Inneren war ihr noch klar, dass sie diesen Ort verlassen musste, doch die Dringlichkeit verebbte langsam. Floss aus ihr hinaus, weiter und weiter fort, während der Rest der Welt allmählich an den Rändern verschwamm. Sie spürte, dass sie zu schwanken begann, ihr Körper rebellierte bereits. Sie musste ruhen, schlafen. Mehr als alles andere wollte sie die Augen schließen, und wenn nur für wenige Minuten. Was konnte das schon schaden? Selbst wenn der Mann mit dem Pick-up plötzlich zurückkehrte, sie fühlte sich ohnehin zu schwach, um sich zu verstecken …

»Nein«, sagte sie laut. Weil ihr klar war, dass sie sich zusammenreißen musste, zwang sie sich aufzustehen. Sie versuchte, die Angst von vorhin wieder anzufachen, aber sie blieb dumpf, mehr Phantom als Realität.

»Bleib wach.« Sie schüttelte heftig den Kopf.

Dann begann sie, auf und ab zu laufen, wie ein Tiger im Käfig. Innerhalb von Minuten hörte sie den Bus, ein tiefes Grollen in einigem Abstand. Das Bild begann als fließendes, glänzendes Flimmern, das sich zunehmend verfestigte. Die Bremsen kreischten, der Bus kam zum Stehen. Mit einem leisen Zischen öffneten sich die Türen.

Durch die Fenster sah sie Tommie von einer der hinteren Bänke aufstehen und nach vorn laufen, den Rucksack über einer Schulter. Ihre Liebe zu ihm schenkte ihr einen kurzen Augenblick der Klarheit, wie ein Sonnenstrahl, der durch eine Wolkendecke schien. Auf einmal fühlte sie sich wieder wie sie selbst.

Bevor ihr Sohn auf die Straße sprang, drehte er sich um und winkte jemandem. Trotz ihrer Erschöpfung verzog Beverly den Mund zu einem breiten Lächeln.

Na also, er hat endlich einen Freund gefunden, dachte sie. Als er bei ihr war, nahm sie ihm den Rucksack ab, und sie liefen zum Haus. Er war zurück und er war in Sicherheit und er hatte einen neuen Freund – doch mit jedem Schritt schwand die Klarheit wieder. Sie wollte ihn fragen, wie es in der Schule gewesen war, wollte ihn fragen, mit wem er gerade gesprochen hatte, aber die Worte mochten nicht kommen. Erneut ermahnte sie sich, dass sie wegmussten, bevor der Mann mit dem Pick-up zurückkam, ermahnte sich, dass sie fliehen mussten, ehe es zu spät war. Doch die Angst, die sie zuvor empfunden hatte, verwandelte sich wieder in einen Dunst, wie Atem auf einem Spiegel. Sie kämpfte darum, die Augen offen zu halten. Tommie trat gegen einen Kiesel auf dem Weg, der davonschlitterte.

»Kommst du morgen mit zur Schule?«

Der Klang seiner Stimme erschreckte sie, und sie hatte Mühe zu verarbeiten, was er gesagt hatte. Dann fragte sie: »Warum soll ich mitkommen?«

»Es ist doch Spieltag, hast du das vergessen? Amelia hat gesagt, dass es echt lustig wird, und manche Mütter bringen Kuchen und Kekse mit. Du könntest auch mitkommen.«

Der Name kam ihr vage bekannt vor, sie fragte sich, wo sie ihn schon einmal gehört hatte.

»Mal sehen«, gab sie zurück, mehr ein Murmeln. Als

sie die Haustür öffnete, blieb Tommie stehen und betrachtete die Unordnung. Sie hätte ihn vorwarnen sollen, aber ihr hatte die Kraft dazu gefehlt.

Sie schlurfte in die Küche und holte einen Apfel, dann brachte sie Tommie ins Wohnzimmer. Mit dem letzten Rest Energie steckte sie den Fernseher ein und schaltete ihn an, der Bildschirm flackerte kurz, dann lief ein Zeichentrickfilm. Es war Scooby-Doo, den sie als Kind gern gesehen hatte, und Tommie hockte sich auf den Boden, sofort gefesselt. Dumpf hörte sie ihn von dem Apfel abbeißen, während sie sich auf die Couch legte, die Augen schon halb geschlossen. Geistesabwesend schob sie mit dem Fuß einen Stapel DVDs auf den Fußboden, damit sie sich richtig ausstrecken konnte. Scheppernd fielen sie auf den Teppich. Im Fernsehen wurden Scooby-Doo und seine Gang in einem Spuk-Freizeitpark gejagt. Obwohl sie kaum noch denken konnte, stellte sie fest, dass sie diese Folge kannte.

»Mum ist sehr müde, ich lege mich mal kurz hin, okay?«

Es gab noch so viel zu tun, bevor sie aufbrachen, dachte sie wieder, aber im nächsten Moment hatte sie das Gefühl zu fallen, und dann wurde alles dunkel, und sie schlief tief und fest.

38

Es war Abend, als sie wieder zu sich kam, das Flackern des Fernsehers ließ sie blinzeln und die Augen zusammenkneifen, bevor sie sie schließlich aufschlug. Die Welt draußen war schwarz, der Raum nur vom Bildschirm bläulich erhellt.

»Zeichentrickfilme«, murmelte sie.

»Mum?«

Beim Klang von Tommies Stimme wurde sie richtig wach, ihre Umgebung wurde scharf vor ihren Augen. Der Schrank stand schief, überall lagen Bücher und Krimskrams herum. Als Tommie sich zu ihr umdrehte, sah sie das Weiße in seinen Augen, obwohl der Rest von ihm schemenhaft blieb, wie ein Geist.

»Wie lange habe ich geschlafen?«, krächzte sie.

»Sehr lange. Ich habe versucht, dich zu wecken, aber es ging nicht.«

»Entschuldige.« Sie drückte die Finger auf ihre Augenlider, dann strich sie sich die Haare aus dem Gesicht, versuchte, ihre Durchblutung so weit anzuregen, dass sie sich überhaupt aufsetzen konnte. Am liebsten hätte sie die Augen wieder geschlossen, aber in dem Moment hörte sie Tommie erneut.

»Ich hab Hunger.«

Sie holte tief Luft und war endlich in der Lage, die Beine von der Couch zu schieben und sich hinzusetzen. Sie musste gegen den Drang ankämpfen, sich sofort wieder zu legen, und verschränkte die Hände. Ihr Geist und ihr Körper widersetzten sich immer noch dem Befehl aufzustehen. Im Fernsehen sprach SpongeBob mit einem Seestern; auf dem Teppich lag ein Apfelrest, der sich bereits braun verfärbte, daneben ein zweiter. Sie überlegte, sie aufzuheben oder zumindest Tommie zu bitten, sie in den Müll zu werfen, und stellte dann fest, dass es ihr egal war. Ihrem Gefühl nach hätte sie tausend

Jahre schlafen können, aber ihr Sohn brauchte etwas zu essen.

Sie stützte sich auf die Armlehne und erhob sich, musste aber erst einmal stehen bleiben, weil sie von Schwindel erfasst wurde. Erst als er langsam nachließ, schleppte sie sich in die Küche.

Statt des Deckenlichts schaltete sie die Lampe über dem Herd an. Selbst diese schmerzte ihr in den Augen, und auf dem Weg zum Spülbecken stolperte sie beinahe über den Haufen Putzmittel und konnte sich gerade noch fangen. Blinzelnd sah sie zur Uhr, wollte ausrechnen, wie lange sie geschlafen hatte. Sie vermochte sich nicht zu erinnern, wann Tommies Bus angekommen war. Entweder um Viertel vor oder um Viertel nach vier, in jedem Fall aber musste er bald ins Bett.

Er braucht etwas zu essen. Sie hatte das Gefühl, sich gar nicht in ihrem Körper zu befinden, als sie einen Topf mit warmem Wasser füllte, um zwei Hühnerkeulen aufzutauen. Irgendwie gelang es ihr, ihre Muskeln so weit unter Kontrolle zu behalten, dass sie Blumenkohl und Karotten schneiden und auf ein Blech legen konnte, das sie in den Ofen schob. Mit geschlossenen Augen lehnte sie sich an den Kühlschrank und erschlaffte, bis ihr plötzlich wieder einfiel, was vorhin passiert war. Auch wenn die Bilder von den Drogen und den Waffen und dem Mann mit dem Pick-up etwas Traumähnliches hatten, schrak sie zusammen.

»Tommie?«, rief sie bemüht ruhig.

»Ja?«

»War jemand hier, während ich geschlafen habe?«

»Nein.«

»Hast du ein Auto in der Einfahrt gesehen?«

»Nein.«

Sie schaute aus dem Fenster, grübelte, warum der Mann nicht zurückgekommen war, aber ihre Gedanken blieben zäh, irgendwie verwickelte sich alles. Immer noch an den Kühlschrank gelehnt, schloss sie die Augen wieder. Die Warnsignale, die sie vorhin wahrgenommen hatte, kamen ihr weit entfernt vor, als beträfen sie jemand anderen. Immerhin war sie noch geistesgegenwärtig genug, das restliche Fleisch aus der Truhe zu holen, damit es ebenfalls auftauen konnte.

Danach zwang sie sich, ihre Rolle als gute Mutter zu erfüllen. Obwohl ihre Bewegungen langsam und roboterhaft waren, briet sie die Hühnerkeulen in der gusseisernen Pfanne. Sie richtete alles auf zwei Tellern an, rief Tommie und hörte, wie der Fernseher ausgeschaltet wurde und er an den Tisch kam. Vor Erschöpfung hatte sie keinen Appetit, deshalb schob sie den Großteil ihrer Portion auf Tommies Teller. Sie gähnte einmal, dann mehrmals, und sobald Tommie aufgegessen hatte, schickte sie ihn zum Waschen und Zähneputzen. Sie ließ einfach alles auf dem Tisch stehen und ging auf die Veranda.

Im silbernen Mondlicht konnte sie die Scheune erkennen, dunkel und unheimlich, aber die Angst hatte etwas von einer Halluzination. Oben im Bad redete Tommie mit sich selbst, während er sich wusch. Ja, sie wusste, dass sie fliehen mussten, aber es gab noch so viel zu tun vorher, und ihr fehlte einfach die Kraft zum Anfangen. Mit schleppenden Schritten ging sie ins Haus und die Treppe hinauf.

Tommie hatte bereits seinen Schlafanzug an. Unvermittelt sah sie den Säugling in ihm, der er einmal gewesen war, und spürte ein schmerzliches Ziehen in der Brust.

»Hast du dich auch hinter den Ohren gewaschen?«

»Ich bin doch kein Baby mehr.«

Beverlys Gedanken trieben ohne ihr Zutun hin und her, verlangsamten sich noch weiter, während sie Tommie in sein Zimmer folgte. Einen Sekundenbruchteil waren die Wände himmelblau und begrenzt von einer Tapetenbordüre, auf der altmodische Szenen aus dem Landleben abgebildet waren; dann verwandelte sich der Raum zurück in sein reales Aussehen.

Beverly suchte Tommie ein sauberes T-Shirt und Unterwäsche heraus, und während er ins Bett stieg, dachte sie, wie sehr sie ihn doch liebte. Mit den Fingern kämmte sie ihm die Haare und gab ihm einen Kuss auf die Wange.

Zombiehaft kehrte sie ins Erdgeschoss zurück. Nur die Lampe über dem Herd brannte, verströmte gerade genug Licht, dass Beverly nicht über das Gerümpel auf dem Boden stolperte.

Ich muss aufräumen, dachte sie mit einem Blick auf das Fleisch. Aber sie lief nur noch auf Autopilot, ohne bewusste Kontrolle über ihren Körper, und schlurfte von der Küche ins Wohnzimmer. Sie legte sich auf die Couch, und ihre Augen fielen wieder zu.

Einen Moment lang kam ihr ein Pirat in den Sinn, der vom Empire State Building stürzte, und dann schlief sie auch schon.

39

Sie wurde erst wach, als sie Tommie die Treppe herunterkommen hörte. Graues Licht strömte durch die Fenster. Als sie sich streckte, fiel ihr schlagartig wieder ein, was in den vergangenen Tagen passiert war. Es drückte sie so nieder, dass sie fast weinen musste.

Sie erinnerte sich, dass ihre Mutter oft morgens geweint hatte, sah noch lebhaft die roten Augen vor sich, die um die Taille geschlungenen Arme, als versuchte sie, sich selbst zusammenzuhalten. In solchen Momenten wusste Beverly nie, was sie tun, wie sie ihre Mutter trösten sollte. Also hielt sie Abstand. Sie bereitete sich selbst ihr Frühstück zu und ging in die Schule, wo sie dann den restlichen Tag an ihrem Pult saß, die leiernden Vorträge der Lehrkräfte über sich ergehen ließ und dabei darüber grübelte, wie sie ihre Mutter nur so traurig gemacht hatte.

Ich bin nicht meine Mutter, sagte sie sich jetzt. Sie konzentrierte sich auf Tommie, setzte sich auf, bemühte sich, die Tränen zurückzuhalten, und schaffte es auch irgendwie. Mittlerweile stand Tommie in der Küche. Beverly ging zu ihm, begriff, dass sie eine weitere Nacht unbeschadet überstanden hatten. Darüber hätte sie sich freuen sollen; stattdessen aber empfand sie unterschwellig ein neues Grauen, als stünde ihnen das Schlimmste noch bevor.

»Hab ich den Bus verpasst?«, fragte Tommie, der offensichtlich nicht bemerkte, wie es ihr ging. »Ich will nicht zu spät kommen.«

Ach genau, der Spieltag, fiel ihr wieder ein. Beverly schielte nach der Uhr. »Nein, du hast noch Zeit. Machen wir dir vorher schnell Frühstück.«

Sie fühlte sich steif, als sie zum Schrank ging. Sie stellte Tommie eine Schale Cheerios auf den Tisch und glättete ihm den Haarwirbel mit dem Wachs. Dann ließ sie sich auf den Stuhl ihm gegenüber fallen und sah ihm beim Essen zu. Obwohl sie vom Schlaf noch leicht benommen war, wanderten ihre Gedanken von der Vergangenheit in die Zukunft. Sie konnte das Gefühl nicht abschütteln, dass Tommie es eigentlich so viel besser hätte haben müssen. Sie hätte ihm ein normales Heim bieten müssen und ein normales Leben, und jetzt stand sie kurz davor, ihn erneut aus seinem Umfeld zu reißen, weil sie Fehler gemacht hatte, die einer guten Mutter niemals unterlaufen wären. Sie war unsicher, ob sie ihn vorwarnen oder einfach wieder mitten in der Nacht wecken sollte, wie beim letzten Mal. Sie fragte sich, wo sie letztendlich landen und ob sie Arbeit finden und wie lange es dauern würde, bis ihr Leben sich wieder annähernd normal anfühlte. Sie hatte ja versucht, alles richtig zu machen, und trotzdem war irgendwie alles schiefgelaufen.

Es war nicht fair. Niemand verdiente ein Leben, wie sie es ihrem Sohn bot. Ihre Augen füllten sich mit Tränen. Sie wandte sich ab, damit Tommie es nicht sah.

»Gefällt es dir hier?«, fragte sie ihn, während ihre Gedanken weiter vor sich hin rasten. »Manchmal denke ich, es wäre schön, nah am Strand zu wohnen. Erinnerst du dich, dass wir mal am Strand waren? Als du noch jünger warst?«

Er war noch ein Kleinkind gewesen, und sie hatte ihn so dick mit Sonnenmilch eingecremt, dass der Sand an ihm kleben blieb. Sie hatten Sandburgen gebaut und im flachen Wasser geplanscht und den Möwen Trauben zugeworfen. Tommie hatte gekreischt vor Lachen, wenn der Schwarm von einer Stelle zur anderen flog. Gary war lieber Golfen gegangen an jenem Tag, und sie erinnerte sich, schon damals gedacht zu haben, dass sie mehr als Tommie nicht brauchte.

»Das war ein wunderschöner Tag.« Sie wusste, dass sie mehr mit sich selbst als mit ihm sprach. »Wir hatten so viel Spaß! Deshalb sollten wir das vielleicht noch mal machen. Wir suchen uns ein Haus nicht weit vom Strand, dann können wir im Sand spielen oder uns den Sonnenuntergang über dem Meer ansehen. Manchmal glaube ich, dass ich stundenlang einfach nur dasitzen und den Wellen zuhören könnte. Wäre das nicht toll?«

Tommie sah sie an. »Amelia hat gesagt, ich darf heute im Bus neben ihr sitzen.«

Diese Bemerkung verriet Beverly, dass ihr Sohn auf ihren Vorschlag nicht ansprang, was ihre Melancholie noch verstärkte. Sie stand auf, wischte sich die Tränen ab, schmierte ihm ein Pausenbrot und steckte es sofort mit einem Apfel zusammen in Tommies Rucksack, damit sie es nicht wieder vergaß. Der gestrige Tag schien eine Ewigkeit her zu sein.

Mittlerweile hatte Tommie aufgegessen. Als er die restliche Milch ausgetrunken und die Schale abgesetzt hatte, hatte er einen Milchschnurrbart. Sie wischte ihm den Mund ab. »Du weißt, dass ich dich lieb habe, oder?«

Als Tommie nickte, dachte sie erneut, sie sollte ihm die Wahrheit sagen, brachte aber die Worte nicht über die Lippen. Innerlich war sie zittrig und hasste sich für das, was sie ihm bald wieder zumuten würde.

Sie kniete sich vor ihn hin. »Komm, ich mach dir einen Doppelknoten, damit die Schnürsenkel beim Spielen nicht aufgehen.«

Schließlich setzte sie ihm den Rucksack auf, und sie verließen das Haus genau zum richtigen Zeitpunkt. Als sie die Straße erreichten, hielt der Bus gerade an. Sie gab Tommie einen Kuss auf die Wange und begleitete ihn noch bis zur Tür. Als er die Stufe hinaufstieg, winkte sie ihm noch einmal kurz zu, aber da er ihr den Rücken zuwandte, bemerkte er es nicht.

Sie machte kehrt, um zum Haus zurückzugehen, und sah es auf einmal wieder wie beim ersten Mal. Sie erinnerte sich, durch die Räume gelaufen zu sein und gedacht zu haben, dass gelbe Wände in der Küche perfekt wären. Sie hatte sich zu glauben gestattet, dass sich hier alles zum Guten wenden würde, doch als sie das Haus jetzt betrachtete, erkannte sie es als das, was es war: eine Falle, nur dazu da, sie mit einem Traum zu locken, der gleich wieder zerstört wurde.

Die Ungerechtigkeit ihrer Situation und ihre eigenen zahlreichen Fehler als Mutter bedrückten sie so sehr, dass sie sich, als die Tränen zu fließen begannen, nur noch mühsam zur Couch schleppen konnte.

40

Als sie endlich zu weinen aufhörte, war sie ausgelaugt und erschöpft. Sie wischte sich das Gesicht mit dem T-Shirt ab, wobei sie diverse braune Flecken auf dem Stoff entdeckte und erkannte, dass es Erde war.

Von dem Loch, das ich für die Waffen gegraben habe. Ihr Gesicht musste ebenfalls schmutzig sein, denn sie hatte ja nicht geduscht, und sie war erstaunt, dass Tommie gar nichts gesagt hatte. Vermutlich reagierte er genau wie sie als Kind, wenn sie nicht verstand, was mit ihrer Mutter los war. In solchen Momenten tat man besser so, als wäre alles in Ordnung, selbst wenn man Angst hatte. Kein Wunder, dass Tommie beim Abendessen nicht gesprochen und sie beim Frühstück kaum angesehen hatte. Er hatte Angst um sie und vor ihr gehabt, und diese Erkenntnis schnürte Beverly erneut die Kehle zu. Ein weiterer Fehler, einer von sehr vielen in letzter Zeit.

Das Weinen hatte ihr sämtliche Energie geraubt, und von der Couch aufzustehen war schwierig. Sie taumelte in die Küche und stellte den Wasserhahn an. Als sie sich das Gesicht wusch, spürte sie Erdkrümel in ihrem Haaransatz und in den Ohren, sogar in den Wimpern. Ein Spiegel hätte geholfen, aber nach oben ins Bad zu gehen, war zu anstrengend.

Als sie das Fleisch sah, das sie am Vorabend aus der Truhe geholt hatte, zog sie die Frischhaltefolie ab und legte alles auf einen Teller, damit sie das schon einmal erledigt hatte. In einer der offen stehenden Schubladen fand sie einen großen Topf, in dem sie die Bohnen einweichte. Es dauerte noch Stunden, bevor sie das Ganze zubereiten konnte. Sie überlegte, mit den Sandwiches anzufangen, aber als sie nach dem Brot griff, blitzte vor ihrem geistigen Auge ein Bild von Tommie auf, zwischen ihr und der älteren Frau in dem Kombi sitzend. In seinem Blick hatte nichts als Liebe und Vertrauen gelegen, und das brach ihr das Herz.

Wieder begannen ihre Gedanken, wild durcheinanderzuschwirren. Sie dachte an Tommie als Säugling, wenn sie ihn abends in den Schlaf wiegte, sie dachte daran, wie still er jetzt durch die Welt zu wandeln schien. Sie beschloss, die Sandwiches auf später zu verschieben, und obwohl sie den Grund dafür nicht ganz nachvollziehen konnte, stellte sie ihn nicht infrage. Noch einmal wunderte sie sich, wer um alles in der Welt auf die Idee hatte kommen können, Küchenwände orangefarben zu streichen.

So schnellten ihre Gedanken hin und her, von einer Erinnerung zur nächsten, und sie wusste, dass sie sie nur abschalten konnte, wenn sie wieder schlief. Doch stattdessen holte sie die restlichen Karotten aus dem Kühlschrank, legte sie auf die Arbeitsfläche und nahm das große Schneidemesser. Ihre Hände zitterten, sie sehnte sich danach weiterzuschlafen.

Ihre Bewegungen wurden immer unkoordinierter, bis sie plötzlich abrutschte und die Klinge ihr tief in den Zeigefinger schnitt, was sie in die Gegenwart zurückholte. Sie jaulte auf – schrie eigentlich – und beobachtete, wie sich erst ein Blutstropfen bildete und dann die gesamte lange Wunde sich rot färbte. Blut sickerte auf die Arbeitsfläche und auf ihr Oberteil. Sie drückte den Schnitt zusammen, kurzfristig fasziniert, bis der brennende Schmerz voll einsetzte. Als sie den Finger wieder losließ, floss noch mehr Blut, also hielt sie ihn unter fließendes Wasser, das rosa in den Abfluss rann. Sie stellte den Hahn ab, wickelte den Saum ihres Shirts um den Finger und dachte dabei, wenn sie jemand anderes wäre, mit einem anderen Leben, dann würde sie jetzt einfach ins Auto springen, in die Notaufnahme fahren und die Wunde nähen lassen.

Aber so war ihr Leben nicht, nicht mehr, und ihre Augen füllten sich mit Tränen. Eins nach dem anderen, sagte sie sich. Sie brauchte Verbandszeug, bezweifelte aber, dass welches im Haus war. Sie konnte sich nicht mehr erinnern, ob sie schon irgendwo Pflaster gesehen hatte, und ging nach oben, um in den Badezimmern zu suchen. In Tommies fand sie zum Glück in der zweitobersten Schublade welche.

Da sie beide Hände brauchte, um eins aus der Packung zu ziehen, kleckerte Blut auf den Waschtisch und das Pflaster, sodass es nicht mehr klebte. Auch das zweite wurde feucht, mit demselben Ergebnis. Eines nach dem anderen probierte sie aus, blutige Pflaster und Hüllen fielen auf den Boden. Endlich blieben zwei trocken, woraufhin Beverly den blutigen Finger erneut mit Wasser abspülte und ihn mit ihrem T-Shirt abtrocknete. Sie klebte das erste Pflaster auf und rasch das zweite darüber. Das verschaffte ihr genug Zeit, noch weitere auszupacken und anzubringen. Es schien zu funktionieren.

Ihr Finger pochte im Takt mit ihrem Puls, als sie nach unten ging.

Im Wohnzimmer und im Flur herrschte totales Chaos, und die Vorstellung, alles aufräumen und den Proviant vorbereiten und fliehen und schon wieder ein neues Leben beginnen zu müssen, war einfach zu viel. Ihr Verstand schaltete sich ab wie ein überlasteter Stromkreis, zurück blieb nur Traurigkeit.

Erschöpft ging sie zur Couch und machte es sich bequem. Sobald sie die Augen schloss, verblassten ihre Sorgen und Ängste, und sie schlief ein.

41

Obwohl sie stundenlang schlief, fühlte sie sich nach dem Aufwachen immer noch wie sediert. Mühsam setzte sie sich auf, ihr Kopf arbeitete in Zeitlupe. Erst nach einer Weile war sie imstande, den Raum zu fokussieren.

»Wie sieht es denn hier aus?«, fragte sie, erstaunt über die Unordnung, den schief stehenden Schrank, die halb grundierte Wand. Sie schlurfte in die Küche, um sich ein Glas Wasser zu holen. Beim Trinken spürte sie das Pochen in ihrem Finger, den Wundschmerz. Sie senkte den Kopf und sah, dass das Blut durch die Pflaster gesickert war und sie braun gefärbt hatte. Es war ekelhaft, aber sie hatte nicht vor, sie zu wechseln, genauso wenig wie sie vorhatte, das Wohnzimmer oder den Rest des Hauses aufzuräumen. Oder auch Sandwiches zu schmieren oder weiter Karotten zu schneiden. Nichts davon wollte sie tun, zumindest nicht, bis sie sich etwas mehr wie sie selbst fühlte.

Also ging sie auf die Veranda. Sie drehte den Kopf von einer Seite zur anderen, bemerkte die Landarbeiter, die sich allerdings weiter vom Haus entfernt befanden als am Vortag, auf einem anderen Feld beschäftigt waren. Der Himmel war grau und bewölkt. Es wehte auch eine Brise, ziemlich stetig, und Beverly überlegte, ob das bedeutete, dass es bald regnete.

Auch wenn Regen ihre Flucht sicherlich verkomplizieren würde, fehlte ihr die Energie, sich darüber zu sorgen, vielmehr versank sie unwillkürlich in Erinnerungen an ihre Mutter.

Ihre Mutter war auch oft ganz furchtbar müde gewesen, hatte manchmal zwei oder drei Tage hintereinander im Bett verbracht. Beverly wusste noch, dass sie zu ihr gegangen war und sie geschüttelt, sie angefleht hatte aufzuwachen, weil es nichts zu essen gab. Manchmal erhob ihre Mutter sich dann, schleppte sich in die Küche und wärmte ihr Nudelsuppe auf; an anderen Tagen gelang es Beverly nicht, sie aufzuwecken.

So schwer diese Tage aber auch gewesen waren, sie waren ein Klacks im Vergleich zu jenen, an denen ihre Mutter weinte und weinte, egal, wie Beverly ihr zu helfen versuchte. Sie erinnerte sich, dann immer Angst bekommen zu haben. Mütter durften doch nicht weinen. Wobei es nicht nur die Tränen oder das erstickte Schluchzen waren, die ihr zusetzten. Es war das Aussehen ihrer Mutter, mit den schmutzigen Kleidern und dem in alle Richtungen abstehenden Haar und dem gequälten Ausdruck auf dem Gesicht. Sie bewegte sich sogar anders als sonst, als wäre jeder Schritt irgendwie schmerzhaft.

Außerdem konnte ihre Mutter ihr nie erklären, was sie überhaupt so traurig machte. Es spielte keine Rolle, ob Beverly brav ihr Zimmer aufräumte oder nicht, ob sie leise spielte oder Lärm machte; die trüben Tage kamen unweigerlich.

So nannte ihre Mutter sie. Trübe Tage. Als Beverly älter wurde und verstand, was mit trübe gemeint war, nahm sie an, dass es im übertragenen Sinne gemeint war; erst noch später dämmerte ihr, dass ihre Mutter das auch buchstäblich meinte.

Und so fühlte Beverly sich jetzt gerade, erkannte sie. Als würde sie langsam von einem dichten, trüben Nebel eingehüllt. Keine gemütliche Trübheit wie an einem Winterabend, wenn man sich zu Hause einkuschelte. Es war eine finstere Trübheit, so dunkel und tief, dass sie an den Rändern regelrecht schwarz wurde, abweisend und kalt und so schwer, dass es fast unmöglich wurde, sich für irgendetwas zu interessieren.

»Ich bin nicht wie meine Mutter«, wiederholte sie, doch im selben Moment fragte sie sich, ob das wirklich stimmte.

42

Langsam ging sie ins Haus, versuchte, die Ahnung zu verdrängen, dass – egal, wie gut sie sich vorbereitete – sie irgendeinen Fehler machen würde, der sie früher oder später einholte.

Aus dem Küchenschrank holte sie die Keksdose mit ihrem Bargeld. Sie zählte es, rechnete zur Sicherheit noch einmal nach und spürte erneut den Druck hinter den Augen entstehen, weil sie wusste, dass es nicht reichte. Nicht einmal annähernd, und sie rief sich wieder das Bild von sich mit einem Pappschild vor Augen, mit dem sie um Geld bettelte, nur um ihren Sohn zu ernähren.

Was hatte es überhaupt für einen Zweck, sich noch länger zu bemühen? Und warum konnte die Eigentümerin dieses Hauses hier nicht einfach eine Frau sein, die etwas zusätzliches Geld benötigte, statt eine, die Beverly für irgendetwas Gesetzwidriges benutzte? Beverly konnte sich leicht ausmalen, dass der Mann mit dem Pick-up und die Eigentümerin an einem ramponierten Küchentisch saßen, mit Bargeld und Waffen und Drogen vor sich ausgebreitet.

Bei dem Gedanken drehte sich ihr der Magen um, und der trübe Nebel verdichtete sich. Sie schweifte eine Weile ab, doch dann konzentrierte sie sich auf die Arbeitsfläche. Dort lagen das Messer und die Karotten mit den Blutstropfen darauf, was sie an ihren Finger erinnerte, der im Takt mit ihrem Puls pochte. Seltsam war das, als hätte er seinen eigenen kleinen Organismus, abgetrennt von ihrem restlichen Körper.

Widerstrebend nahm sie die Karotte, die sie vorhin geputzt hatte, kam dann aber zu dem Schluss, dass sie sie Tommie auf keinen Fall zu essen geben würde, selbst wenn sie sie schälte, bis sie nur noch so dünn wie ein Bleistift war. Sie warf sie ins Spülbecken und ergriff eine andere Karotte, versuchte, sich zu konzentrieren, damit sie nicht wieder abrutschte. Als sie geschnitten war, überlegte Beverly sich, dass sie besser gleichzeitig schon das Hühnchen briet.

Das Fleisch lag auf dem Teller, fertig aufgetaut. Sie suchte nach der Pfanne und stellte fest, dass sie noch vom Vorabend auf dem Herd stand. Sie schaltete die Platte ein und legte sämtliche Hühnerkeulen in die Pfanne, dann widmete sie sich wieder den Karotten. Doch als sie nach dem Messer griff, kam ihr unwillkürlich das Bild vor Augen, wie sie mit Tommie am Straßenrand stand, bis auf die Haut durchnässt vom strömenden Regen, im Dunklen, während vorbeifahrende Autos sie beide mit Wasser vollspritzten. Wie lange konnte Tommie durchhalten, bevor er zu zittern begann oder krank wurde? Die Vorstellung war herzzerreißend, und bedrückt lief Beverly aus der Küche. Sie dachte nicht darüber nach, was sie vorhatte oder wohin sie ging; es war, als würde sie von einem unsichtbaren Seil gezogen. Ihre Gedanken lösten sich in nichts auf.

Sie stieg die Treppe hinauf und blieb an der Schwelle zu Tommies Zimmer stehen. Dort hatten Waffen unter dem Bett gelegen, und sie begriff, dass Tommie sie gesehen haben musste und ihr nur nicht Bescheid gesagt hatte. Bei dieser Erkenntnis klinkte sich ihr Verstand wieder aus, es war zu schrecklich, darüber nachzudenken.

Als nach einer Weile der Raum wieder scharf vor ihren Augen wurde, entdeckte sie »Ein lustiges Hundeleben« und die Iron-Man-Figur auf dem Nachttischchen, und sie ermahnte sich, sie beim Packen nicht zu vergessen, aber selbst das drang nur schwach zu ihrem Bewusstsein durch. Sie wusste nicht mehr, warum sie überhaupt in dieses Zimmer gekommen war, und erst als sie etwas Verbranntes roch, fiel ihr plötzlich das Hühnchen wieder ein.

Die Küche war von Qualm erfüllt. Beverly rannte zum Herd und fasste instinktiv den Griff der Pfanne an. Ein glühend heißer Schmerz durchfuhr sie, ihre Haut zischte hörbar. Mit einem Schrei ließ Beverly die Pfanne fallen, die krachend auf dem Herd auftraf. Panisch riss sie diverse Lappen aus einer Schublade, bis sie einen Ofenhandschuh fand und ihn über die verletzte Hand streifte. Sie versuchte, den Schmerz zu ignorieren, und zog die Pfanne von der heißen Platte.

In einem anderen Leben, einem, in dem nicht jedes Essenskrümelchen kostbar wäre, hätte sie die Pfanne einfach unter den Wasserhahn gehalten, um den Rauch zu ersticken, und dann alles in den Müll gekippt. So aber stellte sie die Pfanne auf eine andere Platte. Sie holte einen Teller aus dem Schrank in der Hoffnung, das Hühnchen noch irgendwie retten zu können. Mit einer Gabel nahm sie die Keulen aus der immer noch qualmenden Pfanne, die Unterseite jeweils schwarz, die Oberseite noch roh. Erst als sie alle auf den Teller gelegt hatte, hielt sie die zischende Pfanne unter fließendes Wasser.

Jetzt spürte sie den Schmerz in ihrer verbrannten Hand auflodern. Sie sah, dass sich auf der Innenfläche und den Fingern bereits Blasen bildeten. Sie hielt die Hand unter den Wasserhahn, doch das kalte Wasser verschlimmerte den Schmerz noch, und sie riss sie hastig weg. Der Geruch nach verbranntem Hühnchen verursachte ihr Übelkeit. Auf keinen Fall konnte Tommie etwas davon essen, was bedeutete, sie hatten noch weniger

Proviant auf ihrer Flucht. Wie sollte sie irgendetwas geschafft bekommen mit einer verbrannten Hand und einem tiefen Schnitt am Finger der anderen? Es war ein weiteres Versagen in einer langen Geschichte des Versagens. Wie hatte sich jemals einbilden können, als Mutter geeignet zu sein?

43

In den nächsten Stunden machte Beverly gar nichts. Sie erinnerte sich kaum, auf die Veranda gegangen zu sein, nahm nichts wahr als den dichten, trüben Nebel, der jeden Gedanken zu vergiften schien. Ihre Hand und ihr Finger schmerzten, aber in ihrer wachsenden Schwermut spürte sie beides kaum.

Ich muss Tommie sehen, war ihr einziger klarer Gedanke.

Erst dann wurde alles anders; erst dann würde sich der trübe Nebel verflüchtigen. Er war ihr Rettungsanker, wurde ihr dunkel bewusst, und sie musste sein ernsthaftes Gesichtchen sehen, wenn er aus dem Bus stieg. Sie wollte ihm den Haarwirbel glatt streichen und ihm sagen, dass sie ihn lieb hatte.

Also stand sie auf, spähte durch das Fenster zur Wanduhr und stellte fest, dass der Bus bald kommen musste. Sie lief Richtung Straße, ohne jegliches Interesse an schwarzen SUV oder Männern in Pick-ups oder Landarbeitern, die sie beobachten könnten. Es gab nur eines, was wichtig war.

Sie setzte sich auf den Baumstumpf. Der Schmerz der Verbrennung drängte sich in ihr Bewusstsein. Erst jetzt fiel ihr ein, dass sie die Hand vielleicht verbinden oder eine Salbe dafür suchen sollte, aber sie hatte Angst, Tommies Ankunft zu verpassen.

Die Wolken waren dichter geworden, manche schon dunkelgrau. Das Laub an den Bäumen murmelte im Wetterwechsel. Ein Kardinal, der auf einem Zaunpfosten hockte, schien sie zu beobachten.

Beverly starrte auf die Straße und wartete. Der Schmerz in ihrer Hand kam und ging in Wellen. Sie öffnete die Faust, ließ ihre Haut von der Brise streicheln, aber das machte es noch schlimmer, also schloss sie sie wieder. Der Kardinal flog fort, wurde kleiner und kleiner. Beverly spürte den trüben Nebel sie von allen Seiten umschlingen.

Der Bus tauchte nicht auf, sie wartete und wartete. Irgendwann stiegen die Landarbeiter auf die Ladeflächen von Pick-ups, und die Wagen verließen die Felder, bogen auf die Straße und verschwanden schließlich außer Sicht. Von ferne hörte man Donner grollen. Immer noch kein Bus.

Beverly ging zurück auf die Veranda, um durch das Fenster auf die Küchenuhr zu sehen. Der Bus war entweder eine halbe Stunde oder eine ganze zu spät, sie erinnerte sich nicht. Sie lief wieder zu dem Baumstumpf. Unruhe verwandelte sich in Verärgerung und mit der Zeit in Besorgnis. Als schließlich Angst einsetzte, klarte der trübe Nebel auf, ohne jedoch Antworten zu enthüllen.

Wo war der Bus?

Wo war ihr Sohn?

Beverly stockte der Atem, weil sie eine schreckliche Vorahnung bekam. Sie rannte zum Haus und stürmte durch die Tür. Es fiel ihr schwer, nicht vom Schlimmsten auszugehen. Sie grübelte, was zu tun war. Hatte der Bus eine Panne gehabt, oder hatte Tommie ihn verpasst, und er hatte deswegen nicht vor ihrem Haus gehalten, weshalb sie ihn übersehen hatte? War Tommie noch in der Schule? Sie musste ihm entgegenlaufen, oder sie hatte Glück und wurde mitgenommen. Plötzlich wünschte sie, es gäbe einen Nachbarn in der Nähe, eine nette alte Dame, die ihnen zum Einzug einen Kuchen als Willkommensgruß gebracht hätte, aber es war ja niemand gekommen …

Falls der Bus liegengeblieben war, musste sie es wissen. Falls Tommie noch in der Schule war, musste sie ihn abholen. Sie stolperte über den Inhalt der Schränke und fiel der Länge nach hin, schlug mit dem Knie heftig auf dem Linoleumboden auf, aber sie spürte es kaum, während sie sich wieder aufrichtete. Sie dachte nur an die Verkleidung, die sie tragen musste, obwohl sie eigentlich nicht die Zeit hatte, sie anzulegen.

Als sie die Treppe hinaufgehumpelt war und vor ihrem Zimmer stand, erstarrte sie. Es war völlig verwüstet, Kleider lagen überall verstreut, Schranktüren standen offen, selbst das Bettzeug war auf den Boden geknüllt. Sie blinzelte verständnislos.

War sie das gewesen? Gestern? Als sie das Haus durchsucht hatte? Sie entsann sich noch, das Fach unter der Küchenspüle ausgeräumt zu haben und die Speisekammer und den Flurschrank und die Verandaregale, aber als sie nach oben ging, war sie schon so panisch gewesen, dass ihre Erinnerungen nur schemenhaft waren. Sie hatte den Wäscheschrank leer geräumt, aber war sie das hier auch gewesen? Möglich war es wohl, aber sie erinnerte sich einfach nicht. Und wenn sie es nicht gewesen war …

Ihre Kehle schnürte sich zu, als ihr der Mann mit dem Pick-up einfiel.

War er im Haus gewesen, während sie am Bach das Loch gegraben hatte?

Sie musste sich am Türrahmen abstützen. Wollte es nicht glauben, wollte nicht denken, dass sie so lange zum Graben gebraucht hatte, wollte nicht wahrhaben, dass jemand in ihrer Abwesenheit durch das Haus gestürmt war und das hier getan hatte, wollte nicht einmal überlegen, was passiert wäre, wenn sie da gewesen wäre, als der Mann durch die Tür kam …

Nein, dachte sie, auf einmal klar vor Angst. Sie durfte sich nicht damit befassen, durfte nicht vom Thema abschweifen. Im Moment zählte nur Tommie.

Sie wappnete sich innerlich, trat ins Schlafzimmer und begutachtete die Verwüstung. Dann ging sie ins Bad. Ihre Perücke lag genau da, wo sie sie hingelegt hatte, daneben ihre Kappe. Im Spiegel bemerkte sie das Blut auf ihrem Shirt und zog es aus, nahm das saubere, das an der Duschstange hing.

Als sie sich danach genauer im Spiegel betrachtete, erkannte sie die hagere, verzweifelte Frau darin kaum. Aber zum Schminken blieb keine Zeit. Der Schmerz in ihrer Hand und dem Finger machte es fast unmöglich, ihre Haare hochzustecken, sie hielt es kaum aus. Nachdem sie die Perücke aufgesetzt hatte, zog sie die Kappe darüber und suchte am Bett nach ihren Schuhen. Dort stellte sie sie normalerweise hin, konnte sie aber nirgends entdecken. Wegen der vielen Kleidungsstücke auf dem Boden musste sie mit dem Fuß die Haufen durchwühlen, ohne Erfolg. Unter dem Bett waren sie ebenfalls nicht, und plötzlich erinnerte sie sich, dass sie auf der Couch geschlafen hatte. Sie musste sie unten ausgezogen haben.

Sie war schon auf dem Weg zur Tür, als sie über die Schulter noch mal einen Blick in den jetzt leeren Schrank warf. Langsam wurde das Bild scharf. Einen Augenblick später gaben ihre Beine nach. Halb ohnmächtig sank sie auf die Knie, starrte entsetzt auf das Paar Christian Louboutins mit den roten Sohlen, das Gary ihr einmal zum Geburtstag geschenkt hatte.

Das Paar, das sie nicht mitgenommen hatte.

44

Es waren ihre Schuhe, keine Frage; sie erkannte es an der Schachtel und an dem winzigen Kratzer an der Spitze des einen Schuhs, von dem ersten Abend, an dem sie sie getragen hatte. Und sie wunderte sich auch nicht darüber, wie oder warum sie ins Haus gelangt waren. Es war eindeutig.

Gary hat sie gebracht.

Er hatte gewusst, dass sie und Tommie weglaufen würden, er musste es die ganze Zeit gewusst haben. Es spielte keine Rolle, dass in den Busbahnhöfen Kameras installiert waren; wahrscheinlich hatte Gary Poster mit

Beverlys Foto an sämtliche Polizeistationen im Land verteilt. Ach, nicht mal das war nötig gewesen, er hatte ja gewusst, dass sie nicht viel Gepäck mitnähme, also hatte er GPS-Tracker in die Rucksäcke eingenäht. Und wo auch immer er sich aufgehalten hatte, er hatte sich einfach zurückgelehnt und ihren Weg in den nächsten Tagen auf seinem Handy oder Computer mitverfolgt. Er wusste, dass sie sich von Fremden im Auto mitnehmen ließ, wusste, dass sie in dem Motel übernachtete und in das Lokal ging, war vielleicht sogar aus der Ferne, unsichtbar, dabei, als sie das Haus besichtigte. Wahrscheinlich hatte er alles auf einer Art Karte sehen können, über Satellit oder so, und mithilfe seiner guten Kontakte die Eigentümerin ermittelt.

Beverly riss sich die Perücke vom Kopf und taumelte die Treppe hinunter, ihr war schwindlig von ihrer eigenen Dummheit. Draußen blitzte es, ein krachender Donner folgte. Regen setzte ein, brachte das Haus zum Vibrieren, als führe ein Zug dicht daran vorbei, aber in ihre eigenen Gedanken versunken, bemerkte sie nichts davon.

Gary hatte die Hauseigentümerin kontaktiert, natürlich. Sehr wahrscheinlich telefonisch, bevor sie Beverly das Haus überhaupt zeigte. Er hatte ihr eine Lügengeschichte aufgetischt, dass sie der Regierung bei irgendwelchen Ermittlungen helfen könne, möglicherweise ihr auch Geld geboten und ihr Anweisungen gegeben, was sie zu tun hatte. Was erklärte, warum die Frau Beverly nicht die üblichen Fragen gestellt oder um ihren Ausweis oder sonstige Unterlagen gebeten hatte. Es erklärte, warum die Frau bereit gewesen war, Bargeld zu akzeptieren.

Der Rest war einfach. Gary hatte Leute geschickt, um sie zu überwachen, Männer mit zerbeulten Pick-ups, um nicht aufzufallen. Darauf folgte ein wenig psychologische Kriegsführung: Bei seinem ersten Besuch hatte der Mann mit dem Pick-up die Waffen und Drogen im Haus hinterlassen. Wobei er so umsichtig gewesen war, seine Stiefel auszuziehen, weshalb drinnen keine Abdrücke zu finden gewesen waren. Gary kannte Beverly und sah genau voraus, wie sie reagieren würde; er wusste, dass sie sonst sofort in Panik geraten wäre. Beim zweiten Mal hatte der Mann dann ihr Zimmer verwüstet, um sie noch weiter aus dem Gleichgewicht zu bringen und zu terrorisieren. Gleichzeitig hatte er seine Leute auf den Feldern postiert, die sie beobachteten, damit er genau wusste, wann sie zu fliehen vorhatte.

Beverly stolperte zur Couch, ihre Gedanken verlangsamten sich, als die Puzzleteile ineinandergriffen. Während sie eingekauft oder die Küche gestrichen hatte, war Gary offenbar in die Schule gefahren, um dort Vorbereitungen zu treffen. Er hatte dem Direktor und den Lehrerinnen und dem Busfahrer erklärt, Beverly habe ihren gemeinsamen Sohn entführt. Mit Sicherheit hatte er betont, dass sie gefährlich war und sowohl Waffen als auch Drogen im Haus zu vermuten seien. Vielleicht hatte er ihnen sogar Fotos als Beweis gezeigt. Er hatte selbstverständlich seine Sorge um Tommies Sicherheit unterstrichen. Auf eine Art und Weise, die gleichzeitig amtlich und vernünftig klang, hatte er ihnen mitgeteilt, Tommie müsse am besten in der Schule gerettet werden, weil dabei nicht das Risiko bestand, dass ihm etwas zustieß.

Und jetzt? Bald schon würden sicherlich die Polizei oder der Sheriff kommen, um sie zu verhaften. Wahrscheinlich waren sie bereits unterwegs, während sie hier auf der Couch saß, aber der Gedanke, den Rest ihres Lebens im Gefängnis zu verbringen, war nichts im Vergleich zu der Vorstellung, ihren Sohn nie wieder zu sehen.

Tommie ist weg, sprach eine Stimme in ihrem Kopf, während der trübe Nebel sie erneut übermannte. *Tommie ist weg.* Es gab keine Lösung, keinen Ausweg. Es gab keine Zukunft für sie. Ihre Gedanken verschwammen immer weiter, bis ihr Kopf leer war und nur noch Emotionen blieben, so finster wie der Nebel. Tommie war weg, und sie musste ins Gefängnis, und Gary würde seine Wut an seinem Sohn auslassen, und ihr lieber kleiner Junge würde zu einem brutalen, gefährlichen Mann heranwachsen.

Blitze zuckten am Himmel, der Donner übertönte noch den prasselnden Regen. Das Haus wurde düster, noch bedrückender, aber es bedeutete absolut gar nichts. Das Leben bedeutete nichts, und die Zukunft war noch schwärzer als die Welt dort draußen, egal, was Beverly tat. Jede Straße, die sie sich vorgestellt hatte, war zu einer Sackgasse geworden, es gab nichts als Sackgassen, die im Nichts endeten.

Tommie.

Sie begriff, dass sie ihn niemals beim Fußball oder Football oder Baseball von der Tribüne aus anfeuern, dass sie ihm nie vor einem Schulball die Krawatte binden würde. Sie würde nicht erleben, wie er sich zum ersten Mal verliebte oder sich an Weihnachten auf die Bescherung freute. Sie würde ihn nicht Auto fahren sehen, sich zu einem jungen Mann entwickeln oder sein Schulzeugnis erhalten und aufs College gehen sehen, und sie würde nie wieder sein Lachen hören.

All das war zu Staub und Asche zerfallen, doch selbst Weinen erschien sinnlos. Alles war sinnlos, und lange konnte sie nicht den Willen aufbringen, sich zu bewegen. Ihre Atmung verlangsamte sich, während der trübe Nebel noch dichter wurde, Schmerz und Kummer und unendliche Traurigkeit mit sich brachte, als würde ihre Seele vergiftet. Die Vergangenheit war ein einziges Grauen, und die Zukunft verhieß nichts als Leid, doch die Gegenwart war noch schlimmer, erstickend in ihrer Intensität.

Bedächtig stand sie auf. Wie in Trance stieg sie die Treppe hinauf, mit schmerzhaftem Pochen in Hand und Knie und Finger. All das geschah ihr recht, denn sie hatte ihren Sohn im Stich gelassen.

In dem Korb im Badezimmer fand sie die Pillendöschen, die sie in dem Schränkchen gefunden hatte. Sie nahm sie mit in Tommies Zimmer, setzte sich auf die Bettkante und suchte nach dem, das sie brauchte. Eine nach der anderen holte sie heraus und las die Etiketten, warf die auf den Boden, die sie nicht kannte. Nach einer Weile fand sie das Röhrchen mit dem Schlafmittel, noch mehr als halb voll. Sie legte die Tüte weg, verließ das Zimmer und ging zurück nach unten.

In der Küche ignorierte sie den Geruch von verbranntem Hühnchen und verrottendem Hamburgerfleisch. Sie ignorierte die Unordnung und das Blut auf der Arbeitsfläche. Sie füllte ein Glas mit Wasser aus dem Hahn. Sie sah aus dem Fenster, in dem Wissen, dass Gary bald kommen musste, begleitet von einer Schar von Polizisten. Inzwischen war ihr egal, ob sie verhaftet wurde; ihr war alles egal, denn nichts hatte mehr eine Bedeutung und es gab keinen Ausweg.

Schließlich ging sie wieder nach oben in Tommies Zimmer und setzte sich auf sein Bett. Sie kippte die Tabletten in ihre Hand, warf sie sich in den Mund und spülte sie mit dem Wasser hinunter. Dann legte sie sich auf den Rücken und bemerkte, dass Tommies Duft sich mittlerweile vollständig verflüchtigt hatte. Doch bald war es vorbei, und das Gefühl von Endgültigkeit schrillte so laut in ihrer Seele, dass es alles übertönte, was sie in den vergangenen Stunden empfunden hatte.

Beverly schloss die Augen und spürte eine kurze Erleichterung.

Dann spürte sie nichts mehr.

TEIL VII

COLBY

45

Ich hatte gehofft, Morgan und ich könnten noch gemütlich zusammen frühstücken, aber sie teilte mir mit, sie müsse zur Probe. Sie küsste mich, sprang unter die Dusche, und nachdem sie sich das Sommerkleid angezogen hatte, fuhr ich sie zum Hotel.

In der Lobby bemerkte ich, dass ihr Blick kurz zu einer Familie mit Kindern huschte, bevor sie mir noch einen keuschen Kuss gab, der in mir die Sehnsucht nach mehr weckte. Sie hatte mich eingeladen, mich später zu ihr und ihren Freundinnen an den Pool zu gesellen, und obwohl ich sie lieber für mich allein gehabt hätte, verstand ich sie, denn es war auch ihre letzte gemeinsame Woche.

Ich joggte eine kürzere Runde als üblich und kaufte mir dann zum Frühstück an einem Stand Tacos, die ich noch schwitzend auf dem Parkplatz aß, in Gedanken bei Morgan.

Auf der Fahrt zum Hotel war sie still gewesen, offenbar leicht benommen, was ich nachvollziehen konnte, weil es mir ebenso ging. Es war eigentlich nicht möglich, sich so schnell zu verlieben, doch genau das war uns beiden passiert, und vermutlich brauchte sie etwas Zeit, um es zu verarbeiten. Außerdem ahnte ich, dass sie sich nicht gerade auf das Gespräch freute, das sie unweigerlich mit ihren Freundinnen führen musste. Wenn sie selbst schon kaum begriff, was geschehen war, rechnete sie wahrscheinlich nicht damit, dass ihre Freundinnen es verstanden.

Ich hingegen dachte zusätzlich schon daran, dass Morgan und mir nur noch wenige Tage blieben, und machte mir Sorgen, sie könnte in den nächsten Stunden erkennen, dass sie sich in ihren Gefühlen getäuscht hatte.

Zurück in der Wohnung, duschte ich und räumte auf. Zur vereinbarten Zeit fuhr ich zum Don CeSar und ging zum Pool. Morgan und ihre Freundinnen waren bereits dort und sonnten sich in ihren Bikinis. Auf den Tischchen zwischen den Liegestühlen lagen diverse Tuben mit Sonnencreme, dazu eine große Flasche Wasser und Gläser mit einem Rest von grüner Flüssigkeit. Netterweise war mir ein Stuhl neben Morgan freigehalten worden, mit zwei gefalteten Handtüchern darauf.

Holly entdeckte mich als Erste und begrüßte mich mit einem schnellen »Hallo«; die anderen (auch Morgan) winkten lässig, als wäre ihnen nicht bewusst, dass Morgan in der Nacht nicht zurück ins Hotel gekommen war. Ich überlegte, ob ich Morgan küssen sollte, entschied mich aber dagegen, um sie nicht in Verlegenheit zu bringen, und gab mich so cool ich konnte.

Ein paar Minuten lang sprach niemand; wir hätten genauso gut Fremde sein können, die rein zufällig nebeneinandersaßen. Vielleicht hatte ich mich geirrt, dachte ich; vielleicht hatte Morgan die Situation gar nicht mit ihren Freundinnen besprochen.

Schließlich allerdings räusperte sich Maria. »Also, Colby, wie war denn deine Nacht so?«, fragte sie.

Sofort brachen alle in Gekicher aus. Da das Eis endlich gebrochen war, wandte ich mich Morgan zu.

»Bereust du es?«, fragte ich halblaut.

Sie schenkte mir ein fröhliches Lächeln. »Kein bisschen.«

46

Zum Glück stellte niemand Morgan oder mir aufdringliche Fragen, wobei das auffällige Meiden des Themas mir verriet, dass Morgan wohl schon mehr oder weniger alles ausgeplaudert hatte. Den Tag über unterhielten wir uns und sprangen hin und wieder zum Abkühlen in den Pool. Wir bestellten uns an der Bar eine Kleinigkeit zu essen, und hinterher gingen Morgan und ich am Strand spazieren. Ich hielt ihre Hand und dachte, wie perfekt sie doch in meine passte.

Am frühen Abend trennten wir uns. Morgan verkündete, sie wolle sich etwas hinlegen, und nachdem ich unsere gebrauchten Hotel-Handtücher in die Tonne gelegt hatte, zog ich mir mein T-Shirt und meine Flipflops an. Morgan hatte sich mittlerweile ihr Strandkleid übergezogen.

»Hättest du Lust, nachher mit mir zu essen?«, fragte ich.

»Was hattest du dir denn gedacht?«

»Wie wäre es mit einem Picknick am Strand?«

Sie nahm mein Gesicht zwischen ihre Hände und küsste mich sanft. »Das klingt perfekt.«

47

Wir verabredeten uns für halb acht hinter dem Hotel. Wie Morgan wollte auch ich mich vorher etwas ausruhen. Ich schlief ein, sobald mein Kopf auf das Kissen traf.

Überraschend erfrischt wachte ich auf, als der Wecker klingelte, duschte, zog mich an und bestellte in einem Restaurant in der Nähe zwei griechische Salate, einen mit Lachs und einen mit gegrillten Garnelen. Auf dem Weg zum Don CeSar besorgte ich außerdem noch eine Tüte Eis und ein paar Flaschen Eistee und Wasser.

Ich suchte uns ein schönes Plätzchen bei der Düne neben dem Hotel und breitete eine Decke aus, die ich aus der Ferienwohnung mitgenommen hatte. Gerade als ich eine Wasserflasche aufgeschraubt hatte, sah ich Morgan auf mich zukommen. Ich stand auf, umarmte sie und bot ihr einen Klappstuhl an, den ich ebenfalls mitgebracht hatte.

»Was gibt es denn zu essen?«, fragte sie. »Ich bin am Verhungern.«

Ich holte die Salate aus der Kühlbox, und nach dem Essen setzten wir uns in den Sand, mit dem Rücken an die Düne gelehnt. Ich legte den Arm um Morgan, und sie kuschelte sich an mich, während der Himmel allmählich seine wundersame Verwandlung begann. Blau wurde zu Gelb, dann zu Orange und schließlich zu Rot, durchzogen von rosa Streifen, die bis aufs Wasser reichten. Wie aufs Stichwort ging der Mond genau in dem Moment auf, als die Sonne versank.

»Ich möchte dich für morgen um einen Gefallen bitten«, sagte ich schließlich.

Morgan drehte sich zu mir um. »Klar.«

Ich erklärte ihr, was ich wollte, und sie antwortete zwar nicht, lehnte aber auch nicht ab, was ich als positives Zeichen nahm.

Später gingen wir in meine Wohnung, küssten uns leidenschaftlich und zogen einander schon auf dem Weg zum Schlafzimmer aus. Wir liebten uns zärtlich und gleichzeitig ungeduldig, und hinterher schlang Morgan ihre Arme und Beine um mich und legte den Kopf auf meine Brust.

Als sie schließlich eindöste, entwand ich mich ihr sanft und stand auf. Ich wickelte mir ein Handtuch um und ging ins Wohnzimmer, das von durch die Balkontür strömendem Mondlicht erhellt wurde.

Während ich die silbrige Scheibe über den Baumwipfeln betrachtete, dachte ich darüber nach, wie sehr ich Morgan liebte, und staunte, wie anders mein eigenes Leben durch die Linse dieser neuen Gefühle betrachtet aussah. Natürlich ging mir auch durch den Kopf, dass ein weiterer Tag vergangen war und Morgan mich bald verließ, und ich grübelte, was aus uns werden sollte. Mir graute davor, dass eine Entscheidung bevorstand, eine, die mir vielleicht das Herz brach.

Nachdem ich wieder ins Bett gegangen war, presste ich mich an Morgans Körper. Selbst im Schlaf reagierte sie auf meine Anwesenheit und schmiegte sich an mich. Ich atmete ihren Duft ein und fühlte mich vollständig. Es dauerte etwas, bis ich wieder in den Schlaf fand, aber ich war mir sicher, dass ich dann von ihr träumen würde.

48

Am nächsten Morgen überredete Morgan mich, mit ihr und ihren Freundinnen nach ihrer Probe das Dalí-Museum zu besichtigen.

Wir hielten Händchen, während wir uns die Bilder ansahen, die ich, das muss ich zugeben, viel interessanter als erwartet fand. Maria schien recht solide Kenntnisse über den Künstler zu haben und erklärte ausführlich, was das Besondere an diesem oder jenem Gemälde war, und es gab vier oder fünf, zu denen ich mehrmals zurückkehrte. Sie regten mich definitiv zum Nachdenken an.

Hinterher fuhren wir zum Clearwater Beach, bohrten unsere nackten Füße in den feinen weißen Sand und ließen uns im warmen Wasser des Golfs von Mexiko treiben. Ich musste früher aufbrechen, um rechtzeitig zu meinem Auftritt zurück zu sein, und erinnerte Morgan noch einmal an meine Bitte, und wieder schwieg sie dazu. Ich küsste sie lange und flüsterte ihr zu, dass ich sie liebe, ohne mich im Geringsten darum zu scheren, was ihre Freundinnen sagen mochten, wenn ich weg war.

An jenem Donnerstag war deutlich mehr Publikum da als am Dienstag, wenig überraschend bei dem wunderbaren Wetter. Und während ich schon spielte, trudelten weitere Zuhörer ein. Bald schon war kaum noch Platz zum Stehen. Wieder war ich überrascht über die vielen Nachfragen nach meinen eigenen Songs – ganz offensichtlich hörten sich die Leute meine Aufnahmen online an – und mischte die Stücke natürlich sehr gern unter meine eigentliche Playlist. Alles in allem wurde im Publikum mindestens so viel getrunken wie am vorangegangenen Wochenende, und Ray und seine Angestellten hatten mit den Bestellungen gut zu tun.

Ungefähr zwanzig Minuten vor Schluss tauchten Morgan und ihre Freundinnen auf, und viele drehten sich nach ihnen um. Ich stimmte sofort den Song an, der von Morgan inspiriert war, gefolgt von ein paar Liedern zum Mitsingen, um die Menge in Stimmung zu bringen. Obwohl ich immer noch unsicher war, wie Morgan sich verhalten würde, räusperte ich mich und tippte aufs Mikro, dann richtete ich den Blick auf sie.

»Vor Kurzem habe ich eine ganz besondere Sängerin gehört und sie gebeten, heute Abend ein Lied vorzustellen. Noch hat sie nicht zugesagt, aber wenn ihr sie auch hören wollt, dann fordert Morgan Lee doch bitte jetzt auf, zu mir auf die Bühne zu kommen.«

Wie erwartet johlte und kreischte das Publikum. Da ich Morgans Verlegenheit bemerkte, streckte ich ihr meine Hand entgegen, während Holly, Stacy und Maria jubelten und sie aufgeregt anstupsten. Mir schien ihr Zögern weniger daran zu liegen, dass sie verärgert war, sondern dass schlicht Nervosität sie ergriffen hatte. Als sie schließlich auf mich zukam, grölten die Zuschauer vor Begeisterung. Ihre Freundinnen folgten ihr mit gezückten Handys zur Bühne, um sie zu filmen.

Ich reichte Morgan die Hand und trat zurück, als sie schließlich nach dem Mikrofon griff. Sie rief auf ihrem Handy die Fotos auf, die sie von dem fertigen Text gemacht hatte.

Ich beobachtete sie, während sie die Zeilen durchlas.

»Wie wäre es, wenn ich schon mal ein Intro spiele und so lange wiederhole, bis du mir das Signal gibst, dass du bereit bist?«

Sie nickte, den Blick fest auf den kleinen Bildschirm gerichtet. Aus unerfindlichen Gründen schien ihre Nervosität die Vorfreude des Publikums noch zu steigern.

Ich begann die erste Strophe anzustimmen und wartete auf ihr Zeichen. Als ich am Ende des Refrains angelangt war, nickte sie, wiegte sich kaum merklich zur Musik und hob den Kopf.

Ich spielte das Stück von vorn, und schon bei den allerersten Tönen, die Morgan sang, war ich nicht der Einzige, der gebannt war. Es wurde mucksmäuschenstill, die Anwesenden waren wie paralysiert von der Klarheit und Kraft dieser Stimme. Als sie dann noch begann, über die Bühne zu tanzen, erwachten alle aus ihrer Starre und klatschten mit. Ihre Freundinnen filmten konzentriert, aber ich sah ihnen an, dass sie am liebsten auch mit den anderen ausgeflippt wären.

Der Song war mitreißend, und je stärker das Publikum mitging, desto stärker reagierte Morgan darauf.

Ihre Stimme hatte Opernqualität, und als sie gegen Ende des Lieds ein kraftvolles Vibrato erklingen ließ, erhoben sich noch die Letzten von ihren Sitzen. Auf den hohen Schlusston folgte tosender Applaus. Morgan war eine Sensation, und jeder dort wusste das.

Sofort wurde eine Zugabe gefordert, doch Morgan lehnte mit einem Kopfschütteln ab und steckte das Mikrofon in den Ständer zurück. Sie stieg von der Bühne und wurde von ihren Freundinnen umringt, die völlig ausgelassen vor Freude wirkten.

Da ich noch ein paar Minuten Programm zu füllen hatte und mir klar war, dass es dumm wäre, auf Morgans Stück eines von meinen eigenen zu spielen, entschied ich mich für einen Dauerbrenner, *American Pie*. Schon bei den ersten Akkorden wandte sich die Aufmerksamkeit der Zuschauer wieder mir zu, und bald sangen alle mit, wie ich vorausgesehen hatte. Unterdessen zogen sich die Freundinnen wieder nach hinten zurück, selig und aufgedreht.

Nach dem Song stellte ich meine Gitarre ab, um Platz für die nächste Band zu machen, die ich schon hinter den Kulissen entdeckt hatte, und drängte mich durch die Menge zu Morgan durch. Als ich sie erreichte und ihre Hand nahm, wirkte sie eigenartig verhalten.

»Du warst unglaublich«, sagte ich. »Alle fanden dich toll.«

Sie küsste mich sanft.

»Ich finde dich trotzdem noch besser.«

49

Nachdem wir zum Abschluss des Tages essen gegangen waren, fuhren wir alle in einen Klub in St. Petersburg. Es war nicht so voll wie am Wochenende, aber für einen Donnerstag nicht übel, und wir fünf tanzten zu schnellen Techno-Beats. Besser gesagt tanzten die vier Freundinnen, während ich hauptsächlich von einem Fuß auf den anderen trat und versuchte, möglichst nicht aufzufallen.

Es wurde ziemlich spät, und Morgan fuhr mit mir in meine Wohnung, während die anderen sich ein Taxi zum

Hotel nahmen. Unterwegs gestand sie mir, dass Holly und Stacy sie schon bedrängten, das Video von ihrem Auftritt ins Netz zu stellen.

»Was meinst du?«, fragte sie unsicher. »Glaubst du, es wäre ein Fehler?«

»Warum sollte das ein Fehler sein?«

»Was weiß ich, ist es denn gut genug? Was, wenn zum Beispiel ein Talentscout von einer Plattenfirma auf das Video stößt und es gleich wieder wegklickt? Es hat ja nicht gerade Studioqualität, und ich hatte das Gefühl, ein bisschen heiser zu sein. Außerdem konnte ich mich nicht warmsingen und kannte den Text nicht hundertprozentig auswendig …«

»Morgan.« Ich nahm eine Hand vom Lenkrad und legte sie auf ihre. »Hör auf damit.«

Als sie mir das Gesicht zuwandte, sprach ich weiter. »Du warst fantastisch. Wer das Video sieht, merkt sofort, dass in dir ein Superstar steckt.«

Verlegen schlug Morgan sich die Hände vors Gesicht, aber ich bemerkte das Grinsen, das zwischen den Fingern hervorlugte.

Am nächsten Morgen fuhr ich sie zu ihrem Hotel. Die Unterhaltung im Auto verlief gedämpft, und obwohl wir verabredeten, uns einige Stunden später am Pool wieder zu treffen, war Morgan stiller als sonst, ihre Miene bedrückt.

Ich fragte nicht nach dem Grund, denn ich kannte ihn bereits.

Unsere gemeinsame Zeit näherte sich rasch ihrem Ende.

50

Da ich am kommenden Tag auftreten musste, wollte ich diesen Freitagabend unvergesslich machen. Nach einer kurzen Internet-Recherche buchte ich eine Fahrt mit einem Katamaran bei Sonnenuntergang. Bei dem Preis zuckte ich kurz zusammen, aber natürlich war es mir die Sache wert.

Darüber hinaus wollte ich abends kochen, weshalb ich erneut in den Supermarkt musste, weil ich dem Hühnchen, das ich vor dem Stromausfall gekauft hatte, nicht mehr ganz traute. Dazu brauchte ich ein Rezept, das gut klang und gleichzeitig extrem einfach war. Letzten Endes kam ich erst um halb zwölf im Don CeSar an.

Dieses Mal waren die Frauen am Strand, und wieder war ein Stuhl für mich neben Morgan reserviert worden. Obwohl ich kurz erwog, nur Morgan auf den Katamaran-Ausflug einzuladen, mochte ich ihre Freundinnen mittlerweile gern und dachte, es würde ihnen ebenfalls Spaß machen. Ihre Begeisterung überstieg allerdings noch meine Erwartung; immer wieder erwähnten sie, wie sehr sie sich darauf freuten, wofür ich mit dankbaren Blicken von Morgan belohnt wurde.

Mittags schlenderten wir allein los, und nach dem Essen spazierten wir über den Strand und wateten in die Brandung, um uns abzukühlen; ich konnte mir leicht eine Zukunft mit Morgan vorstellen – wenn ich doch nur den Mut besessen hätte, es möglich zu machen.

Am späten Nachmittag zogen sich alle in ihre Zimmer zurück, um sich umzuziehen. Auch ich fuhr in meine

Wohnung, holte die anderen dann später am Hotel ab und fuhr sie zum Hafen.

Holly, Stacy und Maria knipsten Selfies, sobald sie einen Fuß an Bord gesetzt hatten, was Morgan mit einem Augenverdrehen quittierte. Das Schiff war nicht riesig groß, wahrscheinlich hatten etwa sieben bis acht Gäste darauf Platz, und zum Entzücken der Freundinnen gab es Obst und Käse und Sekt umsonst. Morgan trank zu meiner Überraschung ebenfalls einen Schluck mit, und wir stießen alle an.

Wir verließen den Hafen und fuhren am Ufer entlang. Zweimal entdeckten wir Delfine, die neben dem Boot her schwammen. Der spektakuläre Sonnenuntergang wirkte draußen auf dem Wasser irgendwie näher, als segelten wir direkt hinein. Den Wind im Gesicht, schmiegte Morgan sich an mich, und ich hielt sie im Arm, während wir über die sanften Wellen glitten. Immer wieder forderten ihre Freundinnen uns auf, für Fotos zu posieren, aber nach einigen Aufnahmen verscheuchte Morgan sie, da sie den Moment nur für uns allein haben wollte.

Als wir wieder am Ufer waren schlugen die drei vor, in St. Pete auszugehen. Obwohl ich anbot mitzukommen, falls Morgan sich ihnen anschließen wollte, schüttelte sie den Kopf und sagte, sie wolle lieber mit mir in die Wohnung fahren.

In der kleinen Küche sah Morgan mir zu, als ich den Ofen vorheizte und zwei große Kartoffeln hineinlegte. Danach holte ich die bereits marinierten Hühnerbrüste aus dem Kühlschrank und legte sie auf ein Backblech. Auf ein weiteres Blech kam mit Olivenöl und Salz bestrichener Spargel.

»Ich bin beeindruckt.« Sie zog eine Augenbraue hoch.

»Nicht nötig. Das habe ich heute Morgen gegoogelt.«

Als ich die Tomaten für den Salat schnitt, schlang Morgan mir von hinten die Arme um die Taille und küsste mich hinter das Ohr. »Kann ich irgendwie helfen?«

»Du könntest die Gurken schneiden«, sagte ich, allerdings widerstrebend, weil ich nicht wollte, dass sie mich losließ.

Sie nahm aus einer der Schubladen ein Messer, wusch die Gurke unter dem Wasserhahn ab und stellte sich neben mich. Sie grinste unterdrückt, als ginge ihr ein Witz durch den Kopf.

»Was ist so lustig?«

»Das hier«, sagte sie. »Mit dir zu kochen. Fühlt sich sehr häuslich an, aber irgendwie mag ich es.«

»Besser als Zimmerservice?«

»So weit würde ich auch wieder nicht gehen.«

Ich lachte. »Hast du als Kind deiner Mutter in der Küche geholfen?«

»Eigentlich nicht. Die Küche war für sie ein Ort der Entspannung. Da hat sie sich ein Glas Wein eingegossen und das Radio angeschaltet und ihr Ding gemacht. Meine Schwester und ich mussten hinterher aufräumen. Das hat meine Mutter gehasst. Ich fand es natürlich auch nicht so toll, aber was konnte ich schon tun?«

Der Timer auf meinem Handy klingelte, woraufhin ich die Bleche aus dem Ofen holte. Zum Glück war das Hühnchen genau so geworden, wie das Rezept es verhieß. Nachdem ich uns aufgetan hatte, trug ich die Teller, den Salat und eine Flasche gekauftes Dressing zum Tisch. Als wir saßen, machte Morgan eine prüfende Miene.

»Da fehlt noch was«, sagte sie.

Sie stand wieder auf, drehte eine schnelle Runde durch die Wohnung und kam mit den Kerzen und Streichhölzern zurück. Nachdem sie sie angezündet hatte, schaltete sie das Licht in der Küche aus.

»Besser, findest du nicht?«, fragte sie, während sie sich hinsetzte.

Ihr Gesicht im Kerzenlicht weckte Erinnerungen an unsere erste gemeinsam verbrachte Nacht, und ich konnte nur wortlos nicken.

Morgan schien das Hühnchen wirklich zu mögen und nahm sogar noch nach, dazu aß sie eine halbe Ofenkartoffel und großzügige Portionen Salat und Spargel.

Nachdem wir den Tisch abgeräumt hatten, erstaunte sie mich damit, dass sie fragte, ob von dem Wein noch etwas übrig war. Sie stellte die Kerzen auf den Couchtisch, und ich setzte mich mit den Gläsern neben sie. Währenddessen scrollte sie durch die Fotos von der Sonnenuntergangsfahrt. Ich beugte mich über ihre Schulter, um sie mir ebenfalls anzusehen, und fand Morgan unglaublich fotogen.

»Kannst du mir die schicken?«

»Das kann ich doch mit AirDrop machen.«

»Was ist das?«

Sie verdrehte die Augen. »Nimm dein Handy und drück auf Annehmen, wenn was reinkommt.«

Ich gehorchte, und im nächsten Moment waren die Fotos auf meinem Telefon.

»Kennst du wirklich AirDrop nicht?« Morgan lachte.

»Wenn *du* meinen Alltag kennen würdest, hättest du die Frage nicht gestellt.«

Sie grinste, dann wurde sie still und starrte in ihr Weinglas. Ich holte tief Luft. Ich wusste, was jetzt kam. Es war ein Thema, für das ich nicht ganz bereit war, bei dem mir Antworten fehlten.

»Was wird aus uns?«, fragte sie leise.

»Das weiß ich nicht.«

»Was möchtest du denn?« Immer noch hatte sie den Blick auf ihren Wein gerichtet. »Möchtest du, dass wir zusammen sind?«

»Natürlich!«

»Aber was heißt das? Hast du darüber schon nachgedacht?«

»Ich denke über nichts anderes nach«, gestand ich und musterte sie.

Endlich hob sie den Blick, in dem ein seltsames Feuer brannte. »Weißt du, was ich glaube?«

»Keine Ahnung.«

Sie stellte das Weinglas ab und nahm meine Hände in ihre. »Ich glaube, du solltest mit mir nach Nashville kommen.«

Mir stockte der Atem. »Nach Nashville?«

»Du könntest zuerst nach Hause fahren und auf dem Hof alles in die Wege leiten, dir so viel Zeit nehmen, wie du brauchst. Und dann treffen wir uns in Nashville. Wir sind zusammen, schreiben Songs, verfolgen unsere Träume – das ist unsere große Chance. Wenn es klappt, kannst du ja neue Leute einstellen oder mehr anpflanzen oder diese Weiderinder anschaffen, wie deine Tante vorgeschlagen hat. Der Unterschied ist nur, dass du nicht selbst die Arbeit machen müsstest.«

In meinem Kopf drehte sich alles. »Morgan …«

»Moment noch«, sagte sie mit einem Drängen in der Stimme. »Lass mich bitte ausreden, ja? Du und ich, also … ich hätte es nie für möglich gehalten, mich in nur wenigen Tagen in jemanden zu verlieben. Ich bin nicht der Typ, der so romantisch unterwegs ist, auf der Suche nach einem Märchenprinzen. Aber du und ich … ach, ich weiß auch nicht. Vom ersten Moment an haben wir einfach irgendwie zusammengepasst.«

Als wäre die Scheibe eines Zahlenschlosses eingerastet, dachte ich unwillkürlich.

»Ich hatte von Anfang an das Gefühl, dich zu kennen und dir vertrauen zu können. Das ist mir noch nie passiert. Und dann, als wir zusammen Musik gemacht haben …« Sie schwieg kurz, die Miene voller Hoffnung und Staunen. »Ich hab mich noch nie mit jemandem so im Einklang gefühlt.« Sie sah mich durchdringend an. »Das willst du doch auch nicht verlieren, oder? Du willst mich doch nicht verlieren?«

»Nein. Ich will mit dir zusammen sein.«

»Dann komm mit. Zieh nach Nashville, sobald du kannst.«

»Aber der Hof. Meine Schwester –«

»Du hast selbst gesagt, dass es jetzt besser läuft und dass du einen Verwalter hast. Und wenn deine Schwester auch Lust auf Nashville hat, bring sie einfach mit. Wahrscheinlich kann sie ihr Geschäft von überall führen, oder?«

Ich dachte an Paige, an all das, was ich Morgan noch nicht erzählt hatte. »Du verstehst nicht –«

»Was gibt es da zu verstehen? Sie ist ein erwachsener Mensch.« Sie atmete tief durch, bevor sie fortfuhr: »Du hast eine tolle Stimme. Du bist ein toller Songwriter. Du hast eine Gabe, von der andere nur träumen können. Das solltest du nicht verkümmern lassen.«

»Ich bin nicht wie du.« Plötzlich fühlte ich mich in der Falle, brauchte eine Ausrede. Irgendeine Ausrede. »Du hast dich nicht auf der Bühne gesehen.«

Ihre Miene wurde fast wehmütig. »Das Problem ist: Du siehst dich auch nicht. Du siehst nicht, was ich sehe. Oder das Publikum. Du verstehst doch auch, dass Musik eine Macht hat, etwas, das Menschen überall auf der Welt miteinander teilen können, stimmt's? Es ist wie eine Sprache, etwas, das Menschen miteinander verbinden kann und das größer ist als du und ich oder irgendjemand. Hast du schon mal überlegt, wie viel Freude du anderen bringen könntest? Du bist zu gut, um auf dem Bauernhof zu bleiben.«

Mir war so schwindlig, dass mir nichts anderes zu sagen einfiel als das Offensichtliche. »Ich will dich nicht verlieren.«

»Dann lass es nicht dazu kommen«, drängte sie. »Ist es dein Ernst, dass du mich liebst?«

»Ja!«

»Dann bitte, ehe du Nein sagst, und selbst wenn du nicht nach Nashville kommen willst, bloß weil *ich* es für dich richtig finde oder weil wir dort zusammen sein könnten: Tu es für dich.« Sie zog die Beine hoch, kniete sich auf die Couch und sah mich an. »Denk wenigstens darüber nach, ja?«

Während sie sprach, konnte ich es mir so gut vorstellen. Zusammen Songs zu schreiben, eine neue Stadt zu entdecken, sich gemeinsam etwas aufzubauen. Das

Leben zu genießen, ohne die Sorgen und den Stress, die meinen Alltag im Augenblick bestimmten. Und sie hatte ja recht damit, dass meine Tante und der Verwalter sich um das Tagesgeschäft kümmern konnten. Jetzt, da alles sich eingespielt hatte, war es viel einfacher, aber …

Aber …

Paige.

Ich atmete tief durch, meine Gedanken und Gefühle in heftigem Aufruhr.

»Ist gut«, sagte ich endlich. »Ich denke darüber nach.«

51

An jenem Abend sprachen wir nicht mehr davon, aber das Ganze beschäftigte und verwirrte mich. Damit, dass sie fragen würde, wie ich mir eine Fernbeziehung vorstellte, hatte ich gerechnet; ihr Vorschlag, ihr nach Nashville zu folgen, überrumpelte mich dagegen.

Als wir zusammen auf der Couch lagen, musste ich mir eingestehen, dass mein Traum von einem Musikerleben noch gelegentlich in mir aufflackerte. Außerdem war mir der Gedanke, Morgan zu verlieren, unerträglich, und als sie mich auf den Hals küsste, wechselten wir wortlos vom Sofa ins Schlafzimmer, wo wir unserem Verlangen freien Lauf ließen, ohne Erklärungen, ohne Zweifel.

Am nächsten Morgen brachte ich Morgan zum Hotel. Statt zu joggen, ging ich danach zwei Stunden am Strand spazieren, um über alles, was sie am Vorabend gesagt hatte, in Ruhe nachzudenken.

Schließlich lenkte ich meine Schritte Richtung Don CeSar. Als ich näher kam, fiel mir auf, dass es am Strand schon jetzt, am Vormittag, ungewöhnlich voll war. Erst dachte ich mir nichts dabei, bis mir klar wurde, dass es mit dem Videodreh von Morgan und ihren Freundinnen zu tun hatte.

Meiner Schätzung nach standen mehrere Hundert Leute hinter dem Hotel, hauptsächlich halbwüchsige Mädchen. Als ich auf meinem Handy TikTok aufrief, sah ich, dass die vier sowohl jeweils auf ihrem Einzel- als auch auf dem Gruppen-Account in den letzten Tagen einiges gepostet hatten, Ausschnitte von ihren Proben, Videos, auf denen sie sich schminkten oder im Hotelzimmer herumalberten. Und immer begleitet von der Ankündigung, wann und wo sie ihre nächste Choreografie vorstellten, und der Aufforderung, sie sich anzusehen.

Dennoch verwunderte mich das Ausmaß der Verehrung. Dass sie populär waren, hatte ich ja gewusst, dass sich aber Hunderte von Menschen einfinden würden, ihrem Videodreh beizuwohnen, war mir dann doch nicht klar gewesen.

Ich schickte Morgan eine Nachricht, dass ich da sei. Nach ein paar Minuten schrieb sie zurück, ob ich vielleicht beim Filmen helfen könne, was ich bereitwillig zusagte.

Es war schon nach zwölf Uhr, und immer noch war von den vieren weit und breit nichts zu entdecken. Das Publikum dagegen wuchs und wuchs, immer mehr trafen am Strand ein. Ich lief von rechts nach links, um die beste Stelle zum Filmen zu finden, obwohl ich mir eingestehen musste, dass ich mich damit eigentlich nicht auskannte.

Irgendwann hörte ich ein Raunen aus der Zuschauermenge. Obwohl ich größer war als die meisten der jüngeren Fans, konnte ich nur die Haare der Freundinnen erkennen, die offenbar dabei waren, sich auf der Hotelterrasse für die Aufnahme aufzustellen. Hunderte von Handys wurden in die Luft gereckt.

Ein paar Minuten nahmen sich die vier Zeit für Selfies und Autogramme. Unterdessen versuchte ich, zu ihnen durchzudringen, was sich aber als unmöglich erwies, weshalb ich letzten Endes zum Vordereingang des Hotels lief und durch das Gebäude über den Poolbereich zu ihnen stieß. Sobald sie mich entdeckten, machte sich Erleichterung auf ihren Mienen breit.

»Das ist so verrückt!«, rief Morgan. »Damit haben wir nicht gerechnet. Wir waren nicht sicher, ob überhaupt jemand auftaucht, geschweige denn so viele!«

»Und wir haben keine Ahnung, wie wir am Strand ausreichend Platz für uns schaffen sollen«, jammerte Stacy.

»Warum tretet ihr nicht einfach hier auf der Terrasse auf?«

»Das finden die vom Hotel vermutlich nicht so toll.« Morgan hatte besorgt die Augenbrauen zusammengezogen.

»Ihr seid Gäste hier«, hielt ich dagegen. »Also dürft ihr euch auf der Terrasse aufhalten. Und es sind ja nur drei Songs, oder? Bevor jemand was mitkriegt, ist es schon vorbei.«

Die vier besprachen sich kurz und kamen zu dem

Schluss, dass meine Idee die brauchbarste Lösung schien. Holly und Stacy stellten ihre Taschen an der Seite ab und kehrten mit zwei professionell aussehenden Kameras und Stativen zurück, die sie direkt vor der Terrasse positionierten. Maria und Morgan wiederum montierten zwei Handys ebenfalls auf Stative. Ich bekam von Holly eine dritte Kamera in die Hand gedrückt.

»Deine Aufgabe ist, das Publikum ein bisschen zurückzudrängen und zu filmen. Die Aufnahmen können wir dann später reinschneiden. Und du stellst bitte die Musik an, wenn ich dir das Signal gebe.«

»Alles klar«, sagte ich.

Während die vier ihre Outfits und ihr Make-up noch einmal überprüften und sich zum Aufwärmen etwas dehnten, scheuchte ich die Zuschauer ein Stück von der Terrasse zurück. Außerdem bat ich die vorderen Reihen, sich hinzusetzen, damit man von hinten auch etwas sehen konnte, und zu meiner Überraschung wurde es befolgt. Dann wies Holly mir meinen Platz zu und erklärte mir, was für Material sie sich vorstellte, im Prinzip sowohl Totalen als auch Nahaufnahmen von einzelnen Fans. Ich stellte mich neben die Box, und die vier nahmen ihre Positionen ein.

Fast sofort verstummte das Publikum. Ich drückte auf Play und erschrak über die Lautstärke. Zumindest war gesichert, dass jeder die Musik hören konnte. Während ich filmte, beobachtete ich Morgan und ihre Freundinnen aus dem Augenwinkel. Die vier tanzten ihre Choreografie absolut synchron; so makellos und souverän, wie ihr Auftritt war, hätte es genauso gut die Halbzeit-Show des Super Bowl sein können.

Das Publikum flippte regelrecht aus, und ich filmte viele Mädchen, die entweder die Schritte nachzutanzen versuchten oder, ganz in die Musik versunken, ihre eigenen erfanden. Alles in allem dauerte der Auftritt von Morgan und ihren Freundinnen gut zehn Minuten.

Als sie geendet hatten, klatschte und johlte das Publikum, manche der Teenager riefen ihre Namen. »Morgan, hi-ier!« »Stacy, wir lieben dich!« Ich filmte noch, wie sie einigen ihrer Fans diverse Schritte zeigte, aber da ihnen bewusst war, dass sie den anderen Hotelgästen den Zugang zum Strand versperrten, packten wir bald zusammen. Ich wurde gebeten, die Ausrüstung zu tragen, und während Morgan und ihre Freundinnen sich winkend und Kusshände in die Menge werfend ins Hotel zurückzogen, trottete ich wie ein überladener Packesel hinter ihnen her.

Es war bereits Nachmittag, als wir uns wieder in den Poolbereich wagten. Ich organisierte einige Stühle und Handtücher. Als die Kellnerin kam, wurde ein Pitcher Strawberry Margaritas mit fünf Gläsern bestellt. Offenbar war es Zeit zu feiern.

In dem Moment hörte ich mein Handy auf dem Tischchen neben den Liegestühlen vibrieren. Als ich den Namen des Verwalters aufblinken sah, hielt ich es mir hastig ans Ohr.

Weniger als dreißig Sekunden später entfernte ich mich von der Gruppe, alles Blut war mir aus dem Gesicht gewichen.

Mir wurde übel, und als ich auflegte, war mir zumute, als wäre meine Welt plötzlich zusammengebrochen. Hastig wählte ich die Nummer meiner Schwester, aber sie hob nicht ab. Die Freundinnen mussten meine Miene bemerkt haben, denn als ich schließlich zurückkam, sprang Morgan sofort auf und fasste nach meiner Hand.

»Was ist denn los? Wer war das?«

Mir schwirrte so der Kopf, dass ich kaum sprechen konnte.

»Das war Toby. Der Verwalter auf dem Hof. Meine Tante hatte einen Schlaganfall.«

Morgan schlug sich die Hand vor den Mund. »O mein Gott! Wie geht es ihr?«

»Das weiß ich nicht. Aber ich muss nach Hause.«

»Jetzt gleich?«

»Meine Schwester geht nicht ans Telefon.«

»Und?«

Ich schluckte, insgeheim betend, dass es daran lag, dass sie bei meiner Tante im Krankenhaus war. Aber ich konnte nicht umhin zu befürchten, dass das Schlimmste noch bevorstand.

»Sie hat mich auch nicht angerufen.«

»Was bedeutet das?«

Vor lauter Sorge hörte ich nur halb hin. »Nichts Gutes.«

Wie benommen küsste ich Morgan zum Abschied, rannte zu meinem Pick-up und raste zur Wohnung. Ich warf all meine Sachen in den Koffer und war kaum zehn Minuten später auf dem Highway.

Unter normalen Umständen hätte ich elf Stunden nach Hause gebraucht.

Ich hoffte, es in weniger als neun zu schaffen.

52

Mit Bleifuß fuhr ich über den Damm Richtung Tampa, Toby auf Lautsprecher gestellt.

»Erzähl mir bitte noch einmal alles«, sagte ich. »Von Anfang an.«

Ich kannte Toby schon mein gesamtes Leben, und obwohl er immer unerschütterlich gewirkt hatte, konnte ich jetzt die Anspannung in seiner Stimme hören.

»Es war am Dienstagmorgen«, sagte er nach einer kurzen Pause. »Und Angie war im Büro, als ich ankam, wie üblich. Ich habe ihr berichtet, wie die Reparaturen am Bewässerungssystem laufen, die wir gerade durchführen, und danach haben wir uns mit dem Bauunternehmer getroffen, der den Ausbau des Gewächshauses leitet. Das hat ungefähr eine Stunde gedauert. Danach ist sie wieder ins Büro gefahren, und sie wirkte ganz normal. Wenn ich geahnt hätte, dass was nicht stimmte …«

»Ich mache dir keinen Vorwurf«, versicherte ich ihm. »Was ist dann passiert?«

»Xavier war kurz vor der Mittagspause bei ihr. Es gab ein Problem mit dem mopack.« Damit meinte er das System für die Verpackung der Eier. »Xavier fiel auf, dass mit ihrem Auge etwas nicht stimmte. Das Lid hing herab, und als er sie danach fragte, konnte sie nicht mehr klar sprechen. Er bekam Angst und rief mich an, und ich fuhr sofort hin. Es war auf den ersten Blick klar, dass etwas überhaupt nicht in Ordnung war, also rief ich den Krankenwagen. Die Sanitäter meinten, sie hätte gerade einen Schlaganfall, deshalb wurde sie sofort in die Klinik gefahren.«

»Warum hast du mir nicht Bescheid gesagt?«

»Ich hatte angenommen, dass Paige das macht«, erwiderte er nervös. »Ich habe sie ja direkt angerufen, und sie kam auch und ist dem Krankenwagen in die Klinik gefolgt. Ich weiß, dass sie dort war, als deine Tante operiert wurde. Deshalb dachte ich, dass sie die ganze Zeit dort geblieben ist. Tut mir leid.«

Mir wurde bewusst, dass meine Fingerknöchel weiß geworden waren, weil ich das Lenkrad so fest umklammerte, und ich versuchte, mich etwas zu lockern.

»Operiert?«

»Um das Gerinnsel zu entfernen«, erklärte er. »Zumindest hat Paige das gesagt.«

»Wie geht es Angie jetzt?«

»Ich habe heute noch nicht mit den Ärzten gesprochen –«

»Als du bei ihr warst, meine ich«, unterbrach ich ihn. »Ist sie bei Bewusstsein? Liegt sie auf der Intensivstation?«

»Laut Paige lief die OP gut. Angie liegt nicht auf Intensiv. Sie ist wach, aber ihre linke Gesichtshälfte ist gelähmt, deshalb ist sie ein bisschen schwer zu verstehen. Und der linke Arm und das linke Bein sind sehr schwach.«

»Ist Paige bei ihr? Jetzt gerade?«

»Ich glaube schon.«

»Wann warst du zuletzt im Krankenhaus?«

Er musste meine Besorgnis herausgehört haben, denn jetzt sprach er noch schneller.

»Ich war heute bei ihr, direkt bevor ich dich angerufen habe. Eine halbe Stunde ungefähr. Aber das war mein erster Besuch seit ein paar Tagen.«

»Hast du Paige denn dort gesehen?«

»Nein, aber wo sollte sie sonst sein? Zu Hause ist sie nicht. Ich war ein paarmal da und hab sogar in der Scheune nachgesehen.«

»Wann hast du zuletzt mit ihr gesprochen?«

»Anfang der Woche im Krankenhaus.«

Ich beschleunigte noch weiter, sodass ich den Gegenverkehr nur verschwommen wahrnahm. Auch wenn das gefährlich war, öffnete ich mit einer Hand die App *Wo ist?*, um Paiges Handy zu orten. Es befand sich in unserem Haus, und ich atmete erleichtert auf. Ein gutes Zeichen.

Oder nicht?

53

Wieder rief ich bei Paige an. Landete auf der Mailbox.

Als ich die Autobahn erreichte, probierte ich es erneut bei meiner Schwester.

Mit demselben Ergebnis.

Ich schielte nach der App. Keine Veränderung.

Ich fuhr noch schneller.

54

Ich rief im Krankenhaus an, wurde weitergeleitet und weitergeleitet und erwischte endlich eine Schwester, die allerdings gerade erst ihre Schicht angetreten und seit

Anfang der Woche nicht gearbeitet hatte. Viele nützliche Informationen bezüglich meiner Tante konnte sie mir dementsprechend nicht geben, versprach aber, dass sich bald jemand bei mir melden würde, der mehr wusste.

Dieser Anruf kam erst über eine Stunde später von einer anderen Krankenschwester. Soweit sie wisse, seien keine Komplikationen aufgetreten, aber ich solle besser mit dem Neurologen sprechen.

Um Fassung bemüht, bat ich, mit ihm verbunden zu werden. Er sei momentan nicht in der Klinik, teilte sie mir mit, da ja Wochenende sei, er werde jedoch voraussichtlich später seine Runde machen. Sie werde ihm eine Nachricht hinterlassen und ihn bitten, mich anzurufen.

Nachdem ich aufgelegt hatte, versuchte ich wieder vergeblich, Paige zu erreichen.

Mein Magen verkrampfte sich noch weiter.

55

Die Autobahn flirrte wie eine Fata Morgana vor meinen Augen, als ich über die Grenze von Florida nach Georgia fuhr.

Morgan rief zum dritten Mal bei mir an; die ersten beiden Male hatte ich gerade telefoniert. Nachdem ich mich bei ihr entschuldigt hatte, brachte ich sie auf den neuesten Stand und erklärte, dass ich immer noch nicht mit dem Neurologen gesprochen hatte.

»Ich habe meine Eltern angerufen und sie über Schlaganfälle befragt«, sagte Morgan. »Sie meinten, wenn deine

Tante nicht auf der Intensivstation liegt, wird sie sehr wahrscheinlich überleben. Je nachdem, wie schwer der Schlag war, können allerdings Langzeitfolgen bleiben.«

Zum Beispiel Lähmungen, dachte ich. »Kann man die nicht doch noch heilen?«

»Weiß ich nicht. Es klang, als wäre das von Fall zu Fall unterschiedlich. Wobei sich die Reha-Methoden in den letzten Jahren wohl enorm verbessert haben. Ich hoffe, dass du nichts dagegen hast, aber meine Mutter hat sich über das Vidant Medical Center kundig gemacht und herausgefunden, dass es sogar ein Schlaganfallzentrum ist, was echt wichtig ist. Das bedeutet, dass sie auch noch nach der Entlassung interdisziplinäre Pflege anbieten können. Meine Mutter meinte, dass deine Tante in guten Händen ist.«

»Das war sehr nett von ihr«, sagte ich. »Aber woher wusstest du, wie das Krankenhaus heißt?«

»Google. Es ist die größte Klinik in der Nähe von Washington. So schwer war das nicht rauszukriegen.«

Mir sausten unzählige Gedanken planlos durch den Kopf. »Die Schwestern wollen mir nichts sagen.«

»Das dürfen sie auch nicht. Das darf nur der Arzt. Aber was hat Paige denn gesagt?«

Darauf antwortete ich nicht sofort. Endlich: »Ich konnte sie noch nicht erreichen.«

»Was?« Morgan klang ungläubig. »Warum hat sie dich denn nicht angerufen, als es passiert ist?«

Das war genau die Frage, über die ich noch nicht nachzudenken bereit war. Also beließ ich es bei der Antwort: »Weiß ich nicht.«

56

Nach einem Tankstopp fuhr ich zurück auf die Autobahn. Die Scheinwerfer des Gegenverkehrs tauchten als winzige Punkte in der Ferne auf, wurden größer und verschwanden dann unvermittelt. Das Mondlicht war klar und hell, doch ich nahm die Landschaft um mich herum nur schemenhaft wahr.

Wieder rief ich Toby an. Nach unserem Telefonat war er, vielleicht weil meine Sorgen seine noch einmal angefacht hatten, erneut in die Klinik gefahren. Er habe nur ein paar Minuten bleiben dürfen, berichtete er, weil die Besuchszeit eigentlich schon vorbei gewesen sei, aber meine Tante habe stabil gewirkt. »Sie hat geschlafen.«

»Wo war Paige?«

»Die hab ich nicht gesehen, aber eine Schwester glaubte, sie vorhin gesehen zu haben. Sie nimmt an, dass sie sich was zu essen holen gegangen ist.«

»Das ist super.« Ich war erleichtert.

»Und ich bin auf dem Rückweg noch mal bei eurem Haus vorbeigefahren«, ergänzte er. »Es brannte kein Licht, und ihr Auto stand nicht in der Einfahrt.«

Nachdem ich aufgelegt hatte, verflog die Erleichterung rasch wieder. In meinem Hinterkopf schrillten Alarmglocken.

Mein nächster Anruf bei Paige landete erneut auf der Mailbox.

57

Als endlich der Arzt anrief, befand ich mich bereits in South Carolina. Ich fuhr einhundertvierzig Stundenkilometer und hoffte inständig, nicht angehalten zu werden, war aber mehr als bereit, das Risiko einzugehen.

»Ihre Tante hatte einen Hirninfarkt«, erklärte er. »Dabei verstopft ein Gerinnsel eine der hirnversorgenden Arterien. Die gute Nachricht ist, dass es kein vollständiger Verschluss war.« Er erklärte, was bei der OP gemacht worden war, und betonte, wie entscheidend es gewesen war, dass Toby so schnell den Krankenwagen gerufen hatte. Dann informierte er mich über Tante Angies aktuellen Zustand und die Medikation und ergänzte noch, er sei optimistisch, dass sie innerhalb der nächsten Tage entlassen werde.

»Was ist mit den Lähmungen?«, fragte ich.

»Das ist ein bisschen komplexer, aber dass sie überhaupt noch Gefühl in dem Arm und dem Bein hat, ist ein gutes Zeichen.« Im Anschluss schilderte er noch mögliche Komplikationen und Reha-Maßnahmen, aber da mir immer noch der Kopf schwirrte, verstand ich mehr oder weniger nur, dass es momentan noch viele Fragen gab, die er nicht beantworten konnte. Auch wenn ich froh über seine Ehrlichkeit war, ging es mir dadurch nicht unbedingt besser.

»Und das alles haben Sie auch meiner Schwester gesagt, oder? Sie weiß Bescheid?«

»Anfangs schon.« Er klang überrascht. »Aber ich habe schon länger nicht mit ihr gesprochen.«

»War sie denn nicht im Krankenhaus?«

»Ich selbst habe sie nicht gesehen, aber es kommt schon mal vor, dass ich meine Runde erst nach der Besuchszeit anfange.«

Wieder rief ich Toby an, landete dieses Mal aber direkt auf der Mailbox.

Es kam mir vor wie Jahre, bis ich endlich die Staatsgrenze North Carolinas erreichte.

58

Morgan rief noch einmal an, ungefähr eine Stunde später.

»Hallo.« Sie klang schläfrig. »Es ist eine lange Fahrt, und ich weiß, dass du nervös bist, deshalb wollte ich nur mal hören, wie es dir geht.«

»Ganz gut.« Ich erzählte ihr, was der Arzt gesagt hatte, beziehungsweise eben das, was ich mir gemerkt hatte.

»Wie weit ist es noch?«

»Ungefähr zwei Stunden.«

»Du musst völlig erschöpft sein.«

Da ich nicht antwortete, fragte Morgan: »Was hat Paige gesagt?«

»Ich hab sie immer noch nicht erreicht.«

Es blieb so lange still in der Leitung, dass ich schon dachte, die Verbindung wäre abgebrochen. Endlich: »Kann es sein, dass du mir was verschweigst, Colby?«

Zum ersten Mal, seit wir uns kannten, log ich sie an.

»Nein.«

Ich merkte irgendwie, dass sie mir nicht glaubte. Sie

sagte nur: »Halt mich bitte auf dem Laufenden, ja? Ich habe das Handy die ganze Nacht griffbereit. Du kannst mich anrufen, egal, wie spät.«

»Danke.«

»Ich liebe dich.«

»Ich liebe dich auch«, erwiderte ich automatisch, obwohl ich im Kopf ganz woanders war.

59

Südöstlich von Raleigh, immer noch auf der Autobahn, musste ich eine Entscheidung treffen. Ich konnte noch etwas weiter fahren und den Highway Richtung Greenville und Vidant Hospital nehmen. Oder ich wählte einen anderen Highway nach Hause.

Um diese Uhrzeit waren vermutlich keine Besucher mehr erlaubt, und selbst wenn, sagte mir mein Bauchgefühl, dass ich zuerst nach Hause musste.

Nur zur Sicherheit.

60

Ich nahm die Strecke, die ich schon tausendmal gefahren war, nur halb wahr. In der Ferne zuckten Blitze, Überbleibsel eines durchgezogenen Gewitters. Als ich mich endlich Washington näherte, ging es schon auf elf Uhr zu, und ich spürte die Anspannung in Schultern und Nacken wachsen.

Nachdem ich vom Highway abgefahren war, nahm ich die letzten Abzweigungen. Der Mond war unter den Horizont gesunken und der Kies noch glatt von einem Regenguss. In der Dunkelheit war es schwierig, den Umriss des schwarzen Hauses auszumachen, und ich stellte fest, dass es so verlassen wirkte, wie Toby gesagt hatte.

Doch als ich näher kam, erkannte ich, dass das nicht ganz stimmte; in der Küche brannte ein schwaches Licht, durch das Gebüsch kaum wahrnehmbar und daher leicht zu übersehen.

Ich bog scharf in die Einfahrt ein, so schnell, dass ich heftig bremsen musste und der Pick-up in der schlammigen Erde ins Schlittern geriet. Hastig sprang ich aus dem Wagen, landete in einer Pfütze und bemerkte noch, dass Paiges Auto tatsächlich nicht da war, während ich zur Veranda rannte.

Ich stürmte durch die Tür, und ein einziger Blick in alle Richtungen bestätigte meine schlimmsten Befürchtungen. Nachdem ich das Erdgeschoss abgesucht hatte, hastete ich schließlich die Treppe hinauf, von Panik erfüllt.

Ich fand Paige auf meinem Bett, und zuerst wirkte es, als schliefe sie. Doch auch als ich laut ihren Namen rief, rührte sie sich nicht. Ein Schauer durchfuhr mich bis tief in die Knochen, als ich ein leeres Pillendöschen neben ihr entdeckte – und weitere auf dem Fußboden –, und ich schrie auf.

61

Ihr Brustkorb bewegte sich kaum, und ich fühlte keinen Puls an ihrem Handgelenk. Erst als ich den Finger auf ihre Halsschlagader legte, spürte ich ein schwaches Pochen. Paiges Gesicht war kalkweiß, und nachdem ich das Pillenröhrchen in die Hosentasche gesteckt hatte, nahm ich sie auf die Arme und trug sie die Treppe hinunter. Da ich nicht sicher war, ob sie noch bis zur Ankunft eines Krankenwagens am Leben bliebe, eilte ich zum Pick-up und schnallte ihren schlaffen Körper auf dem Beifahrersitz an.

Mit aufheulendem Motor setzte ich aus der Einfahrt zurück und raste den Kiesweg hinunter. Sobald ich Asphalt erreichte, drückte ich den Notruf auf dem Handy.

Er wurde sofort entgegengenommen. Ich nannte meinen Namen und die Daten meiner Schwester und erklärte, dass ich bereits auf dem Weg ins Krankenhaus sei. Außerdem erwähnte ich noch den Namen eines Arztes, den ich im Vidant kannte. Die Frau am anderen Ende der Leitung tadelte mich dafür, keinen Krankenwagen gerufen zu haben, aber ich ignorierte das und flehte sie an, in der Notaufnahme Bescheid zu geben, dass ich unterwegs sei. Dann legte ich auf und konzentrierte mich voll und ganz auf die Straße.

Die Tachonadel zitterte hin und wieder in den roten Bereich, zum Glück war um diese Uhrzeit wenig Verkehr, selbst in Greenville. An einer roten Ampel ging ich vom Gas und vergewisserte mich, dass die Kreuzung frei war, bevor ich darüberrollte, ein weiterer Punkt auf meiner Liste der Verkehrsverstöße. Während der Fahrt schrie ich Paige wieder und wieder an, um sie aufzuwecken, aber sie blieb zusammengesunken, der Kopf gesenkt. Ich wusste nicht, ob sie noch lebte oder schon tot war.

Vor der Notaufnahme hob ich sie wieder auf meine Arme, lief mit ihr durch die automatische Tür und rief um Hilfe. Es gibt Notfälle und es gibt *Notfälle,* und ich glaube, jeder im Wartezimmer wusste, dass es sich um Letzteres handelte. Nur Sekunden später tauchte ein Pfleger mit einer Trage auf.

Vorsichtig legte ich Paige darauf ab und ging neben ihr her. Dabei wiederholte ich dem Pfleger gegenüber, was ich schon am Telefon gesagt hatte, und gab ihm das Tablettenröhrchen. Und dann war die Trage hinter verschlossenen Türen verschwunden, und ich wurde in den Warteraum geschickt.

Plötzlich, als wäre ein Stecker gezogen worden, verlangsamte sich alles ringsum zur Zeitlupe.

Die Patienten im Warteraum hatten sich nach dem Aufruhr, den ich verursacht hatte, wieder beruhigt, sie zogen sich in ihre eigene Welt zurück. Man teilte mir mit, ich müsse die Anmeldung für Paige ausfüllen, also stellte ich mich in eine sich nur langsam vorwärtsbewegende Schlange, bis ich schließlich an der Reihe war. Ich setzte mich mit den Formularen hin und schrieb Paiges Krankendaten und Versichertenstatus auf. Als ich fertig war, wurde ich zurück in den Warteraum geschickt.

Nach dem heftigen Adrenalinrausch sank ich auf einem Plastikstuhl in mich zusammen, vollkommen durcheinander. Um mich herum befanden sich Männer,

Frauen und Kinder jedes Alters, aber ich nahm sie kaum wahr. Vielmehr dachte ich über all das nach, was geschehen war. Noch wusste ich nicht, ob ich rechtzeitig ins Krankenhaus gekommen war und ob Paige überleben würde. Ich versuchte mir vorzustellen, wie meine Schwester behandelt wurde, welche Befehle ein Arzt vielleicht gab, doch es entstand kein Bild in meinem Kopf.

Ich wartete und wartete. Die Zeit verlangsamte sich weiter. Wenn ich auf die Uhr sah, überzeugt, dass zwanzig Minuten vergangen waren, stellte ich fest, dass es nur fünf gewesen waren. Ich versuchte, mich mit dem Internet abzulenken und mich über die Einnahme von Überdosen zu informieren, fand aber wenig über das Medikament, das Paige geschluckt hatte, außer Warnungen und Aufforderungen, sich sofort in ärztliche Behandlung zu begeben.

Irgendwann später überlegte ich, ob ich Morgan anrufen sollte, wusste aber nicht, was ich ihr sagen sollte. Mir gegenüber saß eine Frau, die strickte, die gleichmäßigen Bewegungen ihrer Nadeln hatten etwas Hypnotisches.

Samstagnacht – oder genau genommen eher Sonntagmorgen – war viel los in der Notaufnahme. Alle paar Minuten kamen und gingen Menschen. Als ich eine meinem Gefühl nach unerträglich lange Zeit gewartet hatte, ging ich noch einmal zu der Schwester am Aufnahmeschalter und bat sie inständig, mir zu sagen, was mit meiner Schwester los war. Vor meinem geistigen Auge sah ich sie mit Schläuchen daliegen, während die Ärzte sie mit schwarzer Magie am Leben zu erhalten versuchten. Die Schwester versprach, sich zu erkundigen und mir so schnell wie möglich Bescheid zu geben.

Also kehrte ich zu meinem Platz zurück, ängstlich und wütend, erschöpft und angespannt. Mir war nach Weinen zumute, doch im nächsten Moment hätte ich am liebsten etwas kaputt geschlagen. Wie, fragte ich mich, war es möglich, dass alles in so kurzer Zeit schiefgelaufen war? Und warum hatte mir niemand etwas gesagt?

Ich wäre gern wütend auf Toby gewesen. Er hatte gesagt, dass meine Schwester im Krankenhaus war, und weil ich ihm geglaubt hatte, hatte ich ihn nicht noch einmal zu unserem Haus geschickt. Und als mir klar geworden war, dass er genau das tun musste, hatte er nicht mehr abgehoben. Sonst hätte er Paige früher ins Krankenhaus bringen können, hätte vielleicht sogar die Überdosis verhindern können.

Doch es war nicht seine Schuld. Sondern die der Schwestern, die sich eingebildet hatten, Paige in der Klinik zu sehen, obwohl ich natürlich ehrlich gesagt wusste, dass auch ihnen kein Vorwurf zu machen war. *Ich* war an allem schuld. Weil ich nach Florida gefahren war. Weil ich nicht jeden Tag angerufen hatte, obwohl ich eigentlich wusste, dass das richtig gewesen wäre. Und als meine Wut sich schließlich nach innen richtete, erkannte ich, dass ich mich selbst hasste, denn wäre ich zu Hause gewesen, wäre meine Schwester jetzt gesund und munter.

Ich wartete weiter. Namen wurden aufgerufen, und ein Patient nach dem anderen verschwand hinter der Tür. Häufig wurden sie von Angehörigen oder Freunden begleitet, manchmal nicht. Einige tauchten nach einer Weile wieder auf, andere nicht. Ein Kind, das nicht aufhören wollte zu weinen, wurde in ein Untersuchungszimmer gebracht und sofort behandelt. Ein Mann mit einer selbst gebastelten Armschlinge wartete bereits länger als ich.

Weitere Stunden verstrichen. Da ich immer noch keine Informationen über Paige erhalten hatte, fragte ich wieder bei der Schwester nach. Und wieder versprach sie, mir Bescheid zu geben. Ich setzte mich auf meinen Stuhl, völlig übermüdet und in dem Wissen, dass an Schlaf trotzdem nicht zu denken war.

Eine Stunde vor Morgengrauen holte mich endlich ein Pfleger. Da Paige mittlerweile verlegt worden war, konnte ich sie nicht sofort sehen, aber mir wurde eine gestresste Ärztin vorgestellt, die kaum älter als ich aussah.

Ihre Miene war ernst, und sie teilte mir mit, noch sei es zu früh, um zu sagen, ob Paige durchkam. Sie habe einen weiteren Notfallmediziner hinzuziehen müssen, um Paige überhaupt bisher am Leben zu erhalten. Die nächsten Stunden seien entscheidend, mehr könne sie mir vorerst leider nicht sagen. Am Ende legte sie mir zu meiner Überraschung mitfühlend die Hand auf die Schulter, bevor sie zu ihren Pflichten zurückkehrte.

62

Ich mietete mich in einem nahe gelegenen Hotel ein. Nicht nur war ich zu müde zum Fahren, sondern das Chaos im Haus hätte nur Bilder von Paiges Verhalten in der vergangenen Woche heraufbeschworen, und es fehlte mir die Kraft, das zu ertragen.

Im Hotelzimmer zog ich die Jalousien zu und schlief sofort ein. Wenige Stunden später schreckte ich auf.

Paige, dachte ich.

Tante Angie.

Ich duschte und zog mir saubere Sachen an, dann fuhr ich die kurze Strecke ins Krankenhaus.

Am Hauptempfang teilte man mir die Zimmernummer meiner Tante mit, doch ich beschloss, zuerst nach Paige zu sehen. Als ich schließlich ihr Zimmer gefunden hatte, sah ich sie intubiert und an diverse Maschinen und Infusionen angeschlossen daliegen, ohne Bewusstsein. Ich gab ihr einen Kuss auf die Wange, flüsterte ihr ins Ohr, ich käme bald zurück, und machte mich auf den Weg in einen anderen Flügel der Klinik.

Tante Angie war wach und hatte nur einen Infusionsschlauch im Arm, ihre linke Gesichtshälfte allerdings hing herab, und die ganze Seite wirkte seltsam schlaff und unbeweglich. Dennoch hob sich ihr rechter Mundwinkel bei meinem Anblick, und ihre Augen glänzten, als ich einen Stuhl ans Bett stellte, damit wir uns unterhalten konnten. Um das Gespräch locker und unbeschwert zu halten, erzählte ich ihr von Morgan und Florida. Sie nickte kaum wahrnehmbar, ab und zu zuckten die Finger ihrer linken Hand, bis sie schließlich eindöste. Daraufhin kehrte ich in Paiges Zimmer zurück.

Ich hielt die Hand meiner Schwester und starrte auf die Ziffern und Linien auf den Monitoren, unsicher, ob sie normal oder beunruhigend waren. Zwischendurch fragte ich im Schwesternzimmer, ob ich mit einem zuständigen Arzt sprechen könne, aber es war keiner greifbar, da die Morgenrunde bereits abgeschlossen war.

Als ich wieder bei Paige saß, empfand ich die Stille irgendwann als bedrückend. Instinktiv begann ich vor mich hinzuplappern, ihr dieselben fröhlichen Geschichten zu erzählen wie vorher meiner Tante.

Paige regte sich nicht und ließ auch nicht erkennen, dass sie meine Anwesenheit wahrnahm.

63

Ich verließ das Krankenhaus, ging zum Parkplatz und rief Morgan an. Sie hob nach dem ersten Klingeln ab, und ich brachte sie auf den neusten Stand über meine Tante. Doch ich hatte nicht den Mut, ihr von meiner Schwester zu erzählen. Und Morgan fragte auch nicht danach; irgendwie ahnte sie wohl, dass ich noch nicht bereit war, über sie zu sprechen.

»Wie geht es dir?« Sie klang aufrichtig besorgt.

»Geht so. Ich habe kaum geschlafen.«

»Soll ich kommen?«

»Darum kann ich dich nicht bitten.«

»Das weiß ich«, sagte sie. »Deshalb biete ich es dir ja an.«

»Ich dachte, du fliegst heute nach Hause.«

»Ja, stimmt. Ich hab schon fast alles gepackt, und in einer Stunde ungefähr fahren wir zum Flughafen.«

»Okay, gut«, murmelte ich.

»Gestern Abend war ich im Bobby T's. Ich hab Ray erzählt, was passiert ist, weil ich nicht wusste, ob du daran gedacht hast.«

»Danke, du hast recht, das war mir komplett entfallen«, gab ich zu. »War Ray sauer?«

»Das ist wohl momentan deine geringste Sorge, aber er hatte Verständnis.«

»Okay.« Unvermittelt musste ich wieder an Paige denken. Nach einem längeren Schweigen hörte ich Morgans Stimme wieder.

»Bist du sicher, dass es dir gut geht, Colby?«

64

Nachdem ich aufgelegt hatte, kehrte ich ins Zimmer meiner Tante zurück. Sie schlief wieder, und ich störte sie nicht. Als sie aufwachte, half ich ihr, sich aufzusetzen, schob ihr sorgsam ein paar kleine Eiswürfel in den rechten Mundwinkel und achtete darauf, dass sie sie auch schluckte. Sie sprach undeutlich, als wäre ihre Zunge ein Fremdkörper in ihrem Mund, aber mit etwas Mühe konnte sie mir nach und nach erzählen, was passiert war.

Auf dem Weg ins Büro an jenem Tag sei ihr aufgefallen, dass die Finger an ihrer linken Hand sich seltsam taub anfühlten, und dann sei ihre Sicht verschwommen geworden. Der Raum habe sich gedreht, sodass sie das Gleichgewicht nicht mehr habe halten können. In dem Moment sei Xavier hereingekommen. Aus ihr unerfindlichen Gründen habe er sie nicht verstehen können. Kurz darauf sei Toby da gewesen, dann auch Paige, und die beiden hätten sie ebenfalls nicht verstanden. Sie habe da schon vermutet, dass sie einen Schlaganfall habe – die

Anzeichen kenne sie aus einer Arztserie im Fernsehen –, habe es den anderen aber nicht mitteilen können, was das Ganze noch schlimmer machte. Die gesamte Zeit, während die Sanitäter sich um sie kümmerten, habe sie Angst gehabt, die Schäden wären dauerhaft.

Ich drückte ihr tröstend die linke Hand; ihre Finger krümmten sich, aber es war kaum Kraft darin zu spüren.

»Bald bist du wieder ganz gesund«, redete ich ihr gut zu und legte mehr Zuversicht in meine Stimme, als ich empfand. Von Paige erzählte ich ihr nicht.

»Ich will nicht gelähmt sein«, murmelte sie verzerrt.

»Du wirst bestimmt wieder fit.«

Als sie schließlich eingeschlafen war, kehrte ich zurück in Paiges Zimmer.

Von dort ging ich später wieder zu meiner Tante, und so verbrachte ich den restlichen Tag. Hin und her, von einem Zimmer zum anderen.

Und die gesamte Zeit über kam Paige nicht zu Bewusstsein.

65

Abends, unmittelbar bevor ich das Krankenhaus verließ, gelang es mir endlich, mich mit den Ärzten kurzzuschließen. Zuerst war der Neurologe meiner Tante an der Reihe, mit dem ich schon auf der Fahrt von Florida telefoniert hatte.

Obwohl es kein leichter Schlaganfall gewesen war, wiederholte er, dass es viel schlimmer hätte kommen können. Falls ihre Genesung im selben Tempo wie bisher voranschreite, plane er weiterhin, sie in den nächsten zwei Tagen zu entlassen. Allerdings werde sie wahrscheinlich Hilfe bei alltäglichen Verrichtungen wie Waschen und Anziehen brauchen, und falls ich oder ein anderes Familienmitglied diese nicht leisten könnten, empfehle er häusliche Krankenpflege. Außerdem werde sie viel Physiotherapie benötigen, und er sei bereits dabei, dies in die Wege zu leiten. Alles in allem klang er relativ optimistisch.

Danach sprach ich mit dem Notfallmediziner, der bei Paiges Erstversorgung assistiert hatte. Es war reines Glück, dass ich ihn persönlich erwischte, denn eigentlich kam er nur noch einmal in die Klinik zurück, weil er etwas vergessen hatte, und die Schwester machte mich auf ihn aufmerksam.

»Eine Zeit lang war die Lage sehr kritisch«, sagte er, wie auch schon die andere Ärztin. Obwohl er schon erste graue Haare hatte, ließen sein wacher Blick und die jugendliche Energie vermuten, dass er erst Anfang vierzig war. »Da sie immer noch ohne Bewusstsein ist, kann man das volle Ausmaß möglicher Schäden schlecht einschätzen«, fuhr er fort. »Aber ihre Vitalfunktionen verbessern sich allmählich, daher habe ich durchaus Hoffnung.«

»Vielen Dank.« Ich atmete auf.

Plötzlich merkte ich, dass ich halb verhungert war, weshalb ich mir unterwegs mehrere Cheeseburger und Pommes in einem Drive-in kaufte und alles auf der kurzen Fahrt zum Hotel verschlang. Wieder schlief ich praktisch sofort ein, zu müde, um mich auch nur auszuziehen.

66

Ich schlief über zwölf Stunden, und als ich aufwachte, fühlte ich mich fast wieder wie ein Mensch. Ich duschte, vertilgte ein riesiges Frühstück und fuhr ins Krankenhaus.

Dort ging ich ohne Umwege ins Zimmer meiner Schwester, fand es aber seltsamerweise leer vor. Nach ein paar Sekunden Panik erfuhr ich, dass sie auf eine andere Station verlegt worden war. Auch wenn ich den Grund dafür verstand, als er mir erklärt wurde, erfasste mich ein Grauen.

Sie war wach und nicht mehr intubiert. Ihr Gesicht war weiterhin eingefallen und grau, und als ich mich dem Bett näherte, schien sie Schwierigkeiten zu haben, mich klar zu erkennen. Dann verzog sie den Mund zu einem schwachen Lächeln.

»Du hast dir die Haare schneiden lassen«, sagte sie so leise, dass ich sie kaum hören konnte.

Obwohl ich geahnt hatte, was kam, zog sich mein Magen zusammen. »Ja«, log ich.

»Gut«, sagte sie mit trockenen, rissigen Lippen. »Ich wollte schon nach Hause fliegen und sie selber schneiden.«

Ihr alter Witz, dachte ich. Sie versuchte, lustig zu sein, doch ich schielte unwillkürlich nach ihren fixierten Handgelenken. Ich setzte mich ans Bett und fragte sie, wie es ihr gehe.

Statt mir eine Antwort zu geben, runzelte sie sichtlich verwirrt die Stirn. »Wie hast du mich gefunden?«

Während ich noch nach den passenden Worten suchte,

um ihre wachsende Besorgnis zu dämpfen, rutschte sie im Bett hin und her. »Hat er dich geschickt?« Sie musterte mich forschend. »Gary, meine ich?« Sie krallte die Finger in das Bettlaken. »Ich musste monatelang planen, Colby. Du hast ja keine Ahnung, wie schlimm er geworden ist. Er hat Tommie wehgetan.«

Und dann sprudelte die Geschichte aus ihr hervor, mit der ich schon gerechnet hatte. Sie wurde immer aufgebrachter, bis ihr lautes Flehen eine Schwester auf den Plan rief. Sie teilte mir mit, der Psychiater wolle mit mir sprechen.

Nicht irgendein Psychiater. *Paiges* Psychiater, ein Mann, den ich gut kannte.

Ungefähr zwanzig Minuten später kam er und ging mit mir in ein Zimmer, in dem wir uns ungestört unterhalten konnten. Ich erzählte ihm alles, was ich wusste. Während ich berichtete, dass ich Paige nicht hatte erreichen können und in welchem Zustand das Haus bei meiner Ankunft gewesen war, nickte er nur. Erst als ich von meiner Tante sprach, hob er abrupt den Kopf. Er hatte nicht gewusst, dass sie im Krankenhaus war, und jetzt sah ich ihm an, dass er die Puzzleteile zusammensetzte, wie ich selbst zuvor schon.

Er empfahl mir, Paige an diesem Tag nicht noch einmal zu besuchen, vielleicht nicht einmal am nächsten, und erklärte mir auch, warum. Das verstand und akzeptierte ich. All das war mir ja nicht neu.

Hinterher ging ich zu meiner Tante und erzählte ihr endlich von Paige. Ihre Augen füllten sich mit Tränen, und ich entdeckte dieselben qualvollen Schuldgefühle in ihrer Miene, die ich selbst empfand, dieselbe Hilflosigkeit.

Als ich geendet hatte, kniff sie sich in den Nasenrücken und wischte sich die Tränen ab.

»Fahr nach Hause.« Sie sah mich durchdringend an. »Du siehst erschöpft aus.«

»Aber ich möchte bleiben. Ich *muss* hier sein.«

Ihre strenge Miene geriet etwas schief, weil nur eine Gesichtshälfte gehorchte.

»Colby, du musst dich jetzt um dich selbst kümmern.«

Sie sprach nicht extra aus, wie viel Arbeit ich in den nächsten Wochen allein zu bewältigen hatte, und dass ich niemandem eine Hilfe war, wenn ich zusammenbrach. Denn das wussten wir natürlich beide.

67

Als ich im Hotel meine Sachen packte, kam mir meine Zeit in Florida schon nur noch wie ein ferner Traum vor. Auf der Heimfahrt spürte ich immer noch einen Rest von Anspannung in Nacken und Schultern, und die Erinnerung an Paiges verängstigte Hilferufe, als ich ihr Zimmer verließ, machten alles noch schlimmer.

In Washington fuhr ich vom Highway ab und erreichte nach einer Weile die unbefestigte Straße, die zu unserem Hof führte. Ich sah die Arbeiter auf den Feldern und die vor dem Büro und der Verpackungsanlage parkenden Fahrzeuge. Dem äußeren Anschein nach war alles wie immer, und doch konnte ich die ganze Zeit nur denken, dass alles sich unwiderruflich verändert hatte.

Beim Anblick unseres Hauses musste ich schlucken,

und es graute mir davor hineinzugehen. Doch als ich in die Einfahrt bog, sah ich eine zierliche Gestalt auf der Veranda sitzen, ein Köfferchen neben sich. Ich blinzelte verständnislos; erst nachdem ich angehalten hatte und sie winken sah, begriff ich, dass es wirklich Morgan war.

Entgeistert stieg ich aus und ging auf sie zu. Sie trug eine Jeans, Stiefel und eine weiße, ärmellose Bluse, die langen, dunklen Haare fielen ihr offen über die Schultern. Einhundert Erinnerungen und Empfindungen wallten in meinem Inneren auf. »Morgan! Ich … Was machst du denn hier?«

»Ich hab mir Sorgen um dich gemacht«, sagte sie. »Du klangst am Telefon nicht so toll, und dann habe ich gestern Abend nichts von dir gehört, also habe ich mir den frühesten Flug für heute Morgen gebucht und bin vom Flughafen mit einem Taxi hergekommen.« Jetzt stand sie auf und trat nervös von einem Fuß auf den anderen. »Bist du sauer auf mich?«

»Überhaupt nicht.« Ich strich ihr über den Arm, ließ die Fingerspitzen auf ihrem Handgelenk liegen. »Wie lange wartest du schon?«

»Nicht sehr lange. Eine Stunde vielleicht?«

»Warum hast du mir nicht Bescheid gegeben, dass du kommst?«

»Ich hab dir eine Nachricht hinterlassen. Hast du die nicht gehört?«

Als ich mein Handy aus der Tasche zog, sah ich die Mailbox-Benachrichtigung. »Oh, die hab ich gar nicht bemerkt. Und entschuldige, dass ich mich nicht gemeldet habe. Es ging einfach nicht.«

Sie fuhr sich mit der Hand durch die Haare und nickte.

In der folgenden Stille merkte ich ihr an, dass meine Worte sie verletzt hatten.

Noch ein Grund mehr, mich selbst zu hassen. Ich mied ihren Blick. »Woher wusstest du, dass ich herkomme?«

»Na ja, du musstest ja entweder im Krankenhaus oder hier sein.« Sie zuckte die Achseln. »Das Krankenhaus liegt näher am Flughafen, aber weil ich den Nachnamen deiner Tante nicht weiß, war ich nicht sicher, ob ich dich dort überhaupt finde. Also bin ich hier. Wobei ich immer noch nicht einschätzen kann, ob das eine gute Idee war.« Sie schlang sich die Arme um den Leib.

»Ich bin froh, dass du gekommen bist.« Jetzt trat ich auf sie zu und zog sie an mich. Als ich ihren Körper an meinem spürte, übermannten mich auf einmal die Gefühle, die ich seit meiner Rückkehr verdrängt hatte. Ein ersticktes Schluchzen entrang sich meiner Kehle, und Morgan hielt mich ganz fest, flüsterte mir zu, dass alles gut werde. Wie lange wir so dastanden, konnte ich nicht sagen, aber in ihrer tröstenden Umarmung versiegten meine Tränen schließlich.

»Entschuldige bitte«, sagte ich und löste mich von ihr. Morgan schüttelte sofort den Kopf.

»Entschuldige dich niemals dafür, ein menschliches Wesen zu sein. Deine Tante hatte einen Schlaganfall, das muss ein furchtbarer Schreck gewesen sein.« Forschend sah sie zu mir auf. »Du liebst mich doch noch, oder?«

»Über alles.«

Sie stellte sich auf die Zehenspitzen und küsste mich. Obwohl sie mir ansah, dass irgendetwas nicht stimmte, entschied sie sich offenbar zu warten, bis ich ihr freiwillig davon erzählte. Sie machte eine ausladende Geste Richtung Felder. »Das ist er also, ja? Der Bauernhof?«

»Genau.« Lächelnd beobachtete ich, wie sie ihre Umgebung neugierig inspizierte.

»Ich war noch nie auf einem Bauernhof, deshalb bin ich ein bisschen rumspaziert, während ich auf dich gewartet habe. Ich habe diese Planwagen gesehen, von denen du gesprochen hast.« Sie zeigte darauf.

»Genau, das sind sie. Und dahinter ist das Gewächshaus. Dort ziehen wir die Tomaten vor, beziehungsweise, im Winter wachsen sie ganz dort drin.«

»Sieht riesig aus.«

»Und wird noch vergrößert. Wir müssen es immer wieder ausbauen.«

»Gehört das alles dir und deiner Tante?« Morgan drehte sich einmal im Kreis.

»Das meiste, ja.«

Sie schwieg kurz. Dann schließlich: »Wie geht es ihr?«

Ich beschrieb ihr meinen letzten Besuch bei Tante Angie und ihren aktuellen Zustand.

»Alles in allem ist das doch positiv, oder?«, fragte sie mit zusammengekniffenen Augen. »Dass sie bald entlassen wird, auch wenn sie erst mal Hilfe braucht.«

»Ja, schon«, räumte ich ein. »Aber es gibt noch etwas, das ich dir bisher nicht erzählt habe.«

Sie legte den Kopf schief, ohne den Blick von mir abzuwenden. »Geht es um Paige?«

Ich nickte, innerlich hin- und hergerissen, wie ich anfangen sollte. Schließlich nahm ich ihre Hand und führte sie zur Scheune. Ich merkte Morgan ihre Neugier an, sagte aber nichts, sondern hob nur den Riegel hoch und öffnete das Tor, sodass Sonnenlicht auf den Betonfußboden fiel, den ich Jahre vorher gegossen hatte. Ich legte einen schweren Lichtschalter um, und mit einem Surren flackerten die Deckenleuchten auf, so hell, dass es mir fast in den Augen schmerzte.

Die Hälfte der Scheune wurde als Lagerfläche für Gegenstände genutzt, welche die meisten Leute wohl in Gartenschuppen aufbewahrten – eine Schubkarre, ein Rasenmäher, Eimer, Gartengeräte. Die andere Hälfte benutzte Paige für ihre Arbeit. Auf den ersten Blick wirkte alles chaotisch, aber ich wusste, dass Paige immer sehr schnell fand, was sie suchte. Ihrer Meinung nach hatte die Werkstatt eines Kunsthandwerkers immer etwas unaufgeräumt zu sein.

Den Großteil des Arbeitsbereichs machten mehrere zu einem U zusammengeschobene Tische aus; in der Ecke dahinter stand ein weiterer Tisch. In den Regalen an der Wand befanden sich Plastikeimer voller bunter Glasstückchen. Dutzende größerer Glasteile standen aufrecht wie Bücher nebeneinander, während in anderen Fächern Kartons mit Lampenfüßen von einem Kunsthandwerker in Virginia gelagert waren, der sie nach Originalentwürfen von Tiffany herstellte. Auf einem Tisch lagen zwei fast fertige Lampenschirme; auf einem der anderen schnitt Paige das Glas zu. Mehrere Holzkisten enthielten Glasschneidewerkzeuge, Kupferfolie, Lötzinn, Flussmittel und was man sonst noch brauchte, alles in Greifweite.

Morgan sah von hier nach dort, offenbar versuchte sie, sich den Arbeitsablauf vorzustellen. Ihr Blick fiel auf die fast fertiggestellten Lampenschirme, und mir war klar, dass selbst jemand, dem das Kunsthandwerk nicht vertraut war, sofort die Qualität erkennen musste. Morgan trat näher, betrachtete die Stücke eingehend, begutachtete die aufwendige Gestaltung.

»Wie ich schon sagte, sie ist unglaublich talentiert.« Ich zeigte auf die Kunststoffformen, um die herum die Lampen gebaut wurden. »Sie müssen genau passend gestaltet sein, damit der Schirm später exakt die richtige Form behält.« Ich ging zu dem Arbeitstisch daneben und tippte auf ein Glasstückchen. »Normalerweise hat man ein bisschen Spielraum beim Zusammenlöten, aber weil Paige die Lampen als Kunstwerke behandelt und weil die Leute richtig viel Geld dafür ausgeben, schneidet sie die Teile immer wieder nach, bis sie absolut perfekt sind. Das Gleiche gilt für die Kanten, um die die Kupferfolie gelegt wird, und auch für das Löten. Sieh dir das an.«

Auf dem Tisch lagen zahllose Glasstückchen, manche schon mit Kupferfolie ummantelt, auf einem Bauplan, der den Entwurf zeigte. Morgan legte ein paar Teile zusammen und lächelte, als sie bemerkte, dass sie sich exakt ineinanderfügten.

»Hier drüben«, sagte ich und deutete auf den separat stehenden Tisch, »macht sie ihre Buchhaltung.« Ihr Laptop war aufgeklappt, daneben befanden sich ein überquellender Posteingangskorb, ein Kaffeebecher voller Stifte und eine halb volle Wasserflasche. Neben dem Bürotisch standen einige nicht zusammenpassende Regale mit Stapeln von Büchern über die Geschichte der Glaskunst bis hin zu Bildbänden von Tiffany-Lampen. »Sie hat hier sämtliche Original-Tiffany-Entwürfe, Kundendaten und Detailpläne der Lampen, die sie bisher geschaffen und verkauft hat. Ich habe dir, glaube ich, ja schon erzählt, dass sie sich ein gutes Geschäft aufgebaut hat, wahrscheinlich habe ich sogar etwas untertrieben. Es gibt nicht viele Leute in unserem Land, die dieses Handwerk betreiben, und sie gehört zu den Allerbesten. Ihre Werke finden sich in den schönsten und teuersten Häusern der USA und sogar Europas. Was eigentlich ein bisschen verrückt ist, weil Paige praktisch ihr ganzes Leben hier auf dem Hof verbracht hat, abgesehen von den paar Jahren, die sie verheiratet war. Der Mann hier am Ort, bei dem sie gelernt hat, war einigermaßen versiert mit Buntglas, mehr aber auch nicht. Er stellte hauptsächlich Fenster oder Fensterschmuck her und arbeitete mit Bleiruten, nicht mit Lötzinn. Deshalb hat Paige sich das hier alles selbst beigebracht. Und auch, wie man sich einen Kundenstamm aufbaut und seine Stücke vermarktet und bewirbt. Ohne sie hätte der Hof wahrscheinlich nicht überlebt. Das meiste Geld, das wir für die ersten Veränderungen brauchten, kam tatsächlich von ihr. Sie hat es uns gegeben, ohne auch nur zu überlegen.«

Immer noch sah Morgan sich in der Werkstatt um, bis sie den Blick auf mich richtete.

»Warum zeigst du mir das?«

»Weil ich sie dir als klug und begabt und großzügig beschrieben habe. Das darfst du bitte nicht vergessen. Und auch nicht, dass sie meine beste Freundin auf der Welt ist und dass wir abends zusammen spielen oder Filme ansehen und dass sie eine hervorragende Köchin ist. Und dass sie wie eine Mutter für mich war. Ich weiß nicht, was ohne Paige aus mir geworden wäre.«

»Daran habe ich ja nie gezweifelt«, sagte Morgan.

Ich lächelte, die Müdigkeit der vergangenen Tage in den Knochen spürend. »Das wirst du vielleicht aber noch tun.«

»Ich verstehe nicht …«

Ich senkte den Blick und streckte erneut die Hand aus. »Komm mit.«

Ich schloss die Scheune ab, ging mit Morgan zum Haus und blieb auf der Veranda kurz stehen. »Übrigens war die rote Tür ihre Idee. Ich fand es albern, aber sie erzählte mir, dass in Amerika früher eine rote Tür bedeutete, dass Besucher willkommen waren. Wenn man zum Beispiel zu Pferde unterwegs war, wusste man, dass man dort übernachten oder etwas zu essen bekommen konnte. Das macht nach Paiges Meinung ein Heim aus.«

Ich wappnete mich innerlich, bevor ich nach dem Knauf griff und endlich die Tür öffnete. Dann bedeutete ich Morgan einzutreten und bemerkte, dass ihr Blick hastig von links nach rechts huschte. Ich lief an ihr vorbei zur Küche. In der Stille hörte ich ihre zaghaften Schritte hinter mir.

Es lag der Geruch von verbrannten und verdorbenen Lebensmitteln in der Luft, gemischt mit dem schwachen Duft von frischer Farbe. Im Spülbecken, auf dem Herd und dem Tisch stapelte sich Geschirr. Da war ein Teller mit Hühnerkeulen, auf der einen Seite verkohlt, auf der anderen roh; ein anderer mit rohem, verdorbenem Hackfleisch. In einem Topf weichten Bohnen ein. Auf dem Tisch drängten sich nicht aufgegessene Mahlzeiten neben einer Packung sauer gewordener Milch. In einem schmutzigen Einmachglas mit einem großen Löffel darin lag etwas, das wie eine tote Kaulquappe aussah.

Sämtliche Schubladen und Schranktüren standen offen. Die Wände der Küche waren gelb, aber sie waren schlampig gestrichen, mit Flecken von der Farbe auf den Schränken und Oberflächen und Spritzern auf dem Fußboden. Küchengerätschaften lagen überall herum, und vor dem Spülbecken befand sich auf dem Boden ein Arsenal von Putz- und Waschmitteln, Schwämmen und anderen Gegenständen, die offenbar in Hast herausgeholt worden waren. In einem Marmeladenglas standen verwelkte Blumen, und ich sah Morgan über die Blutflecke auf der Arbeitsfläche erschrecken. Seltsamerweise lag ein Bild von einem Haus auf dem Tisch; zwar war es mit Buntstiften gezeichnet, aber es war erstaunlich gut und erinnerte mich an das Haus, in dem Paige in Texas gewohnt hatte. Wir bahnten uns einen Weg in die Speisekammer und betrachteten die leeren Regale und die sich auf dem Boden türmenden Vorräte. Als wir ins Wohnzimmer kamen, schwieg Morgan immer noch, riss nur geschockt die Augen auf beim Anblick des schief stehenden Schranks und der halb gestrichenen Wand, der verfaulenden Apfelreste auf dem Teppich, der umgekippten DVD-Stapel und Bücher und Alben und Schuhe und sonstigen überall verstreuten Dinge. Der Fernseher stand auf dem Fußboden, und als ich ihn per Fernbedienung einschaltete, um zu überprüfen, ob er noch funktionierte, war ein Zeichentricksender eingestellt. Ich schaltete ihn wieder aus.

Wir traten auf die Terrasse, wo wir entdeckten, dass fast alles, außer einem Bohrer und einer Säge, aus den Regalen geholt und auf den Boden gestellt worden war; ganz ähnlich wie in der Speisekammer.

Am Ende gingen wir in den ersten Stock hinauf. Ich deutete vage auf den Inhalt des Wäscheschranks, der über den Flur verteilt war. In meinem Zimmer lagen ein Stapel Kinderkleidung und ein Paar relativ kleine Turnschuhe neben einem Buch, das ich aus Kindertagen aufgehoben hatte, »Ein lustiges Hundeleben«. Auf dem Nachttisch entdeckte ich eine Iron-Man-Actionfigur, die ich noch nie gesehen hatte. Aus unerfindlichen Gründen wirkte mein Kissenbezug, als wäre er durch den Schlamm geschleift worden. Als wir in mein Bad kamen, machte Morgan ein erschrockenes Gesicht beim Anblick des Haufens blutiger Pflaster auf dem Fußboden und des angetrockneten Bluts auf dem Waschbeckenrand.

Paiges Zimmer sah viel schlimmer aus als meines. Wie in der Küche waren sämtliche Kommodenschubladen und die Schranktüren aufgerissen, ihre Kleider und Habseligkeiten lagen überall verstreut. Auf dem Boden des Schranks stand eine Schachtel mit den Lieblingsschuhen meiner Schwester, einem Paar Pumps von Christian Louboutin, die ihr Mann Gary ihr einmal zum Geburtstag geschenkt hatte.

Im Badezimmer sahen wir ein blutverschmiertes T-Shirt, eine Perücke und eine aufgerollte Bandage.

»Ich kann hier nicht bleiben«, murmelte ich. »Es ist zu schmerzhaft.«

Ich machte auf dem Absatz kehrt, rannte die Treppe hinunter und sank auf der Veranda in einen der beiden Schaukelstühle. Morgan folgte mir und setzte sich neben mich auf den anderen. Ich beugte mich vor und verschränkte die Hände.

»Du fragst dich sicherlich, was das zu bedeuten hat«,

begann ich. »Ich meine, es sieht … verrückt aus, oder? Aber ich wusste sofort, was los ist. Ich habe Paige oben gefunden. Sie hat eine Überdosis Schlaftabletten genommen und nur knapp überlebt. Heute Morgen konnte ich zum ersten Mal mit ihr sprechen.«

Morgan wurde noch bleicher. »War es ein Versehen?«

»Nein«, sagte ich bedrückt. »Und es war auch nicht ihr erster Selbstmordversuch.«

Morgan legte ihre Hand auf meine. »Es tut mir so leid, Colby. Ich kann mir gar nicht vorstellen, wie es dir gerade geht.«

Ich schloss einen Moment die Augen, öffnete sie wieder. »Mir ist klar, dass du Fragen hast, aber vieles weiß ich selbst noch gar nicht. Zum Beispiel hatte Paige eine Brandwunde an der Hand, als ich sie fand, keine Ahnung, wie das passiert ist. Ich weiß auch nicht, warum das Haus in diesem Zustand ist. Ich weiß nicht, warum sie mich nicht angerufen und mir von meiner Tante erzählt hat. Sobald ich ein vernünftiges Gespräch mit ihr führen kann, erfahre ich sicher mehr. So weit ist sie aber noch nicht. Weißt du, was sie heute Morgen als Erstes zu mir sagte? Sie sei froh, dass ich mir die Haare geschnitten hätte. Sonst wäre sie nämlich nach Hause geflogen, um sie mir selbst zu schneiden. Und sie wollte wissen, wie ich sie gefunden habe.«

Morgans Miene war fragend.

»Sie dachte, ich wäre noch in der Schule«, erklärte ich.

»Das verstehe ich nicht«, sagte sie mit gerunzelter Stirn.

Ich schluckte. »Meine Schwester hat eine bipolare Störung. Weißt du, was das bedeutet?«

»Du hast angedeutet, dass deine Mutter das hatte, aber viel weiß ich nicht darüber.«

»Das ist eine psychische Erkrankung, bei der sich Phasen von Manie und Depression abwechseln. In den manischen Phasen isst oder schläft Paige kaum und wird durch nervöse Energie angetrieben. Danach setzt dann wieder eine Depression ein. Dann weint sie viel und schläft viel und wird von trüben Gedanken gequält. Manchmal raubt ihr das den Lebenswillen.«

»Und das ist jetzt passiert?«

»Nun, bei Paige kommt noch mehr dazu. Sie hat das sogenannte Bipolar I, eine schwerere Form der Krankheit. Hin und wieder bricht bei ihr eine Psychose aus, mit Wahnvorstellungen und Halluzinationen. Deshalb dachte sie wohl, ich wäre noch in der Schule. Das ist auch der Grund, warum ihr Psychiater der Ansicht ist, ich sollte sie erst wieder besuchen, wenn sie stabil ist.«

»Aber du bist doch ihr Bruder.«

»Sie ist momentan ans Bett fixiert, Morgan. Wenn diese Episode Ähnlichkeit mit der letzten hat, dann bildet sie sich ein, auf der Flucht vor ihrem Mann zu sein. Beim letzten Mal war sie zudem überzeugt, dass ihr Sohn Tommie entführt wurde. Was alles nicht stimmt.« Unendlich müde rieb ich mir die Augen. »Sie nennt sich sogar wieder Beverly.«

»Beverly?«

Ich seufzte, wütend über die Erbanlagen, mit denen meine Schwester auf die Welt gekommen war, wütend, dass ich nicht hier gewesen war, als sie mich dringend brauchte.

»Das ist ihr erster Vorname. Nach dem Tod unserer

Mutter hat sie angefangen, ihren zweiten Vornamen zu benutzen, Paige. So kennen sie alle. Den Namen Beverly höre ich nur in Zeiten wie diesen.«

»Gibt es denn keine Medikamente, die ihr helfen?«

»Doch, und sie nimmt sie auch. Beziehungsweise sollte sie eigentlich. Ich weiß noch nicht, ob die Tabletten nicht mehr wirken oder ob Paige sie wegen der Sache mit meiner Tante zu nehmen vergessen hat.« Ich wandte mich Morgan zu, die Hände nach oben geöffnet. »Ich kann mir vorstellen, was du denkst, und glaub mir, ich weiß, wie unheimlich das Wort ›Psychose‹ klingt. Aber Paige stellt in solchen Phasen wie jetzt eigentlich nur eine Gefahr für sich selbst dar. Weißt du irgendwas über Psychosen? Oder Wahnvorstellungen und Halluzinationen?«

Als Morgan den Kopf schüttelte, fuhr ich fort.

»Als Wahn bezeichnet man falsche, aber unverrückbare Überzeugungen. Zum Beispiel glaubte sie während ihrer letzten Episode wirklich, dass sie auf der Flucht vor ihrem Ehemann Gary war, der ihr Tommie wegnehmen wollte und es am Ende auch schaffte. Was die Halluzinationen betrifft, hat sie sowohl optische als auch akustische. Mit anderen Worten, sie hat auch geglaubt, dass Tommie bei ihr war. Sie hat ihn gesehen und mit ihm gesprochen, so wie wir beide gerade miteinander sprechen. So real ist das für sie.«

Ich merkte Morgan an, dass sie Mühe hatte, diese Informationen aufzunehmen. »Das klingt fast wie Schizophrenie.«

»Das ist eine andere Krankheit, zum Teil aber mit den gleichen Symptomen. Wahnvorstellungen und Halluzinationen sind bei der bipolaren Störung seltener. Ausgelöst werden sie von unterschiedlichen Sachen – akutem Stress, Schlafmangel, manchmal Marihuana. Jedenfalls drängt sich, wenn die Psychose allmählich abflaut, die Realität immer stärker in die Wahnvorstellungen hinein, und dann setzt die depressive Phase ein. So kann es passieren, dass ihr Verstand komplett überfordert wird, was in ihrem Fall zu Lebensmüdigkeit führt. Natürlich ist alles noch viel komplexer, ich gebe dir nur einen allgemeinen Überblick.«

Morgan schwieg eine Weile, ließ das Ganze sacken, bis ihr plötzlich etwas einfiel.

»Du hast mir gar nicht erzählt, dass sie einen Sohn hat.«

»Tommie.« Ich nickte.

»Wo ist er denn jetzt? Hat Gary das Sorgerecht?«

Ich atmete geräuschvoll aus. »Gary und Tommie sind vor über sechs Jahren bei einem Autounfall ums Leben gekommen.«

Morgan erschauderte. »Du lieber Himmel.«

»Tommie war noch ein Kleinkind«, sagte ich leise. »Es war blödes Pech, der andere hat eine rote Ampel überfahren, weil er von seinem Handy abgelenkt war. Nicht lange nach der Beerdigung brach bei Paige zum ersten Mal eine Psychose aus. Letzten Endes haben wir sie in Arkansas gefunden, der Sheriff dort rief uns an. Sie war wegen Landstreicherei verhaftet worden. Sie hatte wohl einen Brief von meiner Tante mit der Absenderadresse in ihrer Tasche, was gut war, denn sonst hatte sie keinerlei Ausweispapiere. Der Sheriff wies uns darauf hin, dass sie medizinisch behandelt werden müsse, und meine

Tante und ich fuhren hin, um sie abzuholen. Ihr Psychiater war derjenige, der schließlich die Diagnose gab und sie auf die richtigen Medikamente einstellte. Sobald sie stabil war, willigte sie ein, zu uns zurückzuziehen und sich in der Scheune ihre Werkstatt einzurichten.«

»Woher kommen die Wahnvorstellungen? Ich meine, falls man das überhaupt klären kann.«

Ich zuckte die Achseln, weil ich das selbst kaum verstand. »Soweit ich es beurteilen kann, mischt sie Schnipsel aus ihrer Vergangenheit unter, und alles, was sie sieht, fügt sie in die Geschichte ein, die sie sich gerade erzählt und die meistens auch wahre Elemente enthält. Zum Beispiel weiß ich, dass sie und Gary große Eheprobleme hatten und getrennt lebten. Mit Sicherheit hatte ihre Krankheit etwas damit zu tun, da sie zu der Zeit nicht in Behandlung war. Gary hatte vorübergehend das Sorgerecht erhalten und wollte es auch dauerhaft zugesprochen bekommen. Er arbeitete für das Ministerium für Innere Sicherheit, allerdings im Katastrophenschutz, nicht in der Terrorismusbekämpfung oder so. Was jetzt in dieser Episode konkret in Paiges Kopf vorging, kann ich dir wirklich nicht sagen. Manches von dem, was sie heute Morgen im Krankenhaus gesagt hat, erinnert an das letzte Mal, anderes nicht. Zum Beispiel war sie fest davon überzeugt, dass Gary in die John Small Elementary School gegangen ist, in der Paige und ich als Kinder waren – aber nicht Gary. Das also passt nicht zusammen. Was es damit auf sich hat, werde ich erst erfahren, wenn sie wieder ganz stabil ist.«

»Und du sagtest, sie hat früher schon versucht, sich umzubringen?«

Ich nickte, spürte dabei eine Welle der Hoffnungslosigkeit über mich hinwegspülen. »Auf dem Rückweg aus Arkansas wollte sie mitten auf dem Highway aus dem Auto springen. Wir mussten sie festbinden, damit sie es nicht noch mal probiert. Ihr zweiter Versuch geschah dann ein paar Jahre, nachdem sie wieder hierhergezogen war. In dem Fall wirkten ihre Tabletten plötzlich nicht mehr, und wir hatten nicht bemerkt, dass sie angefangen hatte, sich mit Marihuana selbst zu behandeln. Eines Morgens stellte ich fest, dass sie mitten in der Nacht abgehauen war. Sie fuhr per Bus und per Anhalter durch das halbe Land, zum Glück hatte sie aber damals ihr Handy dabei, und ich konnte sie mit *Wo ist?* aufspüren. Letzten Endes fand ich sie in einem Diner bei einem Busbahnhof. Sie hatte sich eine Tasse heißes Wasser bestellt und machte sich mit Ketchup-Tütchen Tomatensuppe. Sie erkannte mich nicht, aber mein Angebot, sie ein Stück im Auto mitzunehmen, akzeptierte sie. Aus mir unerfindlichen Gründen dachte sie, ich wäre Teppichverkäufer. Auf dem Rückweg schlief und weinte sie abwechselnd, und als wir in einem Hotel übernachteten, wollte sie vom Balkon springen. Ich hätte wissen müssen, was kam, aber ich war nur kurz zur Toilette gegangen. Ich konnte sie gerade noch festhalten, als sie schon halb über dem Geländer hing. Wenn ich sie nicht rechtzeitig gefunden hätte, wenn sie die Nacht allein gewesen wäre, dann, ich weiß nicht …«

Ich verstummte und sah, wie Morgan versuchte, alles zu verarbeiten. »Zum Glück hatte sie *Wo ist?* eingeschaltet, sodass du sie finden konntest«, sagte sie.

»Glaub mir, ich sorge dafür, dass die App immer aktiv

ist. Auf der Fahrt habe ich das auch ständig überprüft. Wobei es dieses Mal nicht viel geholfen hat.«

»Wird sie denn wieder gesund?«

»Körperlich ja. Aber psychisch wird es eine Weile sehr schwer für sie sein, weil sie sich an das meiste erinnern wird, was sie gemacht, und an alles, was sie dabei gedacht hat. Vieles davon wird sie selbst nicht begreifen. Sie schämt sich dann immer schrecklich und hat Schuldgefühle – es wird eine Weile dauern, bis sie sich verzeiht. Irgendwie kann ich das nachvollziehen«, gestand ich und strich mir durch die Haare. »Als ich vorhin mit dir durch das Haus lief, hatte ich das Gefühl, mich in ihren Kopf zu versetzen und selbst zu erleben, wie kaputt dort alles ist.« Meine Stimme brach. »Ich weiß, wie furchtbar das klingt ...«

Mitfühlend wehrte Morgan ab: »Nein, sie ist eben krank und kann nichts dafür.«

»Ich wünschte, mehr Menschen würden das so sehen.«

»Hast du mir deshalb nichts von ihr erzählt? Weil du Angst hattest, ich würde abwehrend reagieren?«

»Nicht unbedingt, aber es ist nun mal sehr persönlich. Und du musst verstehen: So wie jetzt ist sie normalerweise nicht. Den Großteil der Zeit ist sie einfach meine unfassbar talentierte und geistreiche und großzügige Schwester, die für mich kocht und mich zum Lachen bringt. Ich wollte nicht, dass du sie dir als psychisch krank oder durchgedreht vorstellst. Egal, was ich sonst noch über sie erzähle, sobald ich sage ›bipolar‹ oder ›psychische Störung‹ oder ›neigt zu Psychosen‹, wird sie in Schubladen gesteckt, weil man den echten Menschen nicht kennt.«

Morgan ließ den Blick über die Felder in der Ferne schweifen, sicherlich in Gedanken mit all dem beschäftigt, was ich ihr erzählt hatte. Lange Zeit schwiegen wir beide.

»Paige hat so ein schwieriges Leben«, flüsterte sie schließlich.

»O ja. Sie hat es wirklich nicht leicht.«

»Du aber auch nicht«, stellte Morgan fest und wandte sich wieder mir zu.

»Nicht immer.«

Sanft drückte sie mir die Schulter. »Du bist ein guter Bruder.«

»Sie ist eine tolle Schwester.«

Die Hand auf meine gelegt, schien sie einen Entschluss zu fassen. »Weißt du, was wir meiner Ansicht nach tun sollten? Falls du nichts dagegen hast, natürlich.«

Ich zog eine Augenbraue hoch.

»Ich würde dir gern beim Aufräumen helfen. Das solltest du nicht allein machen. Und danach koche ich für dich.«

»Es sieht nicht danach aus, als ob viel zu essen im Haus wäre.«

»Wir können ja einkaufen«, erwiderte sie unverzagt. »Ich bin keine großartige Köchin, aber meine Oma hat mir zumindest ein narrensicheres Gericht beigebracht. Das kriege ich hin.«

»Man bekommt hier in der Gegend aber keine exotischen Zutaten«, warnte ich.

»Solange ich Reisnudeln und Sojasoße finde, kann ich den Rest improvisieren.« Sie zuckte die Achseln. »Und warte nur, bis du das Pancit Bihon meiner Oma probiert hast. Gebratene Nudeln sind ein Seelentröster, verlass dich drauf.«

»Also gut.« Ich rang mir ein Lächeln ab, obwohl mir überhaupt nicht danach zumute war.

Wir standen auf und gingen hinein, aber unmittelbar hinter der Schwelle blieb ich abrupt stehen, zu entmutigt von dem Chaos. Ich wusste überhaupt nicht, wo anfangen. Da ergriff Morgan die Initiative und marschierte an mir vorbei schnurstracks in die Küche. Vor der Spüle ging sie in die Hocke und rief: »Alles einfach hier einräumen, oder? Muss ich was Spezielles beachten? Zum Beispiel ›Spüli steht links‹ oder so?«

Als ich den Kopf schüttelte, legte sie los. Ihre Tatkraft spornte mich an, und ich räumte den Tisch ab und schabte das Essen von den Tellern in den Müll. Auch die Bohnen, das halb verbrannte Hühnchen und das gammelige Hackfleisch warf ich weg, außerdem etliche gebrauchte Stücke Frischhaltefolie und das Einmachglas und das Marmeladenglas und alles andere, was mir in die Finger kam. Als ich die Tüte zu den Mülltonnen schleppte und sie aufklappte, entdeckte ich darin lauter Nahrungsmittel, die Paige entsorgt hatte. Ich warf den neuen Beutel hinein, schloss den Deckel wieder und rätselte erneut, was sie sich dabei gedacht hatte. Bis ich zurück in die Küche kam, war fast alles wieder eingeräumt, und die Lappen und Geschirrtücher lagen auf einem Haufen auf dem Boden. Die Küchengerätschaften hatte Morgan in der Spüle gesammelt, in die sie jetzt Wasser einließ.

»Ich hab die Spülmaschine nicht gefunden.«

»Das kommt daher, dass es gar keine gibt.«

Sie lächelte. »Willst du spülen oder abtrocknen?«

»Egal.«

»Dann spüle ich«, sagte sie, und nach und nach arbeiteten wir uns durch den gesamten Berg. Mir fiel auf, dass sie für die gusseiserne Bratpfanne kein Spülmittel benutzte, sondern sie nur unter heißem Wasser schrubbte. Sie fragte, ob Pflanzenöl da sei.

»Es war welches da, aber das hat Paige weggeworfen.«

Morgan fragte nicht weiter nach, gab mir die Pfanne zum Abtrocknen und wischte dann mit einem Lappen die Arbeitsfläche und den Herd ab. Der Ofen, stellte ich fest, war seltsamerweise sauberer als seit Jahren.

In der Ecke entdeckte ich einen alten Rucksack von mir, und darin fand ich ein halbes Dutzend miteinander verklebte Erdnussbutter-Marmeladen-Brote und ein paar Äpfel. Ich kippte die Sachen in den Mülleimer, warf dann den Rucksack auf den Haufen schmutziger Geschirrtücher, trug alles auf die Veranda und stopfte es in die Waschmaschine.

Als Nächstes nahmen wir uns die Speisekammer vor, für die wir nicht lange brauchten. Morgan reichte mir die Gegenstände einen nach dem anderen, und ich stellte sie an ihren Platz. Genauso verfuhren wir auf der Veranda. Im Flur alles wieder einzuräumen, ging auch recht schnell, und im Wohnzimmer rückten wir zusammen den Schrank an die Wand, und ich schloss den Fernseher und den uralten DVD-Spieler wieder an. Morgan warf die Apfelreste in den Müll und reichte mir die Bücher und DVDs und Alben in ordentlichen Stapeln an. Die halb gestrichene Wand sah absurd aus, genau wie die Malerarbeiten in der Küche, doch fürs Erste war das Erdgeschoss wieder bewohnbar.

»Falls du dich fragst, warum sie gestrichen hat: keine Ahnung. Sie hat es vor ungefähr einem Monat auch schon getan. Sie liebt Hermès-Orange und hat geschworen, dass die Küche damit fantastisch aussehen wird. Das Gleiche gilt für diese Wand hier.«

»Bestimmt hatte sie ihre Gründe«, meinte Morgan, was das Netteste war, was man in dieser Situation sagen konnte.

Im oberen Stock falteten wir die Wäsche, legten sie in den Schrank und putzten mein Bad. Die Kinderkleidung und meinen Kissenbezug trug ich zum Treppenabsatz.

Bei Paiges Zimmer zögerte ich kurz, es widerstrebte mir etwas, in die Privatsphäre meiner Schwester einzudringen. Morgan allerdings zeigte keine Bedenken; sie fing sofort an, die Kleiderhaufen zu sortieren. »Ich falte, du räumst ein«, wies sie mich an.

Ich wusste nicht genau, wo alles hingehörte, gab mir aber Mühe. Das blutverschmierte T-Shirt aus dem Bad zerknüllte ich, um es wegzuwerfen, die Perücke allerdings betrachtete ich eingehend, versuchte mir vorzustellen, warum Paige wohl die Notwendigkeit empfunden hatte, eine zu tragen.

»Vor ein paar Jahren hat sie sich an Halloween im Zwanzigerjahre-Stil verkleidet.« Ich ließ die Perücke um meine Hand kreiseln. »Die hier gehörte zum Kostüm.«

»Hey, ich war letztes Jahr auch im Zwanzigerjahre-Stil!«, zwitscherte Morgan, während sie das Waschbecken mit Reinigungsmittel einsprühte. »Zwei Dumme, ein Gedanke.«

Ich musste zugeben, dass es mit ihrer Hilfe viel leichter war, das Haus aufzuräumen. Allein hätte ich jeden

Gegenstand daraufhin untersucht, wie er wohl in die Wahnvorstellung passte, aber Morgan erledigte einfach eine Aufgabe nach der anderen, ohne innezuhalten. Gegen Ende war ich – zumindest einigermaßen – zuversichtlich, dass sich früher oder später alles wieder normalisieren würde.

»Gibt es in der Nähe einen einigermaßen großen Supermarkt?«, fragte Morgan, als sie sich die Hände über der Küchenspüle wusch.

»Es gibt einen Piggly Wiggly.« Ich zuckte die Achseln. »Aber wir können auch essen gehen, wenn du dich nach der vielen Arbeit ausruhen möchtest.«

»Du hast in Florida für mich gekocht, jetzt bin ich dran«, sagte sie.

Wunderbarerweise gab es im Piggly Wiggly tatsächlich ein schmales Regal mit asiatischen Lebensmitteln, wo Morgan ein Päckchen Reisnudeln und ein Fläschchen Sojasoße fand. Dazu wanderten Knoblauch, tiefgekühlte Krabben, Hühnerbrüste, Kohl und ein paar weitere Gemüsesorten in den Wagen, und am Ende steuerte Morgan noch zu den Getränken und suchte einen Sixpack Bier aus.

Als wir wieder zu Hause waren, machte sie sich sofort in der Küche zu schaffen, putzte und hackte Gemüse und stellte einen Topf mit Wasser auf den Herd. Mit einer großen Bratpfanne in der Hand scheuchte sie mich weg. »Lass mich hier machen. Du setzt dich mit einem Bier auf die Veranda und entspannst dich«, instruierte sie mich in einem Tonfall, der keinen Widerspruch duldete.

Also nahm ich mir eine Flasche, holte meine Gitarre aus dem Pick-up und ließ mich in einem der Schaukelstühle nieder. Ich klimperte ein paar Akkorde, die mir in den Sinn kamen, während ich die letzten Tage Revue passieren ließ. Zwischendurch trank ich immer mal wieder einen Schluck Bier, und nach und nach spürte ich eine melancholische Ballade entstehen.

»Das ist hübsch«, hörte ich Morgan hinter mir. Sie stand in der Tür, die Haare zu einem Pferdeschwanz gebunden. »Ist das neu?«

»Ja, aber ich bin noch nicht sicher, was genau es wird. Auf jeden Fall werde ich Hilfe beim Text brauchen, da du ja so gut mit Hooklines bist.«

Morgans Miene erhellte sich. »Nach dem Essen«, versprach sie. »In einer Viertelstunde ist es fertig«, rief sie mir noch über die Schulter zu, als sie wieder in die Küche ging.

Bei dem Geruch, der durch die Tür wehte, lief mir das Wasser im Mund zusammen, und das Knistern von bratendem Knoblauch und Zwiebeln lockte mich schließlich ins Haus. Morgan gab gerade die Krabben, das Hühnerfleisch und das Gemüse in die Pfanne zu einer himmlischen Mischung aus Sojasoße, schwarzem Pfeffer und weiteren Gewürzen, während sie mit einem Auge die kochenden Nudeln im Blick behielt.

»Du kannst den Tisch decken.« Beiläufig strich sie sich eine Strähne aus dem Gesicht, die sich aus dem Pferdeschwanz gelöst hatte.

Ich stellte zwei Teller auf den Tisch und zwei geöffnete Bierflaschen daneben, und schon kam Morgan mit einer riesigen Platte gebratener Nudeln, garniert mit Limetten und hart gekochten Eiern.

»Wow«, sagte ich. »Dagegen sah mein Hühnchen ziemlich ärmlich aus.«

»Sei nicht albern.« Sie setzte sich mir gegenüber. »Das ist das einfachste Rezept der Welt, obwohl es wirklich super schmeckt.« Sie erhob ihre Bierflasche. »Auf die Familie.«

Wir stießen an und tranken einen Schluck, bevor wir uns über unsere duftenden Teller hermachten. Morgan wusste wohl, dass ich eine Ablenkung von dem Drama um meine Tante und Paige brauchte, deshalb erzählte sie mir Geschichten von ihren Ferien in Manila und den Versuchen ihrer Großmutter, ihr das Kochen beizubringen. »Ich war keine sonderlich gute Schülerin.« Sie lachte. »Einmal habe ich einen kleinen Brand ausgelöst, als ich mit dem Wok hantierte, aber das ein oder andere habe ich doch gelernt.« Sie steckte sich eine Krabbe in den Mund und spülte sie mit Bier hinunter. »Irgendwann sagte meine Oma dann zu meinem Vater, es wäre gut, dass ich schlau bin, denn wegen meiner Kochkünste würde mich bestimmt keiner heiraten.«

Ich beugte mich über den Tisch und küsste sie. »Ich liebe deine Kochkünste. Und auch alles andere an dir.«

Dann berichtete Morgan mir noch vom letzten Tag mit ihren Freundinnen im Don CeSar. Meine plötzliche Abreise habe dem Nachmittag ja schon einen Dämpfer aufgesetzt, schlimmer noch seien allerdings ein paar Männer gewesen, die die Liegestühle neben ihnen am Pool belegt und sie unentwegt bedrängt hätten, sich später noch mit ihnen zu treffen.

»Es war nervig. Dabei wollten wir doch nur einen friedlichen letzten Nachmittag in der Sonne zusammen genießen.«

»Seid ihr abends noch ausgegangen?«

»Ja, und zum Glück sind wir dabei nicht diesen Kerlen über den Weg gelaufen. Wobei wir nicht lange unterwegs waren. Wir waren irgendwie müde. Es war eine irre Woche für uns alle.«

»Aber schön, oder?«

»Für die anderen kann ich nicht sprechen, für mich war es ein Traum.«

Ich grinste. »Wie haben deine Eltern darauf reagiert, dass du sofort wieder weggefahren bist?«

Sie zog eine Grimasse. »Ich hab es ihnen erst gesagt, als ich schon die Flüge gebucht hatte. Begeistert waren sie nicht gerade, aber sie haben mich nicht aufzuhalten versucht. Was ich auch noch erwähnen sollte, ist, dass meine Mutter mich direkt nach meiner Rückkehr noch mal überzeugen wollte, den Job als Musiklehrerin in Chicago anzunehmen, statt nach Nashville zu gehen.«

Ich machte ein mitfühlendes Geräusch, während ich aufstand und den Tisch abräumte. Wir spülten zusammen ab, jetzt schon ein geübtes Team. Hinterher deutete sie mit dem Kopf Richtung Veranda. »Gehen wir doch ein bisschen raus. Ich möchte dir bei dem Song helfen, den du vorhin angefangen hast.«

Wir setzten uns in die Schaukelstühle und ließen die Gerüche und die knospende Frühlingslandschaft auf uns wirken. Die Luft war mild, die Sterne funkelten am Himmel wie Kristalle. An dem Bächlein hinter der Scheune sangen Grillen und Frösche. Der Mond verlieh allem einen silbernen Schimmer.

»Es ist wunderschön hier«, hauchte Morgan. »Und ...« Lachend unterbrach sie sich. »Ich wollte schon sagen

›still‹, aber das stimmt so nicht. Es sind nur andere Geräusche als zu Hause. Oder in Florida.«

»Man nennt es auch Pampa.«

»So schlimm ist es nicht. Immerhin habe ich in Greenville ein Taxi bekommen, und es war ein echtes Auto.« Sie lehnte den Kopf an. »Vorhin, als ich dir beim Komponieren zugehört habe, musste ich immer wieder an unsere gemeinsame Woche denken. Ich weiß, dass viel von dem Stress und den Sorgen über deine Tante und deine Schwester in die Melodie eingeflossen ist. Nur, wenn man eine Ballade schreibt, muss sie aus einer glücklichen Erinnerung entstehen, sonst funktioniert sie nicht. Traurigkeit ist eine mächtige Emotion, aber sie muss als Reaktion auf etwas anderes entstehen, einen Kontrast bilden. Deshalb dachte ich, die erste Zeile könnte so in die Richtung gehen.« Sie atmete tief ein und sang die wenigen ersten Takte. »*There's a place that I know, where only you and I can go …*«

Ich wusste sofort, dass sie recht hatte. »Hast du noch eine Idee?«

»Es ist ja dein Song, nicht meiner. Aber wenn du schon fragst …« Grinsend zog sie eine Augenbraue hoch. »Meiner Ansicht nach sollte der Anfang komplexer sein, also musikalisch. Orchestral sogar. Ein satter, romantischer Sound.«

Ich griff nach meiner Gitarre. »Da das Lied deiner Ansicht nach von uns handeln soll, richtig?«

»Warum nicht? Und wir sollten langsam loslegen, weil ich morgen schon wieder fahre.«

»So schnell?«

»Es geht leider nicht anders. Ich muss noch ein paar

Tage bei meiner Familie verbringen, bevor ich nächste Woche nach Nashville fahre. Und es gibt auch noch so viel vorzubereiten für den Umzug. Ich muss die Wohnung möblieren, ein Bankkonto einrichten, Wasser- und Stromanschluss beantragen und so weiter. Außerdem hast du momentan auch einiges um die Ohren, da würde ich dich nur ablenken.«

Obwohl das stimmte und es mich traurig machte, wollte ich jetzt noch nicht daran denken. Ich spielte stattdessen die ersten Akkorde des neuen Songs. Auf einmal wusste ich genau, was noch fehlte. Ich fing neu an, und Morgans Blick schnellte zu meinem Gesicht hoch. Sobald sie die erste Zeile sang, folgte die nächste fast automatisch. Um sicherzugehen, spielte ich die erste Strophe ein zweites und drittes Mal, spürte das Lied schon ein Eigenleben entwickeln.

Wir arbeiteten zusammen wie in Florida, nahtlos, mit einem stillschweigenden Geben und Nehmen. Während ich an der Melodie feilte und bastelte, textete Morgan weiter, verwandelte die Ballade in eine von Hoffnung und Liebe und unausweichlichem Verlust. Sie war es auch, die sich den Refrain ausdachte, der mir absolut richtig vorkam.

Hold on to Dreamland
Forever, not just today,
Dreamland will be ours,
Hold fast, don't fall away

Als wir die erste Fassung fertig hatten, stand der Mond hoch am Himmel, und um uns herum war alles verstummt. Ich legte die Gitarre weg und führte Morgan nach oben ins Schlafzimmer. Als wir uns in der Dunkelheit liebten, hatte ich das Gefühl, jede Berührung, jede Bewegung wäre perfekt choreografiert. Morgan schien jeden Atemzug, den ich machte, mitzutun, und der Klang ihrer Stimme vermischte sich mit meiner in der Stille des Raums. Hinterher lagen wir stumm nebeneinander, Morgan an mich gepresst, bis ihr Atem sich verlangsamte und sie schließlich einschlief.

Ich allerdings blieb wach. Rastlos stand ich auf, zog mir Jeans und ein T-Shirt an und ging nach unten an den kleinen Küchentisch, immer noch durcheinander von all dem, was in den vergangenen zehn Tagen geschehen war. Wenn sich meine Gedanken Morgan zuwandten, empfand ich mein Leben als vollständig; wenn ich an Paige dachte, kam mir das Leben, das ich mir wirklich wünschte, auf ewig unerreichbar vor.

Mit diesen widersprüchlichen Gefühlen saß ich dort, abwechselnd friedvoll und aufgewühlt, bis das Licht der Morgendämmerung ins Fenster fiel. Als es hell genug war, holte ich mir Zettel und Stift und notierte den Liedtext, den wir am Abend vorher geschrieben hatten.

Mein Gepäck aus Florida lag noch im Pick-up, also lief ich barfuß durch das taufeuchte Gras. Ich fischte mir meine Turnschuhe heraus, fuhr los und besorgte im Lebensmittelladen schnell Kaffee, Brot, Milch und einige andere Dinge. Im letzten Moment packte ich noch eine Packung grünen Tee ein.

Ich saß mit einer Tasse Kaffee am Küchentisch, als Morgan schließlich die Treppe herunterkam. Als sie mich entdeckte, sagte sie: »Ich würde dich ja küssen, aber ich hab mir noch nicht die Zähne geputzt.«

»Ich auch nicht.«

»Dann darfst du mich auch nicht küssen.«

Ich grinste. »Möchtest du Kaffee oder Tee?«

»Tee wäre super.«

Ich setzte Wasser im Kessel auf, und als er pfiff, goss ich es in die Tasse mit dem Beutel und brachte sie ihr.

»Du warst früh auf«, sagte Morgan. »Fast, als wärest du Farmer.«

»Ich konnte nicht schlafen.«

Sie nahm meine Hand. »Es tut mir so wahnsinnig leid, dass du dich um all das kümmern musst.«

Ich zuckte nur mit den Schultern.

»Wird deine Tante heute entlassen?«

»Morgen wahrscheinlich, oder übermorgen.«

»Und was ist mit Paige?«

»Die noch nicht. Es könnte ein paar Tage dauern, bis sie wieder stabil ist. Wann geht dein Flug?«

»Um vier. Was bedeutet, dass ich so gegen drei da sein sollte.«

Abzüglich der Fahrt zum Flughafen ließ uns das nur noch wenige Stunden miteinander, und die wollte ich so schön wie möglich verbringen. »Möchtest du Frühstück?«, fragte ich. »Ich kann dir Eier und Toast machen.«

»Erst mal reicht mir der Tee, danke. Ich hab noch keinen großen Hunger. Aber weißt du, was ich gern machen würde, wenn ich geduscht und Zähne geputzt habe?«

»Mich küssen?«

»Natürlich«, sagte sie lächelnd. »Aber ich würde mir auch gern den Hof ansehen.«

»Von mir aus gern.«

»Und vielleicht ein Foto von dir auf einem Traktor machen. Oder vielleicht sogar ein Video, wenn du damit fährst. Das schicke ich dann meinen Freundinnen.«

Ich musste lachen. »Ganz wie du willst.«

68

Nach dem Duschen ging ich auf die Veranda. Vor dem Büro sah ich Tobys Pick-up parken. Die Felder wurden gerade über die Sprinkleranlage gewässert. Einige Angestellte arbeiteten in den Tabakfeldern, während andere körbeweise Eier zur Kontrolle und Verpackung brachten. Das alles erinnerte mich daran, wie viel Arbeit ich nachzuholen hatte, vor allem, da meine Tante vorerst nicht einsetzbar war. Doch entschlossen verdrängte ich meine Sorgen und spazierte zur Scheune.

Auf Paiges Schreibtisch blätterte ich durch die Papierstapel, auf der Suche nach dem Auftrag, an dem sie gerade gearbeitet hatte. Ich musste den Kunden anrufen und erklären, dass es wegen eines Notfalls zu einer Lieferverzögerung komme. Da ich allerdings nichts fand, verließ ich die Scheune wieder und hoffte, Paige wäre beim nächsten Besuch schon wieder klar genug, um mir die Information zu geben.

Als ich zurückkam, stand Morgan in der Küche und kochte sich noch einmal Wasser für Tee. Ich nahm ihren Anblick in mir auf, dachte daran, wie sie sich in der letzten Nacht in meinen Armen angefühlt hatte. Sanft schob ich ihre Haare beiseite und küsste sie auf den Nacken.

Nachdem sie die zweite Tasse Tee ausgetrunken hatte, begannen wir unsere Besichtigungstour. Wir liefen durch einen der Planwagen, vorbei an den gackernden Hühnern, und ich zeigte ihr im Anschluss, wo die Eier kontrolliert und verpackt wurden. Danach führte ich Morgan durch das Gewächshaus, zeigte ihr, wo die Tomaten versandfertig gemacht wurden, und die Lagerhalle, wo man die Tabakblätter trocknete. Wir machten einen Abstecher ins Büro – ich nannte es Papierkramzentrale – und schlenderten durch die Tabakfelder, bis ich mich schließlich breitschlagen ließ, beim Traktorfahren gefilmt zu werden. Die Arbeiter beachteten uns nicht groß, abgesehen von einem kurzen Gruß oder Winken aus der Ferne, dennoch spürte ich ihre neugierigen Blicke. Es dauerte ein Weilchen, bis mir klar wurde, dass sie mich wahrscheinlich zum ersten Mal in Begleitung einer anderen Frau als meiner Tante oder Schwester sahen. Michelle hatte sich nie für meinen Alltag interessiert.

Im Anschluss aßen wir in einem Lokal namens Down on Main Street im Herzen des Hafenviertels. Obwohl das Essen lecker aussah, hatte ich keinen Appetit, und Morgan ging es ganz offensichtlich ähnlich, denn sie stocherte nur in ihrem Salat. Danach spazierten wir Hand in Hand zum Hafen und betrachteten den wunderschönen Pamlico River, der unter einem wolkenlosen Himmel glitzerte. Mitten auf dem Wasser glitt ein Segelboot in der sanften Brise vorbei, ganz langsam, als hätte es keine Eile, irgendwo anzukommen.

»Hast du noch mal darüber nachgedacht, ob du mit nach Nashville kommen willst?« Morgan sah mich an. »Ich meine, ich weiß, dass ich eigentlich im Moment nicht davon sprechen sollte, und ich verstehe absolut, dass du noch eine Weile brauchst, bis du hier wegkönntest. Aber du hast mir noch keine richtige Antwort gegeben.«

In dem funkelnden Sonnenlicht konnte ich die hellen Sprenkel in ihren Augen sehen. »Ich glaube, das geht nicht. Wie könnte ich meine Tante und meine Schwester einfach allein lassen? Ich war nur drei Wochen weg, und du siehst ja, was passiert ist.« Das waren mit die schmerzhaftesten Worte, die ich je im Leben gesagt hatte.

»Ja.« Morgans Augen wirkten feucht. »Das dachte ich mir schon. Aber du besuchst mich doch, oder? Wenn ich umgezogen bin?«

Ich zögerte, wünschte, wir könnten über irgendetwas anderes sprechen, wünschte, so viele Dinge in meinem Leben wären anders.

»Ich weiß nicht genau, ob das eine gute Idee wäre.«

»Warum denn nicht? Liebst du mich nicht?«

»Doch, natürlich.«

»Dann führen wir eben eine Fernbeziehung. Heutzutage ist das ganz leicht. Wir können zoomen, telefonieren, einander besuchen, schreiben …«

Sie legte die Hand auf mein Gesicht und drehte es zu sich um, und ich reagierte, indem ich ihr eine Strähne hinter das Ohr klemmte. »Du hast recht. Das können wir alles machen. Ich weiß nur nicht, ob wir es tun sollten.«

»Wovon um Himmels willen redest du?«

Ich presste die Lippen aufeinander, weil ich mir mehr als alles andere wünschte, die nächsten Worte nicht sagen zu müssen. »Als ich im Krankenhaus war, hatte ich viel Zeit zum Nachdenken, über dich und mich und die Zukunft, aber wie sehr ich es mir auch vorzustellen versuchte, ich kam immer wieder zu der Erkenntnis, dass wir ab jetzt in zwei sehr unterschiedlichen Welten leben werden.«

»Na und?«

»Diese beiden Welten werden sich nie vereinbaren lassen, Morgan, was bedeutet, wir werden *immer* eine Fernbeziehung führen. Du gehst nach Nashville, und ich kann meine Tante nicht allein lassen. Ich kann Paige nicht allein lassen. Und die Landwirtschaft ist das eine, worin ich gut bin. Das ist mein Beruf.«

»Aber du hast auch ein Talent als Sänger und Songwriter, das du nicht ignorieren darfst! Du hast doch das Publikum bei deinen Auftritten erlebt. Du hast erlebt, wie die Leute auf dich reagieren.« In Morgans Tonfall schwang Verärgerung.

»Selbst wenn das stimmt, spielt es keine Rolle. Wer soll sich um meine Familie kümmern? Du und ich sind so verschieden, und was bedeutet das langfristig? Bleiben wir zusammen in dem Wissen, dass wir überwiegend getrennte Leben führen werden, dass wir uns nur ab und zu sehen können? Und falls ja, wie lange? Ein Jahr? Fünf Jahre? Für immer? Fernbeziehungen funktionieren nur, wenn sie zeitlich begrenzt sind, aber bei uns würde sich das nie ändern. Ich stecke hier fest, vielleicht für immer, und du hast dein ganzes Leben noch vor dir. Die Welt wartet auf dich. Und vor allem: Ist das die Art von Beziehung, die du dir wünschst? Eine, bei der wir uns kaum sehen?«

»Dann machst du also Schluss mit mir? Du willst dich einfach trennen?« Ich hörte ihre Stimme brechen, sah die Tränen in ihren Augen.

»Es soll wohl einfach nicht sein«, sagte ich und hasste mich dabei, hasste die Wahrheit, das Gefühl, gerade den besten Teil meines Lebens sterben zu lassen. »Dein Leben wird sich ändern, meines kann das nicht. Und das wird unweigerlich unsere Beziehung verändern. Obwohl ich dich liebe, obwohl ich weiß, dass ich unsere gemeinsame Woche nie vergessen werde.«

Zum ersten Mal, seit ich sie kannte, schien Morgan um eine Antwort verlegen.

»Du hast unrecht«, stieß sie schließlich hervor und wischte sich wütend eine Träne fort, die ihr über die Wange rann. »Und du willst es nicht mal probieren.«

Aber ich merkte ihr an, dass sie an meine Tante und Paige und den Bauernhof dachte und verstand, was ich gesagt hatte. Mit verschränkten Armen starrte sie aufs Wasser, ohne etwas zu sehen.

Ich holte das Stück Papier aus der Hosentasche, auf das ich am Morgen den Liedtext geschrieben hatte.

»Ich weiß, dass ich kein Recht habe, dich um irgendwas zu bitten«, sagte ich nach einer Weile. »Dennoch: Bitte nimm unseren Song mit und mach ihn berühmt, okay?«

Widerstrebend ergriff sie das Papier, blinzelte die Tränen weg, die immer wieder zu fließen drohten.

There's a place that I know
Where only you and I can go
Far from the darkness of the past
Where love can bloom at last

Hold on to Dreamland
Forever, not just today
Someday Dreamland will be ours
Hold fast, don't fall away

In my mind we're living there
In that place we're meant to share
No more talk of what we owe
Just what our hearts already know

In Dreamland, down in Dreamland
Hold fast, don't fall away … *

Sie steckte das Blatt in ihre Handtasche, und lange standen wir einfach zusammen, in dieser Kleinstadt, der ich nie entkommen konnte, die zu klein für Morgans Zukunft war. Ich legte den Arm um sie, während ich einen Fischadler beobachtete, der über den klatschenden Wellen abhob. Seine schlichte Anmut erinnerte mich an Morgan, durch Mangroven paddelnd an einem Ort, der mir jetzt schon unerreichbar weit entfernt schien.

Nach einer Weile liefen wir zum Pick-up zurück und fuhren zum Flughafen. Mehrere Autos standen mit Warnblinkanlage vor dem kleinen Terminal, um Passagiere abzusetzen. Ich hielt am Ende der Reihe. Morgan hängte sich ihre Tasche über die Schulter, während ich ihr Köfferchen zum Eingang rollte.

Mein Magen verkrampfte sich, als ich das Gesicht in ihrem Haar vergrub. Ich redete mir ein, dass alles stimmte,

* Deutsche Übersetzung auf Seite 383.

was ich gesagt hatte; egal, welche Pläne wir schmiedeten oder wie sehr wir uns eine Beziehung wünschten, früher oder später musste Morgan allein weiterziehen. Sie war für Großes bestimmt, und letzten Endes fand sie sicherlich jemanden, dessen Leben mit ihrem harmonierte – etwas, das ich ihr niemals bieten konnte.

Dennoch war mir bewusst, wie verzweifelt sie war. Ich spürte es an der Art, wie sie mich umklammerte, an der Endgültigkeit, mit der sie sich an mich presste. Nie wieder würde ich eine Frau so lieben wie sie, das wusste ich. Aber Liebe, erkannte ich, reichte nicht immer aus.

Als wir uns voneinander lösten, sah Morgan mir in die Augen.

»Ich … ich werde dich trotzdem anrufen«, sagte sie stockend. »Obwohl ich wahnsinnig wütend auf dich bin.«

»Ist gut«, sagte ich mit heiserer Stimme.

Endlich schob sie die Tasche auf der Schulter hoch, setzte ein tapferes Lächeln auf und betrat das Terminal. Die automatischen Türen glitten auf und wieder zu. Ich steckte die Hände in die Hosentaschen und machte mich auf den Weg zum Pick-up, einen unerträglichen Schmerz in der Brust, um ihretwillen, um meinetwillen. Als ich mich ans Steuer setzte, dachte ich an das, was Paige einmal über Liebe und Schmerz als zwei Seiten derselben Medaille gesagt hatte, und endlich begriff ich, was sie gemeint hatte.

Als ich mich in den Verkehr einfädelte, rief ich mir Paige und meine Tante vor Augen, wie ich sie zuletzt gesehen hatte. Eine Beklommenheit machte sich in mir breit. Sosehr ich die beiden liebte, ich wusste, dass sie irgendwie auch zu meinem Gefängnis geworden waren.

EPILOG

COLBY

FEBRUAR

Obwohl Morgan und ich in Verbindung blieben, wurden die Anrufe und Nachrichten mit der Zeit immer spärlicher. Letzten Endes lag das mehr an ihr als an mir. In den Wochen nach Morgans Umzug nach Nashville war ich ziemlich ausgelastet mit meiner Arbeit und der Pflege von Paige und Tante Angie. Erst im Spätherbst verlief unser Leben allmählich wieder in ruhigeren Bahnen, dafür überschlugen sich bei Morgan plötzlich die Ereignisse. Die Veränderungen, die auf den Start ihrer musikalischen Karriere folgten, irritierten mich; es kam so weit, dass sie manchmal zwei oder drei Tage brauchte, um mich zurückzurufen, wenn ich ihr auf die Mailbox gesprochen hatte. Das machte nichts, redete ich mir ein, denn ich war ja derjenige gewesen, der sich gegen eine Fernbeziehung ausgesprochen hatte, weil sie unweigerlich zerbrechen musste. Wenn Morgan und ich dann schließlich miteinander telefonierten – häufig, während sie an Flughäfen wartete oder zwischen zwei Terminen oder auch in Aufnahme-Pausen –, lauschte ich interessiert und stolz dem Bericht über die neuesten Entwicklungen ihres kometenhaften Aufstiegs.

Selbst in ihren wildesten Träumen hätte sie das so nicht vorhersehen können. Nach ihrer Ankunft in Nashville hatte sie sich in einem Aufnahmestudio eingemietet und sich dann, die Demos im Gepäck, mit den Managern getroffen, von denen sie mir erzählt hatte. Sie zeigten sämtlich nur mäßiges Interesse.

Auf die beiläufige Anregung eines dieser Manager hin (»Kann ja nicht schaden«) postete sie das Video ihres Gastauftritts bei meinem Konzert auf ihren Social-Media-Accounts. Es war von ihren Freundinnen hervorragend bearbeitet worden, indem sie in das Originalmaterial aus dem Bobby T's Bilder aus dem Aufnahmestudio und Ausschnitte aus ihren Tanzvideos auf TikTok hineingeschnitten hatten. Mehrere wichtige Influencer wurden darauf aufmerksam, einschließlich einiger Bewunderer ihrer früheren Clips, und plötzlich ging es steil nach oben. Innerhalb von Wochen wurde das Video mehrere zehn Millionen Mal angeklickt, und Morgan schob rasch eines von *Dreamland* nach. Natürlich explodierte daraufhin auch ihre eigene Follower-Zahl noch einmal, und bald wurde sie von den führenden Managern und Labels der Branche hofiert. Als »neue Taylor Swift« wurde sie gern beschrieben, verglichen mit weiblichen Megastars wie Olivia Rodrigo, Billie Eilish und Ariana Grande.

Der Manager, bei dem sie letztlich unterschrieb, war ein Marketing-Genie, er baute ihre schon vorhandene Bekanntheit aus und präsentierte sie so, als wäre sie bereits ein etablierter Star. Sie wurde im Radio gespielt, und eine offizielle Marketing-Kampagne wurde gestartet, die sie von Stadt zu Stadt führte, mit Besuchen in Talkshows in New York und Los Angeles. Ihr Gesicht tauchte regelmäßig in Promi-Berichten auf, und als sie schließlich im November bei »Saturday Night Live« auftrat, bekam ich den Eindruck, dass die ganze Welt schon von ihr gehört hatte. Irgendwie gelang es ihr in dieser

Zeit auch, ein eigenes Album aufzunehmen. Produziert von gigantischen Hitmachern, enthielt es einige von ihr selbst geschriebene Songs neben Gemeinschaftsproduktionen mit den angesagtesten Stars aus Hip-Hop, Pop und R&B.

Ursprünglich war die Rede davon gewesen, dass sie im Vorprogramm einiger berühmter Bands oder Künstler singen sollte, aber als sie nach ihrem Auftritt bei »Saturday Night Live« ein drittes Video in den sozialen Medien veröffentlichte und ihr Debütalbum bereits angekündigt war, schoss der erste Song auf Platz eins der Charts. Jetzt hieß es, dass andere im Vorprogramm ihrer Solo-Tour im kommenden Herbst spielen sollten, für die bereits dreißig Städte in Nordamerika gebucht waren – wobei es mit Sicherheit nicht blieb.

Sie steckte in einem Wirbelsturm, daher war es wenig überraschend, dass wir weniger häufig Kontakt hatten. Und wann immer der Schmerz, sie zu vermissen, zu stark wurde, erinnerte ich mich an das, was ich an unserem letzten gemeinsamen Tag zu ihr gesagt hatte.

Was mich betraf, stellte ich nach der Entlassung meiner Tante aus dem Krankenhaus eine Hilfe ein, die sich nicht nur im Haushalt nützlich machte, sondern Angie auch zu ihren Physiotherapie-Terminen fuhr. Die Lähmungen ihrer linken Körperseite verbesserten sich nur langsam; erst um Halloween herum traute sie sich genug zu, um auf die Pflegehilfe zu verzichten.

Meine Tante humpelte immer noch, ihr linker Arm war weiterhin schwach und ihr Lächeln schief, aber sie arbeitete wieder Vollzeit im Büro und konnte sich sogar mit einem Quad auf dem gesamten Gelände fortbewegen. Der Hof blieb, noch mehr als Paige oder ich, ihr Lebensmittelpunkt.

Und Paige …

Sie brauchte sechs Tage, um sich mental wieder ganz zu fangen, erst dann konnte ich nach und nach den Verlauf ihrer Krise nachvollziehen. Wie ich vermutet hatte, war sie zum Krankenhaus gerast, als meine Tante eingeliefert wurde, und hatte in ihrer Hast Medikamente und Handy vergessen, weshalb sie mich auch nicht direkt aus der Notaufnahme angerufen hatte. Und obwohl sie beteuerte, dass sie vorgehabt habe, ihre Tabletten zu holen, traute sie sich wegen des kritischen Zustands meiner Tante nicht, die Klinik zu verlassen, solange kein anderes Familienmitglied vor Ort war. Innerhalb von zwei Tagen kam es zu den ersten Fehlzündungen in ihrem Gehirn, die sich auf ihre Wahrnehmung auswirkten; bald darauf begann sich infolge des plötzlichen Entzugs von ihren Medikamenten die Realität für sie zu verzerren. Unter anderem war sie fest davon überzeugt, mich angerufen und mir vom Zustand meiner Tante berichtet zu haben, und zwar nicht nur ein, sondern zwei oder drei Mal. Erst als ich ihr meine Anrufliste auf dem Telefon zeigte, glaubte sie mir, dass sie sich diese Gespräche nur eingebildet hatte.

Ihre darauffolgenden Erinnerungen waren verschwommen und unvollständig, bis die Wahnvorstellungen einsetzten; sie wusste noch, dass sie die Klinik verlassen, aber nicht, dass sie Marihuana geraucht hatte, obwohl die Blutprobe einen hohen THC-Wert aufwies.

Nach ihrer Entlassung wollte sie lange nicht darüber

reden. Wie ich erwartet hatte, schämte sie sich zutiefst. Fast ein Monat verging, bis ich die ganze Geschichte erfuhr. Offensichtlich hatte sie Elemente früherer Psychosen in die neuen Wahnvorstellungen eingebaut, zum Beispiel die Busfahrten und das Trampen oder auch die Tomatensuppe aus Ketchup und heißem Wasser. Sie erklärte, warum im Haus so ein Tohuwabohu geherrscht hatte, und gestand mir, dass sie die Gewehre, die ich unter meinem Bett aufbewahrte, am Bach vergraben hatte. Die Iron-Man-Actionfigur hatte sie, erinnerte sie sich vage, in einem Laden beim Krankenhaus gekauft, eigentlich für meine Tante, um sie mit einem Witz aufzumuntern, wie tough sie doch sei. Am schwersten aber fiel es ihr, über das Offensichtliche zu reden, das, was selbst ihr absurd erschien: Wie hatte sie ihr eigenes Haus nicht erkennen können? Oder auch Toby, einen Mann, den sie schon fast ihr ganzes Leben kannte? Auf diese Fragen hatte sie keine Antwort, genau wie sie mir nicht erklären konnte, warum sie mich damals nicht erkannt und für einen Teppichvertreter gehalten hatte. Den Rest ihrer Wahnvorstellungen hatten wir ja schon erlebt, und keiner von uns beiden empfand das Bedürfnis, die schmerzhaften Einzelheiten noch einmal aufzuwärmen.

Ich grub die Gewehre aus, putzte und ölte sie, unendlich froh, dass ich sie schon vor langer Zeit mit Schlössern versehen hatte, die ein ungeplantes Abfeuern unmöglich machten, und die Schlüssel immer bei mir trug. Nach Paiges erstem Selbstmordversuch, noch bevor sie aus dem Krankenhaus entlassen wurde, war ich kein Risiko eingegangen. Dennoch, um künftig noch größere Vorsicht walten zu lassen, kaufte ich mir einen Waffenschrank.

Darüber hinaus strich ich die Wände und Schränke in der Küche sowie das Wohnzimmer neu, ehe Paige aus der Klinik kam. In Orange und Dunkelrot, den Farben, die sie vor nicht allzu langer Zeit gewählt hatte.

Als sie wieder zu Hause war, stellte ihre Arbeit eine notwendige Ablenkung dar, und zum Glück hatte ihr Geschäft nicht gelitten. Dennoch dauerte es etliche Monate, bis sie wieder einigermaßen sie selbst zu sein schien. Auch wenn sie mehrmals die Woche bereits wieder abends für uns kochte, wandte sie sich beim Essen oft ab, und manchmal fand ich sie still weinend auf der Veranda.

»Ich hasse es, dass ich so kaputt bin«, sagte sie bei einer dieser Gelegenheiten. »Ich hasse, dass ich nicht einmal kontrollieren kann, was ich denke.«

»Du bist nicht kaputt, Paige«, tröstete ich sie, setzte mich neben sie und streichelte ihr den Arm. »Insgesamt waren es doch nur ein paar miese Tage. Die hat jeder mal.«

Sie musste lachen. »Nur dass *meine* schlechten Tage im Vergleich zu denen der meisten anderen Menschen richtig ernsthaft mies sind.«

»Da kann ich dir nicht widersprechen«, sagte ich, und erneut lachte sie.

»Danke«, sagte sie dann wieder ernst. »Dass du mir das Leben gerettet hast. Abermals.«

»Du hast mich auch nie im Stich gelassen.«

Nach einer Weile erzählte ich ihr von meinem Urlaub in Florida und von Morgan und ließ dabei nichts aus. Es war ungefähr zu dem Zeitpunkt, als Morgan das Video von ihrem Auftritt im Bobby T's postete, und Paige war, wie jeder andere, völlig von den Socken von ihrem Talent. Am Ende wandte sie sich mit hochgezogenen Augenbrauen mir zu.

»Und sie fand *dich* gut?«

Darüber musste ich lachen; Paige liebte es, wenn ich sang.

Aber sie war auch einfühlsam genug, um zu wissen, wie schwer es für mich war, dass Morgan sich im Laufe der Monate immer weiter von mir entfernte. Ich weiß, dass Paige das Foto in den Klatschzeitschriften entdeckte, das ein paar Wochen vor Weihnachten von einem Paparazzo geknipst worden war: Morgan Hand in Hand mit einem bekannten jungen Hollywood-Schauspieler. Paige liebte Klatsch und Tratsch über Promis, verkniff sich aber, das Bild mir gegenüber zu erwähnen. Aber natürlich war es mir nicht entgangen.

Ich will nicht behaupten, dass das Foto mir nicht wehtat; genauso wenig werde ich behaupten, dass ich geschockt war. Und auch wenn wir uns auseinanderentwickelt hatten, genau wie von mir vorhergesehen, vergaß ich nie den Entschluss, den ich in jener ersten mit Morgan verbrachten Nacht fasste: ein paar Veränderungen in meinem Leben vorzunehmen, damit ich nicht endete wie mein Onkel.

Zwar muss das noch etwas warten, bis meine Tante und Paige vollständig genesen sind, doch alles in allem habe ich mein Versprechen an mich selbst eingehalten. Seit Florida habe ich es vier Mal ans Meer zum Surfen geschafft, und freitags und sonntags nehme ich mir Zeit zum Schreiben von Songs und zum Gitarrespielen, ganz egal, wie viel Arbeit liegen bleibt. Ich habe wieder

Kontakt zu ein paar alten Freunden aufgenommen und mich ein paarmal abends am Wochenende mit ihnen getroffen, auch wenn es mir immer noch oft vorkommt wie in *Und täglich grüßt das Murmeltier.*

Außerdem versuche ich mittlerweile, mir ab und zu eine weitere Pause vom Alltag zu gönnen, weshalb ich auch eines Dienstagmorgens beschloss, meine Bremsbeläge auszutauschen, statt der langen Liste anderer Arbeiten, die eigentlich anstanden. Für die meisten Menschen wäre eine Autoreparatur vermutlich nicht unbedingt ein Vergnügen, aber ich mache es gern, denn im Gegensatz zu praktisch allem anderen auf dem Hof ist es eine Tätigkeit mit einem klaren Ende. In einer Welt, in der nichts jemals aufhört, kann es sehr erfüllend sein, etwas fertigzustellen.

Zum Glück herrschten an dem Tag milde Temperaturen, also krempelte ich die Ärmel meines Arbeitshemds hoch und ging im Kopf die Schritte der Reparatur durch. Mit dem Schicksal aber ist es so eine Sache – gerade als ich das Radio im Führerhaus eingeschaltet hatte und unter den Wagen rutschen wollte, ertönte Morgans Stimme aus dem Lautsprecher. Sie sang *Dreamland,* was ich zu dem Zeitpunkt sicherlich schon hundertmal gehört hatte. Dennoch musste ich zugeben, dass das Lied mir immer einen Schauer über den Rücken jagte. Morgans Stimme klang voll und ergreifend, und sie hatte den Text an einigen Stellen abgeändert und die wunderbare Hookline eingefügt, von der ich gewusst hatte, dass sie ihr einfiele. Ich gestattete mir ein kurzes Schwelgen in der Erinnerung an jenen Abend auf meiner Veranda.

In dem Moment hörte ich ein Auto. Ich drehte mich

um und kniff die Augen zusammen, und zu meiner Überraschung bremste es, bog in die Einfahrt und hielt hinter meinem Pick-up an.

Die hintere Tür öffnete sich, und Morgan stieg aus. Eine Sekunde lang konnte ich mich nicht rühren, erst als das Taxi wieder zurücksetzte, löste ich mich aus meiner Starre.

»Was … was machst du denn hier?«, stotterte ich.

Mit einem Achselzucken warf sie sich eine lange Strähne über die Schulter, und ich konnte kaum fassen, dass sie seit unserer letzten Begegnung noch schöner geworden war.

»Ich besuche dich, weil ich es leid bin, darauf zu warten, dass du mich besuchst.«

Da ich ihr plötzliches Auftauchen immer noch verarbeiten musste, brauchte ich ein paar Sekunden, um zu reagieren. »Warum hast du denn nicht Bescheid gesagt, dass du kommst?«

»Und meine Valentinstags-Überraschung ruinieren? Wohl kaum.«

Sie ließ ihr Gepäck stehen und kam einfach in meine Arme, als wäre es das Natürlichste auf der Welt, als hätten wir nie aufgehört, einander im Arm zu halten.

»Es ist doch gar nicht Valentinstag«, murmelte ich in ihre Haare, ihren Körper an meinem spürend.

»Na ja, fast. Am eigentlichen Tag bin ich in L.A., besser ging es eben nicht.«

Als wir uns voneinander lösten, sah ich ein schelmisches Funkeln in ihren Augen.

»Ich dachte, du hast einen Freund«, sagte ich, so beiläufig ich konnte.

»Wir haben uns ein paarmal verabredet, aber es funktionierte einfach nicht.« Sie winkte ab. »Ihm fehlte das gewisse Etwas, verstehst du? Zum Beispiel musste ich, wenn wir zusammen waren, ständig an die Zombie-Apokalypse denken und ob er überhaupt selbst Gemüse ziehen kann und Autos reparieren und den ganzen anderen Survival-Kram.«

»Ach ja?«

»Man kann sich eben nicht aussuchen, was man mag, stimmt's?«

Ich grinste, erleichtert, dass sie sich offenbar nicht im Geringsten verändert hatte.

»Stimmt«, sagte ich. »Aber ich glaube immer noch nicht richtig, dass du einfach so hier auftauchst. Bei dir ist doch so viel los!«

»Und bei dir nicht?«

»Das ist was anderes.«

»Jeder Mensch hat zu tun, so ist das Leben eben. Ich bin außerdem hier, um dir was zu sagen.«

»Nämlich?«

»Erinnerst du dich noch an deine große Rede an unserem letzten Tag zusammen? Du weißt schon, als du im Prinzip Schluss gemacht und dabei versucht hast, ach so abgeklärt zu klingen?«

Obwohl ich es nicht unbedingt so beschrieben hätte, nickte ich, immer noch grinsend.

»Darüber habe ich viel nachgedacht und bin zu dem Schluss gekommen, dass du mit so ungefähr allem zu hundert Prozent unrecht hattest.«

»Ach ja?«

»Wie ich damals schon sagte, war ich echt sauer. Von

einem netten Typen wie dir hätte ich nicht erwartet, dass er sich so mies verhält. Aber jetzt bin ich endlich darüber hinweg und habe beschlossen, dir noch mal eine Chance zu geben. Von jetzt an probieren wir es also auf meine Art.« Sie sah mich streng an. »Die Fernbeziehung, meine ich. Bei der ich dich besuche und du mich besuchst und wir zwischendurch telefonieren und zoomen, weil wir ab sofort wieder ein Paar sind.«

Sobald sie die Worte ausgesprochen hatte, wusste ich, dass ich genau das hatte hören wollen.

»Wie lange kannst du bleiben?«

»Nur zwei Tage, aber nächsten Monat habe ich ein bisschen frei. Dann bist du an der Reihe, zu mir zu kommen.«

Mir schossen Paige und meine Tante durch den Kopf, doch plötzlich war ich mir absolut sicher, dass ich es irgendwie einrichten konnte.

»Jawohl«, sagte ich.

»Und jetzt sagst du mir, dass du mich liebst. Das hast du mir seit Wochen nicht mehr geschrieben, und auch das gefiel mir nicht. Aber das verzeihe ich dir ebenfalls, habe ich beschlossen.«

»Ich liebe dich, Morgan.« Die Worte gingen mir so leicht über die Lippen!

Sie stellte sich auf die Zehenspitzen und küsste mich, so weich, wie ich es in Erinnerung hatte.

»Ich liebe dich auch«, flüsterte sie. »Und jetzt lass uns die zwei Tage voll auskosten, okay?«

Diese Wendung des Schicksals war so plötzlich eingetreten, dass mir immer noch leicht schwindlig war.

»Was hattest du dir denn so vorgestellt?«

Sie sah sich um und richtete dann den Blick wieder auf mich. »Weißt du, was ich gern als Allererstes machen würde? Vor allem anderen?«

»Ich habe nicht die geringste Ahnung.«

»Ich würde wirklich sehr gern deine Schwester kennenlernen.«

»Paige?«

»Na ja, ich will einen Exklusivbericht, wie du als Kind warst. Ich möchte wetten, dass sie ein paar interessante Geschichten auf Lager hat. Außerdem möchte ich mich bei ihr bedanken.«

»Wofür denn?«

»Du hast mir erzählt, dass sie wie eine Mutter für dich war, und ich liebe den Menschen, der aus dir geworden ist. Warum sollte ich ihr also nicht danken?«

Jetzt war ich es, der sie küsste, und wenn nur, weil ich wusste, dass sie mich wirklich und wahrhaftig verstand. Als ich mich von ihr löste, ließ ich die Finger auf ihrer Hüfte liegen.

»Komm, gehen wir ins Haus. Ich bin sicher, dass Paige dich auch sehr gern kennenlernen möchte.«

DANK

Wie so viele Menschen auf der ganzen Welt habe ich die letzten zwei Jahre wegen Covid 19 in ziemlicher Isolation verbracht. Und wie bei so vielen anderen hat mich diese Zeit der erzwungenen Distanzierung dazu gebracht, tief über die Natur meiner Beziehungen nachzudenken. Einige der Beziehungen schwanden in dieser Zeit der Krise; andere dagegen blühten auf und wurden tiefer. Interessanterweise formten sich auch ganz neue Bindungen, die widerspiegelten, wie sich Prioritäten verschoben hatten und auch der Wunsch nach Veränderung aufgekommen war – so wie es Millionen von Menschen währen der Großen Pause erlebt haben. Eine dauerhafte Beziehung ist geblieben und sogar während der vergangenen Jahre noch tiefer geworden: meine Freundschaft und Zusammenarbeit mit meiner langjährigen Literaturagentin und Co-Produzentin Theresa Park. T, unsere enge Partnerschaft hält nun schon seit siebenundzwanzig Jahren und ist eine unglaublich wichtige Konstante in meinem Leben. Zusammen mit den Teamleiterinnen bei Park & Fine – denen ich diesen Roman auch gewidmet habe – hast du mich auf meinem Erfolgsweg unterstützt, der selbst meine eigenen Erwartungen weit übertroffen hat. Aber noch viel wichtiger war die jahrzehntelange Reise, die wir gemeinsam als Freunde und Wegbegleiter auf der Straße des Lebens unternommen haben.

Natürlich ist mein Arbeitsleben als Autor tief verflochten mit all den persönlichen Beziehungen, die mich tragen: Größten Dank an meine Kinder Miles, Ryan, Landon, Lexie und Savannah; Victoria Vodar; Jeannie Armentrout; Tia Scott Shaver; Christie Bonacci; Mike Smith; Buddy und Wendy Stallings; Angie, Linda und Jerrold; Pat und Bill Mills; Todd und Gretchen Lanman; Lee und Sandy Minshull; Paul Minshull; Eric und Kin Belcher; Tony und Shellie Spaedy; Tony Cain; Austin und Holly Butler; Gray Zuerbregg; Jonathan und Stephanie Arnold; David und Morgan Shara; Andy Sommers; David Geffen; Jim Tyler; Jeff Van Wie; Paul DuVair; Rick Muench; Bob Jacob; Chris Matteo; Pete DeCler; Joe Westermeyer; Dwight Carlblom; David Wang; Missy Blackerby; Ken Gray; John Hawkins ... Und natürlich auch größten Dank an meine weitere Familie: Monty, Gail, Adam und Sean, Dianne, Chuck, Todd und Allison und Elizabeth, Sandy, Nathan, Josh, Mike und Parnell, Matt und Christie, Dan und Kira und Amanda und Nick ... und auch an ihre Kinder.

SONGTEXT

Dreamland – Traumland

Es gibt einen Ort,
der ist nur für dich und mich.
Fern von den Schatten der Vergangenheit,
wo die Liebe endlich erblühen darf.

Halt dich an Traumland fest,
für immer, nicht nur jetzt.
Eines Tages wird Traumland uns gehören,
halt es fest, lass niemals los.

In meiner Vorstellung leben wir dort,
an jenem Ort, der für uns beide geschaffen ist.
Kein Wort mehr davon, was wir anderen schulden,
nur noch, was unsere Herzen doch längst wissen.

In Traumland, ach, in Traumland,
halt es fest, lass niemals los.